HEIDI REHN

Die Frau des BLAUEN REITER

atb aufbau taschenbuch

HEIDI REHN

Die Frau des BLAUEN REITER

Kunst ist ihre Leidenschaft,
Franz Marc die Liebe ihres Lebens

ROMAN

atb aufbau taschenbuch

Die Arbeit an diesem Projekt wurde gefördert
mit einem Stipendium von

VG WORT

NEU START KULTUR

MIX
Papier | Fördert gute Waldnutzung
FSC® C083411

ISBN 978-3-7466-3796-9

Aufbau Taschenbuch ist eine Marke der
Aufbau Verlage GmbH & Co. KG

1. Auflage 2022

Satz Greiner & Reichel, Köln
Druck und Binden CPI books GmbH, Leck, Germany
Printed in Germany

www.aufbau-verlage.de

»Alles sinnliche Genießen in der Natur und Kunst
hat die Liebe mir gebracht – sie hat an alle verborgenen Saiten
geschlagen und sie zum Schwingen und Tönen gebracht (…)
Und das ist die Liebe, nach der sich meine Seele sehnte.«

Maria Marc

»Die Welt ist weder schön noch hässlich,
aber unsere Leidenschaften sind immer schön und wunderbar.«

Franz Marc

PROLOG

Berlin, Weihnachten 1902

»An die Münchner Damenakademie willst du jetzt noch? Hast du inzwischen nicht lange genug für deine Malerei studiert?«

Philipp Franck runzelte konsterniert die hohe Stirn. Seine buschigen weißen Augenbrauen wie auch die Lippen zwischen Schnauzer und Spitzbart am Kinn setzten die geschwungenen Linien faszinierend parallel fort. Ein ausdrucksstarkes Mienenspiel! Es juckte sie in den Fingern, zu Stift und Papier zu greifen, um das festzuhalten. Leider war das jetzt jedoch nicht der Moment, zu zeichnen.

Als sie dem Vater stattdessen ihre Pläne ausführlicher erläutern wollte, kam ihr die Mutter in vorwurfsvollem Ton zuvor. »Erst warst du an der Königlichen Kunstschule, dann im Damenatelier von Karl Storch. Ganz zu schweigen von deinen diversen Freiluftmalkursen in Holstein in den vergangenen Sommern …«

»Damit sollte es genug sein«, unterbrach der Vater sie und schenkte Maria ein vermutlich aufmunternd gemeintes Lächeln. Auf sie wirkte es jedoch eher mitleidig. »Deine Bilder sehen doch schon sehr ordentlich aus.«

»Schon sehr ordentlich« – eine schallende Ohrfeige! Ihr blieb die Luft weg. Doch was hatte sie erwartet? Sie wusste ja, wie wenig ihre Familie mit dem anfangen konnte, was sie tat und was ihr am Herzen lag. Malen zu wollen, war in deren Augen ungeheuerlich. Künstlerin werden zu wollen, erst recht. Hieß das nicht, sein Innerstes nach außen kehren, Einblick in sein Denken gewähren, sich selbst wichtig nehmen, gar offen für jedermann zur Schau stellen? Und das obendrein als Frau? Inständig mahnten sie sie zu mehr Zurückhaltung, wie es sich ihrer Ansicht nach für eine Tochter aus gutem Haus gehörte.

Dieses Mal aber würde sie nicht aufgeben. Dieses Mal würde sie kämpfen, bis sie ihren Willen durchgesetzt hatte. Sie musste malen. Sie musste Künstlerin werden. Und deshalb musste sie nach München. An die Damenakademie. Daran führte kein Weg vorbei. Entschlossen ballte sie die Fäuste.

Sie saßen am Mittagstisch im Speisezimmer der Direktorenwohnung im zweiten Geschoss der Preußischen Boden-Kredit-Aktienbank Berlin, unweit des Prachtboulevards Unter den Linden. Würziger Tannenduft vermischte sich mit feiertäglichem Essensdunst, satte Schläfrigkeit legte sich über die Gemüter. In der Hoffnung, es wirkte sich positiv auf die Entscheidung der Eltern aus, hatte Maria genau diesen Zeitpunkt gewählt, um ihre Bitte vorzutragen. Und jetzt das!

»Vor allem dein ›toter Erpel kopfüber an der Wand‹ sticht schon sehr ordentlich aus deinen Werken heraus. Sehr lebensecht.« Süffisant schmunzelnd schob ihr drei Jahre jüngerer Bruder Wilhelm mit der Spitze des Messers die Entenbratenreste auf dem Teller hin und her, wobei das Silber auf dem Porzellan schrill quietschte.

»Es reicht!«

Die Mutter knüllte die Damastserviette zusammen und bedachte ihren Sohn mit einem mahnenden Blick. Folgsam legte er das Messer auf den Teller zurück. Sie bedeutete dem Dienstmädchen, abzuräumen und die Nachspeise zu servieren.

Maria beobachtete, wie die großen, schweren Teller, Schüsseln und Saucieren vom Tisch verschwanden und kristallene Dessertschalen sowie dunkler Schokoladenpudding mit warmer Vanillesauce auf einer weißen Porzellanplatte aufgetragen wurden. Der Vater schenkte Likörwein dazu aus, den die schräg durch die hohen Fenster einfallende Wintersonne golden funkeln ließ. Was für ein Motiv für ein Stillleben! Zu gern hätte Maria wenigstens das jetzt auf ihrem Skizzenblock festgehalten. Es brannte ihr förmlich unter den Nägeln. Ständig stieß sie im Alltags- und Familienleben auf interessante Motive, die sie später in Öl ausführte. Letztlich war sie immer in Gedanken bei ihrer Malerei. Als »überspannt« und »verrückt« pflegten die Eltern und der Bruder sie deshalb zu bezeichnen, dabei hatte sie nur etwas gefunden, wofür sie brannte. Seit frühester Jugend schon.

Der erlegte Enterich vor der Holzwand war ihre Abschlussarbeit an der Königlichen Kunstschule gewesen. »Realitätsgetreu und sicher in der Formgebung« hatte die Beurteilung im Zeugnis gelautet. Sieben Jahre lag das zurück. Danach hätte sie, obwohl gerade erst neunzehn, bereits als Zeichenlehrerin arbeiten können. Ein konkretes Angebot aus Leipzig hatte sie sogar schon gehabt. Mit ausdrücklicher Billigung der Eltern hatte sie jedoch den Rat der Schule befolgt und eine einjährige Zusatzausbildung zur Turnlehrerin absolviert. Und im Anschluss daran weitere Malkurse an privaten Damenateliers in Berlin durchsetzen können.

Damals war den Eltern zwar klar geworden, welch außergewöhnliches Talent in ihr steckte und dass es in der Position als Lehrerin vergeudet wäre, dennoch musste sie jedes Jahr aufs Neue darum kämpfen, ihr Studium zu verlängern. So wie jetzt. Weil die Eltern trotz allem nicht verstanden, dass sie nicht auf dem Status »realitätsgetreu und sicher in der Formgebung« stehenbleiben wollte. Dass ihr mehr vorschwebte. Weil ihr mehr möglich war. Und sie mehr sein wollte als nur die Tochter aus gutem Haus, die »schon sehr ordentlich« malte und zeichnete. Dazu brauchte sie allerdings die richtigen Impulse. Und die erhoffte sie sich in München. Der Kunststadt schlechthin.

Ihr schwirrte der Kopf, wenn sie an die Namen der dort ansässigen Künstler dachte. Und an die vielen Künstlerinnen. Die private Damenakademie an der Isar bildete auf höchstem Niveau aus, der Münchner Künstlerinnen-Verein garantierte die denkbar beste Unterstützung. Die Schwärmereien ihrer Freundin Janne nahmen kein Ende. Sie kannten sich aus Storchs Sommerkursen. Inzwischen lebte Janne schon zwei Semester an der Isar. Nie wurde sie müde, ihr die vielen kreativen Möglichkeiten aufzuzählen, die sich jungen Frauen dort eröffneten. Dazwischen malte sie ihr immer wieder auch das freie, ungezwungene Leben weit weg vom preußisch-biederen Berlin und den strengen Eltern in den schönsten Farben aus. Maria brannte darauf, auch das kennenzulernen. Am liebsten sofort. Das brauchte sie ebenso für ihre künstlerische Entfaltung, um das zwar gut gemeinte, für eine originelle Malerin jedoch absolut vernichtende »schon sehr ordentlich« ein für alle Mal hinter sich zu lassen. Jedes Mal drängte Janne sie inständiger, den längst überfälligen Wechsel nach München durchzusetzen, jedes Mal verlangte es sie selbst ungeduldiger denn je nach dem Aufbruch in ein selbstbestimmtes Leben.

»Als anständiges junges Fräulein aus gutem Haus hast du einen Ruf zu verlieren.«

Die Bemerkung der Mutter holte Maria in die Gegenwart zurück. Ahnte sie etwas von ihren Überlegungen? Sie bemerkte, wie ihre Wangen zu glühen begannen.

»Nach allem, was man über München hört, kommt die Stadt wohl kaum für dich in Frage. Als deine Eltern müssen wir darauf achten, welchen Umgang du pflegst und in welchen Kreisen du verkehrst.«

Die Mutter suchte ihren Blick. Maria setzte alles daran, ihm Stand zu halten. Aus dem Augenwinkel bemerkte sie Wilhelms breiter werdendes Grinsen.

»Die Münchner Damenakademie genießt einen ausgezeichneten Ruf«, setzte sie an. Die trockene, viel zu warme Luft im Raum lähmte ihr Hirn. »Dort unterrichten die angesehensten Professoren aus dem In- und Ausland. Frauen aus den besten Kreisen studieren dort.«

»Andere können es sich ohnehin nicht leisten«, warf Wilhelm vorlaut ein.

»Allmählich wird es Zeit für dich, an Wichtigeres im Leben zu denken als immer nur ans Malen«, wischte die Mutter das beiseite. »Du bist inzwischen sechsundzwanzig. Nachdem du dich zum Glück entschlossen hast, dein Leben nicht als Zeichen- und Turnlehrerin zu vergeuden, solltest du dich endlich nach einer geeigneten Partie umsehen. Malen kannst du ja weiterhin. Das macht sich immer ganz hübsch. Apropos.« Sie räusperte sich, versicherte sich quer über den Tisch des Einverständnisses ihres Gemahls. »Dieser junge Assessor beim Adventstee von Frau Doktor Mertens letzten Donnerstag scheint mir sehr interessiert an dir, so angeregt, wie ihr beide euch unterhalten habt. Hilstein heißt er, nicht wahr?«

Kaum erwähnte sie den Namen, schälte sich aus Marias Gedächtnis eine vage Erinnerung heraus. Bei ihr hatte der Assessor nicht viel Eindruck hinterlassen, sonst hätte sie irgendein Detail, ein auffälliges Charakteristikum an ihm im Gedächtnis behalten, doch da war nichts.

»Wir sollten ihn baldmöglichst einladen«, entschied die Mutter. »Ein wohlerzogener Mensch. Aus sehr angesehener Familie, wurde mir versichert. Und mit besten Aussichten, seinen Weg im Justizministerium zu machen.«

»Rothaarig ist er. Und tendiert schon jetzt zu Doppelkinn und gemütlichem Bauchansatz.«

Wilhelm zwinkerte Maria zu. Sein Beistand überraschte sie. Gelegentlich zeigte er doch seine guten Seiten.

»Andererseits prädestiniert ihn das natürlich, an deiner Seite glücklich zu werden«, setzte er nach, wieder mit dem gewohnt frechen Grinsen im Gesicht.

Trotz erneut aufwallenden Ärgers zwang sie sich zur Gelassenheit. Kratzte betont langsam mit dem Dessertlöffel die Puddingreste aus dem Schälchen und verzichtete ausnahmsweise darauf, sich einen Nachschlag zu gönnen. Während sie sich eine Strähne aus dem Gesicht strich, beobachtete sie in der spiegelnden Glasvitrinentür in Wilhelms Rücken, wie sich die Sonne in ihrem goldblonden Haar verfing. »Ein echter Schatz, den Sie da auf Ihrem Kopf tragen«, pflegte ein älterer Malerkollege verzückt zu schwärmen, der sie immer wieder gern bei solchen Lichtspielen porträtierte. Dabei fand sie selbst nichts Besonderes an ihrem Haar. Welch großer Einfluss eine andere Perspektive doch hatte, gerade wenn es um Bildmotive ging.

Plötzlich kam ihr eine Idee.

»Professor Storch riet mir, mich stärker auf die Pleinairmalerei zu konzentrieren. Darin sieht er bei mir großes Potenzial. Das sollte ich aus einer anderen Sichtweise weiter verfolgen.«

Von Neuem wandte sie sich direkt an den Vater, bedachte ihn mit einem besonders ergebenen Tochterlächeln.

»Nachdem ich die letzten Jahre vor allem die norddeutschen Landschaften gemalt habe, wäre es eine echte Bereicherung, mich eine Zeit lang im Süden umzusehen. Die Landschaft um München, das berühmte Dachauer Moos und natürlich das Voralpenland ermöglichen, noch einmal ganz andere Lichtakzente zu studieren. Ich sollte mich von Experten vor Ort anleiten lassen, wie die malerisch am besten zu fassen sind. Das würde das, was ich bei Storch in den vergangenen Jahren gelernt habe, sinnvoll ergänzen. Auch die alpine Landschaft mit einzubeziehen, wäre eine große Herausforderung, der ich mich einmal stellen sollte, um mich zu verbessern.«

»Vor allem, wenn du es einmal damit versuchst, die Berge tatsächlich zu erklimmen, statt sie nur zu malen«, spottete Wilhelm. »Das wäre erst recht eine große Herausforderung. Damit würdest du noch weitaus mehr an dir verbessern.«

Die Mutter zog die Augenbraue nach oben.

»Wurde Storch nicht unlängst nach Königsberg an die Kunstakademie berufen?«, erkundigte sich der Vater und tupfte sich mit der Serviette die Mundwinkel, schob das leere Dessertschälchen von sich weg. Das Dienstmädchen eilte herbei, um es abzuräumen und den Kaffee zu servieren.

»Nach Königsberg?«, hakte die Mutter interessiert ein. »Eine hohe Auszeichnung.«

Ihre Vorfahren stammten aus Ostpreußen. Regelmäßig waren sie im Sommer auf den Gütern der weit verzweigten Verwandtschaft zu Gast und pflegten dabei auch dem von ihr geliebten Königsberg einen Besuch abzustatten.

Der Vater begann umständlich, seine Zigarre aus der Banderole zu wickeln.

»Wäre es nicht sinnvoller, wenn du in Königsberg einen weiteren Kursus bei Storch …?«, setzte die Mutter an.

Maria sank der Mut. Mit dieser Wendung hatte sie nicht gerechnet.

»Wir sollten Storchs Wechsel nach Königsberg als Zeichen sehen, auch Maria noch einmal einen Wechsel in andere Gefilde zu ermöglichen«, widersprach der Vater überraschend. »Wenn er ihr Talent tatsächlich in der Landschaftsmalerei sieht, klingt es nach einem vernünftigen Vorschlag, die in einer völlig anderen Umgebung zu vertiefen. Und am besten wohl auch einmal bei anderen Professoren.«

Am liebsten hätte Maria vor Freude laut gejubelt.

»In Schreiberhau in Schlesien konnte sie bereits mehr als genug Berge und andere Landschaften …«, fing die Mutter von

Neuem an, wurde allerdings wieder unterbrochen. Dieses Mal von Wilhelm.

»Das Riesengebirge bei Schreiberhau ist zwar eine gute Vorübung für die Alpen, mehr aber auch nicht. Das sind keine richtigen Berge, erst recht ist das kein alpines Gelände, demzufolge verfügen sie dort über völlig andere Lichtverhältnisse.«

Dankbar nickte Maria ihm zu.

»Nur zu gern besuche ich dich im Frühling in München, Schwesterherz. Dann können wir uns gemeinsam davon überzeugen, wie viel herausfordernder die Alpen im Vergleich zum Riesengebirge sind. Auch ich kann meine bisherigen Studien in München hervorragend vertiefen.«

»Nichts da!«, erstickte der Vater halb lachend, halb empört die Idee gleich im Ansatz. »Du bleibst in Berlin und konzentrierst dich hier ganz darauf, überhaupt erst einmal deine Studien richtig zu beginnen, bevor du daran denkst, sie irgendwo anders zu vertiefen. Mir scheint, du hast dein Potenzial noch nicht einmal ansatzweise ausgeschöpft.«

»Danke, Väterchen!«

Maria sprang vom Stuhl und eilte zum Vater, umarmte ihn und hauchte ihm einen Kuss auf die Wange.

Verblüfft ließ er es geschehen.

Vom entgegengesetzten Ende des Tisches vernahm sie das leise, aber vielsagende Seufzen der Mutter.

»Die Zustimmung deines Vaters zur Münchner Damenakademie ist keinesfalls ein Freibrief für endlose Studien, noch dazu in einer solchen Umgebung«, fing die Mutter noch einmal mit dem Thema an, als Maria und sie sich an der Garderobe zum Nachmittagsspaziergang ankleideten. »Die dort herrschende Liberalität ist nicht nur positiv zu sehen. Gerade nicht für jemanden von deiner Konstitution. Wenn du schon nach deinem

Aufenthalt in Itzehoe im vergangenen Jahr eine Kur für deine Nerven nötig hattest und du dich diesen Sommer allein nach Grömitz an die Ostsee zurückziehen musstest, weil dich alles so leicht aufwühlt, dann …«

Statt den Satz zu beenden, ließ sie den Schluss bedeutungsschwanger in der Luft hängen. Maria war froh, dass sie im düsteren Flur standen. So konnte die Mutter nicht sehen, wie sie von Neuem errötete.

Der Malsommer in Itzehoe hatte sich in der Tat zu einer aufwühlenden Episode in ihrem Leben entwickelt, weniger der Landschaft wegen, die sie mehrfach in Öl festzuhalten versucht hatte, als vielmehr eines gewissen Herrn Westphal wegen. Niemals durfte die Mutter von ihm erfahren! Niemals die wahre Ursache für ihren Kollaps herausfinden, der in diesem Frühjahr letztlich in dem mehrwöchigen Aufenthalt im Taunusbad Langenschwalbach gegipfelt war. Den ganzen Sommer war sie unfähig gewesen, Menschen um sich zu ertragen. Westphals Name verursachte ihr nach wie vor Übelkeit.

»Du musst mir versprechen, auf dich achtzugeben.« Die Stimme der Mutter klang auf einmal besorgt. Unerwartet fasste sie Maria an den Händen, drückte sie fest.

»Der München-Aufenthalt könnte dich nicht nur krank machen, sondern deinem Ruf nachhaltig schaden. Was jemand wie Doktor Hilstein wohl dazu sagt? Ohnehin bleibt abzuwarten, wie offen man ihm gegenüber überhaupt von deinen künstlerischen Ambitionen sprechen sollte.«

»Hast du vorhin nicht gemeint, die machten sich ›ganz hübsch‹?«

»Das bleibt abzuwarten.«

Kapitel 1

München, Mitte Februar 1905

Wie Maria es auch drehte und wendete, es half nichts. Sie sah furchtbar aus. Verzweifelt streckte sie ihrem Spiegelbild die Zunge heraus.

Wie war sie nur auf die verrückte Idee verfallen, in diese Tracht zu schlüpfen? Sich ausgerechnet darin zeichnen zu wollen? Zu allem Überfluss als Heimarbeit bei Marie Schnür. Für Selbstporträts besaß sie kein Talent. Das wusste sie doch. Dazu musste sie sich nicht erst Angelo Janks vernichtendes Urteil in Erinnerung rufen, mit dem er neuerdings sämtliche Arbeiten von ihr zerpflückte. Dabei hatte er bis vor Kurzem noch keine Gelegenheit ausgelassen, ihr Talent zu loben. Sie zur besten Schülerin gekürt, die er angeblich je gehabt hatte. Um dieser Ungerechtigkeit zu entgehen, hatte sie sich aus seinen Kursen ab- und bei der Schnür angemeldet. Die sieben Jahre ältere Lehrerin mochte sie, verehrte sie geradezu. Unbedingt wollte sie sie mit ihren Bildern beeindrucken, ihr gefallen, vielleicht sogar ihre Freundin werden.

Welcher Teufel hatte sie nun jedoch geritten, außer ihrem bewährten Stillleben- auch den Porträtkurs bei ihr zu belegen? Mit diesem Übereifer machte sie am Ende nur alles kaputt.

Marias Augen wanderten zwischen dem Skizzenblock in ihrer linken Hand und dem Spiegel an der Innenseite des Kleiderkastens hin und her. Nachdenklich strich sie sich mit dem Bleistift übers Kinn. Vielleicht war doch noch etwas zu retten? Weniger an ihr selbst als an der Zeichnung?

Sie zupfte am Stoff, probierte eine andere Gewichtung von Stand- und Spielbein, musterte ihr Spiegelbild, betrachtete die

Zeichnung. Akzentuierte die eine Linie auf dem Papier stärker, radierte eine andere dafür aus, schraffierte einen Schatten dunkler. Sah wieder in den Spiegel.

Es änderte nichts. Die Zeichnung war korrekt, das Modell war, wie es war: hoffnungslos. Nichts stimmte an ihr, aber auch rein gar nichts. Die Ärmel der Bluse waren zu voluminös, die Weste spannte über der Brust, der Rock bauschte sich zu breit über die Hüften, und zu allem Überfluss überschattete der Hut mit der ausladenden Krempe und den langen Satinbändern das Gesicht. Verdeckte so das einzig Schöne an ihr: das dichte, honiggoldene Haar, das sie zu einem Zopf geflochten trug.

Einzig daraus ließe sich ein guter Akzent gewinnen. Aber nicht mit dem Hut obenauf. Wütend zerrte sie ihn vom Kopf und pfefferte ihn in die Ecke. Und den Skizzenblock schwungvoll gleich hinterher.

»Bist du so weit?«

Plötzlich stand Janne im Zimmer. Erschrocken fuhr Maria herum. Starrte sie an wie eine Erscheinung. Die Wirtin musste sie hereingelassen und gleich zu ihrem Zimmer am Ende des langen Flurs geschickt haben. Maria hatte nicht einmal die Klingel gehört.

»Geh allein. Ich bleibe hier. Ich habe zu tun.«

Nach einem flüchtigen Blick auf die Freundin begann sie hastig, sich das Kostüm auszuziehen.

Janne sah hinreißend aus. Bei ihr betonte die Bauerntracht genau die richtigen Stellen ihrer wohlgeformten Figur. Das war selbst unter dem offenen Mantel zu erkennen. Und der Hut mit den langen Bändern umrahmte ihr ebenmäßiges Gesicht vortrefflich.

Sie sollte sie zeichnen, nicht sich. Flüchtig streifte sie noch einmal ihr Spiegelbild.

Neben Janne wirkte sie noch plumper, unförmiger und biederer als ohnehin. Völlig ausgeschlossen, sich an ihrer Seite zu zeigen.

»Warum ziehst du dich aus? Hast du etwa vergessen, was wir vorhaben?«

Janne umklammerte ihre Handgelenke und versuchte, sie am weiteren Aufknöpfen der Bluse zu hindern.

Eine Weile rangelten sie miteinander.

»Lass mich!«, bat Maria. »Ich komme nicht mit. Ich habe es mir anders überlegt. Ich habe keine Zeit.«

»Das ist nicht dein Ernst! Natürlich kommst du mit«, widersprach Janne. »Die Bauernkirta im Schwabinger Bräu ist das Ereignis des Jahres. Alle gehen da hin. Die Herren von der Akademie wie auch die Damen von der Damenakademie, Lehrer wie Schüler. Darauf freust du dich seit Wochen! Im letzten und im vorletzten Jahr hast du dir da die Seele aus dem Leib getanzt. Und geflirtet und …«

»Dieses Jahr ist es anders. Mir steht nicht der Sinn danach. Und dir würde ich nur den Spaß verderben. Amüsier dich lieber ohne mich.«

»Fang jetzt bloß nicht so an! Jank …«

»Es reicht! Ich bleibe hier.«

Nicht auch noch seinen Namen nennen! Janne wusste doch, dass er der Quell allen Unglücks war. Dass sie nicht darüber hinwegkam, dass sie bei ihm in Ungnade gefallen war. Als Schülerin. Und als Geliebte. Ohne Vorwarnung. Völlig abrupt. Von einem Tag auf den anderen.

»Du bist verrückt!«

Janne schüttelte den Kopf. Maria nutzte die Gelegenheit und stieß sie energisch von sich weg. Janne strauchelte, verlor das Gleichgewicht, fiel rücklings aufs Bett.

»Verrückt war ich, als ich eingewilligt habe, mich in dieses lächerliche Kostüm zu zwängen, um mit dir zur Bauernkirta zu gehen«, erklärte Maria, sobald sie wieder ruhiger atmete, und stemmte die Hände in die Seiten.

»Schau mich doch an! Wie ein Trampel sehe ich aus. Lächerlich mache ich mich in dem Aufzug. So wird alles nur schlimmer statt besser.«

»Willst du dich etwa für alle Zeit in deiner Kammer verkriechen? Damit machst du es mit keinem Deut besser. Im Gegenteil. Jank wird triumphieren. Das darfst du ihm nicht durchgehen lassen. Zeig dem aufgeblasenen Schönling, dass er nicht der einzige Mann auf der Welt ist, der dich interessiert und der sich für dich interessiert. Versink seinetwegen nicht in Trübsal, nur weil er dich auf einmal nicht mehr will. Das ist er nicht wert. Jetzt musst du dich erst recht ins Vergnügen stürzen. Du bist nur einmal jung.«

Sie sprang vom Bett, fischte den Hut aus der Ecke, in die Maria ihn eben geschleudert hatte, klopfte den Staub ab, drückte die Dellen heraus und wollte ihn Maria reichen, als ihr Blick auf den Skizzenblock fiel, der dort ebenfalls lag. Gleich legte sie den Hut beiseite und bückte sich nach dem Block, blätterte ihn noch im Aufrichten neugierig durch, um schließlich an dem halbfertigen Selbstbildnis hängen zu bleiben.

Maria wollte ihr den Block wegnehmen, sie aber drehte sich blitzschnell zur Seite und trat einige Schritte in die Mitte des Raums, um das Licht der einzigen Lampe besser auszunutzen.

»Das ist gut. Das ist sogar sehr gut!«

Aufgeregt tippte sie mit dem Finger auf den Block.

»Klar in der Linienführung. Hervorragend in der Proportion. Wieso behauptest du immer, Porträts lägen dir nicht? Warum hast du das weggeworfen? Jetzt ist das Papier zerknickt.«

Vorsichtig strich sie es glatt, darauf bedacht, die Zeichnung nicht mit dem Handrücken zu verwischen.

»Die Schnür wird entzückt sein, wenn du es ihr nächsten Montag zeigst. Für ihren Kurs hast du das doch gezeichnet, oder? Die ›Heimarbeit Selbstbildnis‹. Gut, dass du den Kurs gewählt hast. Gib dir nur für Jank keine Mühe mehr. Den Anatomiekurs an der Damenakademie nutzt er frech, um sich an seine Schülerinnen heranzuwanzen. Damit ist ab sofort Schluss. Zumindest bei dir. Dem zeigst du die kalte Schulter. Für das gute Schnürlein musst du dich gar nicht so arg ins Zeug legen. Dich mag sie sowieso am liebsten von uns allen. Dein Talent hat sie längst erkannt.«

Sie legte den Block auf die Kommode, nahm den Hut vom Bett und setzte ihn Maria wieder auf den Kopf.

Maria wollte gerade nachfragen, ob sie das tatsächlich ernst meinte mit dem überschwänglichen Lob und dem Hinweis auf die Schnür, »Schnürlein«, wie die meisten Schülerinnen an der Damenakademie in der Barerstraße sie liebevoll nannten, jene zierliche, attraktive und bewundernswert selbstbewusste Lehrerin und Künstlerin, die schon einige Male die Titelblattzeichnung für die Zeitschrift *Jugend* geliefert hatte. Und trotzdem Woche für Woche in der Damenakademie unermüdlich an den Fähigkeiten ihrer talentierten und weniger talentierten Schülerinnen feilte. Sie ermutigte, nicht aufzugeben. Schon allein, um es den Männern in der »Königlichen Akademie der schönen Künste« zu zeigen, an der Frauen nicht studieren durften.

»Meinst du wirklich, die Zeichnung ist gelungen?«, hakte sie noch einmal verzagt nach.

»Dein Haar ist einfach wundervoll! Damit verzauberst du alle«, überging Janne die Frage und strich ihr über die Wange, hauchte einen Kuss darauf.

»Unter dem Hut sieht man aber nichts davon.«

Maria begriff, dass der Moment vorbei war. Und dass ihr wohl nichts anderes blieb, als doch mit zur Bauernkirta – »Bauernkirchweih« – zu kommen, wollte sie die Freundin nicht vergrätzen. Sie brauchte sie als Vertraute in der vertrackten Geschichte mit Jank. Und als Verbündete gegenüber den Eltern, die um nichts in der Welt erfahren durften, was sie in München trieb, wenn sich die Pforten der Damenakademie nach dem täglichen Unterricht hinter ihr schlossen und sie sich den weiteren Angeboten hingab, die die Kunst- und Bohèmestadt für junge Damen bereithielt.

Viel zu behütet war sie in Berlin gewesen, trotz ihrer mittlerweile achtundzwanzig Jahre. Nicht vorbereitet auf das, was außerhalb des Elternhauses zwischen den Geschlechtern üblicherweise geschah. Dagegen war sogar die Geschichte mit Westphal vor zwei Jahren rührend unschuldig gewesen, auch wenn sie für sie in Langenschwalbach geendet hatte. Kein Wunder, dass sie sich auf jede Gelegenheit stürzte, das Versäumte nachzuholen. Und dabei immer wieder auf die Nase fiel. Nur deswegen neigte sie zu überspannten Nerven, geriet bei der kleinsten Herausforderung aus der Fassung. So würde nie eine echte Künstlerin aus ihr, die sich selbstbewusst dem Leben stellte, um ihm in Bildern dynamisch Ausdruck zu verleihen.

Rasch knöpfte sie die Bluse wieder zu, zog die enge Weste darüber und betrachtete sich noch einmal von allen Seiten im Spiegel. Wenn sie es wie bei der Zeichnung machte, hier eine Linie durch Zupfen am Stoff etwas mehr unterstrich, dort eine andere durch Hineinstopfen in den Rockbund stärker zurücknahm und insgesamt mit der Frisur das Augenmerk auf ihr Haar lenkte, sah sie auf den zweiten Blick gar nicht so übel aus. Tatsächlich besaß sie ein sympathisch-hübsches Gesicht. Das hatten ihr schon einige Künstlerkollegen versichert und sie und ihr mysteriös in der Sonne leuchtendes Haar porträtiert.

Janne hatte recht: Es wäre fatal, sich zu verkriechen. Sollte Jank davon erfahren – und das würde er, denn auf die Bauernkirta im Schwabinger Bräu gingen alle aus dem Umfeld der Akademie und der Damenakademie, er selbst eingeschlossen –, verbuchte er das gewiss als persönlichen Sieg. Und verführte die nächste. Das wollte sie um jeden Preis verhindern.

Am Eingang des Festsaals mit der von Stuck und Girlanden verzierten Decke nahm es ihr den Atem. Das Fest war bereits in vollem Gang. Hunderte in Bauerntracht oder dem, was sie dafür hielten, zogen in einer der berühmtem Polonaisen an Janne und ihr vorbei, sangen oder vielmehr brüllten gegen die ohrenbetäubende Blasmusik vorn auf der Bühne an. Männer wie Frauen, Studenten wie Professoren. Was für ein lebensüberschäumendes Motiv!

Maria kniff die Augen zusammen, um die Szenerie genauer zu betrachten. Der Trubel war gewaltig. Dichte Rauchschwaden vernebelten ihr den Blick. Bierdunst hing in der Luft. Der Holzboden klebte von verschüttetem Bier. Seit Stunden musste es zwischen den schlanken, weißen Säulen hoch hergehen.

Unruhig tänzelte Janne neben ihr auf der Stelle, reckte den Kopf in alle Richtungen, um in dem Wirrwarr bekannte Gesichter zu entdecken. Ihre Augen funkelten vor Vergnügen. Sie war ganz in ihrem Element. Bei nächstbester Gelegenheit würde sie sich ins Gewühl stürzen. Genau solcher Feste wegen war sie nach München gegangen, hatte Maria genau solcher Vergnügungen wegen überredet, ihr zu folgen.

Maria blickte sich weiter um. Und landete nach kürzester Zeit wie von einem Magneten angezogen in der Ecke hinten rechts. Bei Jank. Natürlich. Ihm entkam sie nicht. Nach wie vor zog er sie magisch an. Trotz allem, was er ihr angetan hatte.

Sein eckiger Kopf stach aus der Menge heraus, der forschende Blick seiner dunklen, asymmetrisch geformten Augen, die etwas nach oben gezogene linke Braue, der stets leicht spöttische Gesichtsausdruck. Viel zu gut kannte sie die Details. Viel zu sehr hatte sie sie geliebt. Viel zu oft hatte sie sie aus nächster Nähe studiert. Selbst aus der Ferne meinte sie, jetzt noch jede Linie erfassen und Jank aus dem Stegreif porträtieren zu können. Sie konnte ihn einfach nicht vergessen. Nicht die Leidenschaft, mit der er sie geliebt, und die Neugier, mit der er ihren Bildern begegnet war, aus ihrem Kopf verbannen. Was tat er ihr da nur an?

Leider war er nicht allein. An seiner Seite bewegte sich eine zwar hübsche, aber gesichtslose Brünette in einem ungarisch anmutenden Kostüm im Takt der Musik. Aufmerksam folgte sie der Polonaise mit den Augen, wartete vermutlich auf den geeigneten Moment, um sich einzureihen. Jank legte ihr den Arm um die Hüften, neigte sich zu ihr herunter und flüsterte ihr etwas ins Ohr, streifte dabei wie zufällig ihr Haar mit den Lippen. Sie errötete.

Maria schluckte. Was für ein stimmiges Motiv die beiden abgaben, der gut aussehende Herr in den Dreißigern und die unschuldige junge Dame Anfang zwanzig auf dem Künstlerfasching. Nur zu gut ahnte Maria, was er der Unbekannten wohl gerade gesagt hatte. Zu oft war sie selbst in den letzten Monaten diejenige gewesen, die er auf dieselbe Art besitzergreifend an sich gezogen hatte, um ihr etwas Frivoles zuzuraunen, bevor er mit ihr den Ort des Geschehens gewechselt hatte. Zu ihrer beider Vergnügen.

Das aber war jetzt vorbei. Vor wenigen Tagen hatte er ihr das verkündet. Aus heiterem Himmel hatte er es sich anders überlegt mit ihr. Und nun umgarnte er bereits die Nächste.

Auch wenn Maria von Anfang gewusst hatte, wie unstet er war, schmerzte es ungeheuerlich, das mit eigenen Augen zu sehen.

Sie spürte einen aufrüttelnden Stoß in der Seite, schrak zusammen. Janne hatte recht. Sie sollte die Zwei nicht derart auffällig anstarren. Entschlossen drehte sie sich zu der Freundin um.

Die aber stand gar nicht mehr neben ihr. Wo war sie hin? Vom Erdboden verschluckt?

Statt Janne blickte sie einem kahlköpfigen, untersetzten Jüngling in hellblau-weißem griechischen Gewand ins apfelrunde Gesicht.

»Ich bin der Grassl Hubert. Gerade wollte ich dich auffordern«, rief er und packte sie am Arm, zerrte sie zum Tanzboden.

»Nein!«

Sie sträubte sich. Vergebens. Er war stärker. Schon fand sie sich im dichtesten Gewühl, seine Hände auf ihren Hüften. Schwungvoll führte er sie zu den Klängen einer lustigen Polka im Kreis, jauchzte laut, schnalzte mit der Zunge und drehte sie um die eigene Achse, bis ihr schwindelig wurde und sie stolperte.

Lachend fing er sie auf.

Aus dem Augenwinkel erspähte sie Janks verdutzte Miene. Gleich reckte sie das Kinn etwas höher und strahlte Hubert an.

»Gut, was?«, fragte er.

»Passt schon«, erwiderte sie.

Sie nutzte die erstbeste Gelegenheit, sich ihm zu entwinden und in die entgegengesetzte Richtung zu fliehen.

Wo steckte nur Janne? Wieso hatte sie sie im Stich gelassen? Sie hätte wenigstens Bescheid geben können, bevor sie wegging.

Verzweifelt hielt Maria nach ihr Ausschau. Bei all den wild Feiernden und noch wilder Trinkenden gar nicht so einfach. Mehr als einmal deutete ein Kommilitone ihr Suchen falsch und wollte ebenfalls mit ihr tanzen. Einer grapschte ihr sogar direkt an die Brust und versuchte, sie zu küssen. Nur mit einer Ohrfeige wurde sie ihn wieder los.

Endlich fand sie Janne. Ihr strohblondes Haar hob sich von der dunklen Holztäfelung einer Säule am anderen Ende des

Saales ab, ebenso setzte die weiße Bluse ihrer bunten Tracht einen markanten Akzent.

»Warum bist du fort?«, fragte sie sie, sobald sie bei ihr war.

»Du warst doch wieder mit Jank beschäftigt.«

»Ist das ein Grund, mich einfach stehen zu lassen?«

Maria konnte ihren Ärger kaum verbergen, dann aber bemerkte sie, dass Janne ihr gar nicht richtig zuhörte, sondern fast schon entrückt an ihr vorbei nach hinten sah.

Irritiert drehte sie sich um und folgte ihrem Blick.

Mangels Stühlen oder Bänken saßen einige junge Leute an der Seitenwand erschöpft auf dem Boden und ließen einen tönernen Bierkrug zwischen sich kreisen.

Auch das gab ein interessantes Bildmotiv ab, doch Maria ahnte, dass das nicht der Grund für Jannes Interesse war.

»Sieh nur, Dörte!«, raunte Janne ihr zu, aber da hatte Maria die gemeinsame Freundin ebenfalls schon entdeckt. Sie saß auf dem Schoß eines stattlichen dunkelhaarigen Mannes in bretonisch anmutendem Gewand. Von irgendwoher kam er Maria bekannt vor, allerdings fiel ihr nicht ein, woher. Dörte kicherte und schien sich köstlich zu amüsieren. Typisch! Die junge Düsseldorferin mit dem runden Apfelgesicht voller Sommersprossen ließ ungern eine Gelegenheit zum Flirten aus. Maria hatte es längst aufgegeben, sich zu merken, mit wem sie gerade »zugange war«, wie Dörte es selbst nannte.

An diesem Abend hatte sie sich also ein neues Opfer geangelt. Vor Kurzem noch hatte sie in Marias Gegenwart versucht, Jank zu bezirzen. Zwar bezweifelte Maria, dass sie von ihrer Beziehung mit ihm geahnt hatte, trotzdem hatte es sie verletzt. Mehrere Monate waren Jank und sie zusammen gewesen. Und jetzt wollte sie sich nicht vorstellen, dass Dörte die Ursache für seine abrupte Abkehr von ihr gewesen war. Dann schon lieber die konturlose Brünette von vorhin.

Schon wollte Maria sich abwenden und Janne fragen, warum sie sich überhaupt für Dörtes neueste Eroberung interessierte, da traf sich ihr Blick für den Bruchteil einer Sekunde mit dem des Unbekannten im Bretonengewand. Und blieb an ihm hängen.

Hastig schob er Dörte von seinen Oberschenkeln und starrte sie an.

Kurz hielt sie ihm stand, dann wandte sie sich wieder an Janne. »Kennst du den Marc?«

Unvermittelt stand auch Hubert wieder bei ihnen.

»Ach, was frag ich! Natürlich kennst du den«, winkte er resigniert ab, noch bevor sie ihm hatte antworten können. »Ihr Weiberleut kennt den schönen Franzl doch alle.«

»So viele andere schöne Männer gibt's hier ja auch nicht.« Janne grinste süffisant.

»Und so viele kluge Frauen gibt's wohl leider auch nicht. Oder warum sonst schaut ihr euch allweil die Augen nach dem Franzl aus?«, konterte er. »Dabei weiß doch ein jeder, dass er seit Ewigkeiten mit der Frau Professor Annette Simon verbandelt ist. Eine verheiratete Frau! Zwei kleine Mädchen hat sie. Das Jüngste könnt glatt von ihm sein. Nicht, dass ich jetzt was gesagt hätt, gar nichts gesagt hab ich!«

Übertrieben legte er den Finger auf die Lippen, zwinkerte ihnen zu.

»Dass der Professor Simon das mitmacht.« Er schüttelte den Kopf. »Aber so ist das wohl, wenn einer zu tief in seinen seltsamen Studien übers Altertum versinkt, statt auf seine hübsche junge Frau aufzupassen.«

»Das scheint dir richtig nahe zu gehen. Die Frau Professor Simon liegt dir wohl sehr am Herzen«, neckte Maria ihn.

Vorstellen konnte sie sich das gut. Vor einigen Tagen erst hatte sie sie gesehen. Vor dem neuen Kaufhaus Tietz am Bahnhofsplatz. Tatsächlich mit Franz Marc zusammen, wie ihr jetzt auch wieder einfiel. Daher kannte sie ihn also. Annette Simon war eine feine Frau. Und gerade deswegen so auffällig. Vor allem an seiner Seite. Sehr grazil war sie in ihren Bewegungen. Neben ihm wirkte sie sogar noch zierlicher und zerbrechlicher. Maria erinnerte sich, dass er zu allem Überfluss eine hohe, schwarze Pelzmütze und eine braune, kurze, pelzgefütterte Jacke mit seltsamen Schnüren um die Knöpfe getragen hatte. Die hatte gleich ihr Interesse geweckt.

Wie Vater und Kind hatten die Beiden gewirkt. Und natürlich hatten sie Aufsehen erregt. Halb München zerriss sich das Maul über sie und ihre unstatthafte Beziehung. Immerhin war sie die Gattin eines angesehenen Gelehrten an der Universität und er der jüngere Sohn eines stadtbekannten Malers aus Pasing, studierte seit einiger Zeit selbst Malerei an der Akademie.

»Entweder nimmt er gerade Maß an dir, um dich zu porträtieren …«, hörte sie Hubert sagen.

Plötzlich hielt er inne. Sah sie verdutzt an, als ob er ebenfalls gerade Maß an ihr nähme.

Sah nochmals zu Franz Marc.

Dann wieder zu ihr.

»Oder was?«, hakte sie nach.

»Oder er hat sich gerade bis über beide Ohren in dich verliebt. So irre, wie der dich anstiert«, antwortete Janne an seiner Stelle und lachte.

KAPITEL 2

Als Maria gut zwei Wochen später die ausgetretenen Treppenstufen eines Hinterhauses in der Schellingstraße nach oben stieg, klopfte ihr das Herz bis zum Hals. Bei jedem Knarren der Holzstiegen zuckte sie zusammen. Ihre Nervosität war lächerlich. Es ging lediglich um eine Einladung zum Tee. Allerdings bei der von ihr so verehrten Marie Schnür.

Ob sie Franz Marc kennenlernen wolle, hatte sie sie gestern nach Ende des Stilllebenkurses gefragt. Der komme zu ihr. Allein wolle sie ihn nicht empfangen. Nicht, dass es anzügliches Gerede gäbe. Natürlich hatte Maria ihr den Gefallen tun wollen und zugesagt. Und jetzt zitterten ihr die Finger, als sie den Klingelknopf drückte. Aber nicht wegen Franz Marc. Der interessierte sie nicht. Trotz der seltsamen Begegnung bei der Bauernkirta. Was sollte sie mit einem, der wie Jank hinter allen Röcken her war?

Von drinnen waren auf einmal laute, fröhliche Stimmen zu hören. Mehrere. Wild durcheinander. Maria stutzte. Hatte die Schnür sie nicht eingeladen, um zu verhindern, allein mit Franz Marc zu sein? Seltsam. Hoffentlich hörte sie das Läuten in dem Lärm überhaupt. Voller Unruhe studierte Maria das Muster des Türblatts, stapfte sich den Schnee von den Schuhen und versuchte, selbstbewusst zu wirken, während sie darauf wartete, dass ihr geöffnet wurde.

»Geh nicht«, hallte ihr Jannes Rat im Ohr. Auf dem Heimweg aus der Damenakademie hatte sie ihr abends ganz aufgeregt erzählt, dass das »Schnürlein« sie um ihren Besuch gebeten hatte.

»Die führt etwas im Schilde«, hatte Janne gemutmaßt.

»Wie kommst du darauf?«, hatte sie irritiert gefragt. »Ausgerechnet du hast mir doch ständig von ihr vorgeschwärmt. Erst bei der Rückgabe der Hausaufgaben hast du mir wieder gestanden, wie sehr du mich darum beneidest, von ihr gelobt zu werden. Oder gönnst du mir nicht, dass die Schnür mich zu sich nach Hause einlädt und nicht dich?«

»Natürlich gönne ich dir das. Wir sind Freundinnen«, hatte Janne entrüstet widersprochen. Und war unvermittelt stehen geblieben. Mitten auf dem eisglatten Trottoir. Fast wären die Passanten hinter ihnen in sie hineingeschlittert. Ein älterer Herr hatte lauthals zu schimpfen begonnen. Durch den scheußlichen Schneeregen waren die Wege zu gefährlichen Rutschbahnen mutiert.

»Pass gut auf dich auf. Du weißt, ich bin jederzeit für dich da.«

Flüchtig hatte Janne sie umarmt und war in die entgegengesetzte Richtung davongeeilt, so rasch es bei den Witterungsbedingungen möglich war. Was hätte Maria darum gegeben, hätte sie ihr Näheres über ihre rätselhaften Andeutungen verraten.

Doch nicht allein deshalb stand sie nun nervös vor Marie Schnürs Wohnung. Vorsichtig nahm sie sich den Hut vom Kopf und zupfte sich das locker hochgesteckte Haar zurecht.

Den dritten Winter in Folge verbrachte sie als Schülerin der legendären Damenakademie in München, war nicht nur dank der Affäre mit Jank schon oft in Privatwohnungen und Ateliers von Lehrkräften und namhaften Künstlern zu Gast gewesen. Allerdings noch nie bei der von ihr angebeteten Lehrerin. Dabei buhlte sie schon lange um deren Aufmerksamkeit. Umso märchenhafter, jetzt endlich das Ziel erreicht zu haben.

»Maria, wie schön!«, begrüßte die Schnür sie.

Es hatte etwas länger gedauert, bis die Tür endlich geöffnet wurde. Maria hatte schon überlegt, ein zweites Mal zu läuten.

Die Geräusche aus dem Wohnungsinneren waren immer lauter geworden.

»Nur herein in die gute Stube!« Einladend wies die Schnür nach drinnen. »Es ist eng bei mir. Am besten legen Sie gleich hier vorn ab.«

Zu Marias Erleichterung half sie ihr noch bei offener Tür aus dem Mantel. Maria fürchtete, sie ungeschickt anzurempeln oder in dem schmalen Flur etwas umzustoßen. Gelegenheit dafür gab es reichlich. Die Wände waren übersät mit Zeichnungen in Glasrahmen, dazwischen Dutzende Podeste mit Figuren, Vasen oder Dosen. Selbst die wuchtige Kommode war von zerbrechlichem Nippes übersät. Und die Schnür im Gegensatz zu ihr rank und schlank genug, sich dazwischen grazil zu bewegen.

Der Garderobenhaken quoll über, dennoch gelang es ihr, Marias Mantel darüber zu hängen. Den Hut platzierte sie auf der Ablage, die ebenfalls bereits mehr aufgenommen hatte, als sie sollte.

»Die anderen sind schon mitten im Gespräch.«

Sie ließ offen, ob das ein Tadel oder eine Feststellung war. Dabei war Maria wie gewünscht pünktlich um vier eingetroffen. Wahrscheinlich hatte die Schnür die anderen früher bestellt. Absichtlich. Wortlos zeigte sie auf die offene Tür gegenüber, die vermutlich ins Wohnzimmer führte. Maria begriff das als Aufforderung, sich nicht noch genauer umzusehen, und ging hinein.

Um bereits auf der Türschwelle wieder jäh stehenzubleiben.

Auf dem Sofa thronte Jank!

Mit ihm hatte sie nicht gerechnet. War sie in der richtigen Fassung, ihm zu begegnen? Sollte sie ihr verführerisch goldenes Haar nicht erst geschickter zurechtbinden?

In der nächsten Sekunde ärgerte sie sich über sich selbst. Warum lag ihr noch immer so viel daran, welchen Eindruck sie auf ihn machte? Warum übte er nach wie vor so viel Macht über sie aus? Sicher, er war ein glühender Liebhaber. Und ein genialer Maler und Mentor, von dem sie viel gelernt hatte. Aber ein schlechter Charakter.

Sie sollte ihm aus dem Weg gehen, um nicht doch wieder schwach zu werden. In den Flur aber konnte sie nicht zurück. Die Schnür versperrte den Weg.

»Alles in Ordnung?«, erkundigte sie sich zu Marias Erstaunen weniger besorgt denn vorwurfsvoll. Auf ihrem ebenmäßigen Gesicht lag plötzlich Missmut. Sie drängte Maria regelrecht ins Wohnzimmer.

»Professor Jank kennst du bereits«, stellte sie fest und wechselte zum Du, als wären sie schon lange befreundet. »Und das ist …«

»Franz Marc!«, antwortete der breitschultrige, dunkelhaarige Malerkollege, der Maria auf der Bauernkirta so angestarrt hatte. Seine Stimme klang dunkel und bestimmt. Mit einem Satz war er aus dem Sessel gesprungen und kam ihr mit ausgestreckter Hand entgegen, verdeckte die Sicht auf Jank.

Sein Händedruck war warm und fest. Aus der Nähe wirkte er noch imposanter als im Schwabinger Bräu. Er strahlte eine ungeheure Präsenz aus, die sie gern genossen hätte, wäre da nicht Jank, dem sie unbedingt entkommen musste. Aber nun versperrte Franz ihr den Weg.

»Da komme ich ja gerade richtig«, vernahm sie eine weitere weibliche Stimme in ihrem Rücken. Dörte!

Sie kam so selbstverständlich mit einem großen Tablett, beladen mit Teekanne, Kuchen und Geschirr, herein, dass offensichtlich war, dass sie sich bei der Schnür wie zu Hause fühlte. Maria schluckte. Jannes Verdacht kam ihr in den Sinn. War es das, was die Schnür im Schilde führte? Wollte sie ihr auf diese Weise demonstrieren, wie viel sie von Dörte hielt?

Ihr Blick wanderte über den Tisch vor dem Sofa. Darauf

lagen Skizzenhefte und Blöcke, dazwischen Blätter mit verschiedenen anatomischen Studien und Zeichnungen. An der Wand gegenüber lehnten ungerahmte Bilder, Leinwände mit der Front zur Wand direkt daneben. Der vertraute Geruch nach Ölfarben und Terpentin stieg ihr in die Nase. Es herrschte das vertraute Chaos, das sie auch aus anderen Künstlerwohnungen kannte. Allerdings schien sich das Atelier der Schnür entweder im Zimmer nebenan oder ganz woanders zu befinden. Staffelei, Pinsel, Palette oder Farbtuben waren nirgends zu entdecken.

»Mein Atelier ist im Hinterhaus«, erklärte die Schnür. Anscheinend hatte sie Marias suchenden Blick registriert. »Wir waren gerade mitten in der Diskussion über die Aktzeichnungen …«

»Was sagst du dazu?«

Franz hielt sich nicht mit Förmlichkeiten auf, sondern duzte sie ebenfalls ganz selbstverständlich. Flugs fischte er eines der Blätter vom Tisch, auf dem Rötelzeichnungen eines männlichen Akts mal sitzend von hinten, mal von der Seite, mal halb schräg, mal auch nur der Oberkörper ohne Hintern und Beine zu sehen waren. In der Bildmitte prangte der komplette Körper, räkelte sich in lasziver Pose, das Geschlecht deutlich entblößt. Marias Blick fiel auf das Gesicht: Franz. Verlegen sah sie zur Seite, streifte Jank, der sie unverblümt betrachtete. Sie errötete. Verdammt!

Das neuerliche Klingeln an der Wohnungstür ersparte ihr die Antwort an Franz. Die Schnür warf Dörte einen strengen Blick zu, die aber setzte sich zu Jank aufs Sofa. Er lächelte süffisant. Der Schnür bliebe keine Wahl. Sie musste selbst zur Tür gehen und öffnen. Sichtlich enerviert verschwand sie in den Flur.

Dörte schenkte Maria einen triumphierenden Blick. Bevor Maria sich abwandte, registrierte sie aus dem Augenwinkel Janks Schmunzeln. Ostentativ legte er Dörte den Arm um die

Schultern und zog sie näher zu sich heran. Sie schmiegte sich an seine Seite.

Der Nachmittag entpuppte sich als Groteske. Maria war gespannt, wer als Nächstes auftauchte.

Zu ihrer Verwunderung war es Hubert Grassl. Seit der Kirta lungerte er auffällig oft im Umkreis der Damenakademie oder des Café Luitpold herum, wo die Malschülerinnen nachmittags ihren Mokka oder eine heiße Schokolade zu trinken pflegten. Ihn schob die Schnür genauso ungeduldig ins Wohnzimmer wie vorhin Maria. Er reagierte ähnlich überrascht wie sie, sobald er die Lage erfasste, dann verzogen sich seine Lippen zu einem Grinsen.

»Schau an, die Maria! Und der Franzl. Und beide schon mitten im angeregten Gespräch über die Kunst.«

Augenzwinkernd warf er einen Blick auf die Aktzeichnungen, grinste noch breiter, dann verbeugte er sich knapp vor Jank. »Und der Herr Professor! Welch Vergnügen, auch Ihnen hier zu begegnen. Verzeihung, wenn ich Sie mitten im angeregten Disput mit Fräulein Dörte wahrscheinlich gleichfalls über die Akte …«

»Die Freude ist ganz meinerseits«, unterbrach Jank ihn und erhob sich. »Entschuldigen Sie. Sie sind ja jetzt alle gut beschäftigt.«

Ohne auf Dörtes verdutzte Miene zu achten, eilte er an Maria vorbei in den Flur, wo die Schnür mit den heruntergefallenen Mänteln am Garderobenhaken kämpfte. Maria hörte, wie er ihr anbot, zu helfen. Dann schloss er die Tür.

»Ich setze neues Teewasser auf«, sagte Dörte und eilte ebenfalls wieder hinaus. Hubert folgte ihr, ließ die Tür zum Flur allerdings weit hinter sich offen stehen.

Die Stimmen draußen wurden lauter, schwankten zwischen Amüsement und Verärgerung, wie Maria sich einbildete herauszuhören. Schon wollte sie ebenfalls hinaus, da hielt Franz sie abermals auf.

»Was sagst du jetzt also zu den Zeichnungen?«

Er fasste sie am Arm und führte sie zum Fenster, wo das Licht besser war. Die Unruhe im Rest der Wohnung schien ihn nicht zu kümmern.

»Leider bin ich wenig firm in Aktzeichnungen«, wich sie aus und unternahm einen neuerlichen Versuch, sich ihm zu entziehen.

Zu zaghaft, wie sich zeigte. Franz lächelte. Auf einmal war sie gar nicht mehr so sicher, ob sie noch hinaus wollte.

»Höchste Zeit, dass wir einmal über die Akte reden.«

Franz nötigte sie geradezu, die Blätter aufmerksamer zu betrachten. Sie schienen wirklich gut. Wer sie wohl gezeichnet hatte? Die Schnür? Der immer gleiche Schwung in der Linie ließ ein und dieselbe Person hinter allen vermuten. Eine Signatur fehlte.

»Eigentlich konzentriere ich mich auf Landschaftsmalerei und Stillleben«, setzte sie an.

Deutlich spürte sie Franz' Blick auf sich ruhen. Das machte sie nervös. Ebenso wie der Gedanke, was Jank und die anderen wohl draußen im Flur miteinander veranstalteten. Offenkundig hatten es sowohl die Schnür als auch Dörte auf ihn abgesehen.

»Den Porträtkurs bei Marie Schnür habe ich nur …«, fügte sie eher geistesabwesend hinzu, um überhaupt etwas zu sagen, und wandte sich wieder Franz zu.

»Dachte ich's mir!« Erfreut nahm er ihr die Blätter aus der Hand, legte sie achtlos auf die Fensterbank und strahlte sie an. »Porträts sind eine ganz eigene Kunst. Und beim Akt kommt es ohnehin ganz aufs Modell an.«

Freimütig glitt sein Blick über sie, verharrte länger, als schicklich war, auf ihrem Busen, bevor er verkündete: »Am liebsten bin ich mit der Staffelei an der frischen Luft unterwegs, möglichst draußen in den Bergen. Da fange ich direkt auf der Leinwand mit einem Bild an. Skizzen und Entwürfe dauern mir einfach zu lang.«

»Ist dein Vater nicht ein bekannter …«

»Mein Vater hat sich mit Genre- und Landschaftsbildern einen Namen gemacht. Er zählt zum erlauchten Kreis der Münchner Schule, musste allerdings vor einigen Jahren mit dem Malen aufhören. Inzwischen sitzt er im Rollstuhl.«

»Das tut mir leid.«

»Schon gut. Früher war er sehr produktiv, jetzt grämt er sich nicht zu arg, denn er erhält eine gute Pension. Zum Dank, dass er auf Schloss Linderhof und in Herrenchiemsee für den verstorbenen König tätig gewesen ist.«

Aus Franz sprudelte es nur so heraus. Maria wunderte sich. Sie kannten sich doch gar nicht. Er schien gleich Zutrauen zu ihr gefasst zu haben. Und das, obwohl sie sich bislang so abweisend ihm gegenüber verhalten hatte. Wie unhöflich von ihr!

Es rührte sie, wie offen er ihr gegenüber war. Und wie er sie dabei ansah. Und überhaupt anscheinend alles daran setzte, sie für sich zu gewinnen. Ausgerechnet er, der stadtbekannte Schwabinger Schlawiner. Das tat gut. Gerade weil sie Jank draußen im Flur wusste, lächerlich umschwärmt von Dörte und der Schnür zugleich. Aber auch, weil Franz eine ganz eigene Art hatte, die ihr sehr gefiel. Sie trat einen Schritt näher zu ihm. Er roch gut. Männlich. Herb. Nach. Ölfarbe. Lösungsmitteln. Und nach nasser Leinwand.

»Da muss ich mich wohl noch sehr ins Zeug legen, um ihm eines Tages halbwegs das Wasser reichen zu können.« Franz schien nicht zu bemerken, was in ihr vorging, sondern redete unbekümmert weiter.

»Eigentlich eine verrückte Idee von mir, mich demselben Metier zuzuwenden wie mein Vater, noch dazu, da er so übergroße Schatten wirft. Lange habe ich nicht im Traum daran gedacht, zu malen. Anfangs wollte ich Pfarrer werden. Dann habe ich es mit der Philosophie versucht. Während meines Jahrs beim Militär habe ich allerdings gemerkt, dass ich malen muss. Inzwischen kann ich mir gar nicht mehr vorstellen, je etwas anderes im Leben zu tun.«

Kurz hielt er inne.

Wieder dieser Blick. Forschend. Aber auch sehr interessiert. Und fasziniert.

»Wie bist du zur Malerei gekommen?«, fragte er endlich.

Wie er sie jetzt schon wieder anlächelte! Ihr Herzschlag stockte. Sie brauchte nur wenige Sekunden, um sich zu besinnen. Und ihm jetzt ebenso freimütig zu erzählen, dass sie schon seit frühester Jugend male und bereits die verschiedensten Damenateliers und Sommerkurse absolviert habe. Sie verriet ihm auch, dass sie derzeit mit sich hadere, ob sie wirklich ausreichend Talent besitze, weil ein guter Freund, der ebenfalls male und an der Damenakademie unterrichte, ernsthafte Zweifel in ihr geweckt habe.

»Wenn du schon so lange malst und dir dein Talent mehrfach bestätigt wurde, bist du auf dem richtigen Weg. Wie kann dich da ein Einzelner noch verunsichern, womöglich gar von deinem Weg abbringen? Hast du nicht eben erwähnt, du hättest bereits mit neunzehn einen erfolgreichen Abschluss an der Königlichen Kunstschule gemacht?«

»Und noch eine Ausbildung zur Turnlehrerin absolviert«, ergänzte sie.

»Turnen kannst du auch noch!« Begeistert klatschte er in die Hände. »Ich liebe es, mich sportlich zu betätigen. Der ideale Ausgleich zum stundenlangen Stehen vor der Staffelei. Kannst du mir nicht eine Übung zur Auflockerung zeigen? In etwa so etwas?«

Er versuchte, auf einem Bein zu balancieren, das zweite ans Knie anzuwinkeln und die Arme in die Höhe zu recken. Sofort verlor er das Gleichgewicht. Sie musste lachen. Und demonstrierte ihm, wie die Figur richtig positioniert wurde. Übermütig probierte er es von Neuem. Stellte sich dabei ungeschickter an als nötig, um sie abermals zum Lachen zu bringen.

Im unbeschwerten Hin und Her mit Franz vergaß sie völlig ihren Ärger über Jank und die beiden anderen Frauen. Ebenso schien Franz längst alles um sie herum vergessen zu haben. Selbst dass sie eigentlich über die Rötelzeichnungen hatten reden wollen, spielte keine Rolle mehr. Obwohl die Blätter weiterhin in Sichtweite lagen, die entblößenden Zeichnungen obenauf, wirkte er nicht im Geringsten verlegen. Ihn interessierte offenkundig nur noch Maria und das, was sie ihm zu erzählen hatte. Sofort fragte er nach, wenn er etwas genauer wissen wollte. Gebannt hörte er zu, was sie sagte. Sie badete sich in seiner Aufmerksamkeit. Vom ersten Moment ihrer Begegnung brachte er ihr eine besondere Wertschätzung entgegen, wie sie es so bei noch keinem anderen Menschen erlebt hatte. Vor allem nicht bei einem Mann. Und einem Künstlerkollegen.

Nur zu gern ließ sie sich auf seine zügellose Neugier ein. Obwohl sie kaum etwas von ihm wusste außer dem stadtweiten Tratsch über seine Liebeleien, überhaupt zum ersten Mal mit ihm persönlich redete, noch dazu unter vier Augen. Das war sonst nicht ihre Art, erst recht nicht nach den Erfahrungen der vergangenen Jahre. Und zuletzt nach der mit Jank.

»Das verstehe ich gut, dass du es nach den norddeutschen Landschaften mit den Bergen hier im Süden versuchen willst.«

Franz rückte so dicht an sie heran, dass sie den Tabakgeruch in seinen Kleidern registrierte. Er steckte sich ein Zigarillo zwischen die Lippen, bot ihr auch eines an.

»Ich rauche nicht.«

»Noch nicht.«

Verschmitzt schmunzelte er, inhalierte einige Male. Blies den Rauch in bunten Kringeln zur Seite aus, wandte sich dann mit einem versonnenen Blick zum Fenster. Für eine Weile verlor er sich in dem winzigen Ausschnitt des dämmrigen Märzhimmels, der von dort aus zu sehen war.

»Allein die Blautöne, die es braucht, um einen sonnigen Sommertag im Voralpenland annähernd zu fassen, sind völlig anders als oben im Norden. Himmelsblau, Bayerischblau, Königsblau, Azurblau …«

»Aber keinesfalls Preußischblau.«

»Das bestimmt nicht.«

Amüsiert zwinkerte er ihr durch den Zigarillorauch zu.

»Auch das Grün auf den Wiesen hier im Süden, das Gelb der Weizenfelder oder das Braun des Ackers sind anders als etwa in der Lüneburger Heide. Hier herrscht eine völlig andere Stimmung. Gar nicht zu vergleichen.«

Dass er bislang noch nie selbst in Norddeutschland gewesen war, störte ihn nicht im Mindesten, wie sich zeigte. Nicht einmal Berlin habe er besucht, räumte er ein, dafür vor zwei Jahren eine Frankreichreise mit einem Kommilitonen unternommen.

»Ein großartiges Land! Die Loire-Schlösser sind genial, aber malen wollte ich sie nicht. Überhaupt reizen mich Gebäude nicht als Sujets. Auch Städte oder Straßenszenen interessieren mich nicht, nicht einmal in Paris, das so ganz anders ist als München, Tours oder Orléans. Dafür bietet die bretonische Küste ein unendliches Thema. Das raue Meer hat etwas. Die Stimmung bei Flut, im Sturm, aber auch bei Windstille. Jedes

Mal aufs Neue faszinierend. Niemals sieht es gleich aus, selbst von ein und derselben Stelle aus nicht. Und das Farbengewitter, das sich dort oben in jeder Sekunde entlädt, ist gewaltig. Das Blau changiert zwischen Graublau, Algenblau, Blaugrün …«

»Bretonischblau?«

Wieder lachten sie.

»Bislang war ich nur an der Ostsee und von Königsberg aus am Haff«, räumte sie ein. »Der Atlantik ist gewiss komplett anders, vor allem das sich rapide verändernde Licht, die schäumende Brandung, die schnell übers Firmament entlangjagenden Wolken. Das alles spiegelt sich natürlich in den unterschiedlichen Blautönen.«

Die Begeisterung, mit der er seine Eindrücke aus Frankreich schilderte, war ansteckend. Schon hatte sie selbst konkrete Bilder im Kopf. Unfassbar, welche Worte er hatte, um die unterschiedlichen Nuancen der Farben zu beschreiben. Anscheinend konnte er das auch auf Französisch. Seine Mutter stamme aus dem Elsass, er sei zweisprachig aufgewachsen, erwähnte er beiläufig.

»Bestimmt hast du von deiner Reise viele Skizzen mitgebracht und schon einige Bilder gemalt.«

Gebannt sah sie ihn an. Würde er ihr die zeigen?

»Abgesehen von der Tracht, in der du mich auf der Bauernkirta gesehen hast, habe ich nur einige Tuscheskizzen aus Paris und eine in Öl aus der Bretagne mitgebracht.«

Sie war irritiert. Eine überraschend geringe Ausbeute für eine solch ausgedehnte Reise. Er aber tat, als wäre es für einen Maler selbstverständlich.

»Es sind wirklich keine großen Sachen, aber vor allem dieses Licht wird mir im Sinn bleiben«, setzte er nach, blickte zugleich wieder nach draußen in den sich allmählich verdunkelnden Winterhimmel über München. »Wie ist das zu fassen? Ein endloses Farbenspiel. Mit welchen Mitteln macht man das auf der Leinwand für den Betrachter erlebbar? Die unendliche Tiefe, die darin steckt, das Geheimnisvolle, das sich dabei offenbart. Mir geistert ein junges Mädchen mit feuerrotem Haar durch den Kopf, das ich gegen das tiefblaue Meer in seinen verschiedenen Schichten zeigen will. Allerdings arbeite ich noch daran, wie ich es am geschicktesten anstelle, damit die beste Wirkung zu erreichen.«

»Die Spannung zwischen Rot und Blau in einem solchen Sujet aufzugreifen, ist eine hervorragende Idee. Das schlägt einen weiten Bogen.«

Sie nippte am Tee, den Dörte ihr gebracht hatte, sichtlich beleidigt, dass weder Maria noch Franz sie beachteten. Dafür bemühte sich Hubert mit allen Mitteln, sie zu unterhalten, während sie sich immer wieder ins Gespräch zwischen der Schnür und Jank einzuschalten versuchte, wie Maria mit einem beiläufigen Blick zum Sofa registrierte. Ins Wohnzimmer zurückgekehrt, führten die vier bald hitzige Diskussionen mit- und gegeneinander, wie an ihren erregten Stimmen zu erkennen war.

»Van Gogh ist großartig.« Unbeeindruckt von den anderen sprang Franz zum nächsten Punkt. »In Paris seine Bilder zu sehen, war eine echte Offenbarung. Sein eigenwilliger Pinselstrich, die Kraft seiner Farben – wirklich famos! Danach war mir klar, dass mir das Studium an der Akademie nichts mehr bringt. Dass ich meinen Weg selbst finden muss, jenseits der akademischen Lehre und Sichtweisen.«

»Du bist weg von der Akademie? Ohne Abschluss? Sehr mutig!«

»Du warst im letzten Jahr mit Max Feldbauer im Dachauer Moos unterwegs?« Abrupt drückte er den Zigarillo in einem bunten Unterteller auf dem hölzernen Fensterbrett aus. Seine Fingerspitzen waren vom Tabak gelblich verfärbt, trugen allerdings auch deutliche Spuren von Ölfarben. Blau, Rot, Grün und Gelb schien er am liebsten in kräftigen Tönen zu verwenden.

»Woher weißt du …?«, fragte sie überrascht.

»München ist ein Dorf, erst recht die Künstlerszene.« Er lachte. »Die Maler von der *Scholle* sind gute, solide Lehrmeister. Max Feldbauer ist sicherlich die beste Adresse, wenn du Moorlandschaften in den Griff bekommen willst. Überhaupt pleinair malen willst. Auch als Zeichner hat er einiges zu bieten. Ebenso wie unser liebes Schnürlein.«

Wieder griff er nach den Aktzeichnungen auf dem Fensterbrett, betrachtete sie noch einmal ausgiebig, bevor er sie Maria reichte.

»Ich glaube, es wird Zeit, zu gehen.« Verlegen deutete sie durchs Fenster nach draußen. Inzwischen war es dunkel geworden.

»Ich bring dich nach Hause.«

Ohne ihre Zustimmung abzuwarten, zog er sie an der Hand mit sich, bedankte sich bei der Schnür für die Einladung und verabschiedete sich von den drei anderen. Leicht verdutzt tat sie es ihm nach. Und bemerkte mit Genugtuung Janks Erstaunen, dass sie gemeinsam mit Franz die Wohnung verließ. Hand in Hand. Auch Dörte und Hubert wirkten überrascht.

Als Franz ihr im engen Flur in den Mantel half und ihr den Hut reichte, berührte er sie wie zufällig am Arm, streifte ihr Haar. Lächelte sie von Neuem an. Sie lächelte zurück. Es wunderte sie, wie wenig Scheu er hatte, sie zu berühren. Und wie schön sie es fand.

»Du wohnst auch in der Kaulbachstraße?«, fragte er auf dem Weg nach unten, sobald sie ihm ihre Adresse genannt hatte. »Dann sind wir quasi Nachbarn. Unglaublich, dass es die Bauernkirta oder vielmehr einen Nachmittagstee beim Schnürlein braucht, damit wir uns begegnen.«

Er schüttelte den Kopf, riss ihr schwungvoll die Hoftür auf und folgte ihr nach einer übertrieben tiefen Verbeugung nach draußen auf die Schellingstraße.

Der Frost hatte wieder angezogen, den tagsüber angetauten Schnee auf dem Trottoir erneut gefrieren lassen. Galant bot Franz ihr den Arm. Ihr gefiel der feste Griff, mit dem er ihr über die rutschigen Partien half.

Gemächlich schlenderten sie an den Buchhandlungen, Antiquariaten und Cafés vorbei bis zur Ludwigstraße, schlängelten sich durch die Studenten- und Professorengruppen, die sich nach dem Ende der Vorlesungen und Seminare aus den Universitätsgebäuden auf die Gehwege ergossen, und wechselten vor dem hell erleuchteten Siegestor die Straßenseite.

Eine voll besetzte Tram quälte sich nordwärts nach Schwabing, die Räder quietschten in den Schienen, der Waggon schepperte wegen des holprigen Untergrunds. Der Schaffner läutete mit der Glocke Sturm, um Fuhrwerke und Radler wie auch zu langsame Passanten fortzuscheuchen.

Vor dem Milchgeschäft an der Ecke zur Schackstraße erregte sich eine Gruppe Dienstmädchen lauthals über eine anstehende Preiserhöhung.

»Meine Gnädige wird sich freuen«, meinte eine sarkastisch.

»Meine wird behaupten, ich wollte sie betrügen«, empörte sich eine Zweite. »Die hat keine Ahnung nicht, wie teuer das Leben ist.«

»Die Meinige geizt mit dem Haushaltsgeld, um sich mit schönen Hüten und Klamotten in der Gesellschaft zu beweisen«, schimpfte eine andere.

»Serviert lieber Bier statt Milch zum Frühstück«, rief Franz ihnen zu, als sie an ihnen vorbeigingen. »Das sorgt für bessere Laune, vor allem beim Hausherrn. Und billiger ist es obendrein.«

Die Mädchen drehten sich um. Fröhlich winkte er ihnen. Sie kicherten.

»So schnell kann man für gute Stimmung sorgen«, erklärte er Maria. Sie lächelte.

Viel zu schnell erreichten sie das Haus, in dem sie wohnte.

»Wir sollten das mit unserer Nachbarschaft als glückliche Fügung sehen.«

Franz hielt ihre Hand einfach fest. Eigentlich hatte sie sich schon verabschiedet. Offensichtlich wollte er sie nicht gehen lassen. Auch in ihr sträubte sich alles dagegen, ihn ziehen zu lassen. Sie blickte die Hausfassade hinauf. Sie kannte die Neugier ihrer Zimmerwirtin. Und die von so manch anderem Bewohner aus dem Haus. Niemand aber war an den Fenstern zu sehen. Und der kleine Auflauf vor dem Milchladen weiter vorn hatte sich verflüchtigt. Franz und sie waren allein. Ihr Herz klopfte schneller.

»In jedem zweiten Haus in Schwabing und der Maxvorstadt gibt es mindestens drei Maler und vier Ateliers.« Franz war ihrem Blick gefolgt, deutete ihn offenbar jedoch falsch. »Trotzdem ist es ganz besonders, dass wir beide so nah nebeneinander wohnen. Daraus sollten wir mehr machen.«

»Und was?« Vor Aufregung wurde sie heiser.

»Uns gegenseitig besuchen und unsere angehenden Meisterwerke loben.«

Er machte einen Schritt auf sie zu. Sie spürte seinen Atem im Gesicht.

»Dein Mädchen mit dem feuerroten Haar beispielsweise?«, fragte sie leise. »Das interessiert mich wirklich.«

Obwohl sie sicher war, dass er noch nicht einmal mit einem Entwurf angefangen hatte, brachte sie ihn damit nicht in die geringste Verlegenheit. Sein Blick wurde herausfordernd.

»Und was hast du mir zu bieten? Eine Moorlandschaft bei

Dachau vielleicht? Oder plattes Land bei Itzehoe? Oder eine Serie über das Haff?«

Im Licht der Straßenlaterne funkelten seine dunklen Augen.

»Du musst mit mir in die Berge! So schnell wie möglich«, rief er plötzlich vergnügt. »Am besten auf die Staffelalm beim Rabenkopf. Mit dem Senner bin ich seit Jahren befreundet. Schon als Kind bin ich oft mit meinen Eltern nach Kochel gefahren und dort auf die Berge hinauf. Du wirst staunen, welche Sicht man von da oben hat. Und welche Bilder man im Kopf gleich zu malen beginnt. Vor Ostern ist es da am schönsten.«

»Bei Schnee und Eis?«

Allein der Gedanke ließ sie frösteln. Ihr Bruder Wilhelm hatte es richtig erkannt: Sie war keine begeisterte Bergsteigerin. Selbst im dritten Jahr in München hatte sie die Voralpenlandschaft im Süden bislang gemieden, war vor allem nordwärts in der Gegend um Dachau unterwegs, wo es ähnlich platt und morastig war wie in der Lüneburger Heide. Dabei hatte sie den Eltern eigentlich der Berge wegen ihre Zustimmung für München abgetrotzt.

Beim Stichwort Eltern wurde sie auf einmal traurig. Übernächste Woche schon musste sie nach Berlin. Zum Ende des Wintersemesters bestanden die Eltern auf ihrer Rückkehr. Und machten kein Geheimnis daraus, dass sie dieses Jahr fest entschlossen waren, ihr keinen weiteren Sommerkurs bei Feldbauer im Dachauer Moos oder gar Lehrveranstaltungen im nächsten Herbst und Winter an der Damenakademie in der Barerstraße zu gestatten. Sie musste sich etwas anderes einfallen lassen, um weiterzukommen. Denn das wollte sie. Unbedingt.

»Vor Schnee und Eis kann ich dich beschützen. Da hab ich ein unschlagbar hilfreiches Mittel.«

Franz beugte sich zu ihr herunter und schlang die Arme um sie. Schon näherte sich sein Gesicht dem ihren.

Er wollte sie tatsächlich küssen! Jäh zuckte sie zurück.

»Ich muss wieder nach Berlin. Drück mir die Daumen, dass ich die Eltern von neuen Sommerkursen in München überzeugen kann.«

»Du brauchst ihre Erlaubnis?« Die Vorstellung schien ihn zu befremden. Abrupt gab er sie frei. »Aber du bist eine erwachsene …«

»Leider verdiene ich kein Geld mit meinen Bildern«, unterbrach sie ihn ungeduldig. Wie naiv er war! »Mein Vater finanziert mir die Miete für mein Zimmer und die Kurse an der Damenakademie. Deshalb bin ich es ihm schuldig …«

»Schuldig bist du nur dir selbst etwas.«

Sie horchte auf. Was sagte er da?

»Es wird Zeit, dass du die Verantwortung für dein Leben allein trägst.«

Auf einmal wirkte er ernst und bestimmt, nicht wie der zu Scherzen aufgelegte Schwabinger Schlawiner, der er eben noch gewesen war.

»Nimm selbst in die Hand, was du tust. Warum versuchst du nicht, mit deiner Kunst dein eigenes Geld zu verdienen? Dann bist du unabhängig von deinen Eltern und kannst frei bestimmen, wo du wohnst und malst.«

»Dazu bin ich noch lange nicht gut genug.«

»Wie kommst du darauf?«

»Ich weiß es.«

»Worauf wartest du? Irgendwann musst du einen dicken Schlussstrich ziehen und mit dem Lernen aufhören. Das ist auf Dauer nicht der richtige Weg, um zu deinem eigenen Malen zu finden. Fang einfach an, allein für dich zu arbeiten. Du wirst sehen, es funktioniert. Besser, als du je gedacht hast.«

»Als Mann tust du dich leicht, mir das zu raten.«

»Auch Frauen haben heutzutage eine Chance. Schau dir nur

das Schnürlein an. Sie kommt allein zurecht. Und so manch andere von der Damenakademie auch. Trau dich! Du kannst es. Das bist du dir und deiner Kunst schuldig. Das ist deine Pflicht gegen dich selbst. Die wiegt schwerer als die Pflicht gegen deine Eltern.«

Eindringlich sah er sie an.

Sie zwang sich, ihm standzuhalten, obwohl sie innerlich bebte. Vor Scham, wie sie sich eingestand.

Er hatte recht. Und wie! Natürlich war es Zeit, endlich zu tun, was sie von Anfang an tun wollte: einfach nur malen. Und dabei keine Rücksicht auf irgendwen zu nehmen außer auf sich selbst. Es war ihr Leben. Ihre Kunst. Wenn sie darauf wartete, von irgendwem die Erlaubnis zu bekommen, würde sie noch lange warten. Und wahrscheinlich nie damit beginnen. Weil die Erlaubnis nie kam. Nur sie selbst konnte sich den letzten Anstoß geben, um nach eigenem Gutdünken loszulegen. Ohne Lehrer, ohne Akademie, ganz aus eigenem Antrieb. Darauf brannte sie seit Jahren. Das war sie sich schuldig, genau wie Franz sagte.

»Wir sehen uns nach deiner Rückkehr aus Berlin. Die Berge im Voralpenland haben dir einiges zu bieten, was auf deine Leinwand will.«

Knapp lupfte er die Pelzmütze und machte auf dem Absatz kehrt, um wegzugehen.

Verstört sah sie ihm nach.

Ob sie sich noch einmal wiedersähen? Warum nur war sie seinem Kuss ausgewichen? Jetzt würde sie nie erfahren, wie es mit ihnen weitergegangen wäre, so schnell, wie er sich auf einmal davonmachte …

Während sie die ausgetretenen Stiegen zu ihrem Zimmer hinauflief, schwirrten ihr die Gedanken wild durch den Kopf. Hatte Franz da eben nicht doch den richtigen Nerv getroffen?

Natürlich war sie ihren Eltern verpflichtet. Aber auch sich selbst. Deshalb hatte sie vor drei Jahren ihren Wechsel nach München durchgesetzt. Und deshalb würde es ihr auch jetzt wieder gelingen, die Eltern davon zu überzeugen, dass sie tun durfte, was sie für richtig hielt. Sie war die angehende Künstlerin. Sie allein wusste, was sie brauchte, um ihr Ziel zu erreichen.

Kapitel 3

Wie schon im vergangenen Jahr und in all den Jahren zuvor herrschte auch im Januar 1906 im Schwabinger Bräu wieder das gewohnte Tohuwabohu der Bauernkirta. Die laute Musik der Kapelle auf der Bühne und das noch lautere Jauchzen und Brüllen der Tanzenden und Feiernden dröhnten Maria in den Ohren. So sehr es sie schmerzte, um sich herum nur glücklich verzückte Gesichter zu sehen, so sehr spürte sie zugleich, wie gut ihr das tat. Das war die beste Medizin, um die Wut und die Bitterkeit zu verdrängen, die sie befallen hatte, kaum dass sie nach einem langen Sommer und Herbst im Norden und den Weihnachtstagen bei der Familie in Berlin nach München zurückgekehrt war. Sie versuchte, sich auf die Trachten und Kostüme zu konzentrieren, die bunten Farben und abwechslungsreichen Muster in sich aufzusaugen, den wilden Schwung der Bewegungen aufzunehmen, um daraus vor ihrem inneren Auge eine grobe Skizze entstehen zu lassen.

Sie scheiterte. Enttäuscht gab sie es auf.

Seit Tagen brachte sie nichts zustande. Ihr Kopf war leer, ihre Finger unfähig, einen Stift oder Pinsel zu halten. Weil sie zu stark zitterten, um auch nur einen einigermaßen gelungenen Strich zu zeichnen. Weil sie sich so sehr ärgerte. Und ihre Gedanken zu sehr um Jank kreisten. Immer noch.

Warum kam sie nicht von ihm los? Vor einem Jahr schon hatte er sie schmählich abserviert. Und trotzdem war sie, wie sie sich schweren Herzens eingestehen musste, mit der törichten Hoffnung nach München zurückgekehrt, ihn wiederzugewinnen. Dabei hatte sie von Anfang an gewusst, wie er war. Wie berechnend. Und wie unzuverlässig. Und dass sie nur eine Affäre für ihn war. Wie so viele seiner Schülerinnen vor ihr. Und so viele nach ihr. Es hatte sie nicht gestört. Ein Leben mit ihm wäre für sie ohnehin nie möglich gewesen. Nie hätte sie das je ernsthaft gewollt. Und dennoch traf sie sein Verhalten jetzt so sehr. Hatte er etwa doch viel stärkere Gefühle in ihr ausgelöst, als von ihr gewollt? Ihrer Künstlerseele mit seinem anfangs schier maßlosen Lob mehr geschmeichelt, als ihr lieb sein konnte? Und sie deshalb jetzt mit seiner endgültigen Abkehr so sehr verletzt?

Einerlei, wie es war. Ihr blieb keine Wahl. Sie musste ihn vergessen. Endgültig.

Am besten ginge sie ganz weg aus München. Das würde helfen. Malen konnte sie anderswo genauso gut, wenn nicht sogar besser, wie die Monate in Worpswede gezeigt hatten. Bessere Lehrer fand sie andernorts allemal. Und eine ähnlich inspirierende Gesellschaft Gleichgesinnter sowieso.

Sie schloss die Augen, zwang sich, das Bild zu verscheuchen, das in ihr aufstieg. Dieses Mal nicht das von Jank in den Armen einer anderen. Das hätte sie womöglich ertragen, so oft, wie sie das in den letzten beiden Jahren bereits erlebt hatte. Dieses Mal war es schlimmer. Dieses Mal hatte sie die elegante Annonce in goldenen Lettern auf feinstem, champagnerfarbenem Büttenpapier vor sich, die sie völlig aus der Fassung gebracht hatte. Die die Vermählung von Angelo Jank mitteilte, demnächst ordentlicher Professor an der Königlichen Akademie der Bildenden Künste München, mit Freiin Anna von Thüngen.

Bei ihrer Rückkehr aus Berlin vorletzte Woche hatte Maria die Karte auf der Kommode in ihrem Zimmer in der Kaulbachstraße vorgefunden. Stundenlang hatte sie deswegen geweint. Aus Wut. Und aus Verzweiflung. Weil Jank tatsächlich zu diesem Schritt fähig war. Der ihm nur Vorteile brachte. Mit einer Dame aus altem fränkischen Adelsgeschlecht konnte Maria nicht mithalten. Selbst wenn – oder gerade weil? – die nicht einmal malte. Ihm dafür aber zur lang ersehnten Professorenstelle verholfen hatte. Und zum angestrebten Zutritt in die höchsten Kreise. Damit war er Maria für alle Zeit entrückt.

Abermals schnürte sich ihr die Kehle zu. Im Rückblick war es doch eine wunderschöne Zeit mit ihm gewesen. Länger als mit allen anderen hatte er es mit ihr ausgehalten. Hatte sie mit Lust und Liebe verwöhnt. Und mit Lob für ihre Bilder. Und für ihr Talent. Hatte aufschlussreiche, kluge Gespräche mit ihr geführt. Über das Malen. Und die Kunst. Sogar über die Musik. Er war ein kluger Mann, umfassend interessiert und sehr gebildet. Sie hatte enorm viel bei ihm gelernt.

Ein Jammer, dass das alles nun vorbei war. Für immer. In den letzten beiden Wochen hatte sie sich zu den Kursen in der Damenakademie zwingen müssen. Zu Hause hätte sie sich nur betrübt im Bett verkrochen. Nicht einmal ein Klavier hatte sie hier, um sich mit Musik abzulenken. Mit den anderen im Großen Malsaal aber hatte sie sich zusammenreißen müssen. Wenn sie auch nichts an der Staffelei zustande gebracht und stattdessen befürchtet hatte, man würde sie mangels Talent hinauswerfen.

Damit war jetzt Schluss. Sie musste sich von den Gedanken an Jank befreien. Und war zu allem entschlossen. In der nächsten Sekunde stürzte sie sich ins Getümmel.

Eine Polonaise zog vorbei. Maria zwängte sich zwischen einen Burschen in dunkelgrünem Lodenanzug und einer Frau in blauweiß gestreifter Holländertracht. Kurz darauf ließ sie sich von einem anderen Burschen in speckigen Lederhosen an den Hüften packen und erst zum Landler, dann zu einer Polka über den Tanzboden wirbeln, bevor sie sich wenig später in den Armen eines anderen in besticktem Leinenhemd und Bäckerhosen wiederfand. Er hielt ihr seinen Maßkrug hin, damit sie daraus trank. Was sie durstig tat. Sie wischte sich den Schaum von den Lippen und hatte im selben Augenblick bereits sein Gesicht wieder vergessen. Sah sich nach neuen Vergnügungen um. Sie musste sich auf andere Gedanken bringen und Jank für alle Zeit aus ihrem Leben verbannen.

Ihre Augen blieben an einem der Maibäume hängen, mit denen der riesige Saal des Schwabinger Bräu wie in jedem Jahr zur Bauernkirta dekoriert war. Vielmehr an demjenigen, der unter diesem Maibaum stand und sie anscheinend im selben Moment entdeckt hatte wie sie ihn, denn er starrte sie ähnlich töricht an wie sie vermutlich ihn.

So hatte er sie schon einmal angestarrt. Vor ziemlich genau einem Jahr. In eben diesem Saal. Ebenfalls auf der Schwabinger Bauernkirta. In derselben Verkleidung wie jetzt. Sie beide. Er in der bretonischen Tracht und sie in dem Bauerngewand, das wie damals über der Brust deutlich spannte und über ihre breiten Hüften zu voluminös auslief. Weil sie sich in den letzten Wochen abermals Kummerspeck angefressen hatte. Genau wie im Vorjahr.

Wenn sie sich jetzt sofort wieder an die Einzelheiten erinnerte, ebenso an ihn, warum hatte sie ihre erste Begegnung in den letzten Monaten komplett verdrängt? Hatte kein einziges Mal, an keinem einzigen Tag und bei keiner einzigen Gelegenheit mehr an ihn gedacht? Wahrscheinlich nur, weil Jank ihr gesamtes Denken okkupiert hatte. Dabei schossen ihr plötzlich sämtliche Dinge in den Sinn, über die sie im Vorjahr bei der Schnür und auf dem Heimweg geredet hatten. Ebenso hatte sie die Aktzeichnung von ihm wieder vor Augen. En détail. Und sehr gelungen. Ein sehr attraktiver Körper. Und ein weitaus erfreulicherer Gedanke als der an Jank. Ihre Wangen begannen zu glühen. Zugleich erinnerte sie sich an den Beinahekuss von ihm vor ihrer Haustür damals, dem sie in letzter Sekunde ausgewichen war. Was sie auf einmal wieder sehr bedauerte. Ihr wurde noch wärmer. Zumal Franz Marc sie jetzt direkt anlächelte. Und geradewegs auf sie zukam.

Gebannt sah sie ihm entgegen.

»Maria!«, rief er und breitete die Arme aus.

Ihren Namen wusste er also noch. Obwohl sie seit vergangenem März nichts mehr von ihm gehört hatte. Sei's drum!

In der nächsten Sekunde warf sie sich ihm entgegen.

Er fing sie auf, lachte und umarmte sie.

Ganz selbstverständlich streckte sie ihm ihr Gesicht entgegen. Und empfing endlich den Kuss, dem sie sich damals verweigert hatte.

Ebenso stürmisch wie sie sich um den Hals gefallen waren, begannen sie miteinander zu tanzen. Franz tanzte ausgezeichnet. Was man ihr ebenfalls nachsagte. Weshalb sie es umso mehr genoss, mit ihm über das Parkett zu schweben. Ebenso wie die neidischen Blicke, die sie in ihrem Rücken spürte.

Es dauerte nicht lang, bis sie Aufsehen erregten, er, der für seine Liebesbeziehung zur Professorengattin Annette Simon stadtbekannte, stattlich gebaute junge Maler, und sie, die gedrungene, langweilige Malschülerin aus dem Umfeld der Schnür. Wie jedes Jahr kannte auf der Bauernkirta fast jeder jeden, wusste den neuesten Tratsch über den anderen.

»Du bist also wieder zurück in München«, stellte Franz fest, nachdem sie unzählige Runden miteinander gedreht hatten und verschwitzt und atemlos eine Pause einlegten. Ganz selbstverständlich nahm er sie bei der Hand und führte sie zu einem Tisch in einer ruhigeren Ecke am rückwärtigen Ende des Saales. Offenkundig wollte er beim Reden ebenso wenig gestört werden wie vorhin beim Tanzen, als er jeden Versuch abgewehrt hatte, ihm seine in seinen Armen aufblühende Tanzpartnerin abspenstig zu machen.

»Studierst du dieses Wintersemester wieder an der Damenakademie?«, erkundigte er sich, sobald sie den ersten Durst mit Bier gestillt und sich hungrig eine große Breze geteilt hatten. »Gibt es eigentlich noch Kurse, die du noch nicht belegt hast?«

»Ich hatte einen sehr inspirierenden Sommer in Worpswede«, überging sie den Spott, der in seinen Worten mitschwang. »Bis weit in den November war ich dort. Ein phantastisches Licht haben die dort oben. Eine beeindruckende Landschaft. Jeden Tag habe ich die Malsachen gepackt, um im Teufelsmoor nach Motiven zu suchen. Otto Modersohn hat mich korrigiert, hat mir gezeigt, wie ich durch die Farbauswahl und den Bildaufbau die Harmonie des Dargestellten noch stärker hervorheben kann.«

Sie verschwieg, dass sie mehr als einmal das nasskalte Wetter im Norden verflucht hatte, das ihr das Arbeiten in der verwunschenen Nebellandschaft verleidet hatte. Seither fürchtete sie den Moment, da ihr plötzlich, wie im Teufelsmoor mehrfach geschehen, der Stift aus den steifen Fingern fiel und sie das Stehen an der Staffelei wegen unerträglicher Rückenschmerzen abbrechen musste. An Pleinairmalen war unter diesen Umständen nicht mehr zu denken gewesen. Davon musste niemand erfahren. Sie würde einen Weg finden, damit umzugehen. Bislang hatte sie immer einen Weg gefunden. Wenn auch nicht gleich, so doch irgendwann später. Hauptsache, sie fand ihn.

»Bist du auch seiner Frau Paula begegnet? Oder einem der anderen Künstler, die in Worpswede ...«, hakte Franz ein.

»Die Modersohn-Becker ist leider unnahbar. Angeblich sieht sie es nicht gern, wenn ihr Mann Privatschülerinnen unterrichtet. Auch die anderen im Künstlerdorf schotten sich ab. Für Außenstehende ist es unmöglich, in den inneren Kreis vorzudringen.«

»Wahrscheinlich hast du nichts versäumt. Pleinairmalen kannst du hier in München mindestens so gut wie dort. Ich war im letzten Sommer bei Adolf Hölzel im Dachauer Moos.«

»Hast du dir doch wieder einen Lehrer gesucht? Und dann ausgerechnet einen so modernen, unkonventionellen wie Hölzel?« Sie verfiel in denselben neckenden Ton wie vorhin er. »Ich dachte, du willst deine eigenen Wege gehen? Hast du es auf der Staffelalm doch nicht mehr ausgehalten? Ist es dir dort oben doch zu einsam geworden? Oder ist dir das Blau für den Himmel über dem Voralpenland ausgegangen?«

»Ich wollte hören, was Hölzel Neues zur Malerei sagt.« Franz blieb ernst. »Er will immer stärker weg vom Gegenständlichen, versteht es als Aufgabe des Künstlers, die zweidimensionale Fläche mit Linien, Formen und Farben harmonisch zu gestalten. Das ist nichts für mich, so nett und geistreich Hölzel als Mensch auch sein mag. Auf lange Sicht wird er damit nicht weit kommen.«

»Hölzels Farbenlehre und seine Ideen zur Formkunst finde ich durchaus interessant. Er ist der Zeit weit voraus. Seine *Komposition in Rot* ist einzigartig. Aber von einer solchen Art zu malen, sind wir alle noch weit entfernt.«

Sie schwiegen einige Sekunden, hingen jeder seinen eigenen Gedanken nach.

»Annette ist krank, sehr krank«, sagte er unvermittelt und sah an ihr vorbei ins Leere. Nestelte in der Jackeninnentasche nach einem Zigarillo und Streichhölzern. Hatte Mühe, die Finger ruhig zu halten, um sie anzuzünden.

»Furchtbar!«

Sie legte ihm die Hand auf den Arm. Er nickte nur.

Sie betrachtete ihn von der Seite.

Erst inhalierte er noch einige lange, tiefe Züge, dann räusperte er sich und erzählte weiter.

»Sie hatte eine schwere Operation. Jetzt ist sie in der Schweiz bei ihrem Vater. Um sich zu erholen. Sie sagt, ihr fehle die Kraft, sich länger an mich zu binden, die Konsequenzen durchzustehen, die das mit sich brächte.«

»Das tut mir leid.« Mehr brachte Maria nicht heraus.

»Schau an, der Franzl! Immer in Gesellschaft einer schönen Frau.«

Unerwartet tauchte Hubert Grassl auf, grinste. Sein Blick war glasig.

»Kriegst du jemals genug?«

Er schwankte, stützte sich auf dem Tisch ab.

»Kaum ist die Frau Professor Simon aus der Stadt verschwunden, wirfst du dich der Schnür an den Hals. Und kaum ist die in Paris, schnappst du dir die Maria mit dem goldblonden Haar …«

»Geh weidda.«

Franz machte eine abwehrende Handbewegung und drehte sich weg.

»Wenn du eine Schulter zum Anlehnen brauchst …«

Hubert beugte sich zu Maria herunter und wollte sie in den Arm nehmen, sie aber wehrte ihn mit ausgestreckten Armen ab.

»Dann nicht«, brummte er und stakste davon.

»Die Schnür ist in Paris?«, erkundigte sie sich bei Franz, sobald Hubert außer Hörweite war. »Davon hat mir noch niemand …«

»Seit Ende letzten Jahres. Sie will sich weiterbilden, heißt es. Ihr Frauen habt es ja alle mit dem Lernen und Studieren. Kriegt nie genug davon, euch neue Lehrer zu suchen.« Er antwortete eine Spur zu hastig, bevor er sie an der Hand fasste, beiläufig vorschlug: »Wollen wir wieder tanzen?« und sie abermals durch das dichte Gedränge zur Tanzfläche zog.

Erneut schien er ab dem ersten Schritt zu den blechernen Klängen der Blasmusik wie ausgewechselt, jauchzte, klatschte und grölte mit den anderen. Spornte sie ebenfalls an, sich der

Musik und der Ausgelassenheit hinzugeben. Bis sie viele Tänze später von Neuem einvernehmlich einen stillen Winkel suchten, um sich bei Bier und einem Imbiss zu erholen.

Auch jetzt scherzten sie erst ausgelassen miteinander, spotteten über den ein oder anderen Kommilitonen, den sie in den Armen einer unbekannten Schönheit oder einer allzu bekannten Mitschülerin entdeckten, tratschten über Professoren und landeten genauso selbstverständlich wieder bei einem ernsthaften Gespräch über Malweisen, Farbtheorien sowie letztlich sogar bei ihren Liebesangelegenheiten.

Obwohl er ihr offen sein Herz über sein Verhältnis zu Annette Simon ausschüttete, brachte sie Janks Namen nicht über die Lippen. Dabei ließ auch sie sich ausgiebig über ihre langjährige, unglücklich in die Brüche gegangene Beziehung und die damit verbundene Enttäuschung aus. Statt Janks Namen zu nennen, erwähnte sie lediglich, dass sie tief verletzt sei, weil der Betreffende sie nicht nur als Frau, sondern auch als Malerin ablehne. Das aber vielleicht sogar zurecht, weil er als Kollege das fachlich beurteilen könne.

»Du musst von dir und deiner Malerei überzeugt sein, niemand anderer sonst«, brauste Franz auf, wie schon einmal, als sie Ähnliches behauptet hatte. »Du bist für dich das alleinige Maß deiner Kunst. Du weißt, was du kannst. Du darfst dir von niemand anderem in deine Art zu malen hineinreden lassen. Das bist du dir schuldig. Dir allein und keinem sonst. Außer deiner Kunst.«

Seine Augen funkelten, seine Miene spiegelte die Entschlossenheit wider, mit der er das sagte.

Über seinen Worten hatte sie sich aufrechter hingesetzt und die Fäuste geballt. Und ihm bei jedem einzelnen Wort zugestimmt. Er hatte recht. Sie schaffte das. Sie wusste, was sie konnte. Und was sie wollte.

»Auf geht's!«, rief Franz wieder völlig übermütig und tanzte von Neuem so ausgelassen mit ihr, als hätte es die ernsten Momente gerade eben nicht gegeben.

Der Tag dämmerte bereits, als sie mit den letzten Gästen das Schwabinger Bräu verließen. Arm in Arm standen sie vor dem Wirtshaus, blinzelten ungläubig in die anbrechende Dämmerung. Die Schneeflocken, die der Wind aus allen Richtungen durch die Luft wirbelte, kühlten ihnen die erhitzten Wangen. Sie brauchten keine Worte, um zu wissen, dass es noch zu früh war, um auseinanderzugehen.

»Zeig mir deine Bilder und alles, was du bislang gezeichnet hast«, verlangte Franz, sobald sie sich nach einigem ziellosen Umherschlendern auf der Leopoldstraße an einem wackligen Tisch im Café Graupner inmitten von Frühaufstehern, Laufburschen und Fabrikarbeiterinnen gegenübersaßen und die steifgefrorenen Finger an den Tassen mit heißer Schokolade wärmten. »Jeden Pinselstrich, jede schraffierte Linie und überhaupt jeden Bleistiftpunkt von dir will ich sehen. Ich bin sicher, das alles ist weitaus großartiger, als du denkst. Du verlangst viel zu viel von dir und lässt dich zu leicht von anderen beeinflussen.«

»Pass nur auf, was du sagst, sonst halte ich mich gleich für die größte Malerin aller Zeiten«, erwiderte sie vergnügt, spürte aber, dass es keinen Sinn machte, ihm den Wunsch auszuschlagen. Also verabredeten sie sich für den nächsten Tag.

Wieder brachte er sie nach Hause, verabschiedete sich auf dem schmalen Trottoir der noch menschenleeren Kaulbachstraße jedoch nur mit einem flüchtigen Kuss auf die Wange von ihr. Nach der ausgelassenen und zugleich sehr vertraulichen Ballnacht hatte sie mehr erwartet, traute sich aber nicht, von sich aus die Initiative zu ergreifen und ihm noch einmal um den Hals zu fallen wie am Abend, als sie ihn unterm Maibaum entdeckt hatte.

Kaum war sie in ihrem winzigen Zimmer angekommen, überfielen sie bereits heftige Zweifel an seinen Absichten. Würde er wirklich kommen? Interessierte er sich tatsächlich für ihre Kunst? Und für sie? Sobald er sich ausgeschlafen hatte, würde es ihm leid tun, sich bei ihr angekündigt zu haben. So gut, wie er aussah, konnte er jede Frau in Schwabing haben, um sich über die kranke Annette Simon hinwegzutrösten. Maria war vier Jahre älter als er, wie sie inzwischen festgestellt hatten, und kam sich im Vergleich zu ihm und Annette behäbig vor. Ganz zu schweigen von ihrer immer wieder aufwallenden Verzagtheit, wenn es um ihre Malerei ging. Obwohl sie doch wusste, was sie konnte. Und oft genug schon bestätigt bekommen hatte.

Wie beneidete sie Franz um sein Selbstbewusstsein. Trotz des erfolgreichen Vaters und seines bislang offenkundig recht übersichtlichen Schaffens hatte er der Akademie bereits den Rücken gekehrt und auch Adolf Hölzel als Lehrmeister ausgeschlagen. Er wusste, was er sich schuldig war. Von ihm sollte sie lernen – nicht von den vielen anderen mit ihren vermeintlich wichtigen Professorentiteln!

Sie schenkte sich einen letzten, skeptischen Blick, bevor sie die Schranktür mit dem Spiegel auf der Innenseite verschloss und sich ins Bett legte. Franz wollte sie wenigstens ausgeschlafen wieder gegenübertreten.

Ein vergeblicher Vorsatz. Zwar war sie völlig übermüdet, schlief aber nur wenig und obendrein unruhig. Zu sehr beschäftigte sie die Frage, was sie ihm von ihrem bisherigen Oeuvre zeigen sollte. In ihrem Zimmer verwahrte sie nur wenige Skizzenblöcke, Zeichnungen und eine Handvoll Aquarelle. Größtenteils

Studien zu norddeutschen Landschaften, die sie aus Worpswede mitgebracht hatte, Skizzen zu Einzel- und Gruppenporträts, Stillleben. Öl- oder Temperabilder hatte sie keine da. Daran arbeitete sie im geräumigen Gemeinschaftsatelier in der Damenakademie. Wenn sie denn zum Arbeiten in der Lage war, was die letzten beiden Wochen kaum der Fall gewesen war. Das Stillleben mit verschiedenfarbigen, unterschiedlich großen Tonkrügen auf einem dunklen Holztisch, das sie dort begonnen hatte, erschien ihr plötzlich uninspiriert. Umso wichtiger wäre es, Franz' Meinung dazu zu hören. Das brächte sie vielleicht weiter. Aber leider kam sie nicht an das Bild heran.

Ihr Blick fiel auf die Farblithographie eines Bauernhauses, die in Worpswede entstanden war und für die Otto Modersohn sie wegen der sicheren Linienführung, der klaren Gliederung des Bildaufbaus und der gelungenen Atmosphäre, die sie darauf einfange, sehr gelobt hatte. Einer Trophäe gleich thronte sie auf der Kommode neben der Tür. Davon würde Franz gewiss beeindruckt sein, vor allem wenn sie ihm von Otto Modersohns Urteil erzählte.

»Franz Marc kommt zu dir? In dein Zimmer?«

Ungläubig stand Janne am nächsten Morgen bei ihr in der Tür, wollte sie zu einem Sonntagspaziergang abholen, was Maria jedoch ablehnte. Unmöglich, vor Franz' Besuch das Haus zu verlassen, obwohl er sich erst für den Nachmittag angekündigt hatte. Viel zu viel hatte sie noch zu tun: sich das Haar waschen, das Zimmer aufräumen, die Arbeiten bereitlegen, die sie ihm zu zeigen wagte.

»Wie hast du das angestellt?«, bohrte Janne weiter, nicht im Geringsten von ihrer Unruhe beeindruckt.

»Woher weißt du überhaupt, dass er …?«

»Ganz Schwabing spricht davon.«

Janne stemmte die Hände in die Seiten und betrachtete das Chaos, das in Marias Zimmer herrschte, machte jedoch keinerlei Anstalten, sie in Ruhe zu lassen, damit sie weiter dagegen ankämpfen konnte.

»Nachdem ihr euch bei der Bauernkirta die Seele aus dem Leib getanzt und niemanden und nichts um euch herum mehr wahrgenommen habt, seid ihr *das* Gesprächsthema! Noch dazu, da ihr morgens im Café Graupner zusammen gefrühstückt habt. Dörte kocht …«

»Ich dachte, sie hat es auf Jank abgesehen?«

»Nach seiner Heirat hat Dörte kapituliert. Das hast du inzwischen also auch. Wenigstens etwas. Aber trotzdem muss es nicht gleich Franz Marc sein.«

Janne maß sie mit besorgtem Blick, bevor sie nachsetzte: »Der Franzl mag ein lieber Kerl sein, aber als Mann hat er es ähnlich faustdick hinter den Ohren wie Jank. Letztlich sind die Burschen alle gleich. Und wollen sowieso alle nur das eine.«

Maria schwieg. Es widerstrebte ihr, dass die Freundin Franz mit Jank gleichsetzte. Andererseits stimmte es: Er machte ebenfalls keinen Hehl aus seinen Absichten und kam reichlich forsch zur Sache. Keine Sekunde hatte er ihre Hand im Café losgelassen und auf dem Heimweg seinen Arm um ihre Hüfte gelegt.

»Vergiss nicht, wie lange Franz schon mit Annette Simon vor den Augen ihres Mannes durch die Stadt scharwenzelt.« Janne ließ sie nicht aus den Augen. »Im letzten Sommer, als du in Worpswede gewesen bist und die Simon krank in die Schweiz gereist ist, hat er sich auffällig oft bei der Schnür herumgedrückt. In ihrem Atelier in der Schellingstraße ist er täglich ein- und ausgegangen.«

Am liebsten hätte Maria sich die Ohren zugehalten. Zu deutlich erinnerte sie das an die seltsame Einladung bei der Schnür im letzten Winter. Und an die Aktzeichnung, die Franz ihr dort von sich gezeigt hatte. Ob er ihr weiter für solch freizügige Porträts Modell stand oder vielmehr lag? Wollte sie das überhaupt wissen?

»Lass mich allein. Ich habe heute leider keine Zeit für dich.«

Kapitel 4

Kaum war Franz wenige Minuten bei ihr, verflog Marias Nervosität. Sie fühlte sich ihm verbunden, als würden sie sich schon ewig kennen, trotz Jannes Mahnungen. Und bildete sich ein, dass es ihm ähnlich ging, so auffällig, wie er ihre Nähe suchte, sie bei jeder Gelegenheit berührte, immer wieder anlächelte.

Ausgiebig sah er sich um, würdigte zu ihrem Verdruss die Lithographie auf der Kommode nur mit einem flüchtigen Blick, blätterte auch ihre Zeichenblöcke und Notizhefte eher beiläufig im Stehen durch, bevor er sie ihr zurückgab.

»Zum Malen hast du es hier natürlich sehr eng«, stellte er fest.

Sie nickte. »Außerdem fehlt mir mein Klavier, das ich zu Hause bei meinen Eltern habe. Wenn ich nicht male, mache ich am liebsten Musik. Das bringt mich auf andere Gedanken. Und auf so manche Idee.«

Sie knetete die Finger, als wollte sie sich aufs Spielen vorbereiten, und schalt sich im nächsten Moment für die Hast, mit der sie sinnlos daher plapperte.

»Musik ist ein guter Ausgleich. Leider spiele ich selbst nicht.«

Er trat vors Fenster, interessierte sich besonders lange für die Aussicht auf die Kaulbachstraße.

»Allerdings fehlt dir hier das Licht sowohl zum Malen als auch zum Klavierspielen. Sogar direkt beim Fenster.«

Er drehte sich wieder zu ihr um, blieb aber dort stehen, als wollte er ihr demonstrieren, dass er mit seiner breiten, hoch aufgeschossenen Gestalt fast die gesamte Fensterbreite verdeckte.

Dass ihr Zimmer zu eng und zu dunkel zum Arbeiten war,

war offensichtlich. Vor allem für ihn. Mit wenigen Schritten hatte er es komplett durchmessen, würde mit ausgestreckten Armen fast von Wand zu Wand reichen. Außer dem Bett, einem Stuhl, einem kleinen Tisch, dem Schrank und der Kommode fand nichts weiter Platz darin. Die Staffelei aufzustellen, hatte die Zimmerwirtin ohnehin verboten.

»Das ist ein Ort zum Schlafen, nicht zum Arbeiten. Die Farben stinken und die Flecken auf den Holzdielen kriege ich am Ende nimmer raus«, hatte sie klargestellt.

Rücklings ließ Franz sich aufs Bett fallen, statt sich auf den Stuhl zu setzen, den sie ihm hingestellt hatte, und zog sie am Arm neben sich.

Ihr Puls raste. Steif und zugleich erwartungsvoll saß sie neben ihm. Vorsichtig löste er die Nadeln aus ihrem aufgesteckten Haar und wühlte es mit den Fingern durch, betrachtete es ganz verzückt in dem spärlich durch das schmale Fenster hereinfallenden Licht. Unvermittelt umfasste er ihr Kinn, drehte ihren Kopf ins Profil, betrachtete ihn wieder von vorne, bevor er sie noch einmal von der Seite genauer musterte.

»Du bist wunderbar zu malen«, murmelte er versonnen.

Sie traute sich kaum zu atmen, geschweige denn sich zu regen.

Seine Augen schienen ihr Gesicht und ihren Körper zu liebkosen, während er ähnlich aufmerksam Maß an ihr nahm wie letztes Jahr bei ihrer ersten Begegnung. Oder vorgestern bei ihrem unverhofften Wiedersehen. Seine warmen, wunderbar weichen Finger fuhren die Linie ihres Profils vom Scheitel über Stirn, Nase, Lippen herunter, verharrten kurz an ihrem leicht vorspringenden Kinn und spielten dann mit dem Kragen ihres dunkelblauen Kleids. Bis er sie mit beiden Händen an den Schultern packte und neben sich aufs Bett warf, sich über sie beugte und leidenschaftlich küsste.

Sie schloss die Augen und versank in dem Glück, ihn zu schmecken und zu fühlen, seinen athletischen Körper bei sich zu spüren.

Auf dem Flur erklangen Schritte. Direkt vor ihrer Zimmertür hielten sie an. Laut begann die Zimmerwirtin mit jemand anderem zu reden. Es entspann sich eine hitzige Diskussion.

Franz fuhr auf, auch Maria schoss hoch, sortierte erst Frisur und Kleidung, strich im Aufstehen beiläufig die Bettdecke glatt und goss den erkalteten Tee aus der bauchigen Kanne in die Tassen auf dem kleinen Tisch.

»Hast du ein Atelier? Mit optimalen Lichtverhältnissen?«

Ganz die gut erzogene Gastgeberin reichte sie ihm mit der Tasse auch ein Gebäckstück, bevor sie sich selbst versorgte.

»Am besten siehst du es dir selbst an. Es ist kein Palast, aber du wirst überrascht sein, was es alles bei mir zu entdecken gibt.«

»Woran arbeitest du? Endlich an dem Mädchen mit feuerrotem Haar vor tiefblauem Meer?«

»Du vergisst wohl nie etwas.«

»Wie sollte ich, nach allem, was du mir über die Spannung zwischen Rot und Blau und überhaupt von der Farbkraft der Bretagne erzählt hast?«

»Du musst auch einmal zum Mittagessen mit in den Giselahof kommen. Das Wirtshaus ist nicht weit von hier, aber eine völlig andere Welt als alles, was du von der Damenakademie und den Cafés und Lokalen in der Maxvorstadt kennst. Da stößt du auf Gesichter aus zerklüfteten Landschaften. Und voll praller Lebensgeschichten. Die zu zeichnen oder gar zu malen, ist eine große Aufgabe.«

»Mit einer ähnlichen Spannung wie bei den Primärfarben? Oder machst du daraus eine Galerie der Hässlichkeit im Kontrast zur Schönheitengalerie von Ludwig I. in Schloss Nymphenburg? Ich dachte, du hast es nicht so mit Porträts.«

Schmunzelnd nippte sie am Tee. Kalt schmeckte er scheußlich. Viel zu bitter. Rasch stellte sie die Tasse zurück auf den Unterteller.

Franz beobachtete jede ihrer Bewegungen. Sie meinte, seine Blicke förmlich auf ihrem Leib zu spüren. Ein gutes Gefühl. Nur zu gern kostete sie das noch etwas mehr aus. Rückte die Tasse auf dem Unterteller zurecht. Schob die Teekanne in die Tischmitte. Zupfte eine Falte ihres Rock zurecht. Und hob schließlich langsam die Hand, um sich eine Haarsträhne aus der Stirn zu streichen. Sah Franz dabei direkt an.

»Das wäre mal eine Idee«, sagte er nach kurzem Räuspern. Jäh riss er sich zu ihrem Bedauern von ihr los. »Wenn man sich denn ganz auf Porträts konzentrieren will.«

»Im Winter eine gute Alternative zur Pleinairmalerei.«

Sie seufzte. War enttäuscht, dass er von ihr wegrückte. Und fröstelte plötzlich bei der Vorstellung, mit der Staffelei um diese Jahreszeit nach draußen zu ziehen. Schon in den letzten Wochen in Worpswede war es ihr an der frischen Luft oft zu kalt geworden. Sie hatte sich zwingen müssen, die angefangenen Arbeiten zu Ende zu bringen.

»Beim Pleinairmalen darfst du dich nicht auf bestimmte Jahreszeiten beschränken. Auch Winterlandschaften, vor allem das Weiß des Schnees, haben etwas zu bieten. Am besten fahren wir zusammen aufs Land und probieren es aus.«

Jäh sprang er auf, als wollte er sofort los.

»Und vorher besuchst du mich noch in meinem Atelier und schaust dir an, was ich dir schon so oft über die Farben und das Licht und die Landschaften erzählt habe.«

Zu ihrer Freude schlug er ihr ein Treffen Ende der Woche vor.

»Und danach gehen wir in den Giselahof. Du wirst begeistert sein!«

So sehr Janne sie bedrängte, gelang es Maria tatsächlich, ihr nur wenige, belanglose Details von Franz' Besuch preiszugeben. Dass sie schon in wenigen Tagen in sein Atelier gehen wollte, verschwieg sie. Ebenso wie den geplanten Besuch im Giselahof. Um abzuschätzen, was sie dort erwartete, spazierte sie am folgenden Tag daran vorbei und war verblüfft, wie einfach das Wirtshaus und die dort verkehrenden Menschen waren. Eine Welt, die ihr in München bislang völlig entgangen war. Und das im nunmehr vierten Jahr an der Isar! Sie war gespannt, was Franz ihr damit sagen wollte.

Zum Glück schöpfte Janne nicht den geringsten Verdacht. Zu sehr beschäftigte sie wie auch Dörte und die anderen Mitschülerinnen im Großen Malsaal in der Damenakademie die Frage, ob Marie Schnür nach ihrem mehrmonatigen Paris-Aufenthalt überhaupt wieder nach München zurückkehrte.

»Sie wäre verrückt«, erklärte Janne. »Am Montmartre brodelt es an allen Ecken und Enden. Denkt euch nur, wen man da treffen kann, wenn man in einem der berühmten Cafés sitzt. Und in welch spannende Diskussionen man dann verwickelt wird.«

»Wer weiß, welch wichtige Kollegen sie dort kennenlernt. Dank ihrer Illustrationen für die *Jugend* hat sie schon einiges vorzuweisen. Bestimmt wird sie von wem entdeckt und gefördert. Es würde mich jedenfalls wundern, sie wieder hier zu sehen«, warf Dörte ein.

Beim Nachmittagskaffee im Café Luitpold brachte irgendwer das Gerücht auf, die Schnür stehe in Paris in engem Kontakt zu Malern wie Henri Matisse, die mit ihren Bildern beim legendären Herbstsalon im Grand-Palais für einen Skandal gesorgt hatten.

»Da passiert gerade Aufregendes. Und unser Schnürlein steckt mittendrin. Die weiß die Gunst der Stunde zu nutzen.«

Janne machte aus ihrem Neid keinen Hehl.

»Falls es denn stimmt, dass sie die Herren tatsächlich kennengelernt hat«, merkte Maria vorsichtig an.

»Zweifelst du etwa daran?«, fragte eine sonst eher zurückhaltende Kommilitonin mit drohendem Unterton.

Auf einmal kippte die Stimmung. Maria wunderte sich. Die einstmals von allen so bewunderte Schnür verlor binnen Sekunden an Ansehen.

»Wo ein halbwegs ansehnlicher Mann auftaucht, ist die Schnür doch sofort zur Stelle, erst recht, wenn sie sich Vorteile für ihr eigenes künstlerisches Fortkommen erhofft«, echauffierte sich Dörte.

»Das sagst ausgerechnet du!«, wies Janne sie empört zurück.

Franz lachte, als Maria ihm am nächsten Tag von dem Tratsch über das Schnürlein erzählte. Sie war froh, ihn damit von der Neugier abzulenken, mit der sie sich in seinem Atelier im Hinterhof eines recht stattlichen Wohnhauses in der Kaulbachstraße umsah, tatsächlich nur wenige Meter von ihrer Adresse entfernt.

Der Raum war zweckmäßig eingerichtet, kein Stück zu viel, aber alles vorhanden, was man brauchte: ein riesiger Arbeitstisch vor dem Fenster, eine Staffelei, ein Regal mit Büchern und allerlei Kleinkram, ein Stuhl, ein Hocker, ein Beistelltisch und an der Rückwand neben dem Ofen eine gemütliche Chaiselongue mit Kissen und Decken sowie einige unbenutzte Leinwände verschiedener Größen rücklings an der Wand lehnend.

So spärlich wie die Möblierung war allerdings auch das, was Franz an Arbeiten von sich zeigte. Stattdessen legte er ihr stolz seine Sammlung japanischer Farbholzschnitte vor. Ausgezeichnete Arbeiten, größtenteils allerdings sehr pikante, erstaunlich freizügige Darstellungen von Liebesszenen, dazwischen technisch eindrucksvolle Tierdarstellungen. Sie staunte über die eigenartige Motivauswahl, was wiederum ihn offensichtlich wunderte, denn er schien nichts dabei zu finden.

»Wo sind deine Arbeiten?«, fragte sie nach einer Weile und schob die Blätter von sich weg. Blickte sich um. Suchte. Hoffte. Wenigstens ein größeres Bild oder einige Entwürfe zu den Sujets, die er ihr so lebendig beschrieben hatte, als hätte er sie längst auf der Leinwand gemalt, musste sie doch irgendwo entdecken. Oder etwas Angefangenes auf der Staffelei. Das bretonische Meer in seinen graugrünblauen Tönen. Oder der weite Himmel über dem Voralpenland in seinen feinen Nuancen von hell- über mittel- bis königlich-bayerisch Blau.

Doch da war nichts. Selbst die Palette war trocken. Wenn auch mit reichlich Blau in den unterschiedlichsten Schattierungen garniert. Mehrere Dutzend zerdrückte Farbtuben lagen auf dem Arbeitstisch daneben. Gut verschlossen. Pinsel steckten mit den Borsten nach oben in einem Weckglas. Ordentlich ausgewaschen. Bleistifte, Kreiden, Kohlestücke gab es ebenfalls in Hülle und Fülle. Und reichlich loses Papier sowie Blöcke und Hefte. In der Luft hing kalter Tabakrauch. Nur sehr zaghaft war dazwischen der Geruch nach Ölfarbe, Terpentin und nasser Leinwand auszumachen.

Wüsste sie es nicht besser, würde sie sein Reden übers Malen jetzt für reine Attitüde halten, um sich in der »Kunststadt München«, insbesondere in der Maxvorstadt und Schwabing wichtig zu machen. Vor allem Frauen gegenüber.

»Wer will es dem Schnürlein verdenken, wenn sie statt im Dachauer Moos künftig an der Seine ihre Staffelei aufstellen kann? Oder am Montmartre ein Atelier bezieht statt in einem drögen Hinterhof in der Schellingstraße?«, riss er sie aus ihren Gedanken und tat, als würde er ihre Irritation nicht bemerken. War wieder einmal nicht im Geringsten verlegen, dass er ihr als Maler so wenig Greifbares zu bieten hatte.

»Das sagst ausgerechnet du als leidenschaftlicher Landschaftsmaler?«

Spöttisch musterte sie ihn, versucht, ihn doch für einen Aufschneider zu halten, wie er da vor ihr stand in seinem schwarzen Samtjacket und dem kragenlosen weißen Leinenhemd mit der lockeren dunklen Strickkrawatte um den Hals. In gewisser Weise achtete er akribisch darauf, seiner Erscheinung durch kleine, fast nebensächliche Details etwas Außergewöhnliches zu verleihen. Um aufzufallen. Herauszuragen. Etwas Besonderes zu sein.

Lässig steckte er sich eine dicke Zigarre zwischen die Lippen, riss ein Streichholz an. Zündete die Zigarre an. Rauchte und schwieg. Und blickte sie sichtlich amüsiert an.

Sie betrachtete ihn ebenfalls amüsiert. Sein Selbstvertrauen war faszinierend. Und beneidenswert.

Für einen Schwindler redete er allerdings zu leidenschaftlich übers Malen. Vor allem mit ihr. Ginge es ihm ums Imponieren, würde er sich gewiss jemand anderen suchen, den er mit seinem Gehabe beeindrucken wollte, als ausgerechnet sie, die dickliche, ältliche Malschülerin aus Berlin, die sich in seinen Augen zu viel von anderen in ihre Kunst hineinreden ließ und viel zu wenig an sich selbst glaubte. Ein gut aussehender Mann wie er konnte jede haben, die er wollte. Auch ohne den Maler vorzugaukeln. ›Schwabinger Schlawiner‹, wie man solche Burschen aus der Malerbohème in München zu nennen pflegte, war er dafür genug. Worauf also wollte er hinaus?

»Reizt dich das Pariser Leben doch mehr als die bayerische Voralpenlandschaft? Hast du die Maleridylle auf der Alm inzwischen über, weil sie dir auf Dauer nichts Neues mehr bietet?« Sie behielt den lockeren Ton bei. »Wo sind überhaupt die Ergebnisse deines monatelangen Rückzugs auf die Alm? Oder die Resultate deiner Auseinandersetzung mit Adolf Hölzel in Dachau?«

Neugierig trat sie vor die rückwärtige Längswand, betrachtete die Zeichnung eines hoch mit Heu beladenen Wagens in der Sonne sowie mehrere Skizzen einer Alm, vermutlich die Staffelalm bei Kochel, die er schon öfter als Lieblingsort erwähnt hatte. Daneben hingen eine Handvoll kleinformatiger Pferdestudien und einige Blätter mit Schafen.

Die Tiere schienen es ihm besonders angetan zu haben. Er hatte sich an den verschiedensten Posen versucht.

Plötzlich blieb sie hängen, schaute genauer hin, war gefesselt, wie detailliert er die Anatomie erfasste, selbst in wenigen Strichen jede Bewegung echt darzustellen vermochte, einerlei ob beim Schaf oder Pferd. Sie entdeckte noch die Studie eines schlafenden Hundes und einer sich putzenden Katze. Gerührt registrierte sie sein Bemühen, den Wesen gerecht zu werden.

Ihre Augen wanderten weiter, landeten schließlich auf einem Regalbrett.

Eine dunkle Wachsplastik thronte dort, eine Gruppe Schafe repräsentierend, die grasend zusammenstanden oder eng aneinandergeschmiegt nebeneinander lagen. Obwohl sie das Motiv nach den Zeichnungen nicht sonderlich überraschte, zog es sie sofort in Bann.

Die Arbeit schien noch lange nicht fertig. Auf dem Arbeitstisch vor dem Fenster entdeckte sie weitere Schafe, die in Größe, Farbe und Form dazu passten.

Auch bei dieser dreidimensionalen Arbeit war deutlich zu erkennen, mit wie viel Hingabe zum Detail und mit welchem Einfühlungsvermögen in die Seelen der Tiere er vorging. Jede Bewegung war lebensecht, jede Linie auf den Körpern anatomisch genau, jeder Ausdruck auf den winzigen Gesichtern naturnah, die gesamte Komposition wohl durchdacht, als wäre er beim Modulieren mit den Wesen verschmolzen. Es fehlte nicht viel und Maria hätte ein Mähen zu hören geglaubt. Gleich malte sie sich aus, wie liebevoll Franz' kräftige Finger den Wachs kneteten, die winzigen Köpfe formten oder die Konturen der Muskeln und des Fells nachfuhren.

Immer tiefer versank sie im Anblick der Wachsplastik. War ganz von Franz' Können gebannt. Bis sie auf einmal seinen Atem im Nacken spürte, die Wärme seines Körpers durch die Kleidung auf dem ihren fühlte. Und sich unwillkürlich nach hinten lehnte, voller Vertrauen, dass er sie auffinge wie letztens auf der Bauernkirta, als sie sich ihm schon einmal entgegengeworfen hatte.

Genau wie damals verschwendete sie keinen einzigen Gedanken daran, wie flüchtig sie sich erst kannten, wie wenig sie voneinander wussten und wie bitter sie doch erst von einem anderen Mann enttäuscht worden war. Bei Franz war sie bestens aufgehoben. Sie achteten einander als Kollegen und genossen es, sich miteinander zu vergnügen. Ohne zu viel vom anderen zu erwarten. Oder ihn zu arg zu bedrängen. Sie waren gute Kameraden. Als solche durften sie auch zärtlich zueinander sein, wenn ihnen danach war. Weil es ihnen guttat.

Er legte den Arm um sie und führte sie zu der breiten Chaiselongue im hinteren Teil des Ateliers.

Kapitel 5

Wie im Rausch taumelte Maria durch die nächsten Wochen. Ihre freie Zeit außerhalb der Akademie verbrachte sie fast ausschließlich bei Franz im Atelier, wo sie miteinander redeten, malten und sich auf der Chaiselongue liebten.

Es war eine ganz eigene Welt, die da zwischen ihnen entstand, ohne dass sie zu sagen wusste, wohin es sie führte. Einzig, dass sie einander jetzt hatten, zählte. Und einander so akzeptierten, wie sie waren. Als auf der gleichen Stufe stehende, gleichberechtigte, gleich begabte, gleich suchende Künstlerkollegen. Oder Gefährten. Echte Kameraden. Aufrichtige Freunde. Gleichgesinnte. Die offen miteinander redeten, sich austauschten, gegenseitig ermutigten, aber auch kritisierten. Ernsthaft. Und ehrlich. Von gleich zu gleich. Einerlei, um was es ging.

Zwar wusste sie nie so recht zu sagen, woran Franz konkret arbeitete. Genauso rasch, wie er etwas Neues anfing, verwarf er es wieder. Vernichtete es sofort. Einzig ein kleines, im letzten Jahr begonnenes und nun vollendetes Ölbild eines auf dem Rücken liegenden toten Spatzen, das er auf Holz gemalt hatte, ließ er gelten. Und platzierte es gut sichtbar auf seinem Arbeitstisch, weil er so daran hing.

Ihre Arbeiten verfolgte er mit weitaus mehr Geduld, korrigierte mit Nachsicht ihre Studien, ermunterte sie, sich ebenfalls mehr der Darstellung von Tieren zu widmen, machte sie auf anatomische Besonderheiten aufmerksam und regte sie bei ihren Stillleben zu ungewöhnlicheren, mutigeren Kompositionen an.

»Wenn du dich nur mehr traust«, mahnte er immer wieder.

»Wenn du mich einfach nur lässt. Ich weiß schon, was ich tue«, erwiderte sie und wusste im selben Moment, dass er recht hatte: Sie traute sich zu wenig. Sie verharrte zu steif auf dem, was sie in den letzten zehn Jahren in Kursen, Akademien und bei namhaften Lehrern wie Storch, Feldbauer oder Modersohn gelernt hatte. Und verbesserte und feilte zu versessen daran, statt wie Franz einfach einmal frei heraus auszuprobieren, wonach ihr gerade der Sinn stand, und großzügig zu verwerfen, was misslungen war, und immer wieder Neues zu wagen, bis es irgendwann einmal passte, und das dann einfach zu nehmen, wie es war. Und stolz darauf zu sein.

Zunächst zaghaft, dann allmählich mutiger, versuchte sie sich darin, seinem Beispiel zu folgen und sich von ihren bisherigen Zwängen zu befreien. Manchmal gelang es ihr, viel zu oft noch leider nicht. Sie musste Geduld mit sich haben. Sehr viel Geduld.

Genauso viel Zeit wie zu zweit allein in seinem Atelier bei der Arbeit und mit ihrer Liebe verbrachten sie in Gesellschaft. Tanzten auf Faschingsbällen und Künstlerfesten, vergnügten sich bei vornehmen Einladungen, zu denen er als Spross aus einer angesehenen Münchner Familie häufig eingeladen wurde. Erstaunt beobachtete sie, dass er sich in den großbürgerlichen Anwesen in Nymphenburg nahe des Schlosses oder in Bogenhausen oberhalb der Isar sowie in der Villenkolonie im nahen Herzogpark verblüffend heimisch fühlte. Mit den Hausherrinnen parlierte er gern Französisch, was die Damen besonders entzückte, tanzte elegant mit ihren Töchtern und umschwärmte galant die ältlichen Fräulein, bevor er sich mit den Herren bei einer dicken Zigarre und einem Cognac oder einem Glas Wein angeregt über Politik und Kunst unterhielt.

Maria nahm er dorthin so selbstverständlich mit, als wären sie längst ein Paar, so dass sie sich selbst darüber zu wundern vergaß. Aber dennoch spürte, was es bedeutete: Dass er sie auch hier von gleich zu gleich ansah, keinen Unterschied zwischen ihnen machte. Weder vom Geschlecht noch von der Herkunft oder gar vom Können. So hatte sie das noch nie erlebt. Mit keinem Mann. Und noch nie empfunden. Das Schönste aber wahr: Franz tat es einfach, ohne groß darüber nachzudenken. Oder gar hineinzuinterpretieren.

An seiner Seite lernte sie ein ganz anderes München und eine völlig andere Münchner Gesellschaft kennen als in ihren ersten drei Jahren an der Isar, die sie als Malschülerin an der Damenakademie des Künstlerinnen-Vereins verbracht hatte. Sowohl unter den Elevinnen als auch unter den Lehrkräften hatten sich fast ausschließlich Auswärtige – »Zuogroaste«, wie die Münchner sie nannten – befunden. Nun aber begegnete sie echten Münchnern, wenn auch aus besseren Kreisen. Als Tochter eines Berliner Bankdirektors war sie mit dieser Schicht ebenfalls bestens vertraut.

Die Münchner aus einfacheren Kreisen trafen sie, wie von Franz prophezeit, im Giselahof, wohin er von seinem Atelier aus gern zum Mittagessen ging, um zwischen Maurer- und Schreinergesellen, Bierkutschern und Dienstmännern, Ladenmädchen und Buchhalterinnen und wer sich noch die deftige, günstige Kost und die raue, aber ehrliche Atmosphäre in dem bierdunstigen Lokal leistete, zu speisen. Und nicht nur, um »Gesichter aus zerklüfteten Landschaften« oder voll »praller Lebensgeschichten« für ihre gemeinsame »Galerie der Hässlichkeiten« zu entdecken, wie sie rasch begriff.

»Geht's gut, Franzl? Was machen die toten Vögel auf der Leinwand? Und die Schafe auf der Alm?«, begrüßte ihn die Wirtin, jedes Mal sichtlich erfreut, ihn zu sehen. Sie war eine rundliche, gutmütige Frau im mütterlichen Alter. Stets kam sie hinter dem Tresen hervor, um ihnen das Helle höchstpersönlich am Tisch zu servieren. Zärtlich tätschelte sie Franz die Wange, klopfte ihm auf die Schulter und mahnte: »Treib's nicht zu arg, weder mit dem toten Getier auf deinen Bildern noch mit den lebendigen Frauen um dich herum.«

Maria, die er ihr bei ihrem ersten gemeinsamen Besuch als Künstlerkollegin vorgestellt hatte, worauf sie nur verständig genickt hatte, zwinkerte sie verschmitzt zu und trottete von dannen, um ihnen wenig später die Teller mit Braten und Knödel oder mit Eintopf und Würsten zu bringen und sich wieder hinter ihrem Zapfhahn zu verkriechen.

So derb ihre Worte klangen, war Maria auf Anhieb klar, wie treffend sie waren. Anders als die feinen Herrschaften der besseren Gesellschaft, die seit Jahrzehnten mit Franz' Vater, dem renommierten Maler Wilhelm Marc, verkehrten und so taten, als würden sie dadurch auch gleich seinen zweiten Sohn bestens kennen, hatte die Wirtin Franz tatsächlich durchschaut. Sie wusste, zwischen welchen Polen er schwankte. Und wovor er sich nur selbst bewahren konnte. Sofern er rechtzeitig die Kraft dafür aufbrachte.

Auch Maria bekam Franz' Extreme immer deutlicher zu spüren. Nur zu gern suchte er das Vergnügen, nutzte jede Gelegenheit, das Leben leicht zu nehmen, sich etwas Schönes, Gutes zu gönnen, und unbeschwert durchs Dasein zu flanieren. Von jetzt auf gleich aber konnte er in Ernstem, Traurigem versinken, tiefschürfende Gespräche anzetteln oder sich ganz aus allem und von jedem zurückziehen, um in sich selbst abzutauchen. Je öfter sie diese jähen Wechsel mitbekam, umso stärker fühlte sie sich zu ihm hingezogen. Zugleich ahnte sie den Abgrund, der sich seinetwegen vor ihr auftat. Doch sie kam nicht dagegen an. Freute sich wider besseres Wissen sogar, wenn Franz nach einer fröhlich durchtanzten Nacht in ihren Armen herzergreifend weinte und ihr seine Sorgen um die schwerkranke Annette

Simon offenbarte. Hieß das nicht, er suchte Trost und Zuspruch bei ihr? Vertraute ihr mehr als jedem anderen?

Natürlich schmerzte es sie insgeheim, immer wieder daran erinnert zu werden, wie sehr er an Annette hing. Dass sie seine ganz große Liebe war. Und wohl auch für immer blieb. Dennoch schöpfte sie Hoffnung, sich einen wichtigen Platz in seinem Herzen zu erobern. Das war doch auch erstrebenswert. Zumal sie sich nach den bitteren Erfahrungen der letzten Jahre geschworen hatte, nicht mehr viel von einem Mann zu wollen und lieber ganz bei sich selbst zu bleiben. Damit niemand sie mehr verletzen konnte.

Am nächsten Tag aber verzagte sie gleich wieder neben Franz in seinem Atelier, wenn sie sah, was er aus der Tuschezeichnung eines kleinen Hundes oder der flüchtig hingeworfenen Skizze dreier Bäume am Wegrand herausholte, bevor er das Blatt wütend zerknüllte und im Ofen verfeuerte, während sie sich stundenlang mit der Rötelzeichnung zweier schlafender Katzen, eines simplen Walmdachs oder eines schlichten Gebüschs im Hinterhof abmühte.

»Mein Bruder ist nicht einfach, aber er meint es mit allen und allem gut«, versicherte ihr der drei Jahre ältere Paul Marc, bei dem sie zu ihrer Freude bald mit Franz eingeladen war. Zusammen mit seiner Frau Helene lebte er in einer bescheidenen Wohnung in der Theresienstraße in der Maxvorstadt. Anders als Franz hatte er sein Philologiestudium beendet und widmete sich als Privatgelehrter an der Akademie der Wissenschaften einem Forschungsprojekt der Byzantinistik, wovon die mit Büchern, Plänen und Skulpturen überfrachteten Zimmer in jedem Winkel zeugten.

»Die zwei sind weitaus mehr als nur Brüder«, raunte Helene ihr zu, als sie sich zum Mokka auf einem Kanapee niederließen, das sie allerdings erst von einem Stapel Fachzeitschriften hatte befreien müssen. »Ein Wunder! Vom Wesen her sind sie grundverschieden. Paul neigt zum Glück nicht im Geringsten zur Schwermut und ist zielstrebiger und beständiger als Franz. Trotzdem teilen die zwei bis heute ihre Geheimnisse und besprechen sich ausgiebig über ihre beruflichen Pläne. Stets muss Franz Pauls Rat hören, bevor er sich zu etwas entschließt. Wahrscheinlich sitzen sie gerade nebenan über dich zu Gericht. Franz will natürlich von Paul wissen, was er von dir hält.«

Sie lachte. Maria wurde unbehaglich. Zumal sie sich neben der zierlichen, dunkelhaarigen Helene, die ein geschmackvolles, selbst entworfenes Kleid trug und sich behände wie eine Fee durch die vollgestopften Räume bewegte, wieder einmal plump und reizlos fühlte.

»Keine Sorge.« Helene schien ihre Gedanken zu ahnen und drückte ihr beruhigend den Arm. »Paul wird ihm ins Gewissen reden, endlich von Annette zu lassen.«

»Er weiß …?«

»Die ganze Familie weiß Bescheid«, unterbrach Helene sie vergnügt. »Aber schon allein, dass Franz dich zum Sonntagsessen mit zu uns gebracht hat, ist das beste Zeichen, dass er wohl endlich selbst einsieht, wie es um sie und ihn bestellt ist. Und dass er sich offenbar für dich entschieden hat.«

Helenes klare Worte ließen Maria jubeln. Als noch besseres Zeichen für Franz' Einsicht beschloss sie, die wenig später folgende Einladung zu seinen Eltern zu verstehen, von der er ihr nach einem langen, aufwühlenden Tag bei einer heißen Schokolade im Café Graupner erzählte. Für einen gemeinsamen Abend in seinem Atelier fühlte sie sich zu ausgelaugt, zumal sie wusste, dass der unweigerlich auf seiner Chaiselongue endete. Es entging ihr nicht, wie sehr er mit sich rang, ihr seine Enttäuschung über die Absage nicht allzu deutlich zu zeigen. Übertrieben gereizt reagierte sie deshalb auf seine Ankündigung, sie am folgenden Tag nach Pasing mitzunehmen.

»Deine Eltern wollen mich kennenlernen? Das ist zu früh! Du kannst mich doch nicht jetzt schon durch deine gesamte Familie schleifen.«

»Es ist mir wichtig. Und ihnen ist es wichtig, dich kennenzulernen.«

»Was hast du ihnen von mir erzählt?«

»Dasselbe wie Helene und Paul.«

»Genau das hoffe ich nicht.«

Sie fühlte sich in die Enge getrieben. Am liebsten wäre sie aufgestanden und davongelaufen. Was dachte er sich nur? Und das, ohne sich vorher mit ihr zu besprechen!

Franz umklammerte ihr Handgelenk und sah sie mit einem Blick an, den sie von seinen Hundeskizzen zu kennen meinte. Entrüstet drehte sie sich weg. Er wechselte den Platz, setzte sich neben sie auf die Bank und legte ihr den Arm um die Schulter, küsste sie auf den Mund.

Zunächst wollte sie ihn wegstoßen, dann aber schmeckten seine Lippen so köstlich, dass letztlich sie es war, die sich ihm als Erste öffnete und ihn immer fordernder küsste, bis sie ihn schließlich eng umschlungen in sein Atelier begleitete und doch die ganze Nacht mit ihm auf seiner Chaiselongue verbrachte.

Der Besuch bei seinen Eltern in Pasing, einer kleinen Stadt westlich von München, verlief glimpflicher als gedacht. Was vermutlich daher rührte, dass sie nur zum Essen in dem malerischen Haus in einer parkähnlichen Villenkolonie blieben. Zu Marias Entsetzen stellte sich jedoch heraus, dass Annette Simon mit Mann und Kindern in der unmittelbaren Nachbarschaft wohnte.

»So haben wir uns kennengelernt«, berichtete Franz, als er ihr im Vorbeigehen das stattliche Anwesen zeigte. Das klang so unschuldig, als erzählte er von einer zufälligen Bekannten und nicht von seiner langjährigen Geliebten.

Kurz darauf erreichten sie bereits das Haus seiner Eltern.

Sein Vater Wilhelm, der seiner Krankheit wegen im Rollstuhl saß, und seine Mutter Sophie wirkten auf Maria sehr zurückhaltend. Umso aufgeregter sprang Russi, der riesige weiße Hund, um sie herum, bellte fröhlich, wedelte freudig mit dem Schwanz und wich ihr kaum mehr von der Seite, nachdem sie das Gartentor passiert und das Grundstück betreten hatte.

»Er mag dich. Für ihn gehörst du ab sofort dazu«, stellte Franz fest und lachte.

Russi bekräftigte seine Worte mit einem zustimmenden Bellen. Es war offensichtlich, wie vertraut die beiden miteinander waren, fast so sehr wie Franz' Vater und der Hund. Ihn betrachtete Russi eindeutig als seinen obersten Herrn und legte sich ihm quer vor den Rollstuhl zu Füßen.

Im Haus herrschte eine friedliche Stimmung. Gerührt beobachtete Maria den respekt- und liebevollen Umgang von Franz' Eltern miteinander. Eindeutig stand Wilhelm im Zentrum von Sophies Fürsorge, nahm ihren Beistand gern an. Auch ihrem Sohn begegnete sie sehr mütterlich. Von Maria wollten Sophie und Philipp dagegen nur wenig über ihre Herkunft und Familie sowie über ihre Zukunftspläne als Malerin wissen.

»Sie haben sich gute Lehrer gesucht«, war das Einzige, was Wilhelm zu ihrem Bericht über ihr Studium anmerkte und Sophie ergänzte: »Wenn Sie als Frau in der Kunst bestehen wollen, ist das sehr wichtig. Mehr noch als bei männlichen Kollegen.«

»Du hast meinen Eltern gefallen«, behauptete Franz, als sie gleich nach dem Mokka wieder aufbrachen.

Russi machte Anstalten, sie zu begleiten, sobald er jedoch merkte, dass Wilhelm mit seinem Rollstuhl im Haus blieb, trottete er freiwillig zu ihm zurück.

»Bist du sicher?«, fragte Maria skeptisch, nachdem der Hund verschwunden war. »Mir schienen sie eher wenig begeistert zu sein, dass ich Kurse an der Damenakademie belege und Malerin werden will.«

»Du musst es dir zugestehen, niemand sonst«, betonte Franz nicht zum ersten Mal und beschleunigte unvermittelt seine Schritte, um über einen schmalen Feldweg zum Flussufer zu gelangen. Sie musste sich beeilen, um ihn einzuholen.

Wenig später war ihr klar, warum er es so eilig gehabt hatte. Die Idylle, auf die sie an dem wild sprudelnden Flüsschen Würm trafen, war einzigartig. Eine dicke Schneeschicht glitzerte im Wintersonnenschein. Davor hob sich eine Gruppe dicker, alter Baumstämme dunkel ab. Abrupt blieb Franz stehen, zückte seinen Notizblock und einen Kohlestift und fertigte in wenigen Minuten eine Zeichnung an, die er ihr mit einer übertrieben tiefen Verbeugung reichte.

»Nimm das als Einladung, nächsten Samstag mit mir für einige Tage nach Kochel zu fahren. Es wird höchste Zeit, dass du dir einmal von mir zeigen lässt, wie es ist, oberbayerisches Winterweiß vor tiefblauem Himmel zu malen.«

»Dann habe ich ja schon wieder den nächsten Lehrer, der mir in meine Kunst hereinredet«, spottete sie, freute sich insgeheim aber, demnächst endlich einen seiner Lieblingsorte mit eigenen Augen zu sehen.

»Ich will dich nicht belehren. Ich will dich ermutigen«, stellte er mit belegter Stimme klar.

Sofort tat es ihr leid, so ungeschickt reagiert zu haben. Zum Trost küsste sie ihn lange und ausgiebig.

So sehr sie sich auf den Ausflug aufs Land freute, beschlichen sie in den nächsten Tagen Zweifel, ob sie das Richtige tat. Zwar hatten Franz und sie, um den Anstand zu wahren, zwei Zimmer im Gasthaus zur Post reserviert, doch das war es nicht, was sie belastete. Die Jahre in München hatten sie mit den lockeren Sitten im Süden vertraut gemacht. Daran störte sie sich schon lange nicht mehr. Im Gegenteil genoss sie die liberalere Einstellung als im Norden oder gar in Berlin.

»Bist du dir sicher, was du da tust? Willst du das wirklich?«

Janne erfasste sofort den Kern ihrer Bedenken, als sie ihr von dem bevorstehenden Ausflug berichtete.

»Pass nur gut auf dich auf!«, warnte die Freundin sie besorgt. »Du bist dabei, einen großen Fehler zu begehen. Franz weiß, wie er dich am geschicktesten umwirbt. Seinem Bruder und dessen Frau hat er dich schon vorgestellt, seinen Eltern auch und zu den Bekannten seiner Familie nimmt er dich sowieso mit. Und jetzt zeigt er dir noch seinen Lieblingsort in den Bergen, den er seit seiner Kindheit aufsucht. Sag nicht, er verfolge keine Absichten. Ehe du dich versiehst, bist du über beide Ohren in ihn verliebt. Ausgerechnet in Franz Marc, einen der größten Schwabinger Schlawiner. Und das, obwohl du wie alle Welt weißt, wie sehr er Annette Simon liebt. Niemals wird er sie deinetwegen verlassen. Niemals wird er dir ganz allein gehören. Lass dich besser nicht auf ihn ein.«

»Natürlich nicht. Für mich ist es doch ebenso wenig ernst wie für ihn«, wehrte Maria betont gelassen ab. In Wahrheit tobte ein gewaltiger Aufruhr in ihr. Hatte Janne nicht recht? War sie nicht gerade dabei, denselben Fehler wie so oft zu begehen: Sich wieder einmal an einen Mann zu verlieren, der letztlich unerreichbar für sie war? Und der ihr am Ende nur wehtat, weil sie nicht die Frau war, bei der ein attraktiver Mann wie er auf Dauer blieb?

Aber war es nicht längst zu spät? War sie nicht längst rettungslos in Franz verliebt? Und das, obwohl sie wusste, was er für Annette Simon empfand. Unverblümt hatte er ihr davon erzählt. Dennoch hatte sie es genossen, mit ihm zusammen zu sein, auf Faschingsbälle zu gehen, ihn auf Einladungen zu begleiten, sein Atelier zu benutzen. Sich von ihm zu selbstbewussterem Schaffen ermutigen zu lassen und sich mit ihm die Köpfe heiß zu diskutieren. Über die Kunst im Allgemeinen und ihre Malerei im Besonderen. Hatte es genossen, sich von ihm als Künstlerin verstanden und als Gleichgesinnte ernst genommen zu fühlen. Und zugleich von ihm als Frau und Geliebte begehrt zu werden. Trotz seiner Gefühle für die Simon.

Nein, Janne hatte unrecht. Sie war nicht dabei, einen großen Fehler zu begehen. Sie hatte ihn längst begangen. Sie hatte sich bereits in Franz verliebt. Bis über beide Ohren. Ernsthaft.

Kapitel 6

Das Zugabteil hatten Franz und sie ganz für sich, wie er erfreut und sie eher reserviert feststellte, als sie am letzten Februarsamstag wie verabredet nach Kochel starteten. Kaum ließ die Bahn den westlichen Stadtrand hinter sich, rückte Franz dicht an sie heran, um ihr die Strecke vor den Fensterscheiben zu erklären.

Es war eine interessante Fahrt über Pasing südwärts zum lang gezogenen Würmsee, an Stationen wie Starnberg und Tutzing vorbei bis zum malerischen Iffeldorf und kurz darauf zum Kloster Benediktbeuern hinüber. Der strahlend blaue Winterhimmel gab sein Bestes, um die endlos weite Schneelandschaft sowie die in diffuses Blaugrau getauchte Bergkette der Alpen in vorteilhaftes Licht zu setzen und Maria von der Schönheit der Gegend zu überzeugen. Wie hingetupft lagen die Bauernhöfe und kleinen Weiler da, hin und wieder zockelte ein Schlitten über die Felder, stapfte ein einsamer Wanderer durch den tiefen Schnee. Einmal bestaunte sogar ein Reh direkt am Bahndamm den vorbeischnaufenden Zug.

Maria bewunderte den Zauber draußen, störte sich aber daran, dass Franz ihr alles genau erklären wollte. Seine zärtliche Aufmerksamkeit stieß ihr auf einmal seltsam auf. Berührte er sie am Arm oder der Hand, zuckte sie erschreckt zusammen, fragte er sie etwas, antwortete sie einsilbig. Immer noch hallte ihr Jannes Warnung im Ohr.

Je länger sie darüber nachdachte, desto empörender fand sie das. Weniger seinet- als eher ihrer selbst wegen. Weil sie trotz seiner Offenheit über seine Gefühle zu Annette zuließ, dass er sie umwarb. Gestern erst hatte er ihr unter Tränen von seiner Sorge erzählt, Annette erhole sich nicht mehr vollständig von der Operation, werde nie mehr wieder richtig gesund, und dennoch saß sie heute mit ihm im Zug nach Kochel. Dabei wusste sie, worauf der Ausflug hinauslaufen würde. Warum machte sie da mit?

»Was hast du nur?«, erkundigte er sich nach einer Weile, als sie abermals nur halbherzig seiner Aufzählung der in Sichtweite gerückten Berggipfel gelauscht hatte und ihm ihre ablehnende Haltung wohl endlich aufgefallen war. »Habe ich etwas falsch gemacht? Dir gar etwas Schlimmes getan? Sag es! Warum bist du heute so schlecht gelaunt? Ich dachte, du freust dich, mit mir für einige Tage nach Kochel zu fahren und dort zu malen. Seit meiner Kindheit liebe ich es dort.«

Sie antwortete nicht.

Er wartete eine Weile, dann wechselte er auf die Bank gegenüber, verschränkte die Arme vor der Brust und sah nun ebenfalls schweigend hinaus.

Deutlich konnte sie ihm die Enttäuschung ansehen. Seine dunklen Augen schimmerten feucht.

Sie schämte sich. Bedauerte, ihn so grob behandelt zu haben. Letztlich tat sie ihm doch ebenfalls unrecht, weil sie es versäumt hatte, ihn rechtzeitig abzuweisen. Weil sie ihn längst liebte. Es ernst mit ihm meinte. Und sich nichts sehnlicher wünschte, als dass er es ebenfalls ernst mit ihr meinte und sie genauso liebte wie sie ihn.

Wie aber sollte das gehen, so aufrichtig und entschlossen er ihr immerzu von Annette erzählte? Sie war seine wahre, große Liebe. Für alle Zeit würde sie zwischen ihnen stehen.

Maria wusste, dass sie keine Kraft hatte, noch einmal eine schwierige Beziehung durchzustehen, von Neuem zu ertragen, nicht an erster Stelle im Herzen des anderen zu rangieren. Und sich dessen dieses Mal sogar von Anfang an bewusst zu sein.

Sie lehnte sich ebenfalls zurück, verschränkte die Arme abwehrend vor der Brust und folgte Franz' Blick nach draußen in die wundervolle Landschaft, die tatsächlich die Schönheit bot, von der er ihr so oft vorgeschwärmt hatte.

Am späten Nachmittag erreichten sie Kochel. Die Bahn endete in dem winzigen Bahnhof. Verträumt schlängelte sich der Ort mit seinen teils eindrucksvollen, bunt bemalten und teils schlicht gehaltenen, nur grob hell getünchten Häusern und Höfen zwischen dem hügeligen Voralpenland bis zum See hinunter.

Nachdem sie ihre Zimmer im Gasthaus bezogen und auf Empfehlung des behäbigen Wirts den reich geschmückten Maibaum vom Vorjahr auf dem nahe gelegenen Marktplatz bewundert hatten, wollte Franz trotz anbrechender Dunkelheit noch zu einem Spaziergang aufbrechen. Obwohl Maria nach der Zugfahrt nicht allzu sehr der Sinn danach stand, schloss sie sich ihm an.

Außer ihnen war niemand freiwillig draußen unterwegs. Dazu war es zu kalt und zu dunkel. In der Ferne bellte ein Hund, in den Ställen muhten Kühe. Eine schwarze Katze huschte über die Straße. Schweigend stapften Franz und sie nebeneinander her. Das Knirschen des harschen Schnees unter ihren Tritten hallte durch die Stille.

Bald waren Marias Schuhe und Strümpfe völlig durchnässt, doch sie beschloss, das zu ignorieren. Überrascht stellte sie fest, wie gut es nach der Zugfahrt tat, sich an der frischen Luft zu bewegen. An jedem dunklen Gebüsch, jedem abgestorbenen Ast und der schroff um das Dorf aufragenden Gebirgskette meinte sie jedoch die Schwermut abzulesen, die sie in der Bahn erfasst hatte. Unter der Last des Schnees und des rauen Seins im Voralpenland wirkten selbst die düsteren Gehöfte niedergedrückt.

Als sie auf einer kleinen Anhöhe außerhalb des Dorfs eine weit ausladende, winterkahle Linde erreichten, begann Franz unvermittelt über den Jahreslauf der Bäume zu reden, beschrieb, wie sie die Äste in ganz besonderer Weise von sich streckten, um der Hitze im Sommer standzuhalten und den Stürmen in Herbst und Winter zu trotzen. Und den Aufbruch im Frühling mit offenen Armen zu empfangen.

Weit breitete er die Arme zur Seite, als wollte er es ihnen nachtun, legte den Kopf in den Nacken und schloss die Augen. Schwieg, ganz dem Rauschen der Äste und dem Erzählen der Natur hingegeben.

Es rührte sie, wie ernsthaft er sich in die Natur einfühlte und mit ihr auseinandersetzte.

Auf einmal war der Bann gebrochen. Unwillkürlich streckte auch sie die Arme aus, lehnte den Kopf nach hinten und lauschte mit geschlossenen Lidern dem, was um sie herum geschah. Merkte, wie sie sacht im Wind zu schwanken begann und dennoch fest an ihrem Standort verwurzelt blieb.

Genau sah sie vor sich, welches Bild das abgab.

Auf dem Rückweg zum Gasthaus diskutierten sie lebhaft, wie sich das Verhalten der Bäume mit Tusche oder Kreide auf dem Papier am authentischsten darstellen ließ. Ob es sich überhaupt darstellen ließ. Und ob es das war, was »naturgetreue Malerei« meinte. Oder meinen sollte.

Später am Abend wählte Franz jedoch Aquarellfarben, um seine Überlegungen mit einer Studie der beschneiten Äste des Kastanienbaums vor dem Fenster auszuprobieren. Maria fühlte sich zu müde, um sich ebenfalls daran zu setzen. Vom durchgelegenen Diwan aus beobachtete sie Franz beim Malen und freute sich, dass sie wieder zueinander gefunden und die Missstimmung der Zugfahrt überwunden hatten.

Die nächsten Tage waren sie, mit ihren Rucksäcken voller Malutensilien bepackt, viel draußen unterwegs, erklommen die Hügel ums Dorf, liefen um den See, fuhren mit dem Schlitten den Kesselberg hinauf zum Walchensee und tollten wie die Kinder übermütig Hand in Hand die Hänge hinab.

Zum ersten Mal erlebte Maria einen Winter auf dem Land und in den Bergen. Sie konnte kaum fassen, wie herrlich es war, trotz rot gefrorener Nase, zu Eis erstarrten Fingern und Füßen nie genug von der guten Luft und den überwältigenden Eindrücken in der Natur zu bekommen. Das alles war so ganz anders als in Worpswede, wo sie im letzten Jahr ebenfalls bei Wind und Wetter draußen unterwegs gewesen war. Nicht einmal die von der Kälte steifen Knochen machten ihr zu schaffen, geschweige denn, dass ihr je einmal der Pinsel aus der Hand fiel oder der Rücken schmerzte, weil sie zu lang in der feuchten Kälte vor der Staffelei ausharrte.

Franz hatte recht: Die Farben der Berge waren mit nichts mit denen des platten Lands im Norden zu vergleichen. Beides hatte seinen Reiz. Hier im Süden erschloss sich ihr eine völlig neue Welt.

Ihre Zeichenblöcke füllten sich. Dicht eingepackt in mehrere Schichten Mützen, Schals und Jacken, sogar mit Handschuhen an den Fingern postierten sie ihre Staffeleien mitten auf dem Feld. Wetteiferten darin, das nebulöse Blauweiß der Berggipfel vor dem mysteriös schimmernden Weißbraun des platten Landes auf der Leinwand einzufangen und für die Tiefe des Himmels darüber noch viele weitere Farbnuancen zu finden.

»Wenn du das endlose Weiß des Schnees mit Kobaltblau durchsetzt, wirkt er eisiger und wesentlich fülliger«, verriet sie Franz. Sie standen mitten auf einem dick eingeschneiten Feld, aus dem ein halb verfallener Schuppen ragte. Unberührt erstreckte sich das glitzernde Weiß bis zum Horizont, wo sich das Bergpanorama abhob.

»Blau ist das Wasser.«

Zweifelnd hob er die Augenbraue.

»Und Schnee ist halb gefrorenes Wasser.« Sie lachte. »Kobaltblau ist brillant und kristallklar, außerdem wunderbar intensiv und rein. Genau das, was der Schnee braucht. Probier es einmal. Du wirst staunen, was du damit erreichst.«

Er zögerte noch immer. Sie rückte ihre Staffelei ein Stück von ihm weg, um die Perspektive zu verändern. Aus dem Augenwinkel beobachtete sie, wie er zögernd begann, den Pinsel ins Kobaltblau auf der Palette zu tauchen und auf seiner Leinwand erste, zaghafte Striche ins Schneefeld zu mischen. Stockend zunächst, dann immer mutiger.

Sie schmunzelte, sprach ihn aber nicht mehr darauf an.

Seine Schneelandschaft bekam sie nicht zu Gesicht.

»Hast du ein Meisterwerk geschaffen?«, spottete sie amüsiert, als Franz ihr einige Tage später abends in ihrem Zimmer ein anderes Werk präsentierte. Ein nahezu fertiges Porträt in Öl, von dessen Entstehung sie nicht das Geringste mitbekommen hatte. Sie staunte. Nicht nur über sein ungewöhnlich schnelles Tun.

»Das bin ja ich!«, setzte sie nach einem genaueren Blick auf die hochkant bemalte Leinwand nach.

Tatsächlich erkannte sie sich in der dick vermummten, dunklen Gestalt mit der hellen, turbanartigen Kopfbedeckung und der Palette in der linken Hand vor weißblauem Hintergrund wieder. Das halb vom Betrachter abgewandte Gesicht war kaum ausgeführt, dennoch war das eindeutig sie, wie sie in den letzten Tagen mit Franz und den Malsachen im Schnee durch die Umgebung von Kochel gezogen war.

Das erste Bild, das er von ihr gemalt hatte.

Die Tage auf dem Land vergingen wie im Flug. Ehe sie sich versah, saßen sie bereits wieder im Zug zurück nach München. Um nur kaum eine Woche später wieder nach Kochel zu fahren und eine ähnlich paradiesische Zweisamkeit wie während ihres ersten Aufenthalts zu erleben. Franz malte neben seinen Landschaften, Bäumen, Rehen und Schafen weitere Bilder von ihr. Eines noch einmal in Öl und ähnlich dem ersten in ihrer winterlichen Pleinairmalermontur mit der weißen Mütze, die anderen entpuppten sich als flüchtig hingeworfene Kreide- oder Rötelzeichnungen, die er abends in der Gaststube am Ofen oder nachts oben in ihrem Zimmer binnen weniger Minuten anfertigte. Allesamt en face.

Fasziniert studierte Maria, wie er ihre Gesichtszüge darauf ausarbeitete. Konnte sie daran ablesen, wie er sie sah, was er für sie empfand?

Sie versuchte sich ebenfalls darin, ihn zu porträtieren, zerriss die Bildnisse jedoch, ohne sie ihm je vorzulegen. Entweder fand sie sie misslungen oder zu gut gelungen, weil sie zu viel über sie selbst und ihren Blick auf ihn verrieten. Über die Liebe, mit der sie längst für ihn entflammt war. Das musste er – noch? – nicht wissen.

Bei ihrer nächsten Fahrt aufs Land überraschte er sie damit, dass er ihr den Besuch seines Schweizer Freundes Jean-Bloé Niestlé und dessen Gefährtin Marguerite Legros ankündigte. Maria war brüskiert. Wollte protestieren. War Kochel nicht ihr persönlicher Rückzugsort, die Zuflucht, die sie aus dem gesellig-fordernden Alltag in München herauskatapultierte? Wo sie nur sich beide hatten, sich leidenschaftlich liebten, leidenschaftlich über Banalitäten wie sein zu exzessives Rauchen oder ihren kleinlichen Ordnungssinn stritten, um sich hinterher umso leidenschaftlicher zu versöhnen und in den nächsten Tag hineinzuleben? Um draußen in der Natur Seite an Seite zu zeichnen, zu malen, Welt und Motive zu entdecken, andere Farben und Formen auszuprobieren? Um gemeinsam ihren Weg in der Kunst zu finden?

»Du wirst Niestlé mögen«, versprach Franz.

Den Freund nannte er trotz aller Vertrautheit strickt beim Nachnamen, wie Maria verwundert feststellte. Ebenso hielt er es mit dessen Freundin Marguerite, die er stur Legros nannte und ebenso ansprach. Nach anfänglichem Widerstreben schloss Maria sich dem an. Schneller als erwartet gewöhnte sie sich daran.

»Wie kein anderer versteht Niestlé sich darauf, Tiere zu malen«, schwärmte Franz. »Vor allem Vögel haben es ihm angetan. Von ihm habe ich schon viel gelernt. Er hat mich auch in die Welt der japanischen Holzschnitte eingeführt. Du erinnerst dich an meine Sammlung, die ich dir in meinem Atelier gezeigt habe?«

Natürlich erinnerte sie sich daran und errötete, weil sie dabei weniger an die Tier- als vielmehr an die freizügigen Liebesdarstellungen dachte.

»Niestlé ist ein ausgewiesener Kenner. Und Könner. Dabei ist er eine Handvoll Jahre jünger als ich und hält ebenso wenig von der Akademie wie ich.«

»Warum erzählst du mir erst jetzt von ihm?«

»Es hat sich bislang nicht ergeben.«

Franz' ausweichende Antwort verwunderte sie umso mehr, als sie bei Niestlés und Legros' Eintreffen auf Anhieb erkannte, was die Männer einander bedeuteten und wie sehr sie einander schätzten und für ihre Malerei brauchten.

Niestlé und Legros wohnten mit ihnen im Gasthaus zur Post. Stundenlang streiften Franz und Niestlé von dort aus durchs Moos zwischen Loisach und Kochelsee, stets auf der Suche nach

Tieren, die sie entweder an Ort und Stelle skizzierten oder fotografierten, um die Zeichnungen abends in der Gaststube beim Ofen weiter auszuarbeiten. Dabei sprachen sie wenig, malten oder zeichneten und korrigierten sich gegenseitig im besten Einvernehmen, erlaubten einander sogar ganz selbstverständlich, Hand an den Werken des anderen anzulegen. Das hatte Maria bei Franz noch nie erlebt, geschweige denn, dass er ihr das je zugestanden hätte.

Zu ihrer Erleichterung fand sie in der Französin Legros ebenfalls eine Gleichgesinnte, mit der sie sich ausgiebig über Kunst und Malerei unterhalten konnte. Legros wollte als Kunsthandwerkerin arbeiten und interessierte sich für die verschiedensten Techniken und Materialien. Bei ihren Spaziergängen durchs Dorf und über die Felder sammelte sie stets etwas vom Wegesrand auf. Sie konnte alles gebrauchen, aus allem etwas basteln, selbst dem unförmigsten Ding eine ansprechende Gestalt verleihen und so neues Leben einhauchen.

Ihr Blick für Details war phänomenal. Und faszinierte Maria. Stundenlang zeichnete sie Stillleben von dem, was Legros als Fundstücke auf dem Tisch arrangierte. Ohne dass sie es aussprachen, beschlossen sie, ihre Zuneigung unabhängig von der Freundschaft der Männer und ihrer beider Beziehung zu ihnen zu sehen.

»Warum trefft ihr euch nicht in meinem Atelier? Da habt ihr es weitaus gemütlicher als in deinem düsteren Kämmerlein unterm Dach«, neckte Franz sie, als sie ihm wenige Tage später daheim in München von Legros' erstem Besuch bei ihr erzählte. Zu ihrer Verwunderung händigte er ihr im selben Atemzug bereits den Schlüssel zu seinem Atelier aus. »Jetzt kannst du kommen und gehen, wann du willst, einerlei, ob ich hier bin oder nicht.«

»Aber …«, setzte sie an, völlig überrumpelt von dem Vertrauen, das er ihr dadurch signalisierte, doch er unterbrach sie vergnügt. »Und das Klavier, das du dir wünschst, weil du in München bislang keine Gelegenheit zum Spielen hast, stellen wir dir auch hierher. Dann kannst du mir Musik zum Malen spielen.«

Im ersten Moment war sie perplex. Dann aber schüttelte sie lachend den Kopf. Der Vorschlag war typisch für ihn: Wieder einmal hatte er zuerst sein eigenes Wohlbefinden im Sinn.

»Am besten lernst du ebenfalls Klavierspielen, um damit mich zu unterhalten, wenn ich male«, erwiderte sie genauso vergnügt.

Täuschte sie sich oder blickte er sie jetzt völlig entsetzt an?

Dennoch freute sie sich und mietete bereits am nächsten Tag ein Instrument, das noch am selben Nachmittag ins Atelier geliefert wurde. Nach den Kursen in der Damenakademie besorgte sie in einer nahe gelegenen Musikalienhandlung Klaviernoten von Chopin, Beethoven und Schumann und eilte voller Vorfreude in die Kaulbachstraße.

Im Durchgang zum Hinterhof hörte sie bereits die Musik. Mozart. Jemand spielte die munter perlenden Töne sehr gekonnt. Legte große Intensität hinein. Irritiert blieb sie stehen, scherte sich nicht um den heftigen Regen, der mit Einbruch der Dämmerung eingesetzt hatte und ihr Gesicht und die Kleidung durchnässte.

Hatte Franz sie belogen? Spielte er doch selbst Klavier? Oder hatte er jemanden zu Besuch? Aber wen?

Legros und Niestlé waren nicht in der Stadt. Seit Niestlé die private Malschule seines Landsmanns Hans-Eduard von Berlepsch in Planegg besuchte, hatten sie sich beide in dem westlichen Vorort Münchens Unterkünfte in einer Pension gemietet und fuhren nur nach vorheriger Ankündigung in die Stadt.

Also kam nur Franz' Bruder Paul oder dessen Frau Helene in Betracht. Bei ihnen hatte Maria ein Klavier stehen sehen. Allerdings waren sie noch nie im Atelier gewesen. Franz ging, so weit sie wusste, immer zu ihnen. Sonst kannte sie niemanden, mit dem er vertraut genug war, um ihn in sein Atelier zu bitten. Noch dazu, wenn er sie erwartete. Und ihr das angemietete Klavier präsentieren wollte.

Oder hatte er ihr wieder jemand ganz Wichtigen aus seinem Leben verschwiegen?

Betont fröhlich schloss sie die Tür auf und betrat das Atelier.

Und erstarrte.

Am Klavier saß Annette Simon. Maria erkannte sie sofort.

Die Augen geschlossen, schien Annette ganz entrückt vom eigenen Spiel. Franz lehnte an der Wand, ebenfalls sichtlich fasziniert von den Klängen, die sie dem Instrument entlockte.

Das Maria beschafft hatte.

Sie schluckte. Ihre Hände begannen zu zittern, in ihrem Kopf drehte sich alles, Tränen schossen ihr in die Augen. Blindlings tastete sie nach der Wand, suchte Halt.

Wie konnte er ihr das antun? Vor allem jetzt, nach der leidenschaftlichen Zeit, die sie miteinander in Kochel verbracht hatten? Nach den liebevollen Porträts, die er dort von ihr gemalt hatte? Und nach der großzügigen Einladung in sein Leben, die er ihr erst gestern erteilt hatte, als er ihr den Schlüssel fürs Atelier ausgehändigt hatte?

Waren das nicht eindeutige Beweise, dass sie für ihn die wichtigste Frau in seinem Leben war? Und nun das! Annette mit ihm im Atelier. Allein. Ganz versunken in die Klaviermusik. Die er sich von Maria gewünscht hatte.

Trotz ihrer Verzweiflung konnte Maria sich nicht von dem Anblick lösen. Die beiden umgab ein Einverständnis, das sie verletzte.

Sie sollte kehrtmachen und unbemerkt verschwinden.

Das aber verlängerte nur ihre Qual.

Laut und vernehmlich räusperte sie sich. Und schreckte beide auf. Ohne sie im Geringsten zu beschämen.

Annette lächelte sie an. Franz strahlte sogar übers ganze Gesicht.

»Spielt sie nicht wunderbar? Ist sie nicht überhaupt ganz wunderbar?«

In wenigen Schritten stand er schon vor ihr, fasste sie an der Hand.

»Wie gut, dass du gekommen bist«, sprudelte er los. »Ihr beide müsst euch kennenlernen, am besten gleich Freundinnen werden. In wenigen Tagen breche ich nach Griechenland auf, begleite Paul zu seinen Studien nach Saloniki und auf den Berg Athos. Mehrere Wochen werden wir fort sein. Währenddessen kannst du hier malen, Klavier spielen, dich einrichten, wie ich dir bereits gestern angeboten habe. Meine Briefe an Annette schicke ich auch hierher. Wundere dich also bitte nicht, wenn sie gelegentlich hier auftaucht. Sie hat ebenfalls einen Schlüssel. Vor Jahren hat sie das Atelier für mich gemietet und zahlt mir monatlich …«

»Was?«, unterbrach Maria seinen Redeschwall, sah zu Annette, die weiterhin ruhig am Klavier saß, als wäre nichts geschehen, und sich nicht anmerken ließ, ob sie Franz' Offenbarung überhaupt mitverfolgt hatte.

»Sie hört nicht gut«, erklärte Franz. »Du musst mit ihr direkt sprechen, von Angesicht zu Angesicht, sonst versteht sie dich nicht.«

»Warum hast du mir nichts von alldem gesagt? Wieder einmal nicht?«

»Warum hätte ich dir von Annettes Gehör …«

»Du weißt, was ich meine.«

Entrüstet sah sie ihn an. Und spürte im selben Augenblick, wie ihre Wut beim Blick in seine tiefgründigen dunklen Augen dahinschmolz. Sie biss die Lippen aufeinander, unterdrückte ein Aufstöhnen.

Wie konnte ein Mann wie er nur derart unschuldig schauen? Wie nur so viel Liebe und Empfindsamkeit in seinen Blick legen? Und zugleich in allem, was er tat, derart aufrichtig wirken, als könnte er nie ernsthaft jemanden verletzen wollen?

Von Neuem brachte sie es nicht über sich, ihm allzu lange böse zu sein.

KAPITEL 7

Aus Griechenland schickte Franz Maria betörende Liebesbriefe. Aus jeder Zeile las sie seine unstillbare Sehnsucht nach ihr, in jeder Silbe spürte sie sein Verlangen. Nie wurde er müde, sie um ihr Vertrauen zu bitten, wie er es auch ihr entgegenbringe. Stets betonte er, wie sehr es ihn nach dem Zusammensein und gemeinsamen Arbeiten mit ihr verlange. Die Schönheit der Natur wolle er mit ihr trinken und Seite an Seite mit ihr auf die Leinwand bannen.

Obwohl sich dazwischen immer wieder auch Zeilen über seine unglückliche Liebe zu Annette mischten, spürte Maria, wie ernst es ihm war, sich auf Dauer ein Leben mit ihr aufzubauen. Und sich auch materiell unabhängig von Annette zu machen. Das beflügelte Maria. Auch sie wollte vorankommen, ihre Malerei so weit vervollkommnen, dass sie damit ihren Lebensunterhalt verdiente und nicht mehr auf das Geld ihrer Eltern angewiesen war. Dann war sie auch nicht mehr auf deren Wohlwollen angewiesen, konnte frei entscheiden, was sie tun wollte und für richtig hielt. Dann war sie allein das Maß ihres Handelns, so wie Franz es ihr von Anfang an geraten hatte, in der Kunst wie in ihrem Leben. Die beste Voraussetzung, um es mit ihm an seiner Seite zu teilen.

»In den letzten Monaten hast du einen gewaltigen Schritt nach vorn gemacht. Deine Arrangements werden mutiger, die ungewöhnlichen Kombinationen haben etwas. Wer kommt schon auf die Idee, auf einem Stillleben zwischen die Schüsseln und

Krüge eine geschnitzte Spielzeugmaus zu setzen?«, lobte Marie Schnür ihre Arbeit.

Kurz nach Franz' Abreise war sie an die Münchner Damenakademie zurückgekehrt und hatte zu Marias Freude den Unterricht wieder aufgenommen, als wäre sie nie fort gewesen. Natürlich hatte Maria sich gleich wieder als Schülerin bei ihr eingetragen. Weder in den Unterrichtsstunden noch sonst bei einer Gelegenheit verriet die Schnür jedoch, was sie während ihrer Monate in Paris getan, wen sie getroffen und ob sie überhaupt je mit Henri Matisse oder irgendeinem anderen berühmten Künstler in Kontakt gestanden, sich überhaupt mit den revolutionären Strömungen in der Malerei beschäftigt und die entsprechenden Galerien und Ausstellungen besucht hatte.

»Die Farben gebrauchst du jetzt mutiger, auch der Lichteinfall wirkt origineller. Fast kommt schon Leben in deine Motive. Besonders deine Bäume in der Winterlandschaft sind ausgezeichnet. Es lohnt sich, in die weitverzweigten Äste so viel Mühe zu legen«, urteilte sie wohlwollend, als Maria sie wenige Tage später in ihrem Atelier in der Schellingstraße besuchte und ihr weitere Arbeiten vorlegte, darunter einiges von dem, was während der Zeit mit Franz in Kochel entstanden war.

Maria konnte ihr Glück kaum fassen. Endlich schien sie das Herz der verehrten Lehrerin erobert und mit ihrer Art zu malen Gnade vor deren kritischem Auge gefunden zu haben. Gleich schrieb sie Franz davon. Er ermunterte sie, sich künftig enger an die Schnür zu binden.

»Ich halte viel von ihr – als Künstlerin wie als Kameradin. Sie wird dir eine wahre, verlässliche Freundin sein«, antwortete er prompt.

»Hast du gehört, was man sich neuerdings von dir erzählt?«

Mit der Frage schien die Schnür Marias Hoffnungen zu bestätigen, denn auch sie suchte immer offensichtlicher ihre Nähe und kam bald regelmäßig zu ihr in Franz' Atelier in der Kaulbachstraße, das sie seit seiner Abreise wie ihr eigenes nutzte. Nirgendwo sonst fand sie eine vergleichbare Ruhe, um ins Malen abzutauchen, ihre neu empfundene schöpferische Kraft auszuleben. Wahrscheinlich inspirierte es sie, von seinen Sachen umgeben zu sein und so trotz seiner Abwesenheit seine Gegenwart zu spüren. Sie bildete sich sogar ein, deutlich seine Stimme zu hören, die immerfort mehr Eigenständigkeit von ihr forderte.

Kühn hatte sie ihre Studien von der dickbauchigen, rotbraun gefleckten Katze aus dem Vorderhaus neben seine von den Schafen gehängt, ihre angefangenen Stillleben neben die Landschaften gelehnt, die er in Arbeit hatte. Ungeniert wanderte die Schnür dazwischen herum, inspizierte neugierig die Bilder und setzte sich schließlich ans Klavier, um Chopin zu spielen.

Mittendrin brach sie jedoch ab, schlug den Deckel zu und suchte Marias Blick, wartete auf Antwort auf ihre Frage.

Bewusst hielt Maria sich zurück. Bestimmt würde die Schnür gleich den Tratsch schildern, der bei ihren Mitschülerinnen über sie kursierte. Seit sie nur noch selten nach den Kursen in der Damenakademie zum geselligen Ausklang ins Café Luitpold mitging und sich stattdessen lieber in Franz' Atelier zurückzog, um still für sich zu malen, wurde sie immer offensichtlicher von den anderen gemieden. Längst ahnte sie, warum.

»Sie behaupten, du seist dir nicht zu schade, bei Franz die Animierdame am Klavier zu geben, aus Angst, als alte Jungfer zu enden«, fing die Schnür an. »Zumindest lasse er dich noch seine Leinwände grundieren, wohingegen Jank dir jegliches Talent für irgendetwas abgesprochen habe.«

Das saß! Erbarmungslos schleuderte die Schnür ihr das entgegen.

Obwohl Maria mit bösem Klatsch gerechnet hatte, übertraf das ihre schlimmsten Befürchtungen. Sie biss die Lippen aufeinander, bis das Blut daraus gewichen war. Warum musste die Schnür in dem Zusammenhang ausgerechnet noch Jank erwähnen? Bildete sie sich das ein oder lächelte sie dazu gemein? Von wegen Kameradin und Freundin. Offenbar war Franz da einer bösen Täuschung aufgesessen.

Jener Nachmittag vor mehr als einem Jahr schoss ihr in den Sinn, an dem sie alle bei ihr zum Tee in der Wohnung gewesen waren. Hatte sie damals nicht selbst Jank bezirzen wollen? Und offen mit Dörte um ihn konkurriert? Maria aber hatte ihn gehabt. Über mehr als ein Jahr sogar. Kein Wunder, dass die Schnür ihr jetzt den Dolch ins Herz stieß. Sie war schließlich eiskalt von ihm abserviert worden, noch bevor etwas aus ihnen hatte werden können. Weil ihm zeitgleich die Freiin von Thüngen eine bessere Partie geboten und dank der Heirat die Professur an der Königlichen Kunstakademie beschert hatte.

Ein Schlüssel drehte sich im Schloss der Eingangstür. Erschrocken fuhren sie und die Schnür herum. Maria ahnte, was das bedeutete. Die nächste Katastrophe bahnte sich an.

Schon stand Annette im Raum. Und erstarrte. Sie hatte wohl nicht damit gerechnet, in Franz' Atelier auf jemanden zu treffen. Und nun stieß sie gleich auf sie beide!

Die Schnür reagierte genauso entgeistert. »Frau Professor, was wollen Sie …?«, hob sie an.

Maria fasste sich als Erste. Blitzschnell griff sie nach den Briefen in der Schale auf dem Arbeitstisch. Die Franz Annette aus Griechenland hierher schickte, um sie nicht vor ihrem Mann zu kompromittieren. Bislang war Maria nie im Atelier gewesen, wenn Annette sie abgeholt hatte. Ein Wunder, dass die Schnür die Briefe bei ihrer Inspektion vorhin nicht entdeckt hatte, dabei durfte ihr Franz' Schrift vertraut sein.

Ehe sie jetzt so recht begriff, was es damit auf sich hatte, drückte Maria Annette die Briefe in die Hand und drängte sie, wieder zu gehen.

»Habe ich das gerade recht verstanden? Die Simon hat weiterhin einen Schlüssel zu Franz' Atelier und kommt während seiner Abwesenheit hierher, wann immer es ihr beliebt? Was hast du ihr da eben gegeben? Etwa Briefe von ihm an sie? Bist du dir denn wirklich zu gar nichts zu schade?«

Maria kämpfte mit sich. Die Schnür hatte vermutlich recht, und sie war das dümmste Schaf, das weit und breit zu finden war. Wieder einmal. Es war absurd, dass sie der angeblich ehemaligen Geliebten ihres Geliebten seine Briefe aushändigte. Warum schickte er die an diese Adresse, wenn es nicht doch weiterhin glühende Liebesbekenntnisse waren und sie angeblich nichts vor irgendwem zu verbergen hatten?

Seit Annettes schwerer Krankheit hatten sie ihre Affäre zwar angeblich beendet, wie er Maria gegenüber behauptet hatte, und sie konnte – und wollte – sich nicht vorstellen, dass er mit Annette ähnlich zärtlich war wie mit ihr, dennoch spürte sie wachsendes Unbehagen in sich aufsteigen. Schmählich hintergangen werden wollte sie nicht. Das hatte sie in den letzten Jahren zu oft erlebt. Und sich geschworen, es nicht noch einmal durchzumachen. Auch das war sie sich schuldig.

Annette, die zarte, zierliche Frau von noch zarterer Gesundheit, neben der Maria sich wie ein tumber Elefant fühlte, suchte sie nach der unverhofften Begegnung im Atelier noch am selben Abend in ihrem Zimmer auf. Natürlich, um ihr zu versichern, dass sich ihre Beziehung zu Franz längst in eine rein freundschaftliche verwandelt habe.

»Seine Zukunft liegt bei Ihnen«, schloss sie und umklammerte Marias Hände. »Sie sind ihm Kollegin und Gefährtin wie keine andere. Mit Ihnen kann er raus aufs Land, in seine geliebten Berge. Mit ihnen kann er malen, zeichnen, reden, seinen Weg in der Kunst suchen. Sie sind genau die Frau, die er an seiner Seite braucht, nicht ich. Das habe ich ihm gesagt. Mehrmals schon.«

Aus Franz' Briefen ging nicht hervor, ob das stimmte. Allerdings schien ihm bewusst, dass Annette sich zu Marias Gunsten von ihm losgesagt hatte. Und dass er Maria umso mehr brauchte.

Je näher der Zeitpunkt seiner Heimkehr rückte, desto inbrünstiger versicherte er ihr, welchen Trost er bei ihr zu finden hoffe, weil er um seine Liebe zu Annette trauere. Und weil er wisse, dass sie die Einzige sei, die ihn davon erlösen könne. Weil sie ihn liebe wie keine andere. Und bereit sei, ihn zu nehmen, wie er sei. Als Mann und als Mensch. Und als Künstler. Weil sie auch seine Kunst verstehe wie kein anderer. Und spüre, was er damit ausdrücken wolle. So wie er die ihre sehe und wisse, wohin sie sie eines Tages führte, wenn sie sich nur traute, sie selbst so zu sehen.

Bang, weil sie nicht sicher war, ob und wie sie das verstehen sollte, empfing sie ihn und seinen Bruder Paul zusammen mit seiner Schwägerin Helene am ersten Samstag im Mai am Münchner Bahnhof. Ihr Glück, ihn endlich wieder leibhaftig in die Arme zu schließen, währte nicht lang.

»Ich muss fort aus München, raus in die Berge«, erklärte er ungeduldig, sobald Helene und Paul das von Maria zur Feier seiner Rückkehr festlich geschmückte Atelier verlassen hatten. Auf einmal war er wie ausgewechselt, hatte nicht einmal Sinn für Zärtlichkeiten. Geschäftig lief er hin und her, riss hier eine Schranktür auf, rückte da ein Bild zurecht oder nahm wahllos ein Buch aus dem Regal, um es gleich wieder auf den Tisch zu legen, ohne darin auch nur geblättert zu haben.

»Was soll das heißen?«

Sie stellte sich ihm in den Weg, nahm ihm die Farbtube ab, nach der er inzwischen gegriffen hatte, und legte sie beiseite. Zwang ihn, sie anzusehen.

»Du bist doch gerade erst angekommen? Hast nicht einmal richtig ausgepackt, geschweige denn, überhaupt viel davon erzählt, was du in Griechenland erlebt hast.«

Sie verkniff sich den Zusatz, wie sehr sie darauf hoffte, in den nächsten Tagen mehr von ihm gezeigt zu bekommen als die paar Skizzen der mazedonischen Landschaft und die flüchtige Zeichnung von Paul, auf einem Maultier reitend, die er vorhin eher widerwillig aus der Tasche gekramt hatte, nachdem Helene ihn mehrfach darauf angesprochen hatte. Eine erschütternd spärliche Ausbeute für eine solch aufwendige Reise, fand Maria, ganz zu schweigen von seinem wortkargen Bericht, der sich vor allem um Rotwein, Schnäpse und eigenartige Mönche auf Athos gedreht hatte.

Verschwieg er ihr das Wichtigste? Wollte er gleich wieder von ihr weg, weil er ihre Gegenwart nicht ertrug? Und das, nachdem sie in Kochel eine so intensive Zeit miteinander genossen hatten! Zu der er sie überredet hatte.

»Eine Weile muss ich allein sein. Hans hat mir geschrieben, dass auf der Staffelalm alles für mich bereit ist«, sagte er, wie um ihre Befürchtungen zu bestätigen.

Langsam trat er an den Arbeitstisch vor dem Fenster, überflog die dort liegenden Notizen und stopfte ein Bündel amtlich aussehender Schreiben achtlos in die Schublade, bevor er noch einmal kurz innehielt, sinnierend in den Hof hinaussah und sich dann mit einem Ruck wieder zu ihr umdrehte.

»Wer, wenn nicht du, kann das verstehen?«, fragte er. »In den letzten Wochen hast du dich ohnehin daran gewöhnt, hier im Atelier für dich zu sein und deine Sachen in Ruhe allein zu verfolgen.«

»Aber …«, setzte sie zögernd an, suchte nach den geeigneten Worten, weil sie das tatsächlich einerseits gut nachempfinden konnte, andererseits dennoch als Affront empfand. Mehrere Wochen waren sie getrennt gewesen. Da war es doch erst einmal wichtig, wieder zu zweit zu sein!

Er aber ließ ihr keine Zeit, ihre Gedanken auszusprechen. Betont munter verkündete er: »Geh du derweil nur fleißig wieder zum Schnürlein in die Kurse an der Damenakademie. Das wird dir guttun. Und deine Eltern beruhigen, damit sie dir weiter Geld für deine Studien und die Miete schicken.«

»Was soll das heißen? Willst du mich loswerden? Hast du es dir anders überlegt mit uns? So schnell, nachdem wir in Kochel überhaupt erst wirklich zueinander gefunden haben?«

Sie packte ihn am Arm, zwang ihn erneut, sie anzusehen.

»Warum sollte ich dich loswerden wollen? Das ist doch absurd! Du weißt, wie sehr ich dich brauche. Mit dir hat das alles nichts zu tun.«

»Was hast du vor?«, hakte sie nach, dabei ahnte sie die Antwort. Das Herz klopfte ihr bis zum Hals. »Soll alles wieder so werden, wie es war? Willst du auch für dich alles so belassen, dich weiter von Annette …?«

»Ich hab einige Illustrationen für einen Gedichtband übernommen«, ließ er sie abermals nicht ausreden. »Außerdem gibt es eine Anfrage für ein Porträt. Damit komme ich einige Wochen hin. Danach wird sich Neues ergeben.«

Schnell befreite er sich aus ihrem Griff und drehte ihr den Rücken zu, klopfte den Mantel am Garderobenhaken aus.

»Gratuliere. Dann wirst du künftig also ohne Annettes Hilfe …?«

»Wie kommst du darauf?«

Aufgebracht fuhr er herum.

»Schon gut!«

Beschwichtigend hob sie die Hände. Das also war der wunde Punkt.

»Annette hat mir die Aufträge besorgt«, setzte er, ruhiger geworden, nach. »Sie hilft mir, mit meiner Kunst Geld zu verdienen. Damit ich künftig …«

»Du merkst es gar nicht«, unterbrach sie ihn. »Dir ist gar nicht bewusst, dass du damit weiter von ihr abhängig bleibst. Es ist doch dasselbe, ob du nun gleich Geld von ihr nimmst oder dir von ihr Aufträge beschaffen …«

»Ich weiß selbst, dass das so nicht ewig weitergehen kann. Genau deshalb muss ich auf die Staffelalm und dort für mich in Ruhe darüber nachdenken.«

Zum Zeichen, dass die Diskussion für ihn beendet war, begann er, seine Tasche auszuräumen.

Eine Weile sah sie ihm zu. Wartete. Dann begriff sie, dass es keinen Zweck hatte, länger darüber zu reden. Immerhin war er bereits so weit, dass er über seine Situation nachdenken wollte. Das ließ hoffen. Vielleicht würde das tatsächlich in ein Umdenken, gar Ändern münden.

Sie beschloss, es vorerst dabei zu belassen. Wahrscheinlich war es tatsächlich besser, für einige Zeit auf Abstand zueinander zu gehen, um sich über so manches klarer zu werden.

Das galt auch für sie selbst. Auch sie musste überlegen, wie es weitergehen sollte. Wie sie aus der Abhängigkeit und dem Wohlwollen der Eltern herausfand, um auf eigenen Füßen zu stehen. Das gelang ihr nur über die Kunst. Damit sie endlich ihr eigenes Geld verdiente.

Es stimmte: das Alleinarbeiten im Atelier in diesem Frühjahr hatte ihrer Entwicklung als Malerin einen kräftigen Schub gegeben. Weil sie sich dank Franz' Zuspruch endlich mehr zutraute. Mehr wagte. Und sich mehr vertraute. Weil sie sah, was sie konnte. Das musste sie fortsetzen. Sie befand sich auf dem richtigen Weg. Ihrem Weg. Das spürte sie. Ebenso, dass sie endlich die nötige Kraft dafür aufbrachte, ihn zu gehen. Und die geeigneten Mittel einsetzte, damit es ihr gelang. Sie würde es schaffen. Sie würde selbstständig werden. Und von ihrer Kunst leben.

Auch die Schnür gestand ihr das zu. Trotz allem. Die anderen Lehrkräfte an der Akademie bescheinigten ihr ebenfalls wesentliche Fortschritte. Auch auf deren Urteil musste sie vertrauen. Das half ihr ebenfalls, voranzukommen. Eigenständig zu werden.

Franz war zu unstet. Auf ihn, das hatte sie gerade wieder erlebt, durfte sie sich keinesfalls verlassen. Was aber nicht hieß, dass sie ihn aufgeben musste. Dafür liebte sie ihn längst zu sehr. Als Künstlerkollege war er wichtig für sie. Weil sie sich auf derselben Ebene miteinander austauschten. Er ihr Talent schätzte. Und sie ermutigte, es zu nutzen und weiter auszubauen. Wie kein anderer sonst.

»Du wirst immer besser.« Anerkennend betrachtete Janne Marias neuestes Stillleben mit einer sattblauen Vase roter Pfingstrosen vor beiger Wand, das sie zum Trocknen auf der Staffelei mitten im Atelier postiert hatte. Auf einem improvisierten Tisch aus einer umgedrehten Kartoffelkiste direkt davor waren Obst, Kuchen und Kaffee gedeckt. Schon juckte es Maria, auch das als Studie auf ihrem Block festzuhalten. Gerade war der Lichteinfall ideal. Die frühe Nachmittagsstunde verlieh allem im Atelier einen ganz besonderen Reiz, sorgte für eine besondere Atmosphäre. Deshalb liebte sie es, um diese Zeit hier zu sein.

Eigentlich hatten Janne und sie ein Picknick auf der Monopteroswiese im nahe gelegenen Englischen Garten geplant, doch der Mairegen hatte das Vorhaben zunichte gemacht. Sturzbachartig war er vorhin losgebrochen. Was umso ärgerlicher war, da es Jannes letzter Nachmittag in München war. Mit dem Frühzug am nächsten Morgen würde sie nach Berlin zurückkehren, um ab August in einer privaten Höheren-Töchter-Schule in Potsdam als Kunst- und Turnlehrerin zu unterrichten.

Maria vermisste sie schon jetzt. Kaum vorstellbar, künftig ohne die Freundin in München zu studieren. Ihretwegen war sie doch überhaupt hierher gekommen! Sie kannten sich schon so lange. Hatten seit vielen Jahren bei den verschiedensten Malkursen erst in Berlin, dann an der Isar gemeinsam Höhen und Tiefen durchschritten, an sich und ihrem Können gezweifelt, aufgeben wollen, sich gegenseitig ermutigt, doch wieder weiterzumachen und es schließlich auch durchgehalten. Bis jetzt. Und nebenher noch so manch anderes miteinander erlebt und sich dabei ebenfalls gegenseitig unterstützt. Maria dachte an das ein oder andere Techtelmechtel aus ihren ersten Monaten in München, dann an ihre lange, aufreibende Affäre mit Jank und jetzt schließlich an die mit Franz. Den sie ohne Janne niemals kennengelernt hätte.

Doch Jannes Weggang aus München bedeutete noch weitaus mehr für sie: Mit wem sollte sie künftig über die Schwabinger Bohème lästern? Mit wem sich offen und ehrlich über die Kurse und Lehrkräfte an der Damenakademie austauschen? Bei wem ihr Herz über die missliebigen Kommilitoninnen ausschütten?

Fortan musste sie allein damit fertig werden. Ohne die Freundin und ihren Rat. Auch ein wichtiger Schritt, um als Malerin und Frau selbstständig zu werden. Künftig allein dem eigenen Können und Wollen verpflichtet zu sein. Sie fasste nach Jannes Hand, drückte sie fest.

Janne lächelte.

Hoffentlich nahmen die Eltern ihren Wegzug nicht zum Anlass, Maria ebenfalls zum Abschluss ihrer Studien an der Damenakademie zu drängen. Derzeit hielten sie sich mit ihren Mahnungen erfreulich zurück. Noch.

»Du hast nicht nur Talent, du bist wirklich eine Künstlerin. Nicht so wie ich«, meldete Janne sich mitten in ihre Überlegungen hinein. Langsam stand sie auf und sah sich noch einmal im Atelier um, begutachtete einige der Bilder an der Wand und eine Handvoll Zeichnungen auf dem Tisch.

»Mach was draus!« Schwungvoll wirbelte sie wieder herum, baute sich direkt vor Maria auf, stemmte die Hände in die Seiten und wurde ernst. »Versprich mir, dich von niemandem davon abbringen zu lassen. Niemals!«

Wahrscheinlich trug der Schmerz über Jannes Abschied aus München dazu bei, dass Maria sich kurz darauf von Franz überreden ließ, doch zu ihm nach Kochel aufs Land zu fahren. Eigentlich fand sie es zu früh. Sie wäre gern gefestigter in allem gewesen, bevor sie ihn wiedersah. Und hätte ihn gern noch ein wenig mehr warten lassen, damit ihm bewusst wurde, was sie ihm war.

In München aber fühlte sie sich auf einmal sehr einsam. Hielt die seltsamen Blicke der Mitschülerinnen in der Damenakademie nicht mehr aus, litt unter deren kaum zu ignorierendem Getuschel hinter ihrem Rücken. Und an dem eisigen Schweigen, auf das sie stieß, wenn sie den Wunsch äußerte, nach den Kursen doch einmal wieder mit auf eine heiße Schokolade ins Café Luitpold zu wollen. Ohne Janne traute sie sich nicht, einfach mitzugehen und sich ganz selbstverständlich zu den anderen zu setzen. Dass sie seit deren Abreise häufig bei der Schnür im Atelier oder zu Hause war, schürte die Eifersucht der Kommilitoninnen nur noch mehr. Das alles verleidete ihr den Aufenthalt in der Stadt und insbesondere den Besuch der Kurse an der Damenakademie immer mehr.

Eines Morgens wurde ihr das kurz vor Beginn der Unterrichtsstunde in der Stilllebenklasse von Marie Schnür drastisch vor Augen geführt. Es war ein besonders warmer Tag. Durch die hohen Fenster des Malsaals fielen die ersten Sonnenstrahlen und tauchten die am Vortag angefertigten Aquarellstudien einer üppig gedeckten Frühstückstafel in grelles Licht. Kaum eine der Malschülerinnen zeigte sich noch zufrieden mit dem, was am vorangegangenen Nachmittag bei anderen Lichtverhältnissen durchaus ihr Gefallen gefunden hatte. Die Stimmung war entsprechend gereizt. Und entlud sich plötzlich an Maria. Als wäre das abgesprochen.

»Schau an, unsere Vorzeige-Elevin muss auch korrigieren. Da wird das Schnürlein nachher bestimmt enttäuscht den Kopf schütteln«, höhnte eine der jüngeren Studentinnen, die zwar erst seit letztem Herbst an der Akademie eingeschrieben war, längst aber die Verhältnisse klar durchschaute.

»Wenn die Perspektive vermasselt ist, nützt es eben auch nicht viel, dem Schnürlein in ihrem Atelier den Staub zu wischen oder den Tee zu kochen. Maria sollte sich eh überlegen, ob es noch Sinn macht, ihr so viel nachzuschleichen. Nach der Paris-Reise ist sie an der Akademie deutlich in deren Gunst gesunken«, lästerte eine andere, die Maria bislang noch für eine ihr einigermaßen wohlgesinnte Seele gehalten hatte. Ein fataler Fehler, wie deren hämischer Gesichtsausdruck bewies.

»Maria kapiert einfach nicht, wie das läuft. Sich an den schönen Franzl ranzuschmeißen, nachdem die Frau Professor Simon ihn nicht mehr will, hilft ihr jedenfalls nicht weiter. Franz Marc hat hier an der Akademie wenig zu sagen, selbst wenn er angeblich bald Anatomiekurse anbietet«, schaltete sich eine Dritte ein.

Franz sollte an der Damenakademie unterrichten? Davon wusste Maria noch gar nichts. Am liebsten hätte sie gleich nachgefragt. Zu allem Überfluss aber schlug sich Dörte im selben Moment auf die Seite der Lästermäuler und trieb es natürlich wieder einmal auf die Spitze: »Für den Franzl wird Maria leider nur die zweite Garnitur sein, die Lückenfüllerin zwischen dieser und der nächsten Liebschaft. Wahrscheinlich hat das Schnürlein sie längst auf Rang drei verdrängt. Letztens erst hab ich ihn wieder aus ihrem Atelier kommen sehen. Bestimmt hat er ihr Modell fürs Aktzeichnen gestanden. Naheliegend, so stattlich wie er gebaut ist. Wer weiß, was die zwei dabei noch treiben. Anbrennen lässt keiner von beiden etwas, wie wir wissen.«

Maria blieb die Luft weg. Was redete Dörte da für einen Unsinn? Franz war auf der Staffelalm. Seit Tagen. Den konnte sie nicht gesehen haben. Ihm obendrein ein Verhältnis mit dem Schnürlein anzudichten, war ungeheuerlich.

Schon lag es ihr auf der Zunge, das richtigzustellen. Dann aber sah sie in Dörtes triumphierendes Gesicht. Und ließ es bleiben. Ihr Protest würde Dörte nur bestätigen. Und dazu verleiten, die Sache noch genüsslicher vor den anderen auszubreiten. Bei denen Maria ohnehin schon unten durch war.

Dabei konnte es ihnen völlig egal sein, ob sie sich so gut mit der Schnür verstand oder nicht. Die Beziehung zwischen den Schülerinnen und Lehrkräften der Akademie war generell kameradschaftlich geprägt. Jede der anderen war schon zum Tee beim Schnürlein oder zum Atelierbesuch bei einem der anderen Professoren eingeladen gewesen. Das war üblich. Dagegen gab es nichts zu sagen. Im Allgemeinen nicht. Ihr aber warfen sie das vor. Und nicht nur das.

»Ein greisliges Gifthaferl ist die Dörte, zerfressen vom Neid«, schimpfte Hubert, als Maria ihm davon und von ihrem Plan, zu Franz nach Kochel zu fahren, erzählte. Zufällig waren sie sich vor einer Buchhandlung nahe der Universität begegnet und angesichts des plötzlich einsetzenden Platzregens in eine winzige Konditorei in der Amalienstraße geflüchtet. In dem voll besetzten Raum stand die schwül-warme Luft wie eine Wand.

Bei Milchkaffee und Hörnchen berichteten Maria und Hubert einander die Erlebnisse der letzten Wochen. Irgendwann landeten sie unweigerlich bei Marias missliebigen Kommilitoninnen. Und natürlich bei Dörte. Auf die war Hubert schlecht zu sprechen. Dabei erinnerte sich Maria noch gut, dass er im letzten Jahr sehr an ihr interessiert gewesen und deshalb beim Nachmittagstee bei der Schnür aufgetaucht war.

»Als Aktmodell verdingt sich die Dörte neuerdings selbst«, verriet er. Deutlich war ihm anzusehen, wie sehr ihm das missfiel. »Und das nicht nur bei einem Maler privat in dessen Atelier, sondern ganz öffentlich bei uns vorn in der Königlichen Kunstakademie. Ein jeder darf im Großen Malsaal stundenlang die Rundungen an ihrem Busen und Hintern studieren. Bei mir hätt sie das anders haben können.«

»Aber nicht wollen.«

So bitter das war, wusste Maria aus eigener Erfahrung, dass man am besten daran tat, der Wahrheit offen ins Auge zu sehen.

»Du bist selber Maler. Du weißt, dass das Modellstehen nichts heißt. Erst recht nicht beim Aktzeichnen.«

»Ach, Maria!«, seufzte er und tätschelte ihr den Arm. »Versprich mir, dass du immer weißt, worum es dem Maler beim Aktzeichnen geht. Und wie wenig ihm letztlich das Modell als Person bedeutet. Lass dich von niemandem hinters Licht führen. Nicht einmal vom Franzl, dem frechen Hallodri, erst recht nicht, wenn du jetzt zu ihm aufs Land fährst!«

Während der Eisenbahnwaggon über die Schienen ratterte, hallten Huberts Worte am nächsten Tag in Maria nach. Sie lehnte den Kopf ans Sitzpolster, ließ den Blick nach draußen wandern. Regen peitschte gegen das Fenster, graue Wolken verdüsterten den Himmel. Die bei Sonnenschein liebliche Voralpenlandschaft versank in Schlamm und Nässe.

Ähnlich trostlos war ihr am Vortag auch Huberts Blick erschienen, mit dem er sie angesehen hatte. Wieso misstraute er Franz? Und was hatte es mit Dörtes Behauptung auf sich, sie hätte Franz letztens aus dem Atelier der Schnür kommen sehen? Das konnte nicht sein! Zwischen seiner Rückkehr aus Griechenland und der Abreise nach Kochel waren nur wenige Tage vergangen, an denen er kaum Zeit gehabt hatte. Nicht einmal für Maria. Sie hatte geglaubt, weil er noch so viel zu erledigen hatte: seine Eltern in Pasing besuchen, bei Paul die Aufzeichnungen aus Griechenland sichten, die erwähnten Auftragsarbeiten erledigen, um ein wenig Geld zu verdienen. Was, wenn er stattdessen tatsächlich bei der Schnür gewesen war? Oder von der Staffelalm aus doch noch einmal zu ihr in die Stadt gefahren war? Ohne sich bei Maria zu melden. Oder ihr davon zu erzählen.

Von dem Plan, Kurse an der Damenakademie zu geben, hatte er ihr auch nichts gesagt.

Und die Schnür? War sie nicht längst Marias Freundin? Malte, zeichnete, musizierte mit ihr. Auf Franz' besonderes Drängen hin. Und fast ausschließlich in seinem Atelier in der Kaulbachstraße, wie ihr auffiel. Weil dort das Klavier stand. Oder gab es noch einen anderen Grund? Zu viele Rötelzeichnungen von Franz, nackt, in ihrem eigenen Atelier, die sie vor Maria geheimhalten wollte?

War sie imstande, sie derart zu hintergehen?

Und Franz ebenfalls?

Maria kniff die Augen zusammen. Ihre Wimpern wurden nass. Und bald auch die Wangen. Bis sie die Endstation in Kochel erreichten, verschwammen die Wiesen und Äcker vor der Fensterscheibe nicht nur im Regen. Ihr tränenverschleierter Blick tat ein Übriges, sie sintflutartig untergehen zu lassen.

Pure Verzweiflung übermannte sie. Was tat sie nur? Warum lieferte sie sich diesem Mann aus? Konnte – wollte? – sie ihm überhaupt trauen? Oder saß sie einem gewaltigen Irrtum auf, weil sie sich einbildete, ihm das schuldig zu sein? Wo er ihr doch immer wieder eintrichterte, sie solle allein danach gehen, was sie sich selbst schuldig war. In der Kunst. Und im Leben.

Kapitel 8

Es dauerte einige Tage, bis Maria und Franz in der trostlosen Ausweglosigkeit zueinander fanden. Zu viel stand noch zwischen ihnen. Schwarz und schwer hingen die Regenwolken im Gebirge, dunkelgrau erstreckte sich der Kochelsee davor, das Wasser vom ständigen Regen durchpflügt, die Uferpfade vollständig aufgeweicht, die Grenze zwischen festem Boden und schwammiger Bodenlosigkeit gefährlich verschoben.

An ein draußen Herumlaufen war nicht zu denken, erst recht nicht an ein draußen Malen. Dabei hatte Maria den Rucksack mit den Malsachen in der Hoffnung gepackt, die Staffelei auf den Hängen aufzustellen und von Franz in die Geheimnisse des besonderen bayerischen Himmelsblaus eingeführt zu werden. So aber mussten sie drin bleiben, wo ihnen mehr als nur die Enge der Stube im Weg war. Und nichts von dem Zauber besonderer Farbtöne zu erahnen war, weil alles in der tristen Farblosigkeit des schlechten Wetters zu versinken drohte.

Beim Wagnermeister Anton Heinritzi und dessen Frau hatte Franz eine kleine Wohnung gemietet. Drei Zimmer. Einfach, aber zweckmäßig eingerichtet. Ein Luxus, den Maria schier unglaublich fand, trotz der geringen Miete, die sie sich dank des Geldes von ihren Eltern zum Glück leisten konnte. Die Räume waren winzig, mit niedriger Decke und dunklen Balken daran. Die noch winzigeren Fenster in den dicken Mauern ließen kaum Licht herein, erst recht nicht während des tagelangen Regens. Immerhin aber waren Franz und sie ungestört, ganz für sich, bei Tag – und sogar bei Nacht! Die Wirtsleute hielten sie für verheiratet, wie Maria verblüfft feststellte, als sie sie mit »Frau Marc« ansprachen.

Das gefiel Franz, obwohl er vom Heiraten nicht viel hielt, wie er ihr einmal unerwartet vergnügt ins Ohr raunte.

»Wozu erst noch heiraten, wenn man auch so schon den ganzen Kuchen haben kann?«

Entrüstet wollte sie ihm widersprechen, zumal der Kuchen für sie beide wegen ihrer Missstimmung gerade unerreichbar war, doch wohlweislich verdrückte er sich über die Hintertreppe in den Stall, um anatomische Studien anzufertigen, wie er ihr über die Schulter zurief.

Da die Wohnung auf der rückwärtigen Seite des langgestreckten Hauses lag, hörten der Wagnermeister und seine Frau nichts – oder gaben vor, nichts von dem zu hören –, was in der kleinen Wohnung vor sich ging.

Die ersten Tage waren es vor allem hitzige Diskussionen, die Maria und Franz sich lieferten. Ohne es abgesprochen zu haben, gingen sie beide allzu persönlichen Themen aus dem Weg. Steigerten sich stattdessen in Debatten über den Stellenwert der Kunst hinein und wägten das Für und Wider ab, damit tatsächlich Geld zum Leben zu verdienen. Oder echauffierten sich über das Talent einiger Lehrkräfte – und da insbesondere der weiblichen – an der Akademie.

Ohne es zu wollen, landeten sie irgendwann beim Thema Aktmodelle im Großen Malsaal und im privaten Atelier. Maria wurde nervös. Und wagte nicht, Franz nach seinen angeblichen Besuchen bei der Schnür zu fragen. Erzählte ihm auch nichts von Huberts Mahnung, beim Aktzeichnen auf der Hut zu bleiben. Vor allem bei Franz. Plötzlich ging der dazu über, sie immer direkter darum zu bitten. Sie solle hier auf dem Land, im Bauernhaus des Wagnermeisters Heinritzi in seinem kleinen »Behelfsatelier«, wie er es nannte, sein Modell für seine Aktstudien werden.

»Die menschliche Anatomie kann man nicht oft und ausgiebig genug studieren«, erklärte er und spitzte seine Stifte, legte die Kreiden bereit. Einmal war er gar zu einer Tuschezeichnung entschlossen. »Gerade der weibliche Körper besitzt besondere Herausforderungen, denen man sich ausgiebig widmen muss.«

Erst weigerte sich Maria. Nicht, weil sie sich genierte. Oft genug hatte Franz ihren Körper bereits aus anderen Gründen en détail studiert. Von Neuem geisterten ihr Huberts Worte durch den Kopf, sie sah die Rötelzeichnung von Franz vor sich, die er ihr bei ihrem Zusammentreffen damals in der Wohnung von der Schnür gezeigt hatte. Es erinnerte sie daran, dass sich das Modell beim Aktzeichnen auf eine ganz andere Weise vor dem Maler entblößte. Sich seinem nüchternen, professionellen Blick auslieferte. Und dazu war sie Franz gegenüber – noch? – nicht bereit.

Irgendwann aber waren die Diskussionen über die Kunst und das Künstlerdasein erschöpfend geführt, Franz' Notizblöcke aus Griechenland besprochen, Marias Skizzen für Stillleben mit Milchkrügen, Brotlaiben und Obstkörben allesamt korrigiert, die Leinwände grundiert, die ersten Entwürfe übertragen und die Pläne für die Motivsuche außerhalb des Ortes geschmiedet. Mit unschuldigem Blick zückte Franz wieder einmal ein Kreidestück und schlug Maria vor, Modell für ihn zu sitzen. Nackt. Sie schluckte. Und spürte im selben Moment, wie ihr Widerstand schmolz. Ohne genau sagen zu können, warum ausgerechnet dieses Mal. Vielleicht war es der immer gleiche Rhythmus der Regentropfen gegen die winzigen Sprossenfenster, die Düsternis, die in der niedrigen Stube den Tag nur spärlich von der Nacht schied, oder ihre Erschöpfung, sich immerfort gegen Franz zu behaupten. Warum und wieso meinte sie eigentlich immer noch, das tun zu müssen, da sie hier in Kochel doch ganz auf sich gestellt waren und ohne einander ohnehin nicht auskamen? Es sei denn, einer von ihnen ginge fort. Was keiner von ihnen beiden ernsthaft in Erwägung zog. Also war es Zeit, sich einander zu stellen. Mit allen Konsequenzen.

Fast bedauerte sie es, wie lang Franz darauf beharrte, dass es ihm allein ums Zeichnerische, Anatomische zu tun war, und wie umständlich er an ihrer Position arbeitete, beinahe schon scheu, wenn er sie länger und öfter als nötig berührte, versonnen über ihren Oberarm strich, ihr Kinn zurechtrückte, das linke Bein anders postierte und sie lange dabei ansah. Bis sie es war, die es nicht mehr aushielt, und ihn ausgehungert nach Zärtlichkeit an sich zog, ihm die Kleidung vom Leib riss und sich mit ihm auf den Diwan stürzte. Mitten am Tag. Und ohne Rücksicht darauf, ob man unten im Stall oder vor den Fenstern doch etwas davon mitbekam, was in der winzigen Wohnung des jungen Künstlerpaares aus der Stadt vor sich ging.

Wie durch ein Wunder wurde mit der Laune zwischen ihnen auch das Wetter besser, und sie konnten ihre Rucksäcke schnüren, um mit den Malutensilien an die frische Luft zu gehen. Sie bestiegen dieselben Hänge und Hügel wie im Winter, beschritten dieselben Pfade zwischen den Wiesen und Feldern, streiften durch dieselben Wälder, um die Motive aus der verschneiten Jahreszeit nun mit belaubten Bäumen, begrünten Wiesen und vor allem endlich unter sommerlich-sonnigem Himmel zu entdecken.

Sie arbeiteten wie besessen. So viel, wie nie zuvor. Selbst bis in die Nachtstunden und an neuerlichen Regentagen. Vor ihren Augen verwandelte sich alles in Motive und Bilder. In Windeseile füllten sich die Skizzenbücher, auf den Leinwänden nahmen erste Entwürfe Gestalt an.

Bei einem Abendspaziergang entdeckten sie auf einer Anhöhe eine Gruppe Warmblütler mit rotglänzendem Fell und schwarzen Mähnen. Eng aneinandergeschmiegt grasten sie auf ihrer Weide. In allen denkbaren Gelb- und Orangetönen spannte sich der Himmel darüber, ließ das weite Land ein letztes Mal für diesen Tag golden aufleuchten, während sich die Berggipfel im fernen Dunst bereits blaugrau aneinanderreihten und in der Dämmerung bald ganz in einen einheitlichen dunklen Riegel auflösten.

Maria hielt die Luft an, als Franz unvermittelt über den Zaun kletterte. Furchtlos näherte er sich den Pferden, den Skizzenblock in der einen, die Stifte in der anderen Hand, setzte sich nur wenige Schritte von ihnen entfernt auf den Boden. Begann hochkonzentriert mit dem Zeichnen.

Aus sicherer Entfernung sah sie ihm zu.

Zurück in der Stube bewunderte sie die Studien der einzelnen Tiere, fasziniert von der Exaktheit, mit der er ihren Körperbau und die Bewegungsabläufe erfasst, zugleich den Zauber dieser besonderen Tiere und ihres rührenden Umgangs miteinander eingefangen hatte.

»Ich lerne auswendig«, erklärte er. »Das Knie, das Schulterblatt, den Kopf. Oder die Muskeln, die sie bewegen, wenn sie kauen, gehen oder traben. Jede Regung muss ich sehen und verstehen, praktisch selbst auswendig ausführen können, um sie richtig wiederzugeben.«

Maria versenkte sich lieber in Regloses, fand unzählige Themen quasi am Wegrand. Stundenlang kniete sie in einer Wiese, aus der der Mohn rot herausstach, und verlor sich ganz in einem Bild, das den Kontrast zwischen dem Grün und dem Rot besonders markant unterstrich. Dazwischen setzte sie mutige Akzente mit Kobaltblau, wie sie es Franz im Frühjahr bei den Schneeflächen erklärt hatte. Um dem Himmel, aber auch weitläufigen Wiesen mehr Tiefe zu verleihen, funktionierte das ebenfalls.

Zufrieden betrachtete sie das Ergebnis. Erst, als es gefährlich in ihrem linken Fuß zu kribbeln begann, merkte sie, wie ungeschickt sie auf der Erde kauerte. Kaum kam sie wieder ins Stehen, konnte die ersten Schritte mit den eingeschlafenen Gliedern nur mehr stolpern denn richtig gehen. Doch es hatte sich gelohnt, das in Kauf zu nehmen. Auch Franz lobte das Bild und platzierte es später gut sichtbar über der alten Truhe in der Stube ihrer winzigen Wohnung bei den Heinritzis.

So unterschiedlich ihre Interessen bei den Motiven auch waren, stellten sie plötzlich verblüfft fest, dass sie beide völlig unabhängig voneinander begonnen hatten, mit dickem Farbauftrag zu experimentierten, wie sie das so ähnlich auf Landschaftsbildern aus dem Umkreis von Max Feldbauer und der Münchner »Scholle«-Gruppe gesehen hatten.

»Zwei Maler, ein Gedanke!«, verkündete Maria lachend.

»Solange du mir meine Ideen lässt, habe ich nichts dagegen«, gab Franz sich großzügig.

»Da wäre natürlich die Frage, wer von uns beiden zuerst ...«, neckte sie ihn. Sobald sie merkte, dass er das nicht sonderlich lustig fand, beeilte sie sich, ihn zu beruhigen: »Ideen hat jeder von uns mehr als genug. Niemals würden wir dasselbe Motiv exakt gleich malen.«

»Weil wir niemals dieselben Themen und Ideen malen können«, beharrte er fast schon trotzig, überraschte sie am nächsten Tag jedoch mit einem Friedensangebot: dem Bild einer ganz in weiß gekleideten, in einem Buch lesenden Frau auf einer grünen Wiese. Das Gesicht war nicht ausgeführt, überhaupt war die Sitzende mehr schemenhaft in breiten Pinselstrichen angedeutet, dennoch war Maria sich sicher, dass es ein weiteres Porträt von ihr war.

Statt ihre Frage zu beantworten, wann er das gemalt hatte, küsste er sie verschmitzt lachend auf den Mund.

»Alles musst du nicht von mir wissen.«

Ihr wurde warm ums Herz. Das war schon das zweite Porträt von ihr, das Franz ihr schenkte. Eine Liebeserklärung. Erst recht in der Art, wie er es gemalt hatte. Das Pastose gefiel ihr. Der dicke, grobe und dadurch fast schon dreidimensionale Farbauftrag verlieh dem Bild eine atemberaubende Flüchtigkeit. Fast schon Zartheit. Und Zärtlichkeit.

Bei den Stillleben funktionierte die neue Malweise ebenfalls hervorragend, wie sie feststellte. Die dicken Pinselstriche schenkten dem Dargestellten trotz der kräftigeren Farbschicht eine gewisse Leichtigkeit, erklärte sie Franz und ließ sich neben ihm im Gras nieder.

Sie war noch etwas außer Puste, weil sie über Stunden stramm bergauf gewandert waren. Nun waren sie auf der Staffelalm angekommen. Bis Franz' Freund, der Senner Hans, ihnen eine Brotzeit zurechtgemacht hatte, wollten sie die Aussicht bewundern und sich vor allem ausruhen.

»Endlich komme ich weg von meiner bequemen Behäbigkeit«, knüpfte Maria noch einmal an das vorhin über das pastose Malen Gesagte an. »Endlich habe ich einen Weg gefunden, um meinen Stillstand zu überwinden und schneller zu werden. Im Malen wie im Leben.«

»Dann hat es sich also gelohnt, dass ich dich kurz nach Mitternacht den steilen Berg hinaufgescheucht habe!«

Übermütig stieß er sie ins Gras und begann sie zu kitzeln, ihre weichen Rundungen zu liebkosen. Dabei wurde er immer fordernder. Nur zu gern ließ sie ihn gewähren, genoss seine aufwallende Leidenschaft. Rasch vergaß sie darüber die Anstrengung, die ihr der nächtliche Aufstieg zum Südhang des Rabenkopfes abverlangt hatte, wo sich die Staffelalm befand, und verdrängte auch den kurz aufblitzenden Gedanken, Senner

Hans könnte sie bei der Liebe beobachten. Stattdessen gab sie sich der Lust an Franz hin.

Kichernd pflückten sie sich noch Stunden später gegenseitig verräterische Grashalme und Blätter aus den Haaren, versuchten, die Flecken aus den Kleidern zu klopfen. Hans grinste nur. Und reichte Maria eine dicke Scheibe Brot, das er selbst gebacken hatte. Voller Appetit biss sie hinein. Franz trank einen gierigen Schluck frischer Milch, Hans schob sich einen Brocken Käse in den Mund. Schweigend genossen sie das einfache, aber köstliche Mahl.

Es freute Maria, dass Franz an diesem Tag sein schon im Frühjahr gegebenes Versprechen eingelöst und sie endlich zu einem der für ihn wichtigsten Orte mitgenommen hatte. Die Staffelalm war fast schon sein zweites Zuhause. Vielleicht sogar überhaupt sein Zuhause. In jedem Fall sein Zufluchtsort, wenn er gar nicht mehr wusste, wohin mit sich. Wenn er Ruhe finden und nachdenken musste. Mit sich allein sein. Sich auf sich und seine Kunst besinnen wollte. Oder etwas Neues beginnen.

Dass er ihr diesen Ort nun zeigte und sie so daran teilhaben ließ, was er für ihn bedeutete, war das schönste Geburtstagsgeschenk, das er ihr hatte machen können. An diesem Dienstag Mitte Juni feierte sie nämlich Geburtstag. Ausgerechnet den Dreißigsten. Ein beängstigendes Ereignis. Sie zwang sich, das zu verdrängen und sich auf Franz' Liebkosungen von vorhin zu besinnen. Die hatten bewiesen, dass sie ihm auch in dem Alter noch gefiel.

Nach dem Essen führte Franz sie auf der Alm herum, zeigte ihr seine Lieblingsplätze. Die Aussicht ins Tal war einzigartig. Ebenso die romantische Abgeschiedenheit, von der aus sich die Voralpenlandschaft ungestört betrachten und die außergewöhnliche Farbenvielfalt aufsaugen ließ. Kein Wunder, dass Franz sich gern hierher zurückzog.

Auch als er ihr von den Blautönen vorgeschwärmt hatte, die er von hier oben entdeckt hatte, hatte er nicht zu viel versprochen. Die waren tatsächlich noch einmal ganz anders als das, was sie bislang aus ihren Malaufenthalten in anderen Gegenden kannte. Von der Alm aus tauchten sie die Voralpenlandschaft in ein eigenwilliges Licht. Himmel und Erde verwischten ihre Grenzen, verschmolzen nahtlos ineinander.

Bis zum Abstieg am Abend fertigten sie beide wie im Rausch unzählige Skizzen an. Und Hans bewirtete sie weiterhin großzügig mit Obst, frischem Quellwasser und sogar einem Kuchen. Offenkundig war er froh, endlich einmal eine der Damen kennenzulernen, von denen Franz ihm bei ihren wortkargen Männergesprächen hin und wieder eine Andeutung machte, wie er schelmisch zwinkernd verriet.

»Kommen S' nur wieder«, verabschiedete er sich von ihr. »Gern auch ohne den Franzl. Ich denk, wir zwei kämen gut miteinander klar.«

»Das war mal ein echtes Kompliment«, protzte sie auf dem Rückweg vor Franz. »Pass nur auf! Um dein Bayerischblau zu genießen, brauche ich dich in Zukunft gar nicht mehr.«

»Wirst schon sehen, ob's dir taugt, allein da herauf zu steigen und dir die Zeit mit einem Naturburschen wie dem Hans zu vertreiben«, erwiderte Franz trocken.

Er ließ sich nicht aus der Reserve locken, sondern beschleunigte seine Schritte, als hätte er es auf einmal sehr eilig, von seinem Lieblingsort und dem Freund wegzukommen.

Die Sonne hing als roter Feuerball am Horizont, der Himmel glühte, als sie das Haus des Wagnermeisters Heinritzi in Kochel erreichten. Die Zimmerwirtin saß mit der getigerten Katze auf dem Schoß auf der Bank unter der ausladenden Kastanie im Hof. Neben jemandem.

Maria stutzte. Diesen Jemand kannte sie. Hätte ihn oder vielmehr sie aber nicht in Kochel erwartet. Erst recht nicht vor dem Haus, in dem sie mit Franz derzeit lebte. Und noch dazu an ihrem dreißigsten Geburtstag. Das musste ein schlechter Scherz sein. Sie sollte sich in den Arm zwicken, um sich zu vergewissern, dass sie das nicht träumte.

Im Gegensatz zu ihr schien Franz nicht im Mindesten überrascht von dem Besuch. Im Gegenteil. Auf den letzten Metern lief er noch einmal schneller. Rannte fast. Um sich, wie es aussah, erst im letzten Moment der Gegenwart der Wagnermeisterin bewusst zu werden und der Schnür zur Begrüßung nicht übermütig um den Hals zu fallen.

Hatte er davon gewusst? Oder es gar eingefädelt? Sozusagen als Geburtstagsüberraschung?

Jäh blieb Maria stehen. Und meinte, auf einmal die ganze Anstrengung des nächtlichen Anstiegs auf den steilen Berg und den langen Weg zurück in den Knochen zu spüren. Kaum konnte sie sich überwinden, die letzten Meter bis zum Haus aufrecht zu gehen.

Mit einem erfreuten »Miau« sprang die Katze vom Schoß der Wagnersfrau und schoss an Franz vorbei zu Maria. Sie bückte sich trotz des schweren Rucksacks auf dem Rücken nach ihr und hob sie auf. Ihre frühere Ausbildung zur Turnlehrerin zahlte sich aus. Begierig nach Zärtlichkeit presste sie das Tier an sich, bohrte ihre Nase in das samtige Fell und war froh, damit einen Vorwand zu haben, die Schnür nicht mit Handschlag und vorgetäuschter Freude begrüßen zu müssen.

»Du hast was getan? Du hast ihr geschrieben, sie solle kommen? Ausgerechnet an meinem Geburtstag?«

Maria meinte, ihren Ohren nicht zu trauen, als Franz ihr ohne den geringsten Anflug von Verlegenheit oben in der Stube erklärte, er selbst habe die Schnür vor zwei Tagen hergebeten. Warum jetzt, da sie sich nach den quälenden Regentagen endlich zusammengerauft hatten? Oder sie sich eingebildet hatte, sie hätten das getan?

»War ich dir nicht genug? Hast du dich mit mir gelangweilt? Da hatte ich in letzter Zeit einen anderen Eindruck.«

Sie bebte am ganzen Leib. Vor Empörung. Und vor Verzweiflung. Die Hände in die Seiten gestemmt, den Blick zu Boden gerichtet, lief sie vor Franz auf und ab. Es fiel ihr schwer, ihn nicht laut anzuschreien. Dabei hätte er es verdient. Mehr als das.

In der niedrigen Kammer im ersten Stock war es stickig. Deshalb standen die Fenster weit offen. Jedes laute Wort drang in den Hof. Wo die Schnür immer noch mit der Wagnersfrau auf der Bank unter der Kastanie saß, die Katze auf ihrem Schoß streichelte und sich vom ruhigen Landleben berichten ließ. Während Maria mit Franz nach drinnen gegangen war. Unter dem Vorwand, die Zimmer aufzuräumen, damit die Schnür sich mit ihnen in der winzigen Wohnung einrichten konnte. In Wahrheit, um sich von Franz erklären zu lassen, warum er sie aus München hergerufen hatte. Und sich vorher nicht mit Maria darüber beraten hatte. Vielleicht wäre sie sogar einverstanden gewesen. Unter bestimmten Bedingungen. Aber so? Sie wusste nicht, was sie davon halten sollte.

»Die Schnür wird uns beiden guttun. Und unserer Malerei.«

Franz blieb stur. Wollte keinen Fehler in seinem Verhalten erkennen.

»Anders als wir beide hat sie ihren Platz in der Kunst bereits gefunden. Und kann uns hier noch einiges lehren, was wir gut gebrauchen können. Stell dir nur vor, was sie dazu sagen wird, wenn wir ihr zeigen, dass wir beide die Farbe jetzt dick auf die

Leinwand spachteln! Dass wir uns trauen, ab sofort mehr im Ungefähren zu lassen. Unseren Bildern mehr Flüchtigkeit zugestehen. Den Farben mehr Flächigkeit gewähren.«

»Es hätte gereicht, wenn wir das später in München mit ihr …«

»Da sind dann schon wieder so viele um sie und uns herum. Hier draußen aber haben wir sie ganz für uns allein. Sie wird uns quasi Privatstunden …«

»Du wolltest doch niemals Lehrer …«

»Ab und an tut eine Anregung von außen gut. Ach, Maria!«

Entschlossen trat er ihr in den Weg, griff nach ihren Händen und sah sie eindringlich an.

»Du und ich, wir sind eins. Daran rührt keiner. Aber unserem Malen tut es gut, wenn noch ein Dritter einen Blick darauf hat. Lass uns den Sommer nutzen, um voranzukommen. Die Zeit ist reif. Und wir beide auch. Im Herbst werden wir in München unsere Bilder gut verkaufen und endlich niemandem mehr Rechenschaft abgeben müssen, weil er unsere Miete zahlt …«

»Heißt das, du gibst das Atelier, dass Annette dir finanziert, auf? Sagst dich los von ihrer Unterstützung?«

Ein Anflug von Hoffnung keimte in ihr. Entschlossen hielt sie seinen Blick fest. Weil sie spürte, dass er ihr nur zu gern wieder ausgewichen wäre.

Das aber gestand sie ihm nicht zu. Er stellte sie gerade vor die Wahl, jetzt die Gegenwart der Schnür zu ertragen, damit er sich später von Annettes Unterstützung befreite. Dann musste er jetzt eben auch aushalten, dass sie das einmal klar von ihm bestätigt haben wollte.

Erwartungsvoll sah sie ihn an.

Er aber wandte sich ab, ging in die angrenzende Kammer, um sie für die Schnür aufzuräumen. Das war auch eine Antwort. Maria schüttelte den Kopf.

Ohnehin war es spät, der letzte Zug nach München bereits abgefahren. Schweren Herzens musste sie die Anwesenheit der Schnür vorerst ertragen.

Vielleicht konnte sie Franz in den nächsten Tagen noch einmal allein sprechen.

KAPITEL 9

Schneller als gedacht arrangierte sie sich mit der neuen Situation. Zumal ein Vorteil klar auf der Hand lag: Die Schnür übernahm nicht nur einen Teil der Miete, sondern steuerte auch einen üppigen Betrag zur Haushaltskasse bei. Das nahm Franz und ihr, die sie beide mit jedem Pfennig rechnen mussten, um sich die Zeit in Kochel leisten zu können, ein wenig Druck.

Zu Marias Verwunderung stellte sich bald auch ein für sie alle akzeptabler Alltagsrhythmus ein, sowohl in der zu dritt recht engen Wohnung als auch in ihrem Malen. Und das, obwohl sie die Tage wegen der wieder häufigeren Regengüsse oft genug im Haus verbringen mussten.

Sobald es einigermaßen trocken war, packten sie jedoch ihre Sachen und stürmten geradezu nach draußen. Meist auf die Kohlleite, einem Hügel östlich vom Ort, eine halbe Stunde Richtung Rabenkopf und Staffelalm bergan.

Gleich nach dem Frühstück zogen sie los, arbeiteten dort jeder für sich und dann doch wieder gemeinsam, weil sie einander korrigierten und anspornten.

Maria musste einräumen, dass die Schnür in der Tat eine Bereicherung für ihr Arbeiten war. Deshalb schätzte und verehrte sie sie als Lehrerin schon so lange. Sogar Franz ließ sich von ihr mehr in sein Malen hereinreden als von irgendwem sonst. Weil sie die richtigen Worte fand. Und auch das richtige Maß, mit dem sie es tat.

Die Schnür und sie selbst beschränkten sich auf dem Hügel im stillen Einvernehmen auf Zeichnungen – mit dem Rötel-

oder Bleistift, mit Kreide oder Tusche. Franz dagegen hatte sich eine riesige Leinwand aus der Stadt kommen lassen und ihnen eröffnet, den restlichen Sommer für ein noch nie dagewesenes Projekt zu nutzen. Auf der Kohlleite, an der frischen Luft würde er daran arbeiten, weil er dann das beste Licht und vor allem sein Motiv direkt vor Augen habe: zwei Frauen am Berg.

Das war zu viel! Maria schluckte ihren Ärger hinunter. Die Schnür dagegen ließ sich mit keiner Regung anmerken, was sie davon hielt.

Nur Franz war glücklich.

Zunächst fertigte er eine Ölskizze von kleinem Format an. Sie maß kaum mehr als eine Handspanne mal zwei Handspannen. Auch abends oder bei Regenwetter saß er in der Stube daran. Auf dem Bild lag eine Frau in hellem Gewand lässig in der Wiese, den Kopf auf den linken Arm gestützt, die zweite im dunkelblauen Jäckchen saß schräg vor ihr, halb vom Betrachter ab- und der Liegenden zugewandt. Es wirkte, als wären die beiden einander in freundschaftlichem Einverständnis zugetan.

Wenn es das Wetter zuließ, schleppte Franz die Leinwand für das Großformat eigenhändig bergauf. An ihrem gewohnten Platz angekommen, wies er sie beide an, wie sie zu sitzen und zu liegen hatten, damit er sie zum Vorbild für die Frauen am Berg nehmen konnte. Trug Schicht um Schicht die Farbe auf. Bald meinte Maria, dass das schon weit mehr als ein »pastoser Farbauftrag« war, so dick spachtelte er sie auf den Untergrund. Fingerdick.

An ein Arbeiten war fortan für sie und die Schnür nicht mehr zu denken. Dennoch machten sie mit. Mittags liefen sie abwechselnd ins Dorf, um im Gasthaus Stöger einen Korb mit Essen und Bier zu erstehen, Maria jedes Mal mit einem schlechten Gefühl, wenn sie Franz und die Schnür für eine gute Stunde allein lassen musste, weil der Weg so lange dauerte. Irgendwie hatte sie immer wieder die Aktstudien im Sinn, die die Schnür von ihm in München angefertigt hatte. Würde er nun von ihr welche machen?

Nachts im Schlafzimmer hatte sie ihn für sich allein, war viel zu ausgehungert nach Zärtlichkeit und menschlicher Wärme, um sich ihm schmollend zu entziehen. Wahrscheinlich wollte sie sich und ihm allerdings auch beweisen, dass sie einander weiterhin begehrten.

Jedes Mal aufs Neue bewies er ihr, was er für sie empfand, wie sehr er sie liebte und sich nach ihr verzehrte. Dadurch wusste sie allerdings auch, wie sehr es ihn ständig nach körperlicher Liebe verlangte. Wie unersättlich er bei der Liebe war. Sie war sich unsicher, ob sie ihm genug Futter bot.

Die Schnür verstand sich jedenfalls bestens darauf, seinen Appetit tagsüber anzuregen. Verschämt registrierte Maria die schmachtenden Blicke, die sie ihm zuwarf, beobachtete mit angehaltenem Atem, wie sie sich immer aufreizender vor ihm räkelte, ihm dicht auf den Leib rückte, wenn sie ihm etwas erklärte oder auf der Leinwand korrigierte, ungeniert seine Hand umfasste, um ihm den Pinsel zu führen. Und das immer unverhohlener in Marias Beisein.

Bald benannte Maria die Kohlleite in »Tränenhügel« um. Ihr war nur noch zum Weinen zumute. Natürlich schluckte sie die Tränen sofort hinunter. Den Gefallen, sich vor der Schnür und Franz eine Blöße zu geben, wollte sie den beiden nicht tun. Zumal Franz ihr nach wie vor nachts im Bett allein gehörte. Und es ihr immer häufiger gelang, die Schnür mittags zum Gasthaus Stöger ins Dorf ums Essen zu schicken. Oder sie ganz unschuldig aufforderte, sie zu begleiten, um ein Alleinsein der beiden so oft wie möglich zu verhindern.

Als sie morgens wieder einmal ihre Rucksäcke geschultert hatten und bei bereits recht ordentlicher Hitze im Hof unter der Kastanie auf Franz warteten, der die Leinwand aus dem Schuppen holen wollte, kam er stattdessen mit leeren Händen zurück. Maria erschrak. War die Leinwand zerstört worden? Vom Regen durch das löchrige Dach in der letzten Nacht aufgeweicht? Dafür lächelte Franz ihnen viel zu vergnügt entgegen.

»Heute müsst ihr ohne mich zur Kohlleite. Ich bekomme Besuch aus der Stadt.«

»Von wem?«

Die Schnür klang alarmiert. Maria horchte ebenfalls auf. Offenkundig befürchtete die Schnür weitere Konkurrenz. War es jedoch nicht eher an Maria, argwöhnisch zu sein?

Anders als die Schnür reagierte sie gelassen auf Franz' Ankündigung. Wer sollte da schon noch kommen, nachdem die Schnür sich bereits bei ihnen eingenistet hatte? Dörte ganz gewiss nicht. Sonst fiel ihr kein weibliches Wesen ein, dass Franz in den letzten Monaten ähnlich nahe gerückt war wie sie beide. Nicht in München. Seine Zeit in Griechenland klammerte sie aus. Und biss sich in der nächsten Sekunde auf die Zunge. Wie hatte sie nur Annette vergessen können?

Tatsächlich war es Annette Simon, die ihren Besuch in Kochel avisiert hatte. Mit ihren beiden Töchtern weile sie zur Sommerfrische auf einem Bauernhof in einem Nachbardorf. Da Professor Simon einen Ausflug allein mit den Mädchen unternehmen wolle, habe sie beschlossen, Franz zu besuchen und sich einige Entwürfe für die Buchillustrationen zeigen zu lassen, die sie ihm vermittelt habe, fasste Franz zusammen.

»Hast du ihr überhaupt etwas vorzuzeigen?«, fragte die Schnür verdutzt.

»Mehr als ein Heft voll. Willst du es sehen?«

Mit großen Augen starrte die Schnür ihn an. Maria aber erinnerte sich an Zeichnungen, die in den langen Regentagen vor deren Ankunft entstanden waren. Dafür also waren sie gedacht gewesen.

»Lass uns das gute Licht heute nutzen und endlich wieder an unseren eigenen Sachen arbeiten«, schlug sie der Schnür vor und zog sie ohne weiteren Abschied von Franz weg.

»Wie kannst du nur?«, protestierte die, kaum dass sie um die nächste Ecke bogen. »Du weißt genau, wie sehr er noch an der Simon hängt und wie leicht er zu entflammen ist. Willst du ihn ihr jetzt wirklich überlassen?«

»Denkst du, du kannst das verhindern? Du kennst ihn doch!«

Maria schüttelte den Kopf. Nicht nur über Franz und Annette. Oder über die Schnür. Auch über sich selbst. Wie hatte sie nur so töricht sein können! Sie ließ Franz gewähren und verhinderte außerdem, dass sich die Schnür vor Annette blamierte und ihr wegen ihres Besuchs eine Szene machte. Und ihre eigenen Bedürfnisse stellte sie ganz hinten an. Irgendwann musste ihr Lohn dafür kommen, tröstete sie sich. Irgendwann musste sich ihre Beharrlichkeit auszahlen.

So gut es ging, machte sie das Beste aus dem Tag. Arbeitete an dem Bild einer Blumenwiese vor Sommerhimmel. Und freute sich über die positive Resonanz der Schnür. Die trotz aller Konkurrenz um Franz nie ihre Fairness ihr gegenüber als Kollegin und Lehrerin vergaß. Was Maria ihr hoch anrechnete.

»Den Kontrast zwischen Rot und Grün hast du gut akzentuiert«, urteilte die Schnür. »Die Idee mit dem gelben Schmetterling vorn rechts ist grandios. Außerdem tut deine schnellere Malweise dem Bild gut.«

Franz kam abends ebenfalls nicht umhin, sie zu loben. Belohnte sie dafür mit einer besonders schönen Nacht. Maria schnurrte vor Wohlbehagen, wenn er sie berührte. Und bemühte sich, das nicht allzu laut zu tun, da die Schnür nebenan schlief.

»Kümmere dich nicht um sie«, riet Franz. »Wir beide allein zählen.«

Das hätte sie ihm nur zu gern geglaubt, doch in der Hitze, die mit Beginn des Julis die regnerisch-kühlen Junitage rasch vergessen machte, eroberte sich die Schnür ein großes Stück von seiner Aufmerksamkeit und vermutlich auch von seinem Herzen zurück.

In der sengenden Sonne war nicht daran zu denken, den »Tränenhügel« Kohlleite zu erklimmen und dort an dem großformatigen Bild zu arbeiten. Auf der Suche nach einer Alternative entdeckten sie einen einsamen, vor neugierigen Blicken geschützten Winkel am Seeufer Richtung Schlehdorf.

Als hätten sie sich abgesprochen, zogen Franz und die Schnür sich aus, sobald sie die Rucksäcke mit den Malutensilien abgestellt und das Schilf für die Picknickdecke niedergetrampelt hatten. Entgeistert sah Maria zu, wie sie sich splitternackt an den Händen fassten, zum See liefen und sich ins erfrischende Nass stürzten.

Jauchzend und prustend tollten sie eine Weile übermütig im Wasser herum, kamen wenig später vor Nässe triefend zurück, spritzten Maria an und fläzten sich dann auf die Decke, beide sichtlich entschlossen, für die nächsten Stunden nackt zu bleiben.

»Schmeiß endlich auch die Klamotten weg!«

Franz richtete sich auf und zwickte Maria in die Seite.

»Sei nicht prüde!«

Die Schnür kam ebenfalls dazu und fing sogar an, Marias Kleid aufzuknöpfen.

Maria begriff, dass ihr keine Wahl blieb. Hastig streifte sie sich ebenfalls die Sachen vom Leib, faltete sie zu einem ordentlichen Haufen neben den Rucksäcken und kauerte die nächsten Stunden eher verlegen denn wirklich befreit neben den beiden auf der Decke.

Irgendwann kramte sie ihre Zeichensachen heraus und schlich zu einem Gebüsch, um sich damit abzulenken, eine Entenfamilie zu skizzieren. Flink huschte ihr Bleistift übers Papier. Um nicht wieder nackt bei den anderen sitzen zu müssen, phantasierte sie als Nächstes ein Ruderboot am Steg, das sie ebenfalls zeichnete.

»Eine gute Idee!« Franz holte bald ebenfalls Block und Stift, setzte sich allerdings zurück auf die Decke, wo die Schnür sich vor ihm in eine aufreizende Pose räkelte. Sichtlich erfreut begann er, sie zu zeichnen.

»Lass die langweiligen Enten und komm wieder zu uns«, rief die Schnür und winkte Maria zu. »Hier kannst du noch etwas lernen. Ab sofort widmen wir uns meinem Lieblingsfach Aktzeichnen. Morgen ist Franz unser Modell. Ich bin gespannt, wer von uns beiden ihn besser trifft.«

Auch der Aufforderung konnte Maria sich nicht entziehen, wollte sie sich nicht ganz ausschließen.

Von früh bis spät betrieben sie die folgenden Tage ausgedehnte Aktstudien im Schilf. Solange die Schnür und Franz Modell saßen oder vielmehr lagen, machte es Maria wenig aus, weil sie rasch ihren Malerblick einnahm, genau wie sie es Hubert erklärt hatte. War sie an der Reihe, fühlte sie sich jedoch unbehaglich. Sie war es nicht gewohnt, sich zur Schau zu stellen. Vor Franz war das etwas anderes. Der kannte sie und ihren barocken Körper ohnehin mittlerweile zur Genüge. Aber die Schnür blieb nun einmal ihre Lehrerin.

Und war zugleich ihre Konkurrentin um Franz.

Das spürte sie jeden Tag mehr. Mit Ende dreißig besaß sie noch einen beneidenswert gertenschlanken Körper und schien selbst bei höchsten Temperaturen nie zu schwitzen. Sogar beim Schwimmen im Wasser bewegte sie sich äußerst grazil.

Franz machte aus seiner Begeisterung für sie keinen Hehl, hechtete neben ihr ins Wasser, ließ sich nur zu gern von ihr zum Wettschwimmen herausfordern und freute sich wie ein Kind, wenn er gewann.

Nachdenklich beobachtete Maria die beiden vom Ufer aus. Es schien ihr kindisch, sich dazuzugesellen. Die ganze Situation war schon kindisch genug.

An einem der heißesten Tage stieß unvermittelt Franz' Bruder Paul zu ihnen. Frühmorgens traf er mit dem ersten Zug aus München ein. Helene sei zu ihrer Schwester gefahren. Die Chance habe er nutzen und sie endlich in ihrem Paradies besuchen wollen, sagte er und entkleidete sich ähnlich selbstverständlich wie Franz und die Schnür, sobald sie ihren Stammplatz im Schilf erreichten. Maria blieb keine Wahl, als es ihnen gleichzutun, obwohl es ihr zutiefst widerstrebte.

Als Paul eine Kamera aus dem Rucksack hervorholte, war es zu spät. Schon hatte er die ersten Aufnahmen gemacht. Sie erstarrte. Das hatte sie die ganze Zeit befürchtet! Franz hatte die Boxkamera mit Rollfilm schon öfter mit auf Ausflüge genommen. Am liebsten fotografierte er Tiere, um die Aufnahmen später als Vorlagen für anatomische Studien zu verwenden, so wie im Frühjahr bei seinen Touren mit Niestlé durchs Moos. Nun aber hielt Paul damit ihr albernes Herumtollen im Adamskostüm für die Ewigkeit fest. Und flirtete obendrein ungeniert mit der Schnür.

Auch bei ihm scheute sie sich nicht, ihre Reize zu zeigen. Dabei musste sie doch wissen, dass er verheiratet war. Ihn schien das genauso wenig zu stören wie sie. Und Franz sowieso nicht.

»Sei kein Hasenfuß!«, spottete er, als sie zu dritt alles andere als sonderlich unschuldig auf der Decke herumlümmelten und ihre »anatomischen Studien« betrieben, wie sie kichernd behaupteten.

Maria war entsetzt. Das ging zu weit! Abgesehen von dem Verrat an Pauls Frau Helene fand sie es unerträglich, wie die beiden Brüder sich am helllichten Tag gemeinsam mit der Schnür vergnügten. Die offenkundig ebenfalls größten Spaß daran hatte. Vor Empörung zitternd, raffte sie ihre Kleider zusammen und stürzte davon.

Niemand der anderen hielt sie auf, keiner rief sie zurück oder machte Anstalten, ihr zu folgen. Wahrscheinlich merkten sie nicht einmal, dass sie fort war.

»Paul lässt dich noch einmal schön grüßen«, richtete Franz ihr am frühen Abend aus, als wäre nichts geschehen. »Wir haben ihn vorhin zum Zug gebracht.«

Maria kam es vor, als wäre seit ihrer Flucht vom Badeplatz eine Ewigkeit vergangen. Den ganzen Nachmittag hatte sie unter der Kastanie im Hof gesessen und darauf gewartet, dass die anderen zurückkämen – vollständig angezogen natürlich – und sich bei ihr entschuldigten. Und dann mit ihr im Gasthaus Stöger auf der gegenüberliegenden Straßenseite einkehrten, um bei einem erfrischenden Bier unter den Kastanien den ganzen Ärger zu vergessen.

Nichts davon war geschehen. Elend lang hatte sie allein im Garten gesessen und vergeblich gehofft und gewartet.

Bis sie vorhin nach oben gegangen und in der Stube zu allem Überfluss mitten auf dem Tisch die beiden Bücher entdeckt hatte, die Paul Franz auf dessen Wunsch hin aus München mitgebracht hatte. Ebenso die Notizzettel, die offenkundig Paul für Franz hineingesteckt hatte. »Hier die von dir gewünschten Romane«, hatte er geschrieben.

Neugierig hatte sie sich die Bücher angesehen. *Femme de trente ans* und *La Femme abandonnée* von Honoré de Balzac. Ausgerechnet! Vor Wut hatte sie nach Luft geschnappt. War das Zufall? Oder eine absichtliche Provokation? Franz wusste, dass sie des Französischen mächtig war. *Die Frau von dreißig Jahren* und *Die verlassene Frau* waren Titel, die sie, die eben selbst dreißig Jahre alt geworden war und ihren Geliebten mit mindestens einer anderen teilen sollte, auf Anhieb verstand. Zumal sie die Romane bestens kannte.

»Morgen früh fahre ich zurück«, überging sie die Grüße von Paul jetzt und erhob sich.

»Bitte bleib!«

Franz stellte sich ihr in den Weg, schloss sie in die Arme und presste sie an sich, verbarg sein tränennasses Gesicht in ihrer Halsbeuge.

War sein Weinen ein Zeichen, wie sehr er sein Verhalten bedauerte? Schon spürte sie, wie es in ihr arbeitete. Am liebsten würde sie nachgeben. Ihm verzeihen. So einfach aber durfte sie es ihm nicht machen.

Sanft schob er sie von sich und reichte ihr ein Blatt.

Wieder ein Porträt. Eindeutig sie. Dieses Mal eine Zeichnung. Der schräg nach vorn geneigte Kopf, das Gesicht im Halbprofil und die nackte Schulterpartie mit nur wenigen Strichen und Schraffuren dargestellt. Einfach. Keine Linie zu viel. Aber unübersehbar liebevoll.

»Du bist einfach die Beste!«, bekannte er leise, hob kaum den Blick, als wagte er nicht, sie direkt anzusehen.

»Ich liebe dich«, setzte er nach einer Weile nach. »Weil ich mich jederzeit auf dich verlassen kann.«

Sie schluckte. Kämpfte mit sich.

Dann war der Moment vorbei.

»Geh zum Schnürlein und rede mit ihr«, bat er. Räusperte sich. »Sie hat dir etwas Wichtiges zu sagen. Sie wartet nebenan in ihrer Kammer auf dich.«

Zunächst wollte Maria protestieren. Das klang, als sollte sie sich entschuldigen. Nach allem, was in letzter Zeit passiert war, fand sie es eindeutig an der Schnür, das zu tun.

Sie registrierte Franz' flehentlichen Blick. Nach einem schwachen Seufzen befolgte sie seine Anweisung. Suchte die Schnür in dem kleinen Raum neben ihrem und Franz' Schlafzimmer auf.

Aufrecht saß die Schnür auf dem Bett, derart versunken in ihre Gedanken, dass sie nicht einmal die Fliege verscheuchte, die unablässig um ihren Kopf kreiste, geschweige denn Marias Eintreten bemerkte und ihr einen Platz zum Sitzen anbot.

Obwohl die Fensterflügel weit offen standen, war es stickig in dem Raum. Die dicken Holzbalken an der Decke verströmten ihren typischen Sommergeruch. Der vermischte sich mit dem Gestank aus dem Stall, der direkt unter der Wohnung lag. Der Strauß mit Anemonen, Margeriten und Kornblumen in dem Krug auf dem Fensterbrett duftete kaum dagegen an.

Flüchtig wanderte Marias Blick umher. Es war wenig Persönliches von der Schnür in der Kammer zu entdecken. Drei Zeichnungen – ein Stillleben vom Esstisch, ein Porträt der Wagnersfrau auf der Bank im Hof, die getigerte Katze auf der Türschwelle – waren mit Reißzwecken an die Wand geheftet, auf der Kommode lag ein Entwurf für das Titelblatt einer der nächsten Ausgaben der *Jugend*. Am Haken hinter der Tür hing ein Kleid. Der gelbe Strohhut war über den Krug in der Waschschüssel gestülpt.

Maria ging zu dem kleinen Schemel am Fußende des Bettes, rückte ihn sich zurecht und setzte sich darauf.

»Du musst wissen, dass ich deine Liebe zu Franz nicht stören will«, begann die Schnür, als wäre das das Zeichen für sie gewesen, endlich zu sprechen. Sah sie weiter nicht an.

»Ich brauche seinen Beistand«, setzte sie nach einer kurzen Pause nach. »Dringend. Das weiß er.«

Wieder hielt sie einige Atemzüge lang inne.

Maria schwieg.

»Ich habe ein Kind«, fügte die Schnür hinzu, dann fuhr sie stockend fort. »Einen kleinen Buben. Klaus. An meinem sechsunddreißigsten Geburtstag im Februar habe ich ihn in Paris zur Welt gebracht. Deshalb bin ich im letzten Herbst aus München fort. Niemand darf davon wissen.«

»Was?«

Mehr brachte Maria nicht heraus. Erstaunt betrachtete sie die Schnür.

Die regte sich noch immer nicht.

Es schien, als ob sie das nichts anginge, was sie da erzählte. Von sich erzählte.

Die seltsamsten Gedanken schwirrten Maria durch den Kopf. Niemals hätte sie mit einer solchen Beichte gerechnet. Bedachte man das Alter und die schlanke Figur der Schnür, schien es absolut verrückt, dass sie unlängst ein Kind geboren haben sollte. Warum aber sollte sie eine solche Geschichte erfinden? Noch dazu, da sie die übelsten Verwicklungen nach sich zog?

Unbehaglich rutschte Maria auf dem Schemel herum, wusste nicht, wo sie hinsehen, was sie sagen sollte. Schwitzte.

»Aber …«, setzte sie schließlich an.

»Nichts aber!« Erbost schnitt die Schnür ihr das Wort ab und sah sie endlich direkt an. »Solange ich ledig bin, kann ich Kläuschen nicht zu mir holen, sonst verliere ich meine Stelle an der

Damenakademie. Die brauche ich aber genauso dringend wie meinen kleinen Buben. Von irgendwas muss ich leben. Deshalb bleibt mir keine Wahl. Ich muss heiraten.«

»Wo ist dein Sohn jetzt?«

»Bei Verwandten. Sobald ich verheiratet bin, kann ich ihn zu mir holen. Und mich wenig später wieder scheiden lassen. Geschieden sein wird akzeptiert, unehelich sein nicht.«

»Was ist mit dem Vater?«, überging Maria die Belehrung und blickte an der Schnür vorbei nach draußen. In die dichte Blätterwolke der Kastanie vor dem Fenster.

Plötzlich ahnte sie, um wen es sich handelte. Wagte aber nicht, den Namen laut auszusprechen. Es war ungeheuerlich.

»Der ist bereits verheiratet, wie du weißt.«

Es stimmte also. Es war Jank. Maria wurde übel.

»Hast du ihm von eurem Kind …?«

»Nein.«

»Und wenn …?«

»Ich brauche, wie gesagt, Franz' Beistand in der Sache. Das allein hilft mir. Ich nehme ihn dir nicht weg. Es geht mir allein ums Formale. Sobald Kläuschen bei mir ist und wir eine angemessene Frist haben verstreichen lassen, reiche ich die Scheidung ein.«

»Hat Franz zugesagt?«

»Morgen reise ich ab. Ich muss zu meiner Familie«, war alles, was die Schnür noch dazu sagte.

Auch Franz verriet nicht, wie er sich entschieden hatte. Ohne Maria anzurühren, lag er nachts neben ihr. Dabei sehnte sie sich gerade jetzt danach, ihn zu spüren, an jeder Faser ihres Leibes zu fühlen, dass er trotz allem sie leidenschaftlich liebte.

Aus seinen unruhigen Atemzügen hörte sie heraus, dass er ebenso wenig schlief wie sie. Dennoch brachte sie es nicht über sich, die Initiative zu ergreifen. Er war derjenige, der seine Liebe beweisen musste, nicht sie.

Am nächsten Morgen verkündete er, dass er beschlossen habe, den restlichen Sommer bei Hans auf der Staffelalm zu verbringen. Allein.

»Da werde ich mein großes Bild am besten fertigmalen. Da kann ich jetzt am besten sein. Allein. Für mich.«

Für den Bruchteil einer Sekunde wurde Maria schwarz vor Augen. War das das Ende ihrer Beziehung?

Anscheinend ahnte er, wie es um sie stand. Im nächsten Moment schlang er die Arme um sie.

»Ich liebe dich. Immer«, flüsterte er ihr ins Ohr. »Aber ich muss auch helfen, wenn man mich darum bittet.«

»Bist du dir sicher?«

»Wahrscheinlich.«

Behutsam schälte sie sich aus seinen Armen.

Eine Weile verharrten sie voreinander. Hielten sich schweigend an den Händen. Er sah erbärmlich aus. Und war in gewisser Weise doch tapfer. Weil er bereit war, jemandem aus großer Not zu helfen. Sie platzte schier vor Liebe für ihn.

»Pass gut auf dich auf.«

Sie legte ihm die Hand an die Wange, genoss die Wärme seiner Haut.

Er nickte.

Dann machte er sich daran, zu packen.

Die Schnür war schon im ersten Morgengrauen verschwunden, hatte eine größere Summe Geld als Mietanteil auf dem Tisch zurückgelassen. Wortlos steckte Franz es ein, bevor er die Wohnung ebenfalls verließ.

Maria zögerte. Sollte sie noch eine Weile in Kochel bleiben und hier ganz für sich arbeiten? Auf der Suche nach Antwort sah sie sich um. Durch die winzige Stube, zum niedrigen Fenster hinaus. Blieb im Geäst der Kastanie hängen. Eine Meise hüpfte munter von Ast zu Ast.

Es ging nicht, begriff Maria. Jedes Blatt, jeder Zweig, jedes Tier war mit Erinnerungen an ihre Zeit mit Franz und zuletzt an die Tage zu dritt mit der Schnür belegt. Außerdem würden sich Wagnermeister Heinritzi und seine Frau wundern, was sie noch allein hier hielt, nach der Abreise »ihres« Mannes. Der Franz leider doch nicht war. Vielleicht nie wirklich wurde.

Da sie demnächst ihre Eltern in Garmisch treffen sollte, die dort die Sommerfrische verbrachten, konnte sie auch gleich dorthin fahren. Die Diskussion, warum sie mit nunmehr dreißig Jahren weiter auf der Fortsetzung ihrer Studien an der Damenakademie bestand und auf ihre Unterhaltszahlungen angewiesen blieb, musste sie ohnehin mit ihnen führen. Am besten brachte sie das so schnell wie möglich hinter sich, um sich danach ganz darauf zu konzentrieren, wie es mit Franz und ihr und der Schnür weiterginge. Und auch mit Annette. Franz machte keine Anstalten, sein Atelier in der Kaulbachstraße aufzugeben, das ihm weiter großzügig bezahlte.

Kapitel 10

Maria bekam es mit der Angst. So hatte sie Franz noch nie erlebt. Er war völlig von Sinnen! Sein Gesicht war tiefrot. Blau zeichneten sich die geschwollenen Adern darauf ab. Die Augen quollen ihm aus den Höhlen. Der Schweiß rann ihm von den Schläfen.

Die Ärmel seines halb aufgeknöpften Hemdes waren hochgekrempelt, in der Hand hielt er ein langes Brotmesser. Wie besessen säbelte er damit an der großformatigen Leinwand herum. Reagierte nicht auf ihre Rufe, stieß sie rücksichtslos weg, wenn sie ihn festzuhalten versuchte.

Hörte nicht eher auf zu sägen, bis die Leinwand entzwei war.

Es knirschte hässlich.

Wütend trat er mit dem Fuß nach, bis sich die eine Hälfte nach hinten neigte.

Die linke. Auf der die sitzende Frau in der königsblauen Jacke abgebildet war, vom Betrachter weg zu der im Hintergrund Liegenden gewandt.

Die Schnür.

Ein weiteres Mal trat er zu. Die fingerdick aufgetragene Farbe platzte von der Leinwand ab. Die Leisten auf der Rückseite brachen. Die Stoffränder franzten aus.

Die *Zwei Frauen am Berg* waren kaputt, das Hauptwerk eines aufwühlenden Sommers zerstört.

Vom Urheber selbst.

Und das nach dem Aufwand, den er um das großformatige Bild getrieben hatte! Eine extragroße Transportkiste hatte ein Schreiner in Kochel dafür anfertigen müssen.

Das scherte Franz wenig. Wie ein Raubtier auf seine Beute hatte er sich auf die Kiste gestürzt, sobald sie lange nach seiner Rückkehr aus Kochel endlich in München eingetroffen war. Jetzt wusste Maria, warum. Weil er das Bild nicht mehr ertrug.

Durfte sie das als Zeichen sehen?

Seit Wochen wartete sie auf die Antwort, wie er sich zur Bitte der Schnür entschieden hatte.

Er schwieg.

Auch die Schnür war Maria gegenüber seit ihrer Rückkehr aus den Bergen nicht mehr auf das Thema gekommen. Maria besuchte in diesem Herbst zwar weiterhin ihre Stilllebenklasse in der Damenakademie, auf den Kurs zum Aktzeichnen aber verzichtete sie. Nach allem, was in Kochel zwischen ihnen geschehen war, brachte sie das nicht über sich. Ein Wunder, dass sie ihr überhaupt in die Augen blicken konnte. Den üblichen Lehrerinnen-Schülerinnen-Kontakt mit ihr zu pflegen, um bei den Kommilitoninnen keinen unnötigen Argwohn zu erregen, kostete sie jeden Tag aufs Neue ungeheure Kraft.

»Man sieht dich gar nicht mehr bei der Schnür im Atelier oder bei ihr daheim zum Tee«, hatte Dörte sie unlängst auf dem Flur der Damenakademie zwischen zwei Unterrichtsstunden angesprochen. »Seid ihr euch neuerdings nicht mehr grün? Dabei ward ihr doch beide mit Franz Marc in Kochel. Mehrere Wochen sogar, wie man hört. Das sollte euch doch eigentlich zusammengeschweißt haben. Oder wartet ihr nur auf die Gelegenheit, euch gegenseitig die Augen auszukratzen? Gib mir rechtzeitig Bescheid. Das Drama will ich mir nicht entgehen lassen!«

Sie maß Maria mit deutlich sichtbarer Häme von oben bis unten. Maria war froh gewesen, dass im selben Moment Max Feldbauer aus einem der Malsäle gekommen war. Den hatte sie unbedingt um Rat zu einer Herbstlandschaft bitten wollen. Unter dem Vorwand war sie Dörte entkommen.

Der Ungewissheit, wie es mit Franz, der Schnür und ihr weitergehen sollte, aber nicht.

Jetzt aber hatte Franz mit der Vernichtung des Doppelporträts vom »Tränenhügel« unverkennbar Tatsachen geschaffen. In ihrem Sinn, wie es schien. Langsam ließ er die Hand mit dem Messer sinken, wischte sich über das nasse Gesicht. Dann wandte er sich zu ihr um.

Es dauerte einige Sekunden, bis die Verwirrung aus seinen Augen gewichen war und er offenkundig wieder begriff, wo er sich befand und wen er vor sich hatte. Als würde er aus einem Alptraum erwachen.

Seine Lippen verzogen sich zu einem Lächeln.

Ihr Pulsschlag beschleunigte sich.

»Maria! Bitte verzeih«, rief er, stürzte zu ihr und bedeckte ihr Gesicht mit Küssen. Hob sie behutsam auf und trug sie zur Chaiselongue im hinteren Teil des Ateliers.

»Oben auf dem Tränenhügel in Kochel, da ist mir klar geworden, was du für mich bedeutest«, gestand er mit brüchiger Stimme, nachdem sie ihre Lust aneinander gestillt und sich ermattet nebeneinander ausgestreckt hatten. »Da habe ich begriffen, dass ich ohne dich und deine Liebe nicht mehr sein kann.«

Sie schluckte. Wollte etwas erwidern. Spürte, dass ihr die richtigen Worte fehlten und schwieg. Drehte langsam den Kopf, um ihn anzusehen.

Starr lag er neben ihr, den Blick nach oben zur Decke gerichtet.

»Ich werde wieder bei meinen Eltern in Pasing einziehen«, fügte er nach einer geraumen Weile in bestimmterem Ton hinzu. »Dort kann ich im früheren Atelier meines Vaters arbeiten.«

»Das klingt gut.«

Erleichtert schmiegte sie sich an ihn und verkniff sich den Hinweis, wie sehr es sie freue, dass er sich damit offensichtlich auch von Annette lossagte. Seine Worte waren klar genug.

»Von dort bist du ganz schnell mit dem Vorortzug bei mir in Planegg.«

Ihr war kalt. Sie bedeckte die nackte Brust mit der dünnen Decke. Selbst jetzt im Herbst reichte das Feuer im Ofen schon nicht mehr aus, um den zugigen Raum mit den undichten Fenstern und den kalten Wänden zu beheizen. Franz schien das nicht zu stören. Oder gar nicht zu bemerken. Wie so oft.

Er angelte nach seiner Hose, die auf dem Boden vor der Chaiselongue lag, kramte in der Tasche nach einer Zigarette und zündete sie sich an. Streckte sich wieder neben ihr auf dem Rücken aus. Sah wieder stur zur Decke empor. Rauchte. Und ließ sich nicht das Geringste anmerken, was es für ihn bedeutete, diese Räumlichkeiten und damit die Abhängigkeit von Annette aufzugeben.

»Wie gut, dass du die beiden Zimmer bei der Witwe Bösecke gefunden hast«, stellte er nach einer Weile fest. »Die sind wirklich ideal. Und billiger als hier in der Stadt sind sie obendrein. In dem einen kannst du arbeiten, in dem anderen wohnen.«

»Und dich kann ich dort problemlos empfangen. Der Bösecke macht es nicht einmal etwas aus, wenn ich über Nacht Besuch von dir habe, hat sie durchblicken lassen. Sie ist eine große Bewunderin deines Vaters. Und allem Neuen gegenüber aufgeschlossen. Das hat sie mir bereits mehrfach versichert.«

»Das Wichtigste ist, dass du mit deinen Bildern deinen Weg unbedingt weiter gehst.«

Zwischen zwei langen Zügen, nach denen er den Rauch nachdenklich in die Luft blies und die dabei aufsteigenden Kringel musterte, kam er wie so oft unvermittelt auf ihre Malerei zu sprechen.

»In Max Feldbauers Vormittagsklasse lernst du noch einiges für deine Landschaftsbilder, was dir nützlich ist. Und der Unterricht im Stillleben bei unserem lieben Schnürlein wird dich in deiner Entwicklung ebenfalls festigen.«

War das sein Ernst? Sie schluckte.

Andererseits hatte er recht, wurde ihr plötzlich klar. Kniff sie und mied die Kurse bei ihr, käme das dem Eingeständnis eines schlechten Gewissens gleich. Und das galt es um jeden Preis zu vermeiden. Weil sie kein schlechtes Gewissen hatte. Dafür gab es keinen Grund. Nicht für sie. Davon abgesehen war die Schnür eine ausgezeichnete Lehrerin. Ihre Stunden nicht zu besuchen, wäre töricht. Gerade jetzt.

»Du musst wissen, wo du stehst und was du kannst«, fuhr Franz fort. »Im Sommer in Kochel hat Marie mit eigenen Augen gesehen, wie hart du an dir arbeitest, um deine Behäbigkeit zu überwinden. Und wie gut es dir bereits gelungen ist. Darin wird sie dich weiter unterstützen. Das brauchst du.«

»Deine Behäbigkeit«! Das verletzte sie. Ebenso die Tatsache, dass Franz meinte, die Schnür wäre die beste Lehrerin für sie. Dass ausgerechnet sie sie in ihrer Kunst weiterbrächte, weil sie wusste, was ihr noch fehlte.

Maria biss die Lippen aufeinander. Und wartete, was noch kommen würde.

Franz sagte nichts mehr. Rauchte weiter.

Nach einer Weile begriff sie, dass es dabei bleiben würde.

Sie beschloss zu gehen. Vorsichtig kletterte sie über ihn.

Keinen Zentimeter wich er beiseite, um ihr zu helfen.

Hastig raffte sie ihre über den Boden verstreute Kleidung zusammen und verschwand hinter dem Vorhang, um sich an der Waschschüssel abzuseifen und anzukleiden.

Bevor sie das Atelier verließ, stellte sie sich noch einmal vor die Chaiselongue und betrachtete ihn.

Er lag noch immer nackt da, rauchte und starrte zur Decke. Schenkte ihr nicht mehr die geringste Beachtung.

»Bis bald«, verabschiedete sie sich.

»Bis bald«, erwiderte er, ohne sich ihr auch nur einmal kurz zuzuwenden.

Als sie aus dem Hoftor auf die Kaulbachstraße trat, meinte sie, ein Stück weiter die Straße hinauf im Schein einer Laterne Annettes zierliche Gestalt zu entdecken. Sobald sie genauer hinsehen wollte, drückte die sich in einen Hauseingang. Wollte vermutlich verhindern, von ihr beobachtet zu werden.

Also war sie es.

Sie besuchte Franz weiterhin. Obwohl sie wusste, dass er mit Maria zusammen war. Und gewiss auch informiert war, dass er der Schnür versprochen hatte, sie zu heiraten, damit die ihr Kind zu sich holen konnte. Ob er Annette gebeichtet hatte, dass er das Atelier aufgeben und nach Pasing ziehen würde?

Bis zuletzt hatte Maria gehofft, gebangt und gefleht, dass es nicht so weit käme. Bis zuletzt hatte sie gedacht, dass die Vernunft siegte und Franz sich der ungeheuren Bitte der Schnür doch noch entzöge. Bis zuletzt hatte sie geglaubt, dass nur sie das naive Schaf in der ganzen Geschichte wäre, das sich in seiner Gutmütigkeit ausnutzen ließ und die eigenen Bedürfnisse zugunsten der anderen beharrlich verleugnete. Nun aber erwies sich auch Franz als ein solch naives, nein: absolut dummes Schaf, das sehenden Auges ins eigene Unglück rannte.

Einerlei, ob das große Bild der beiden Frauen entzwei war oder nicht.

An diesem letzten Mittwoch im März heiratete er tatsächlich im Beisein seiner Eltern, seines Bruders und seiner Schwägerin sowie in Gegenwart seines besten Freundes Niestlé als Trauzeugen mittags auf dem Standesamt in Obermenzing bei München Marie Schnür. Noch am selben Abend brachte er seine frisch angetraute Frau nach einer Feier im engsten Familienkreis, zu dem Maria nicht gehörte, zum Zug nach Gauting, wo sie einige Tage mit Freunden verbringen wollte. Franz wollte wenig später den Zug nach Paris besteigen. Ohne sie.

Die Legros erzählte Maria die Details. Sie hatte Niestlé begleiten und mitfeiern dürfen.

Maria saß den ganzen Tag allein in seinem Atelier in der Kaulbachstraße. Trotz seines vorübergehenden Umzugs nach Pasing hatte er es behalten. Annette bezahlte es weiter. Er nutzte es wie gewohnt. Ganz selbstverständlich. Was für ihn auch hieß, Maria einzuladen, darin zu arbeiten. Und auf dem Klavier zu spielen. Auch oder gerade während seiner Abwesenheit.

Fast war es ihr, als wäre er dennoch bei ihr. Der Duft seiner Zigarren zog noch durch die Luft, an der Garderobe hing sein farbenübersäter Malkittel, auf dem Tisch lagen seine Palette, die Farbtuben sowie eine Handvoll halbfertiger Zeichnungen und einige Tierstudien.

Gedankenverloren malte Maria an einem Stillleben mit einem bunten Blumenstrauß, einer Obstschale mit Früchten und einem Keramikteller, auf den sie eine verschnörkelte *3* sowie die oft von ihm in seinem weichen Münchnerisch gehörten Worte *I bleib Dir* schrieb. Zwischendurch lenkte sie sich von ihrer Trauer und Wut mit Klavierspielen ab.

Bis sie es nicht mehr ertrug, mit einem lauten Knall den Deckel über der Tastatur zuschlug, ihre Sachen packte und nach draußen floh. In den trüben, unwirtlichen, menschenleeren Englischen Garten hinein.

Stunde um Stunde irrte sie im regnerischen Märzwetter umher, froh, kaum jemandem außer den Parkwächtern zu begegnen. Kümmerte sich nicht um die anbrechende Dunkelheit und den aufziehenden Nebel. Lief irgendwann viel zu schnell den Monopteroshügel hinauf, lehnte sich an die Säulen des Rundtempels, glitt langsam mit dem Rücken daran zu Boden und weinte bittere Tränen.

Nass klebte ihr das Haar an Stirn und Wangen. Die goldblonde Pracht, die Franz so liebte. In die er sich als Allererstes verliebt hatte bei ihrer ersten Begegnung auf der Schwabinger Bauernkirta vor zwei Jahren.

Und trotzdem heiratete er jetzt eine andere!

Was tat er ihr da nur an?

Was tat sie sich da nur selbst an?

Warum schaffte sie es wieder nicht, sich rechtzeitig aus der unsäglichen Verbindung zu lösen, bevor sie ganz daran zugrunde ging? Wo die sie dieses Mal noch ärger verletzte, sie als Mensch, Frau und Künstlerin in ihren Bedürfnissen noch grausamer missachtete, gar verhöhnte, als die Beziehung mit Jank?

Weil sie es nicht konnte, schoss ihr jäh in den Sinn. Weil sie Franz trotz allem liebte. Mehr als sonst jemanden auf der Welt.

Das war der entscheidende Unterschied zu Jank.

Weil Franz sie anders als Jank tatsächlich ebenfalls sehr liebte und auch als Künstlerin schätzte, sie als ebenbürtig betrachtete und stets ermutigte, zu ihrer Kunst zu stehen.

Seite an Seite arbeiteten sie zusammen, redeten, stritten, suchten und experimentierten miteinander. Draußen unter freiem Himmel genauso wie drinnen im Atelier.

Wieder und wieder forderte Franz sie zum Malen auf, lobte ihre Fortschritte, erinnerte sie daran, sich einen eigenen, selbstbewussten Weg zu suchen. Gerade auch in der Auseinandersetzung mit ihrer Familie, die ihre Kunst weiterhin nicht ernst nahm und sie bedrängte, endlich mit ihrem Studium an der Damenakademie zum Ende zu kommen.

Franz pochte darauf, wie wichtig es war, dass sie sich als Künstlerin vor allem selbst ernst nahm, sich darauf besann, was sie mit ihrer Kunst wollte und was sie ihrer Kunst schuldig war. Und damit sich selbst.

Jank dagegen hatte stets nur abfällig über ihre Malerei gesprochen, ihre Arbeiten mit einem verächtlichen Lachen zunichte gemacht und als »weibisch« und »uninspiriert« geschmäht.

Dennoch: Wie konnte Franz jetzt trotz allem die Schnür heiraten? Sein Wille zu helfen, wenn seine Hilfe nötig war, in allen Ehren. So war er halt. Aber hatte er in den letzten Monaten nicht immer wieder selbst daran gezweifelt, ob sein Versprechen an die Schnür richtig gewesen war? Ob er das wirklich tun sollte? Ob sie wirklich seinen Beistand so nötig hatte? Wie brachte er es über sich, nach allem, was zwischen ihm und Maria war, der Schnür seine Unterstützung zuzusagen, damit die ihr Kind zu sich holen konnte? Brauchte nicht auch Maria seine Unterstützung, damit sie weiter malen, weiter leben, weiter ihren Weg gehen konnte? Mit ihm an ihrer Seite? Was hatte die Schnür getan, wie ihn bedrängt, damit er am Ende doch tat, was sie von ihm wollte?

Irgendwann verebbte Marias Schluchzen, versiegten ihre Tränen. Erschöpft wischte sie sich die feuchten Wangen, spürte, wie steif gefroren ihre Finger waren. Wie steif gefroren sie insgesamt war. Am ganzen Leib zitternd, kämpfte sie sich mühsam hoch auf die Füße, klemmte die Tasche mit ihren Zeichenblöcken unter den Arm und stolperte und wankte betrunken vom Schmerz und schlotternd vor Kälte nach Hause.

Weit war es nicht. In der beginnenden Nacht jedoch unheimlich zu gehen. Der Mondschein tanzte über das Wasser des Schwabinger Bachs, zeichnete aus den tief hängenden Ästen der

Bäume und den Umrissen der Gebüsche schaurige Schattenbilder auf den schneebedeckten Weg. Maria war froh, kurz nach der schmalen Brücke wieder die Straße zu erreichen. Im Licht der Straßenlaternen lief sie schneller.

Seit Kurzem bewohnte sie eine größere Dachkammer in der Giselastraße, ähnlich nah am Englischen Garten wie Franz' Atelier. Das neue Domizil war zwar weniger gemütlich als die beiden Zimmer bei der Witwe Bösecke in Planegg, dafür aber war es erstaunlich geräumig, so dass sie dort ebenso gut ihre Staffelei aufstellen konnte und dank des großen Dachfensters sogar ausreichend Licht zum Malen hatte. Außerdem lag es in der Stadt, fußläufig zur Damenakademie und zu allem, was sie an München schätzte und liebte. Da Franz sich wieder überwiegend in der Kaulbachstraße statt in Pasing aufhielt, war es ohnehin praktischer. Das hatte sie zumindest gehofft.

Erschöpft schleppte sie sich die endlos vielen Stiegen bis ins vierte Obergeschoss hinauf. Dort befanden sich die Unterkünfte für die Dienstmädchen aus den unteren Wohnungen sowie je ein Zimmer für Maria und eine weitere Kunststudentin. Die kleine gemeinsame Küche wie auch das Bad mit eigenem Wasserklosett empfand sie als besonderen Luxus, der die höhere Miete mehr als wett machte.

»Mit bald einunddreißig Jahren hast du noch immer keinen eigenen Hausstand«, hatte ihre Mutter sich an Weihnachten bei ihrem Besuch in Berlin jedoch von Neuem beklagt. »Doktor Hilstein, der junge Assessor, den wir damals kurz vor deinem Weggang nach München bei Frau Doktor Mertens kennengelernt haben, ist inzwischen Regierungsrat. Er hat das Haus seiner Eltern in Charlottenburg nahe beim Schloss geerbt und ist, soweit ich weiß, noch immer nicht verheiratet.«

Maria war blümerant geworden. Den rothaarigen früheren Assessor mit dem Hang zum Doppelkinn und der stattlichen

Leibesfülle hatte sie plötzlich deutlich vor Augen gehabt. Und sich im nächsten Moment vorgestellt, was er zu Franz' Aktstudien von ihr sagte, wie er Pauls Fotos vom Nacktbadetag mit der Schnür im letzten Sommer am Kochelsee fände und wie überhaupt die Eltern reagierten, sollte ihnen je zu Ohren kommen, welch »gschlampertes Verhältnis«, wie man es in München nannte, ihre Tochter mit dem »Schwabinger Schlawiner« Franz Marc eingegangen war. Der noch dazu eine andere Frau heiratete, die wiederum ein uneheliches Kind von einem anderen Mann hatte, der obendrein auch einmal Marias Geliebter gewesen war. In ihrem Kopf hatten die Gedanken eine wilde Karussellfahrt angetreten. Sollte das je ans Licht kommen, wäre nicht nur Schluss mit der Finanzierung ihres weiteren Studiums an der Damenakademie, war ihr klar geworden. Dann drohten noch ganz andere Konsequenzen.

»Doktor Hilstein wartet wohl tatsächlich sehnsüchtig auf dich, Schwesterchen«, hatte ihr Bruder Wilhelm sie zum Glück mit dem gewohnten Spott aus dem Alptraum geweckt. »Bestimmt sieht er dir großzügig das Malen nach. Das macht sich ja ›ganz hübsch‹ für eine Frau in unseren Kreisen, wie wir alle wissen.«

Beim letzten Satz hatte er die Sprechweise der Mutter nachgeäfft. Was die ihm erstaunlicherweise durchgehen gelassen hatte, denn er hatte kurz zuvor beim Dessertwein wohlgemut verkündet, im Lauf der nächsten Monate ein Gut in Ostpreußen zu erwerben.

»Da kommst du doch sehr früh an ein ordentliches Auskommen«, hatte der Vater ihren jüngeren Bruder gelobt. Offensichtlich hatte er nicht damit gerechnet. Wilhelm war in seinen Augen bislang viel zu unstet durchs Leben gestolpert. Im nächsten Atemzug hatte der Vater allerdings Maria mit besorgtem Stirnrunzeln gefragt: »Mit welchem Ziel betreibst du eigentlich weiter deine Studien in München? Bis zum Sankt Nimmerleinstag macht das auch für eine Frau keinen Sinn.«

Ob es überhaupt einen Sinn machte, darüber wollte Maria selbst nicht mehr nachdenken, erst recht nicht jetzt, an Franz' Hochzeitstag mit der Schnür.

Musste denn immer alles einen Sinn machen? Gleich fiel ihr Franz' Mahnung ein, dass sie es sich selbst schuldig sei, das zu tun, wonach es sie verlangte. Das war wohl der einzige Sinn, um den es im Leben ging. Wenn es ihr doch endlich gelänge, auf das zu vertrauen, was sie sich selbst schuldig war! Dann ertrüge sie auch, was er ihr angetan hatte. Weil sie dann unabhängig von allem und allen wäre. Sogar von ihm.

Ihr Blick fiel auf die Kommode vor ihrem Zimmer. In der Postschale lag eine Karte. Botticellis *Geburt der Venus*. Sinnbild der Liebe und der Schönheit. An sie adressiert. Von Franz. Unmittelbar vor seiner Abreise nach Paris mit der Abendpost am Bahnhof abgeschickt. Ein Liebesschwur. In zittriger, kaum lesbarer Schrift geschrieben. Was auf seinen aufgewühlten Gemütszustand schließen ließ. Und auf seine Beziehung zu ihr.

Ein Zeichen der Hoffnung.

Gerührt wischte sie sich eine Träne von der Wange.

Es war nicht die letzte, die Maria in den nächsten neun Tagen vergoss. So lange blieb Franz in Paris, mietete sich in einem von Künstlern rege frequentierten Hotel am Montparnasse ein und überschüttete sie in seinen täglichen Briefen mit enthusiastischen Berichten über seine ausgedehnten Spaziergänge an der Seine und auf den Boulevards. Mit dem Wechsel der Stadt, des Landes und der Sprache schien er komplett ausgewechselt. Keine Spur mehr von seiner Verzweiflung, seinem Hadern, seiner Mutlosigkeit. Und seinem beharrlichen Schweigen in den letzten Wochen.

In blumigen Worten schilderte er ihr seine Erlebnisse. Deutlich sah sie vor sich, wie er bei einem Milchkaffee und einem Croissant oder bei einem Glas Rotwein, Käse und einem Baguette saß und an sie schrieb.

Er streife »durch diese wunderbare Stadt wie ein Reh durch einen zauberhaften Wald« schilderte er einmal, ein anderes Mal erzählte er minutiös von den behaglichen Stunden in den Cafés bei einem Glas – oder wohl eher mehreren Gläsern – Absinth. Dann beschrieb er ihr »die berauschenden, unsagbar sehnsüchtigen Farben der Seine«, die ihn zu Tränen rührten.

Maria war es, als begleitete sie ihn auf jedem Schritt und Tritt, derart lebendig ließ er sie seine Eindrücke und Empfindungen miterleben.

Seitenlang ließ er sich über seine Besuche in den Museen und Galerien aus, verglich die Gemälde von Sisley, Monet oder Renoir mit seinen eigenen und beschäftigte sich ausgiebig mit Gauguin und van Gogh, wägte Impressionismus und Symbolismus gegeneinander ab, versuchte das Eigentümliche und das Wegweisende an der modernen französischen Malerei zu ergründen. Am Ende triumphierte er unbescheiden: Er habe erkannt, dass in ihm etwas stecke, »das alle nicht haben«.

Im ersten Moment erschrak sie über seine erschütternde Selbstgewissheit. Dann aber wurde ihr bewusst, wie folgerichtig seine Einstellung war. Aus dieser Überzeugung heraus hatte er nach seiner letzten Frankreichreise vor vier Jahren sein Studium an der Akademie aufgegeben und beschlossen, sich losgelöst von Lehrern und Vorbildern seinen eigenen Weg als Künstler zu suchen. Nun hatte er sich von Neuem darauf besonnen. Oder vielmehr seine eigentliche Intention in Paris wieder aufgefrischt, nachdem er sich dort ausgiebig mit Malern beschäftigt hatte, die er verehrte. Weil er dabei erkannt hatte, was er wollte und was er nicht wollte. Und was er tun musste, um das zu erreichen.

Ermutigte er sie nicht ebenfalls dazu? Worauf wartete sie noch? Wusste sie nicht längst, was sie tun musste? Was hielt sie noch davon ab? Nichts und niemand außer sie selbst!

An diesem Morgen schwänzte sie den Vormittagskurs bei Max Feldbauer in der Damenakademie. Auch die sich daran anschließende Doppelstunde bei der Schnür würde sie sich schenken. Stattdessen eilte sie in das nur wenige Gehminuten von ihrer Wohnung entfernte Atelier von Franz, nahm das *Stillleben mit drei Krügen* von der Staffelei, an dem sie schon seit Wochen nicht so recht vorankam, und postierte ein anderes, im letzten Herbst in ihrer Planegger Unterkunft begonnenes Bild darauf. Ein weiteres Stillleben. Mit weißen Blumen.

Franz' Euphorie hatte sie angesteckt. Wieder einmal. Allein zu wissen, dass er sie als echte Künstlerin und Gefährtin schätzte, beflügelte sie.

Sie war eine Künstlerin. Und deshalb handelte sie jetzt auch als solche.

Auf einmal war ihr klar, was ihrem Bild fehlte und womit sie ihm einen ganz besonderen Ausdruck verlieh. Während sie die Farben auf der Palette mischte, das auf der Leinwand bereits Skizzierte und das noch neu Hinzuzufügende vor ihrem inneren Auge durchging, schwirrten ihr Franz' Ausführungen über Gauguin und van Gogh sowie seine Ideen zur Verschmelzung von Impressionismus und Symbolismus durch den Kopf. Die wollte er wagen. Aber wie? Ihre Neugier war geweckt. Zugleich fühlte sie sich inspiriert, zu tun, was sie tun wollte, ohne irgendwelche Rücksichten zu nehmen. Auf nichts und niemanden. Auf keine Schule, keinen Lehrer, keine Theorie. Nur auf sich selbst wollte sie hören. Und das malen, was sie in sich trug. Genau wie Franz es tat. Und wozu er sie anspornte.

Ihre Augen wanderten durch das Atelier, streiften die Bleistift- und Rötelstudien der Schafe an der Wand, landeten bei der Schafgruppe aus Wachs auf dem Tisch, die sie seit ihrem ersten Atelierbesuch so liebte. Immer deutlicher schälte sich das Bild in ihr heraus. In einer Geschwindigkeit, die sie bislang noch nicht von sich kannte, zeichnete sie auf die Leinwand, was sie dem bereits Bestehenden hinzufügen wollte.

Mit wenigen Strichen entstand der Umriss eines Schafskopfs. Unvermittelt blickte das Schaf dem Betrachter aus der oberen Bildmitte entgegen. Sein durch das Liegen abgeknickter Oberkörper sollte bis links unten auslaufen. Vorderbeine und Schenkel sowie die Muskeln korrekt zu treffen, erwies sich als große Herausforderung. Von Franz wusste sie, wie genau die Anatomie der Tiere zu beachten war. Vielleicht kaschierte sie einen Teil des Schafskörpers mit einem Tuch. Das enthob sie der Notwendigkeit, die Details allzu genau wiederzugeben. Sie schmunzelte über diesen Einfall. Mit der Farbe des Stoffs ließ sich ein weiterer Akzent setzen. Das gefiel ihr. Rechts von dem Schafkopf konnte der bereits vorhandene Blumentopf mit den gelben Tulpen und den großen grünen Blättern bleiben. Dem Glaspokal im Vordergrund sollte sie mit bunten Einsprengseln mehr Leben verleihen. Eine hervorragende Idee.

Maria war so vertieft in die Arbeit, dass sie gar nicht registrierte, wie der Tag verstrich. Bis zum Abend war bereits deutlich erkennbar, wie das Stillleben mit Schaf und buntem Glaspokal komponiert war und wie wundervoll das Hellblau des Tuches links mit dem Grün der Blumen rechts kontrastierte. Und wie gut sich die verschiedenfarbigen Flecken auf dem Pokal im Vordergrund machten. Das Tuch darunter sollte ein helleres Violett bekommen.

Erst als das Licht zu schlecht wurde, um noch exakt zu arbeiten, legte sie den Pinsel beiseite. Und merkte im selben Moment, wie stark ihr Rücken schmerzte und wie verkrampft ihre Finger waren. Das lag wohl an der exzessiven, temporeichen Art, mit der sie an diesem Tag gearbeitet hatte.

Erschöpft, aber glücklich wusch sie die Pinsel aus und räumte auf, hängte zuletzt ihren Kittel an den Haken und ging zufrieden wie schon lange nicht mehr nach Hause.

Kapitel 11

Am nächsten Morgen erwachte sie mit steifen Gliedern. Ein Blick zum Gaubenfenster bestätigte ihre Befürchtung: Der Winter war noch einmal zurückgekehrt. Eisblumen überzogen die Scheibe, dahinter zeichnete sich dichtes Schneegestöber ab. Dabei war es bereits Anfang April. Und der Ofen in ihrem Zimmer direkt unter dem Dach nicht mehr befeuert.

Flugs wusch sie sich in dem winzigen Bad und kleidete sich an, ärgerte sich, weil es ihr kaum gelang, die Knöpfe an der Unterwäsche, ebenso die an Rock und Bluse zu schließen. Ihre Fingerknöchel waren dick geschwollen, schmerzten unangenehm, die Finger wollten ihr nicht so recht gehorchen. Nach einer halben Ewigkeit gelang es ihr dennoch, sich anzuziehen. Sie musste sich sputen. Franz kehrte am späten Vormittag aus Paris zurück.

Er hatte vorgeschlagen, dass sie ihn in seinem Atelier empfinge. Sie ahnte, was er damit meinte. Die Schnür hatte ihren Anatomiekurs in der Damenakademie, mittags sollte er bei den Eltern in Pasing sein. Ihnen blieb nur die kurze Zeit dazwischen. Die aber sollten sie nutzen. Für ihre Liebe. Und ihre Kunst. Außerdem durfte sie ihn nach seiner Parisreise als Erste wieder an sich drücken und seinen Bericht hören. Und ihm ihr neues Bild zeigen. Die Freude darüber half ihr, die Schmerzen an den unbeweglichen Fingern zu verdrängen.

Franz küsste sie weg. Sobald sie sich in seinem Atelier auf der Chaiselongue in den Armen lagen, liebkoste er jedes einzelne

Fingergelenk mit den Lippen, schickte sich an, ihm mit seinem warmen Atem wieder Beweglichkeit einzuhauchen.

»Damit du noch viele solch gelungener Bilder malen kannst.«

Sie badete in seiner Zärtlichkeit. Und in seinem Lob.

Das Stillleben mit Schaf und buntem Glaspokal hatte ihn auf Anhieb begeistert. Wären sie nach der zehntägigen Trennung nicht so hungrig nacheinander gewesen, hätte er sich wohl kaum davon losreißen können. Als es für ihn eigentlich höchste Zeit war, nach Pasing zu den Eltern aufzubrechen, hielt er mitten im Ankleiden inne, stellte sich noch einmal vor die Staffelei und betrachtete abermals jede Einzelheit des Bildes.

»Habe ich es dir nicht immer gesagt? Du musst auf dich und dein Können vertrauen. Das allein bringt dich voran.«

Er strahlte. Stolz saugte sie seine Worte in sich auf.

»Es wird Zeit, dass wir den nächsten Schritt tun.«

Das klang, als hätte er nicht die Schnür geheiratet, sondern stünde am Beginn eines Leben mit ihr.

Sie knetete die geschwollenen Hände. Sie fühlten sich nicht mehr so eisig an wie noch am Morgen beim Aufwachen. Gewiss würde sie nachher wieder malen können. Es gab noch viel zu tun an dem Stillleben.

»Wir sollten uns endlich unabhängig von allen machen und unseren Unterhalt selbst verdienen«, sagte Franz. Gerade hatte er die Hosenträger über die Schultern hochziehen wollen, da hielt er mittendrin inne, den Blick von Neuem geistesabwesend auf die Staffelei gerichtet.

»Nächste Woche fange ich an der Damenakademie an, Anatomie zu unterrichten. Das Schnürlein hat das eingefädelt. Es ist nicht schlecht bezahlt. Es geht voran, mein Lieb.«

Er küsste sie auf die Nasenspitze. Dann zog er die Hosenträger endlich über die Schultern, warf Jacke, Mantel sowie den Schal über, setzte zuletzt die unförmige Pelzmütze auf.

»Sei schön brav und mal weiter. Du bist auf dem richtigen Weg.«

Er eilte zur Tür und verschwand nach draußen, ohne sich noch einmal zu ihr umzudrehen. Erst als sie das Tor zur Straße zufallen hörte, fiel ihr auf, dass er wieder einmal nicht genauer erklärt hatte, wie es weitergehen sollte mit ihnen, ihrer Liebe und ihrer Zusammenarbeit im Atelier. Er war jetzt verheiratet. Mit ihrer Lehrerin. Und lebte trotz allem weiter in den Räumen, die Annette ihm finanzierte. Die er in den letzten Stunden kein einziges Mal erwähnt hatte.

»Die Schnür kocht vor Wut.«

Die Sensationslust stand Dörte ins Gesicht geschrieben, als sie Maria Mitte der Woche im Großen Malsaal der Damenakademie gegenübertrat. Zu Marias Entsetzen schickte sie sich an, ihre Staffelei direkt neben der ihren aufzubauen, dabei behielt sie sie genau im Blick. Wahrscheinlich erhoffte sie sich eine verräterische Reaktion, doch Maria versuchte, sich ganz auf das Herrichten ihrer Malutensilien zu konzentrieren. Gleich begann der Stilllebenkurs bei der Schnür. Das war Herausforderung genug.

»Wundern braucht's einen nicht«, setzte Dörte schließlich nach und drehte sich zu den anderen Schülerinnen um. Natürlich sahen die längst zu ihnen und fieberten darauf, was als Nächstes geschah.

Einen Moment länger als nötig zögerte Dörte, dann sagte sie: »Erst begibt sich der frisch angetraute Gatte unseres lieben Schnürleins allein auf Hochzeitsreise nach Paris und dann gönnt er sich in seinem Atelier ein Stelldichein mit seiner Geliebten. Übrigens erst gestern, wie ich aus erster Hand weiß.«

Maria erstarrte. Sie war die letzten Tage doch gar nicht mehr dort gewesen. Und Franz war fortwährend in Pasing bei seinen Eltern, weil es seinem Vater schlechter ging.

Um Dörtes Mundwinkel zuckte es verräterisch, ihre Augen blitzten. Deutlich war ihr anzusehen, wie sehr sie das alles auskostete.

Ein stechender Schmerz fuhr Maria in den Leib. Zwang sie, sich nach vorn zu krümmen. Der Pinsel fiel ihr aus der Hand. Sie konnte sich nicht mehr bewegen. Blieb in dieser seltsamen Haltung zwischen aufrecht und gebückt stehen.

»O Gott, Maria! Was ist mit dir?«

Ausgerechnet Dörte begriff als Erste, dass sie Hilfe brauchte. Fasste nach ihr und stützte sie, bis eine zweite Kommilitonin ihr beisprang. Gemeinsam packten sie Maria unter den Armen und schleppten sie zum Sofa, das an der Längswand zwischen den Regalen mit den Leinwänden und Farben stand. Es gelang ihnen, sie dort vorsichtig auf dem Rücken auszustrecken. Eine dritte Studentin eilte mit einer Decke herbei, die sie über Maria ausbreitete, eine Vierte erklärte, loszurennen, um irgendwo im Haus eine Wärmflasche aufzutreiben. Der Rest scharte sich erschrocken im Halbkreis um sie herum und trug betroffene Gesichter zur Schau.

Maria war es unangenehm, so viel Aufsehen zu erregen.

Ausgerechnet in diesem Moment kam die Schnür herein, wollte mit dem Unterricht beginnen. Als sie Maria auf dem Sofa liegen und die anderen stumm davor stehen sah, erkundigte sie sich, was passiert war.

»Klingt nicht gut«, kommentierte sie knapp.

Nach einem flüchtigen Blick auf Maria ließ sie eine Droschke rufen, die sie nach Hause bringen sollte. Dörte solle sie begleiten, um ihr die Treppen hinaufzuhelfen.

Maria war froh, dass ihr die Beine wieder einigermaßen gehorchten und sie auf eigenen Füßen, wenn auch auf Dörte gestützt, den Malsaal verlassen konnte. Die Blicke der Schnür spürte sie wie Messerstiche im Rücken.

Unverhofft verwandelte Dörte sich in Marias Krankenschwester, kam die nächste Zeit jeden Tag zu ihr. Morgens und abends.

Plagte sie das schlechte Gewissen, weil sie befürchtete, mit ihrer hämischen Stichelei schuld an Marias Zusammenbruch zu sein? Oder war es ehrliches Mitleid, weil Maria gar zu armselig in ihrem Bett lag, sich zwar wieder einigermaßen bewegen, mit den dick geschwollenen Hand- und Fingergelenken jedoch kaum etwas greifen, geschweige denn länger festhalten und erst recht auf absehbare Zeit weder malen noch zeichnen oder sonst etwas Sinnvolles tun konnte? Oder hoffte sie, in Marias Wohnung Franz, Annette und der Schnür zu begegnen, am besten allen Dreien zugleich, um Zeugin eines weiteren skandalträchtigen Vorfalls zu werden, mit dessen Schilderung sie die anderen Schülerinnen im Großen Malsaal unterhalten konnte?

Maria war sich nicht sicher. Fürs Erste beschloss sie, sich über die unerwartete Unterstützung zu freuen. Die konnte sie wirklich gebrauchen. Allein war sie aufgeschmissen. Alles glitt ihr aus den Händen. Sie war unfähig, die einfachsten Dinge zu tun, es trieb sie an den Rand des Wahnsinns. Vor allem gerade jetzt, wo sie mit ihrem Malen eine wichtige Schwelle erreicht hatte. Fast hatte sie sie überwunden. Dann war sie mit dicken Händen aufgewacht. Und nach einer zwischenzeitlichen Besserung komplett erstarrt, so dass ans Weitermachen nicht zu denken war.

Wieder und wieder kreisten ihre Gedanken darum. Wieder und wieder haderte sie mit sich, warum das ausgerechnet jetzt passierte. Warum ausgerechnet ihr. Warum nicht der Schnür? Oder Annette? Nein, so etwas durfte sie nicht denken! So etwas durfte sie niemandem wünschen.

Da war es ein Glück, dass Dörte sie für eine Weile auf andere Gedanken brachte. Zuverlässig tauchte sie täglich bei ihr auf, half ihr beim Waschen und Anziehen, übernahm Erledigungen außer Haus, versorgte sie mit Essen. Und mit Neuigkeiten aus der Akademie, die Maria ebenso ausgehungert aufsaugte wie die Eintöpfe oder den Kuchen, die Dörte aus ihrem Korb zauberte.

»Vierzig Interessentinnen haben sich zum Anatomiekurs bei Franz angemeldet«, sagte sie, während sie in einem Suppenteller Pellkartoffeln mit Quark mit der Gabel zerdrückte.

Das wusste Maria zwar schon von ihm selbst. Ganz überrumpelt von dem Erfolg, hatte er ihr das zu Beginn des Kurses in der Woche zuvor erzählt, es dann aber vermieden, Genaueres von den Stunden zu berichten. Deshalb brannte sie darauf, von Dörte mehr zu erfahren.

»Als sie ihren attraktiven Gatten zum Geldverdienen in die Damenakademie geschickt hat, waren der Schnür die Folgen wohl nicht klar«, fuhr sie auch schon fort. »Jeder weiß, dass die meisten den Kurs nur belegen, weil sie Franz beim Korrigieren nah auf die Pelle rücken oder seine Hand auf der eigenen spüren wollen, wenn er ihnen beim Zeichnen den Stift führt. Die vielen Teilnehmerinnen spülen zwar ordentlich Geld in die Kasse, trotzdem missfällt es der Schnür. Sie wird immer griesgrämiger. Selbst schuld. Was heiratet sie auch einen Mann, der mehr als zehn Jahre jünger ist als sie und so blendend aussieht? Aber wem sage ich das?«

Sie grinste.

Maria ignorierte das.

»Besucht er dich überhaupt noch?«

Dörte sah sie forschend an.

Zu ihrem Leidwesen errötete Maria. Sie wandte sich zur Seite, blickte auf die Staffelei, wo Franz ihr vor einigen Tagen das Stillleben mit Schaf und buntem Glaspokal hingestellt hatte. Ihr ganzer Stolz, weil sie erstmals eigene Ideen nach eigenen Vorstellungen umgesetzt hatte. Als sie noch hatte malen können. Jetzt kämpfte sie jedes Mal mit den Tränen, wenn sie es betrachtete.

»Solange du mich noch leidenschaftlich lieben kannst, ist es nur eine Frage der Zeit, bis du wieder ganz gesund bist. Liebe ist die beste Medizin«, hatte Franz sie getröstet und dann so zärtlich und hingebungsvoll geliebt, dass sie tatsächlich für einige Stunden meinte, geheilt zu sein.

»Natürlich kommt Franz und sieht nach mir.«

So unbefangen wie möglich wandte sie sich abermals Dörte zu. Das musste als Antwort genügen. Immerhin war Franz verheiratet. Weitere Details gingen sie nichts an.

»Ihm ist es sehr ernst damit, den Muskelaufbau eines Stiers oder das Skelett eines Pferdes anatomisch genau zu zeigen«, knüpfte Maria hastig wieder an das eigentliche Thema des Gesprächs an. Vor ihren Augen formte sich die Erinnerung, wie er im letzten Sommer stundenlang auf der Weide bei den grasenden Pferden gesessen und ihre Bewegungen minutiös studiert hatte. »Auswendig gelernt hatte«, wie er es selbst nannte.

»Gestern hat er mir die lebensgroßen Zeichnungen der Tiere gezeigt, die er als Anschauungsmaterial für seine Schülerinnen angefertigt hat. Echte Meisterwerke. Wenn auch nur auf braunem Packpapier.«

»Vergebene Liebesmüh!« Dörte winkte ab. »Die dummen Gören wollen nicht von ihm lernen, sondern ihn einfach nur anhimmeln. Und wenn es eine doch einmal ernster meint, dann weiß er damit nicht umzugehen. Das hat mir meine Freundin Ilse erzählt. Sie hat letztens ihren Fotoapparat in den Unterricht geschmuggelt, um seine Skizzen abzulichten. Irgendwer muss doch dokumentieren, was er da schafft, wenn er selbst es schon nicht macht. Wer weiß, wie berühmt er eines Tages ist und wie wertvoll selbst seine einfachsten Zeichnungen sein werden? Als sie ihm beim nächsten Mal die Abzüge vorgelegt hat, hat er sie wütend zerrissen und die Schnipsel übers Geländer im Treppenhaus der Akademie rieseln lassen.«

Sie kicherte. Auch Maria gluckste. Die Vorstellung, wie Franz in den ehrwürdigen Hallen der Akademie Papierfetzen durch die Luft segeln ließ, war zu komisch.

Dennoch bedauerte sie ihn auch. Er meinte es zwar gut, war aber nicht zum Unterrichten geschaffen. Dafür fehlte ihm die Geduld. Und das Verständnis für die weniger Talentierten oder Interessierten. Das hatte sie ihm gleich gesagt.

»Wie sieht es bei dir aus?« Dörte stupste sie an.

»Wie?« Sie schrak zusammen.

»Wie lange dauert das noch mit deinen Händen? Wann kommst du in die Akademie zurück und malst wieder?«

Maria schluckte.

»Wird es dir zu viel, nach mir zu sehen?«

Sobald sie die Worte aussprach, wurde ihr bewusst, wie sehr sie Dörtes Besuche inzwischen genoss, wie sehr sie sich an ihre Gesellschaft gewöhnt hatte. Sich sogar darüber freute! Weil sie sie bitter nötig hatte, um nicht allein mit sich und den quälenden Gedanken zu sein. Und das nach all den Gehässigkeiten, die Dörte und sie in den vergangenen Jahren ausgetauscht hatten.

Anscheinend hatte sie sich getäuscht. Anscheinend hatte Dörte das Herz doch am rechten Fleck.

Niemals hätte sie von ihr erwartet, dass sie sich um sie kümmerte. Das machte sie freiwillig. Und ohne etwas dafür zu erwarten. Oder bei jemandem damit hausieren zu gehen, wie Franz ihr erzählt hatte. Sogar Hubert rechnete ihr das hoch an. Zu Marias Überraschung war er auch einige Male bei ihr aufgetaucht, nachdem ihm ihre Erkrankung zu Ohren gekommen war, und hatte Dörte gelobt. Verlegen schaute sie nun wieder zu Dörte.

Die sah zu Boden. Schwieg.

»Wahrscheinlich gehe ich für eine Weile ins Krankenhaus«, beantwortete Maria nach einer längeren Pause die ursprüngliche

Frage. »Der Arzt rät mir dazu. In Nymphenburg bieten sie eine Heißluftbehandlung an, die wahre Wunder vollbringen soll.«

Sie hob die nach wie vor dick angeschwollene rechte Hand, besah sie sich von allen Seiten und ließ sie wieder sinken.

»Probieren schadet gewiss nicht. Irgendwann will ich meine Hände wieder vollständig gebrauchen. Und malen! Aber derzeit kann ich ja noch nicht mal einen Stift oder Pinsel halten.«

Auf einmal brach es aus ihr heraus. Hemmungslos begann sie zu weinen. Es war nicht nur das Malen und die Ungewissheit, wann sie wieder dazu fähig war, sowie falls ja, auf welchem Niveau. Längst nagte auch an ihr, ob sie langfristig eine Perspektive mit Franz hatte. Nicht nur, weil er eines blöden Versprechens wegen als Ehemann an die Schnür gebunden war. Da war auch noch seine Liebe zu Annette, von der er nicht loskam, wie er ihr schon häufiger gestanden hatte. Weil er sie für etwas ganz Besonderes hielt. Und geradezu anbetete, wie er beteuerte. Ganz unverblümt setzte er voraus, dass sie das akzeptierte. Obwohl er ihr damit schier Unmenschliches zumutete. Warum merkte er das nicht? Ausgerechnet er, der jedem Schaf, jedem Pferd, ja sogar jedem Raubtier auf seinen Bildern ein anrührendes Wesen einzuhauchen verstand!

Wahrscheinlich liebte sie ihn genau deshalb so sehr. Nahm deshalb auch in Kauf, ihn niemals ganz für sich zu haben. Weil sie ihn ebenfalls für etwas ganz Besonderes hielt. Und niemals im Leben mehr auf ihn verzichten wollte.

Sie biss sich auf die Faust, um nicht laut aufzuschreien vor Schmerz.

Und natürlich waren da auch ihre Eltern, die sie zu allem Überfluss immer unmissverständlicher aufforderten, das Studium in München zu beenden und nach Berlin zurückzukehren. Um endlich zu heiraten oder ihren Lebensunterhalt »vernünftig« zu bestreiten, wie ihre Freundin Janne das mittlerweile als Lehrerin in Potsdam tat. Marias Probleme mit den Händen kamen ihnen fast schon gelegen. Ein sicheres Indiz, dass es mit ihrem Künstlerinnendasein nichts werde, hatte die Mutter in ihrem letzten Brief ungerührt klargestellt. Und der Vater hatte in seiner ordentlichen Bankiersschrift hinzugefügt: »Das ist nicht das Ende der Welt, auch wenn du es zunächst so sehen wirst.«

Niemals durften sie von Franz erfahren. Weder, wie intim Maria längst mit ihm war, noch, dass er eine andere geheiratet hatte, auch wenn es nur war, um ihr aus großer Not zu helfen. Geschweige denn davon, dass er seit Jahren außerdem noch eine Beziehung zu einer verheirateten Frau unterhielt, die ihn finanziell unterstützte.

Kaum schoss Maria das alles durch den Kopf, wurde ihr erst recht angst und bang. Unterm Strich blieb stets die ganz große Frage: Was bedeutete sie Franz? Er wusste, wie sehr sie ihn liebte und brauchte, um zu ihrer Kunst zu finden. Aber galt das auch umgekehrt? Und reichte das über die Kunst hinaus? Akzeptierte er sie auch dann noch als Gefährtin und Kameradin, falls sie nicht mehr malen konnte? Ein riesiger schwarzer Abgrund tat sich da vor ihr auf.

»Das wird schon wieder.«

Behutsam strich Dörte ihr übers goldblonde Haar und lächelte aufmunternd.

»Eher, als du denkst.«

»Das wäre zu schön.«

Dankbar für ihren Zuspruch blinzelte sie sie durch die tränenschweren Wimpern an.

Kapitel 12

Die Heißluftbehandlung schlug an. Marias Hände schwollen ab, die Gelenke wurden wieder beweglicher, die Schmerzen ließen nach. Rascher als erwartet besserte sich ihr Zustand. Und damit auch ihre Stimmung. In der Obhut der Ordensschwestern, die im Nymphenburger Krankenhaus nördlich des Schlossparks die Patienten pflegten, fühlte sie sich geborgen. Geradezu mütterlich wurde sie dort umsorgt.

»Ihre Hände kriegen wir wieder hin. Der liebe Gott verschwendet doch kein Talent«, hatte Schwester Nothburga, eine weißhaarige Frau mit einem verschmitzten, gütigen Lächeln, gleich am ersten Tag versprochen, sobald sie erfahren hatte, dass Maria Malerin war. Dass sie protestantisch getauft war, hatte sie zwar kurz irritiert. Dann aber hatte sie sich auf ihre allgemeine Menschenliebe besonnen, die sowohl gebürtige Berlinerinnen als auch Evangelische einschloss, wie sie ihr versicherte.

»Vertrauen Sie den Ärzten und vor allem dem Vater im Himmel«, pflegte Schwester Adelaide zu raten, eine zierliche Person, höchstens in Marias Alter, obwohl das unter dem Schleier und dank der Ordenstracht schwer zu schätzen war. »Er wird seine Gründe haben, Ihnen diese Prüfung aufzuerlegen.«

Maria fühlte sich durchschaut. Am liebsten hätte sie auf der Stelle die Flucht angetreten. Oder wäre wenigstens Adelaide aus dem Weg gegangen. Doch die Behandlung war ihre große Hoffnung. Und ausgerechnet Schwester Adelaide war dafür zuständig, ihr mehrmals am Tag die Hände mit Franzbranntwein einzureiben und zu massieren. Was auf Anhieb eine positive

Wirkung entfaltete. Auch wenn Schwester Adelaide sie dabei stets mit einem wissenden Blick ansah. Maria war das unheimlich. Bis sie entdeckte, dass Adelaide regelmäßig im Foyer zu tun hatte, wenn Franz auftauchte, um sie zu besuchen. Fast schon schmachtend sah sie ihn dann an. Das amüsierte Maria wiederum. Franz warf ihr vor, respektlos zu sein. Wie sein Vater war er katholisch getauft, von seiner Mutter allerdings protestantisch erzogen worden und hatte sogar einmal Pfarrer werden wollen. Einen Rest katholischer Frömmigkeit schien er sich dennoch bewahrt zu haben, wie Maria erstaunt feststellte. Die war ihr fremd. Und bislang völlig an ihm entgangen.

Beinahe täglich besuchte er sie. Derzeit wohnte er wieder in seinem Elternhaus in Pasing. Seinem Vater ging es sehr schlecht, die Familie rechnete mit dem Schlimmsten. Der Hund weiche nicht mehr von seinem Bett, berichtete Franz bekümmert, als ob Russis Verhalten mehr wöge als jede ärztliche Diagnose. Dennoch kam Franz regelmäßig in einem strammen, halbstündigen Fußweg von Pasing nach Nymphenburg zu ihr herüber. Das Gehen lüfte den Kopf aus, behauptete er, doch mehr und mehr zeigte sich, wie sehr er vor allem Marias Nähe suchte, nach dem Zusammensein mit ihr lechzte, Trost bei ihr suchte. Das rührte sie.

Nachmittagelang schlenderten sie durch den weitläufigen, dicht mit Kiefern bestandenen Garten des Krankenhauses. Eine märchenhafte Idylle und trotzdem kaum zwanzig Minuten mit der Straßenbahn von der Innenstadt entfernt. Dort waren sie ganz allein. Einmal erspähten sie nur wenige Schritte abseits des Wegs ein scheues Reh im Unterholz, ein anderes Mal etwas weiter entfernt einen Hirsch. An einem verwunschenen kleinen Teich laichten Frösche.

Ihr Quaken im Ohr, legten sie sich ins Gras. Neugierig betrachtete Maria ein Eichhörnchen, das kaum zwei Armlängen entfernt auf einem Baumstumpf rastete. Zu gern wollte sie den kleinen Burschen zeichnen. Um ihn nicht zu verscheuchen, setzte sie sich bedächtig auf und probierte es. Leider gehorchten ihr die Finger noch nicht. Der Stift fiel ihr aus der Hand. Franz hob ihn auf, nahm den Block und zeichnete das Tier in wenigen Strichen, ebenso die Szenerie am Teich.

»Die Konturen der Kiefer schwäche ich ab, dann verschwindet sie im Hintergrund«, erklärte er, bevor er die Umrisse des Eichhörnchens stärker akzentuierte. »Wenn ich die Linie hier vorn kräftiger zeichne, wirkt es räumlicher.«

»Als Lehrer machst du dich doch nicht so schlecht.«

Er stutzte, sichtlich verunsichert, wie er das auffassen sollte.

Lachend schüttelte sie den Kopf. Erst da löste sich die Anspannung von ihm und er stimmte in ihr Lachen ein.

Übermütig schubste sie ihn zurück ins Gras und küsste ihn. Gern ließ er sich verführen. Bald wälzten sie sich eng umschlungen über die Erde.

Das hatte sie vermisst! Ihn hatte sie vermisst, schoss ihr in den Sinn, bevor sie sich in seinen Armen lustvoll auflöste.

Hand in Hand lagen sie später nebeneinander auf dem Rücken, den Blick zum Himmel gerichtet, sahen den Vögeln zu, die dort oben ihre Kreise zogen, verloren sich darin, die Wolkengebirge zu bewundern.

»Fast so schön wie auf der Staffelalm«, schwärmte Maria.

»Über die Staffelalm geht gar nichts. Wirst schon sehen.«

»Zeig's mir, wenn meine Kur hier beendet ist.«

»Wenn deine Kur hier beendet ist, solltest du nicht mehr an die Damenakademie zurück.«

Jäh setzte Franz sich auf.

»Aus den Landschaftskursen bei Feldbauer bist du längst heraus und der Unterricht im Stillleben beim Schnürlein bringt dir auch nichts Wesentliches mehr.«

Maria war verblüfft. Völlig unvermittelt platzte Franz damit heraus. Es klang, als hätte er nur auf den Moment gewartet, das loszuwerden. Er riss einen Grashalm aus und steckte sich ihn wie eine Zigarre zwischen die Lippen, kaute darauf herum.

»Wie redest du vor einer Schülerin über deine Frau? Die seit Jahren meine Lehrerin ist«, zog sie ihn gespielt empört auf, um ihr Erstaunen zu überspielen. Sie wollte Zeit gewinnen. Eigentlich stand ihr gerade nicht der Sinn danach, über das Thema zu reden. Viel zu oft hatten sie das schon getan. Ohne dass es viel gebracht hatte. Zumal sie derzeit ohnehin nicht wusste, wie es mit ihr und ihrer Kunst weiterging. Erst einmal musste sie das mit ihren Händen in Ordnung bringen.

Ostentativ blieb sie liegen, stupste Franz sacht an, damit er sich wieder neben sie legte, mit ihr in den Himmel hinauf träumte.

Er reagierte nicht.

»Du brauchst mehr Distanz zum akademischen Betrieb«, fuhr er stattdessen fort. Wedelte aufgeregt mit den Händen durch die Luft, um dem Gesagten mehr Nachdruck zu verleihen. »Denk an dein Stillleben mit Schaf und buntem Glaspokal.«

»Bitte lass dieses Bild …«

Mitten im Satz brach sie ab. Ihr wurde flau.

»Alles, was das Besondere daran ausmacht, kommt von dir«, ignorierte er ihren Wunsch. »Es ist deins, wie noch kein anderes zuvor. Für ein solches Bild brauchst du die Schnür nicht.«

»Aber …«

»Kein aber! Was dir jetzt noch an Technik fehlt, kann ich dir zeigen. Wenn du willst, fungiere ich als dein Mentor. Ich korrigiere dich. Und helfe dir auf den richtigen Weg. Vertrau mir. Und denk daran, was du dir schuldig bist. Was du allein dir und deiner Kunst geben kannst. Du schaffst das! Du hast bereits alles in dir. Lass es endlich heraus. Wag es nur.«

»Das klingt gut.«

Unsicher lachte sie auf. Setzte sich ebenfalls hin, richtete sich mit den unbeholfenen Fingern schwerfällig Rock und Bluse und zog einzelne Grashalme aus dem Haar, bevor sie Franz' Blick suchte. Mit feuchten Augen.

»Aber siehst du das?«

Sie hielt ihm die geschwollenen Hände vors Gesicht. Ihre Stimme bebte, die Lippen zitterten.

»Was, denkst du, tue ich hier in diesem Krankenhaus? Mit jedem Handgriff, der mir nicht gelingt, werde ich daran erinnert, warum ich hier bin: Weil meine Hände krank sind. Weil ich krank bin. Und nicht einmal weiß, wie lange noch. Ob es überhaupt jemals wieder so wird wie vorher. Und das ausgerechnet in dem Moment, in dem ich bei einem meiner Bilder zum ersten Mal davon überzeugt gewesen bin, das Richtige zu tun, den richtigen Pfad eingeschlagen zu haben, um das auszudrücken, was ich will.«

Aufschluchzend sank sie in seine Arme. Weinte.

Er ließ sie gewähren. Drückte sie fest gegen seine Brust, strich ihr zärtlich über den Rücken und hauchte ihr einen Kuss ins Haar.

»Das weiß ich doch alles, mein Lieb. Verzweifele nicht. Ich bin sicher, das wird wieder. Schneller, als du denkst. Und dann wirst du wieder das Richtige tun und wunderbare Bilder malen. Genau deshalb sage ich dir das doch alles. Nur deshalb. Weil ich an dich glaube. Und an deine Kunst. Das solltest du auch. Das musst du endlich!«

Es tat so gut, seine Stimme zu hören. Seine Worte zu vernehmen. Seinen starken Körper zu spüren. Und seine Wärme zu genießen.

Seine Lippen glitten über ihr Haar. Sie legte den Kopf in den Nacken, streckte ihm ihr Gesicht entgegen. Seine Lippen wanderten weiter über ihre Stirn, den Nasenrücken hinunter. Fanden ihren Mund. Verweilten darauf.

Sie schloss die Augen. Franz tat ihr gut. Gerade jetzt. Und das, obwohl er sich selbst gerade in einer schwierigen Phase befand. Die Heirat mit der Schnür, das Leiden seines Vaters …

Verlegen löste Maria sich wieder aus seinen Armen. Und musste auf einmal von Neuem lachen.

Verdutzt sah Franz sie an.

»Dann habe ich jetzt also einen Mentor«, sagte sie.

Er nickte.

»Du bist einfach wunderbar!«

Noch einmal umarmte sie ihn. Dieses Mal vergnügt.

»Nach Jahren bei den renommiertesten Professoren wie Storch in Berlin, Modersohn in Worpswede, Feldbauer in München bin ich ab sofort Schülerin von Franz Marc. Ebenfalls in München.«

»Genau.«

»Klingt gut.«

»Ja.«

Selbstbewusst erwiderte er ihren Blick. Sie badete darin.

Sie wollte nach seiner Hand fassen, um sie dankbar zu drücken. Er verstand es wie kein anderer ihr Selbstbewusstsein zu stärken. Als Frau und als Künstlerin. Genau das war es, was sie gerade brauchte. Im selben Augenblick durchfuhr sie der vertraute Schmerz. Sie zuckte zusammen, musste die Hand kraftlos wieder sinken lassen.

»Wenn meine Kur hier beendet ist, muss ich nach der langen Pause ganz von vorn anfangen. Zuerst wieder lernen, wie man einen Stift hält, einen Pinsel führt und überhaupt sinnvoll mit den Händen arbeitet. Trotz der vielen Jahre bei den renommiertesten Professoren und den bedeutendsten Lehrern.«

Sie wandte sich ab. Ihre Augen wanderten über die Lichtung,

glitten den Waldsaum entlang, verharrten ziellos auf dem Gestrüpp am gegenüberliegenden Ufer des Teichs. Sacht strich der Maiwind hindurch.

»Am besten wird sein, wenn ich zunächst für mich allein arbeite. Dann sehe ich am ehesten, was ich noch kann, was ich mir zutraue und was mir am Ende davon tatsächlich gelingt. Ich muss herausfinden, wo ich stehe und wo ich hinwill. Und das kann ich nur allein.«

Franz setzte an, etwas zu sagen, doch sie bedeutete ihm, zu warten.

»Natürlich wäre es schön, wenn wir später einen Teil des Tages zusammenarbeiteten«, sagte sie. »Wir können viel voneinander lernen, wie wir schon oft festgestellt haben. Denk nur an das Kobaltblau, das ich dir im letzten Jahr in Kochel beigebracht habe.«

Sie zwinkerte ihm zu. Sie wusste, wie ungern er daran erinnert wurde, dass auch sie ihn so manches gelehrt hatte. Letztlich war es keine große Sache, aber ein wenig musste sie ihn in seinem Übermut gelegentlich doch bremsen.

»Ideal wäre es vormittags, quasi als Einstieg in den Tag«, fuhr sie fort. »Bei mir in der Giselastraße können wir gut zusammen malen. Das Licht ist in den Räumen unterm Dach sensationell, vor allem um diese Tageszeit. Bedingung ist natürlich, dass ich dort bleibe. Was wiederum bedeutet, dass ich bei meinen Eltern zu Kreuze kriechen und sie bitten muss, mir die Miete und den Unterhalt weiter zu zahlen.«

»Das Leben ist eine Parodie, eine teuflische Paraphrase. Dahinter muss unser großer Traum, die Kunst, leider immer wieder zurücktreten.«

»Solange wir damit kein Geld verdienen, um ihn leben zu können, ganz gewiss.«

»Du könntest Reklameaufträge annehmen«, schlug er auf einmal ungewohnt pragmatisch vor. »Plakate malen. Das ist schonender für deine Hände, weil du grober arbeiten kannst. Und es wird ganz ordentlich bezahlt. Dann kann dir endlich egal sein, wie deine Eltern zu deiner Entscheidung stehen, in München zu bleiben.«

Vorsichtig umfasste er ihre Finger, strich so zart mit dem Daumen darüber, als fürchtete er, sie zu zerbrechen.

Sie wagte kaum, sich zu bewegen, kostete die Wärme aus, die die Berührung in ihrem Leib verströmte.

»Ich werde Postkarten entwerfen. Eine ganze Serie. Verschiedene Tiere in den unterschiedlichsten Posen und Situationen. So etwas lässt sich derzeit gut verkaufen.« Ein Leuchten blitzte in seinen Augen auf. »Und unterrichten werde ich weiter. Demnächst biete ich einen Sommerkurs in Freiluftmalerei in Indersdorf an. Ohnehin wollte ich dort einige Wochen verbringen. Jetzt kann ich beides miteinander verbinden.«

Sein Eifer war ansteckend. Schon sah sie vor sich, wie er im Kreis von mehr als einem Dutzend Schülerinnen dozierte.

»Eine ausgezeichnete Idee! Nachdem sich für deinen ersten Kurs schon so viele angemeldet haben, wirst du sicher eine Warteliste für Interessentinnen anlegen müssen.«

»Annette hat das Atelier in der Kaulbachstraße gekündigt.« Wie so oft sprang er abrupt zu einem anderen Thema. »Nicht weit davon hat sie in der Friedrichstraße Räume gemietet, in denen sie eine Schule für textiles Werken einrichten will. Da könnten wir auch mitarbeiten. Deine Ausbildung aus Berlin könnte sich auszahlen. Du übernimmst ebenfalls Stunden, lieferst Entwürfe für Lehrstücke ….«

»Erst einmal müssen meine Hände heilen. Dauerhaft«, erinnerte sie ihn von Neuem. Für Annette zu arbeiten, fand sie weniger verlockend. Aber das wollte sie ihm nicht so offen sagen. Nicht in diesem Moment. Lieber küsste sie ihn noch einmal.

Ihre Hände heilten. Maria schöpfte Hoffnung. Und die Ordensschwestern fühlten sich in ihrem Glauben bestätigt.

»Habe ich es Ihnen nicht prophezeit?«, triumphierte die sonst so bescheiden wirkende Schwester Nothburga, und Adelaide ergänzte: »Notfalls hätten wir Sie noch zu Moorbädern nach Bad Aibling geschickt. Darauf schwört unser Professor in besonders hartnäckigen Fällen.«

Dazu zählte Maria offenkundig nicht. Eine beruhigende Erkenntnis.

Ende Mai konnte sie das Nymphenburger Krankenhaus verlassen und in ihr Atelier in der Giselastraße zurückkehren, sogar mit ersten vorsichtigen Versuchen starten, wieder zu malen.

Jeden Tag ging es besser und ein wenig länger. Ihre Zuversicht wuchs. War das nicht ein Zeichen? Franz hatte recht. Das Stillleben mit Schaf und buntem Glaspokal markierte einen entscheidenden Wendepunkt in ihrem Schaffen. Das steigerte den Elan, mit dem sie daran weiterarbeitete.

Zur selben Zeit starb Franz' Vater. Ein schwerer Schlag für ihn, obwohl Wilhelms Tod nach dem jahrelangen Leiden eine Erlösung darstellte. Für die gesamte Familie.

Maria tat alles, um Franz zu trösten. Jetzt war er derjenige, der Beistand brauchte. Es tat ihr gut, diejenige zu sein, bei der er ihn suchte. Ganz selbstverständlich. Die ersten Tage nach dem Tod seines Vaters verbrachte er bei ihr in ihrem geräumigen Zimmer unterm Dach.

»Ich bin immer für dich da«, versicherte sie ihm, als er wie ein Kind weinend in ihrem Schoß lag.

»Wir sind füreinander geschaffen, Maria. Das weiß ich, seit wir im letzten Jahr in Kochel miteinander gemalt und gelebt haben.«

Sie stutzte. Dass er ausgerechnet den Sommer in Kochel erwähnte, wunderte sie, wagte aber nicht nachzufragen. Nicht jetzt. Später vielleicht einmal.

Entschlossen richtete er sich auf, wischte sich mit den Handrücken die nassen Wangen trocken und sah sie an.

»Daran ändert auch meine Heirat mit der Schnür nichts. Niemals! Das musst du mir glauben.«

Zu gern wollte sie das. Hätte allerdings im selben Atemzug von ihm am liebsten auch gehört, dass Annette ihm ebenfalls weniger bedeutete. Doch sie traute sich nicht, danach zu fragen. Dafür war es nicht der geeignete Moment.

Um die Trauer zu überwinden, stürzte er sich noch mehr als sonst in die Arbeit, verkroch sich bald ganz in dem riesigen Haus bei seiner Mutter in Pasing. Maria vergaß er darüber nicht, erst recht nicht ihren Geburtstag Mitte Juni. Bereits morgens in der Früh stand er mit einem bunten Blumenstrauß vor ihrer Tür in Schwabing, um sie zu einem Ausflug in den Münchner Süden einzuladen. Mit der Tram fuhren sie nach Grünwald, liefen die Isarhochleite entlang, um irgendwann flussaufwärts zum Ufer hinunterzugelangen.

»Vor einem Jahr waren wir zum ersten Mal gemeinsam oben auf der Staffealalm und haben die Aussicht genossen. Jetzt liegen wir unten an der Isar und beobachten die Fische im Wasser«, schwärmte er, nachdem sie sich an einer uneinsehbaren Stelle nackt in der Sonne ausgestreckt hatten.

»Einmal sind wir hoch oben und einmal weit unten«, entschlüpfte ihr. In der nächsten Sekunde erschrak sie. Aber es stimmte. Ständig erlebte sie mit Franz abrupte Wechsel, stolperte von einer Hochstimmung in ein Tief, wie etwa an ihrem vergangenen Geburtstag, ausgerechnet ihrem dreißigsten, an dem er sie nach der Rückkehr von dem märchenhaften Ausflug auf die Alm mit dem Auftauchen der Schnür in Kochel auf den

Boden der Tatsachen zurückgeholt hatte. Was wohl als Nächstes kam?

Lange dauerte es nicht, bis sie die Antwort erhielt. Der geplante Sommeraufenthalt in Indersdorf im Münchner Nordwesten, wenige Kilometer hinter Dachau, rückte näher. Kaum war Franz abgereist, folgten ihm bereits seine Schülerinnen vom Kurs an der Damenakademie. Und die Schnür. Annette mietete sich im benachbarten Großinzemoos ein, wie er Maria beiläufig in die Giselastraße schrieb. Sie stutzte. Warum Annette? Warum hatte er nicht sie gefragt, ob sie ebenfalls mit aufs Land kommen wollte?

Ihr blieb keine Zeit, darüber zu grübeln. Im nächsten Brief teilte er ihr beiläufig mit, künftig ein Atelier im selben Haus wie die Schnür in der Münchner Schellingstraße zu beziehen und bei ihr in der Wohnung zu leben.

Ihr stockte der Atem. Hatte sie es nicht geahnt? Es dauerte nie lang, bis ihre Hochstimmung von Franz selbst zunichte gemacht wurde.

Rücklings setzte sich Maria mit dem Brief in der Hand auf den Stuhl am Tisch vor dem offenen Dachfenster, froh, dass ein leichter Wind in ihr Atelier wehte und die angestaute Luft unter der Schräge auffrischte. Schweißperlen traten ihr auf die Stirn. Gierig stürzte sie ein Glas Wasser hinunter, betrachtete den Obstkuchen, den sie aus der Konditorei Graupner mitgebracht hatte. Mit einem großzügigen Schlag Sahne obenauf. Trotzig schob sie sich eine besonders voll beladene Gabel in den Mund.

»Offiziell sind wir ein Ehepaar, da wird das erwartet«, las sie in Franz' Brief weiter. »Du kennst die Wahrheit. Es ist nur für eine bestimmte Zeit. Um den Schein zu wahren. Bis Kläuschen zum Schnürlein kommt.«

In den nächsten Zeilen wechselte er unvermittelt den Ton, schwärmte von ihren gemeinsamen Nächten, erinnerte sie an die Wonnen, die sie einander bereitet hatten. Freizügig illustrierte er seine Sehnsucht nach den Rundungen ihres Körpers mit entsprechenden Zeichnungen. Ihre Wangen begannen zu glühen. Kaum wagte sie die Blätter anzusehen. Sie waren wunderschön. Wie ihre Erinnerung an die gemeinsam erlebte Lust.

Spontan beschloss sie, nach Indersdorf zu fahren. Sie musste Franz sehen. Das sommerliche Wetter war wie gemacht für einen Ausflug. Dörte wollte mit. Und Hubert. Neuerdings waren die beiden ineinander verliebt. Und unzertrennlich.

Zum Aquarellieren habe Franz die Malklasse ans Ufer des kleinen Flusses geführt, erfuhren sie von der Wirtin der Klostergaststätte, als sie am späteren Vormittag in Indersdorf eintrafen. Eben erst habe sie einen Imbiss dorthin gebracht.

Ihr halbwüchsiger Sohn bot an Maria, Dörte und Hubert den Weg zu zeigen.

»Da kommen wir genau richtig zum zweiten Frühstück«, stellte Hubert mit einem hungrigen Blick auf die ofenwarmen Brezn fest, sobald sie die Gruppe erreichten.

Im Schatten einiger Bäume hatte die sich auf einer Wiese niedergelassen. Eine Studentin richtete das Picknick auf einer Decke her, eine zweite schenkte aus einem Krug frische Milch aus. Gierig griffen alle zu, auch die Schnür stürzte sich aufs Essen, sichtlich froh, Maria währenddessen nicht beachten zu müssen. Franz nutzte die Gelegenheit, um sie hinter einen mannshohen Holzstapel zu ziehen und sie stürmisch zu umarmen. Erst genierte sie sich. Was, wenn sie jemand entdeckte? Dann aber war es ihr einerlei. Viel zu sehr hatte sie Franz in den letzten Tagen vermisst. Und warum war sie aufs Land gefahren, wenn nicht, um ihren Hunger nach ihm wenigstens ansatzweise zu stillen?

»Wenn Blicke töten könnten, wärst du heute mindestens drei Mal ermordet worden«, spottete Dörte abends auf der Heimfahrt nach München. Schmunzelnd pflückte sie Maria die letzten verräterischen Grashalme aus dem Haar.

»Ich konnte das Schnürlein kaum davon abhalten, dir und Franz hinterherzurennen«, schaltete Hubert sich ein. »Wenn sie euch in flagranti ertappt hätte, hätte das ein Mordsgezeter gegeben.«

»Seit sie mit Franz verheiratet ist, hat sie sich in einen bösen Drachen verwandelt«, konnte Dörte sich nicht als Kommentar verkneifen.

»Wenn man euch so reden hört, mag man kaum glauben, dass sie vor Kurzem noch von euch allen an der Damenakademie schier angebetet wurde.«

»Von mir nicht«, stellte Hubert gleich klar.

»Die Zeiten ändern sich und ebenso die Menschen«, rechtfertigte sich Dörte.

»Aber in ihren Zeichnungen für den *Simplicissimus* beweist sie noch ihren alten Witz«, sagte Maria, die sich plötzlich bemüßigt fühlte, die Schnür zu verteidigen. Oder zumindest ihr Werk.

»Du Gute! Dass du immer noch etwas Positives an der Schnür findest. Ein wahres Wunder.« Hubert lachte. Und Dörte stimmte ihm zu.

»Oder pure Dummheit«, erwiderte Maria und sah aus dem Fenster. Zufällig ratterte die Bahn gerade an Nymphenburg vorbei. Maria presste die Lippen zusammen. Die beiden sollten nicht sehen, wie sehr sie sich über sich selbst ärgerte.

Kapitel 13

Wenige Tage später fuhr Maria bereits wieder mit dem Zug nordwärts, allerdings nicht nach Indersdorf zu Franz, sondern nach Berlin zu ihren Eltern. Und leider nicht nur für einen kurzen Ausflug, sondern für mehrere Wochen. Gemeinsam wollten sie zum neu erworbenen Landgut ihres Bruders in Gendrin reisen.

So sehr Maria sich auf das Wiedersehen mit ihrem Bruder freute, auch darauf brannte, sein ostpreußisches Anwesen kennenzulernen, lag ihr die Reise dennoch quer. Gerade hatte sie begonnen, sich wieder ins Malen einzufinden, nach der krankheitsbedingten Pause Ideen und Tun endlich wieder unter einen Hut zu bringen. Sie spürte, wie wichtig es für den Heilungsprozess war, körperliches und seelisches Wohlbefinden in Einklang zu bringen. Was ihr mit dem Weiterarbeiten im Stil der jüngsten Bilder bestens gelang. Doch es verlangte sie mindestens genauso nach Franz. Nach seinem Zuspruch für ihr Malen. Nach seiner bloßen Gegenwart. Und nach seiner Zärtlichkeit.

Der Kurs für die Malschülerinnen in Indersdorf war inzwischen beendet. Die nächsten Wochen blieb er weiterhin dort. Die Schnür ebenso. Und Annette hatte ihren Aufenthalt in Großinzemoos verlängert. Von München aus hätte Maria gelegentlich ebenfalls hinausfahren können. Niemand hätte etwas dagegen einwenden können, wenn sie an der Glonn oder irgendwo im Moos ihre Staffelei in Franz' Nähe aufgebaut hätte. Jetzt aber wuchsen die Kilometer zwischen ihnen stetig an, die Entfernung schien Maria bald unendlich. Ihre Unruhe wuchs, welch neuer Ärger damit verbunden sein mochte. Vor allem wegen der Schnür.

Kaum hatte Maria nach einer stundenlangen, der Hitze und der Gesellschaft in ihrem Abteil wegen sehr anstrengenden Fahrt die elterliche Wohnung in Berlin im Schatten der Staatsoper Unter den Linden und der Humboldt-Universität betreten, fragte sie sich schon, warum sie sich das antat. Es war offensichtlich, wie wenig die Eltern mit ihr anzufangen wussten. Sie waren sich fremd geworden. Bereits die Begrüßung fiel reserviert aus. Niemals hätte Maria gedacht, wie sehr ihr der Bruder fehlte. Dabei pflegte er sie mit seinen frechen Bemerkungen oft bis zur Weißglut zu reizen. Dennoch verstand er sich darauf, für unbeschwerte Stimmung zu sorgen. Die vermisste sie sofort.

Beim Abendbrot dämmerte ihr endgültig, was sie die nächsten Wochen bei ihrer Familie erwartete: absolutes Unverständnis für das, was sie tat und was ihr am Herzen lag. Das zeigte die Reaktion auf das Blumenbild, das sie den Eltern mitgebracht hatte, das erste Stillleben in Öl, das sie nach ihrer Erkrankung fertiggestellt hatte, wenn auch nur in kleinem Format.

»Hübsch«, kommentierte der Vater, »danke, wäre nicht nötig«, war alles, was die Mutter beisteuerte, bevor sie es achtlos beiseite stellte wie eine Pralinenschachtel.

»Du hast zugenommen. Das Leinenkostüm sitzt etwas knapp über den Hüften. Gib besser acht. In deinem Alter wird man die Pfunde nicht mehr so schnell los«, stellte sie dann nach einem prüfenden Blick auf Maria fest und zog die Schüssel mit der Süßspeise weg, kaum dass sie sich den ersten Löffel davon genommen hatte.

»Darfst du mit deinen Händen bereits wieder arbeiten?«, wollte der Vater wissen, doch die Mutter ließ ihr keine Zeit, zu antworten.

»Doktor Hilstein hat uns zum Tee eingeladen. Sobald du dich hier zu Hause eingerichtet hast. Nur uns beide. Eine eindeutige Geste. Bei jedem anderen würde ich das ablehnen. Er aber scheint mir seriös. Er will uns sein Haus in Charlottenburg zeigen. Nachmittags sei das Licht im Rosengarten am besten und bringe die Farben besonders zur Geltung. Um dir das vorzuführen, werde er sich extra im Ministerium freinehmen, hat er angekündigt. Ist das nicht aufmerksam? Daran, dass er an solche Kleinigkeiten denkt, siehst du, wie sehr er dich und deine Malerei schätzt.«

»Bestimmt bietet er dir an, in seinem Garten zu malen. Sofern du dich bereits wieder dazu in der Lage fühlst«, ergänzte der Vater.

Maria wollte klarstellen, lieber selbst zu entscheiden, was sie wo male, doch die Mutter kam ihr abermals zuvor.

»Wirklich ein Wunder, dass Doktor Hilstein so geduldig ist. Die ein oder andere interessante Partie hätte er inzwischen durchaus machen können. Er genießt hohes Ansehen in unseren Kreisen. Ein sehr begehrter Mann.«

Maria war es, als hörte sie Wilhelm spotten. Schade, dass der Bruder nicht da war, um ihr beizustehen. Er hätte seine Freude an diesem Gespräch.

»Hast du trotz deines Krankenhausaufenthalts von der Damenakademie ein Zeugnis für das zurückliegende Semester erhalten?«, erkundigte sich der Vater, schenkte sich einen Cognac ein und wickelte die Banderole von seiner Zigarre. Die Vorfreude auf den Genuss stand ihm deutlich ins Gesicht geschrieben. Maria speicherte das für eine Porträtstudie ab.

»Bei zweihundert Mark Gebühr kann man das durchaus verlangen.«

Die Mutter winkte dem Hausmädchen, den Kaffee zu servieren.

»Und dann kommen noch die Kosten für das Material und die Miete für dein Atelier sowie dein monatlicher Unterhalt dazu. Es reißt nicht ab. Bis zum Sankt Nimmerleinstag werden wir dir das nicht zahlen. Das wäre Wilhelm gegenüber ungerecht, jetzt, da er mit seinem Gut auf eigenen Füßen steht und gewiss bald eine Familie gründet.«

»Kurz vor meiner Abreise sind einige Ölbilder, Aquarelle und Drucke von mir für die Sommerausstellung des Künstlerinnen-Vereins ausgewählt worden. Man geht davon aus, dass sie gut verkauft werden. Demnächst werde ich also ebenfalls mein erstes Geld verdienen. Die Ausstellung wird auch von zahlreichen Sammlern und einflussreichen Kunsthändlern besucht. In Fachkreisen besitzt sie einen hervorragenden Ruf. Es ist eine Auszeichnung, daran teilzunehmen.«

So beeindruckend das klang, ärgerte sich Maria. Eigentlich hatte sie das in einem geeigneteren Moment erzählen und noch geschickter ausschmücken wollen. Die Eltern sollten begreifen, dass sie mit ihrer Malerei tatsächlich ein eigenes Einkommen erzielen würde. An den Mienen der beiden las sie jedoch ab, dass sie ihre Worte jetzt eher wie eine hilflose Rechtfertigung auffassten.

»Noch hast du kein einziges Bild verkauft«, stellte der Vater klar und rauchte die Zigarre an.

»In deinem Alter solltest du endlich wissen, was du willst. Ich habe mit einunddreißig schon einen eigenen Haushalt mit zwei Kindern und dem entsprechenden Personal geführt. Dein Vater ist damals hier in die Bank eingetreten und hat große Verantwortung übernommen.«

Mit der Hand fegte die Mutter nicht vorhandene Krümel vom Tischtuch, bevor sie sie streng ansah. »Wenn du dich nicht zu einer vielversprechenden Heirat entschließen kannst, dann bleibt dir nur eine Zukunft als Lehrerin. Deine Freundin Janne hat es in Potsdam wohl ganz gut getroffen. Aber das weißt du natürlich.«

Natürlich wusste Maria das. Sie standen weiterhin in regelmäßigem Kontakt und hatten ihr Treffen längst verabredet.

Schon wenige Tage später fuhr sie zu ihr.

Janne bewohnte eine liebevoll eingerichtete kleine Wohnung nahe der Havel, nur wenige Minuten von der Höheren-Töchter-Schule entfernt, in der sie unterrichtete. Stolz zeigte sie ihr auch die.

»Das Schönste ist, niemandem mehr Rechenschaft abgeben zu müssen. Endlich bin ich frei und unabhängig, kann selbst entscheiden, was ich tun will und was nicht«, erklärte sie Maria.

Arm in Arm flanierten sie durch das Holländische Viertel. Trotz der Sommerhitze wollten sie in einem der Cafés eine heiße Schokolade trinken. Janne fand das ein absolutes Muss, Maria hatte nicht widersprochen. Dazu liebte sie Schokolade viel zu sehr.

»Vermisst du nicht die Kunst?«, hakte sie nach, sobald sie in einem schattigen Innenhof einen freien Tisch ergattert hatten und sich setzten.

»Warum sollte ich? Malen und Zeichnen kann ich weiterhin, wann immer ich will. Aber seltsamerweise steht mir gar nicht mehr so sehr der Sinn danach. Wahrscheinlich fehlt mir zur wahren Künstlerin der nötige Wille. Und die Bereitschaft, Opfer dafür zu bringen. Die Kunst ist eben doch nicht alles im Leben. Zuerst muss man überhaupt das Leben haben, das man führen will.«

»Und wie steht es mit der Liebe? Als Lehrerin darfst du nicht …«

»Hat uns jemals gestört, was wir dürfen und was nicht?«

Janne lachte.

»Übrigens ist das Dasein einer alleinstehenden Frau unweit von Berlin nicht so langweilig, wie du vermutlich befürchtest. Auch nicht das einer Lehrerin. Nicht nur in Schwabing gibt es ein aufregendes Künstlerleben. Apropos: wie steht es mit dir und deinem Franz, jetzt, da er ein verheirateter Mann ist?«

Noch bevor Maria antworten konnte, winkte sie in Richtung Tür. Ein gut aussehender, elegant gekleideter Herr mittleren Alters tauchte dort am Eingang zum Hof auf. Sobald er auch sie entdeckte, kam er an ihren Tisch, stellte sich als Doktor Berg vor und nahm auf Jannes Einladung bei ihnen Platz.

Die Freundin war sichtlich hingerissen. Es stellte sich heraus, dass Berg und sie sich bereits öfter begegnet waren. Er war Ingenieur bei Siemens, anscheinend in verantwortungsvoller Position. Janne himmelte ihn an. Maria teilte ihre Begeisterung nicht ganz. Ihr schien er etwas zu geschwätzig. Dennoch war sie erleichtert. Sein Auftauchen ersparte ihr, mehr von Franz zu erzählen. Janne hatte sie oft genug zur Vorsicht gemahnt, besonders gegenüber der Schnür. Seit der Nachricht von beider Heirat fühlte Janne sich in ihrem Misstrauen bestätigt. Dem Ingenieur gelang es, für den Rest des Nachmittags ihre Aufmerksamkeit auf anderes zu lenken.

»Offenbar weißt du im Gegensatz zu Janne leider noch immer nicht, was du willst. Und das in deinem Alter!«, resümierte die Mutter wiederum einige Tage später, sichtlich enttäuscht, dass Maria ihr vom Besuch bei der Freundin in Potsdam eher nüchtern berichtete und auf die Fragen zur Schule, den Schülerinnen und Lehrerinnen nur das Nötigste zu antworten wusste.

Auch der Vater zeigte immer weniger Verständnis, wenn sie lieber erste, vorsichtige Fingerübungen am Klavier machte, nachmittagelang in der Nationalgalerie verschwand oder mit dem Zeichenblock durch den Tiergarten spazierte, statt die Mutter zu Einladungen bei Freundinnen oder Damen der Gesellschaft zu begleiten. Den Besuch bei Doktor Hilstein schob sie ebenfalls immer wieder auf.

»Wenn das so weitergeht, bleibt dir am Ende nur ein tristes Dasein als Gesellschafterin oder der Rückzug in ein Damenstift«, prophezeite die Mutter, und der Vater kündigte an, für ein weiteres Semester an der Münchner Damenakademie nicht mehr aufkommen zu wollen.

Am folgenden Morgen wachte Maria abermals mit dick geschwollenen, stark schmerzenden Gelenken auf, konnte sich kaum bewegen. Der sofort herbeigerufene graubärtige Hausarzt diagnostizierte Gicht an den Händen, Rheuma im gesamten Körper. Maria konnte es kaum fassen. Und das nach ihrem wochenlangen Aufenthalt im Nymphenburger Krankenhaus! Nach all den Strapazen mit der Heißluftbehandlung. Hatten die Schwestern nicht alles Erdenkliche für sie getan? Und die Ärzte sie als geheilt entlassen? Und jetzt dieser Rückfall! Dabei war sie doch gerade erst dabei gewesen, in die Normalität zurückzufinden. Sich Tag für Tag ein wenig mehr wieder ans Zeichnen und Malen zu gewöhnen. Wie sollte es jetzt nur weitergehen? Wie sollte sie auf Dauer mit den Händen arbeiten? Es war zum Verzweifeln!

Auch die Eltern waren über die Diagnose entsetzt. »Niemand in unserer Familie hat je an Rheuma gelitten«, stellte die Mutter fest. »Auch nicht an Gicht«, pflichtete der Vater bei. »Auf beiden Seiten nicht«, hob die Mutter hervor. Deutlich war ihr anzusehen, wie unvorstellbar sie es fand, dass ihre Tochter bereits mit einunddreißig Jahren dauerhaft krank sein sollte. »Bei uns sind immer alle bis ins hohe Alter gesund geblieben«, betonte sie. Das klang fast schon trotzig. Der Vater nickte zur Bestätigung.

Das einzig Gute an der Situation war, dass sie Maria die erhoffte Ruhe bescherte. Denn Ruhe sei, so der Doktor, das Allerwichtigste in der Behandlung. Abgesehen von Umschlägen mit Panzerschlamm, einem speziellen Seeschlick von der Ostsee, der wahre Wunder bewirke. Die geplante Reise nach Ostpreußen hieß er ebenfalls gut. Luftveränderung sei in einer solchen Lage immer positiv zu bewerten.

Am liebsten wäre Maria sofort nach München zurückgekehrt. Das wäre auch eine Luftveränderung. Und brächte sie Franz wieder näher, der wohl die allerbeste Medizin für sie wäre und erst recht wahre Wunder bewirkte. Schweren Herzens musste sie jedoch einsehen, angesichts ihrer finanziellen Situation vorerst nicht selbst entscheiden zu können, was sie tat.

Die Mutter erfasste sofort, dass ihre neuerliche Erkrankung das beste Argument lieferte, die leidige Diskussion über ihre Zukunft eher in ihrem denn in Marias Sinn zu beenden.

»Solange in den Sternen steht, wann du jemals wieder einen Stift in der Hand halten kannst, wirst du bei uns bleiben.«

»Das heißt nicht, dass du die Kunst für immer vergessen musst. Unterrichten kannst du sicherlich trotzdem.«

Unbeholfen versuchte der Vater, sie zu trösten. Die Aussicht beruhigte Maria jedoch keineswegs, und sie weinte mehrere Tage und Nächte lang. Davon schmerzten die Gelenke noch stärker. Nur noch mit fremder Hilfe gelang es ihr, aus dem Bett aufzustehen.

»So wirst du erst recht nicht mehr gesund«, kommentierte die Mutter ungerührt ihren Zustand.

Es erleichterte Maria nur wenig, dass sie unter diesen Umständen den Besuch bei Doktor Hilstein freiwillig absagte.

»Wollen wir hoffen, er wiederholt die Einladung nach unserer Rückkehr aus Ostpreußen.« Die Mutter runzelte die Stirn. »Mit ihm allein steht und fällt nicht Marias Lebensglück«, erwiderte der Vater, doch die Mutter ließ nicht locker. »Heiraten und Kinder gebären wären sicher das Beste für sie. Das heilte die überspannten Nerven gewiss. Und gäbe ihr die nötige Sicherheit, die jemand von ihrer labilen Konstitution braucht.«

»Auch das Unterrichten kann ihr den nötigen Halt geben«, beharrte der Vater.

Solche Äußerungen entmutigten Maria erst recht. Zum Glück hatte sie Franz' Briefe. Die entrissen sie für einige Momente der Tristesse. Und beschworen Dinge herauf, denen sie sich nur zu gern auf der Stelle hingäbe, wäre er nur bei ihr.

In den nahezu täglich eintreffenden Zeilen beteuerte er ihr, wie er sich nach ihr, ihrem Körper und ihre Liebe verzehrte, und unterschrieb »mit vielen, vielen Küssen von Herzen Dein Rittersporn«. Die freizügigen Schilderungen seiner leiblichen Sehnsüchte garnierte er mit erotischen Postkartenmotiven wie etwa *Nixen einen Hirsch tränkend* oder der Zeichnung eines mit Leda kopulierenden Schwans. Für die bevorstehende Reise nach Ostpreußen legte er noch ein Buch mit japanischen Holzschnitten aus seiner Sammlung bei. Jeder einzelne von ihnen kunstvoll gestaltet. Für westliche Augen jedoch mehr als frivol. Maria konnte sich Franz' vergnügtes Gesicht nur zu gut vorstellen, mit dem er das Päckchen für sie gepackt und auf der beigelegten Karte geschrieben hatte, er schicke ihr das als »Liebesbüchlein und Liebeszeichen«.

Unter großen Schmerzen gelang es ihr, ihm mit der linken Hand einige krakelige Zeilen zurückzuschreiben. Leider lasen sie sich eher wie ein elendes Lamento denn wie ein glühender Liebesschwur. Trotzdem schickte sie sie ab. Franz wusste, wie er die zu verstehen hatte.

Das Hausmädchen brachte den Brief zur Post. Gegen einige Groschen extra stand sie Maria bei, die auffällig vielen Briefe aus München vor den Eltern geheimzuhalten. Nicht auszudenken, wenn sie von deren Inhalt erführen.

Während ihres Aufenthalts auf dem Gut in Ostpreußen sorgte zu ihrer Überraschung Wilhelm dafür, den regen Briefwechsel mit Franz nicht zu unterbrechen.

»Du ahnst nicht, wie sehr ich darauf brenne, deinen Liebsten kennenzulernen, Schwesterchen. Schon allein, um mich davon zu überzeugen, ob er es wert ist, dass du dafür die vielversprechende Verbindung mit Regierungsrat Doktor Hilstein und seinem schönen Haus in Charlottenburg aufgibst.«

Wieder einmal ahmte er mit dem letzten Halbsatz die schwärmerische Sprechweise ihrer Mutter nach und zwinkerte Maria verschwörerisch zu. Geschickt hatte er einen günstigen Moment abgepasst, um sie nachmittags allein auf der Veranda anzutreffen. Der Umschlag, den Franz dieses Mal geschickt hatte, war zu dick und hätte sofort zu neugierigen Fragen geführt, wenn die Eltern ihn gesehen hätten.

»Doch was zweifele ich? Wer dir so fleißig schreibt und ein halbes Vermögen fürs Briefporto ausgibt, muss es ernst meinen. Ich hoffe nur, die andere Hälfte seines Vermögens reicht aus, um dir ein gutes Leben zu garantieren. Bei Künstlern ist das leider nicht selbstverständlich.«

»Wir werden uns schon irgendwie durchbringen.«

»Notfalls kann ich euch einiges von meinem Gut schicken, Schwesterherz. Scheu dich nicht zu fragen.«

Das rührte sie. Seit ihrer Ankunft auf seinem Anwesen bemühte er sich, ihr beizustehen, wenn die Eltern ihre Pläne wieder einmal in der Luft zerrissen. Das taten sie bei jeder Gelegenheit, vor allem nachdem sie voller Bewunderung erkannt hatten, wie ernsthaft Wilhelm seine Zukunft inzwischen anging, nach all den Jahren, da er in ihren Augen mit seinem Studium »gebummelt« hatte.

»Um sein Leben auf eine solide Grundlage zu stellen, ist es nie zu spät«, lobte der Vater und die Mutter assistierte: »Auch wenn man sich einige Jahre verrannt hat, steht es einem gut an, sich auf das Wesentliche zu besinnen und sich von seinen Hirngespinsten zu verabschieden. Noch dazu, da es einer Frau leichter gemacht wird. Sie darf sich ganz in die Verantwortung eines Ehemanns begeben und der Familie widmen.«

Maria wollte aufbegehren, merkte jedoch, wie sinnlos das war. Wahrscheinlich sogar eher kontraproduktiv. Auf keinen Fall wollte sie riskieren, dass die Eltern ihr die Rückkehr nach München verwehrten.

»Großartig! Ein wahres Kunstwerk«, verkündete Wilhelm überraschend begeistert beim Anblick eines kleinen, quadratischen Ölgemäldes vom Kochelsee aus dem letzten Sommer, das sie ihm als Mitbringsel überreichte. Geflissentlich ignorierte er den missbilligenden Gesichtsausdruck ihrer Mutter. Stattdessen eilte er mit dem Bild in der Hand in die Eingangshalle und drapierte es probehalber auf einer Truhe gegenüber der Haustür.

»Was sagt ihr dazu? Genau der richtige Ehrenplatz dafür! So sieht es gleich jeder, der mich besucht, und ist beeindruckt. Wer kann schon behaupten, eine echte Künstlerin zur Schwester zu haben?«

Einige Tage später lenkte er beim Essen das Gespräch auf die Münchner Damenakademie. Erst wollte Maria ihm ein Zeichen geben, das besser zu lassen, dann aber begann er in höchsten Tönen zu schwärmen: »Sobald ich jemandem erzähle, meine Schwester studiere dort, steigt seine Achtung vor mir. Münchens exzellenter Ruf als Stadt der Kunst hallt bis nach Ostpreußen. Und ich profitiere davon, dass hier angekommen ist, was es heißt, Schülerin bei den besten Professoren an der Damenakademie zu sein. Das darfst du keinesfalls vorschnell aufgeben, Schwesterchen. Schon mir zuliebe nicht. Und nicht jetzt, da du so weit gekommen bist. Für die Sommerausstellung des Künstlerinnen-Vereins ausgewählt zu sein, ist eine hohe Auszeichnung.«

Verblüfft beobachtete Maria, wie der Vater zustimmend nickte. Sogar die Miene der Mutter hellte sich ansatzweise auf. Quer über den Tisch warf Wilhelm ihr ein triumphierendes Lächeln zu.

Zu gern hätte sie sich von seiner Zuversicht anstecken lassen, doch ihr nach wie vor unerfreulicher Gesundheitszustand bremste sie. Wie lange dauerte das noch mit ihren Händen? Längst drängte es sie zur Arbeit. Jeder Spaziergang, den sie unternahm, jeder Blick in die endlose Weite von der Veranda wurde zur Qual. Überall entdeckte sie Motive, die sie zeichnen, Szenen, die sie malen, Lichtsequenzen, die sie farblich gestalten wollte. Doch es ging nicht. Ihr rechter Arm steckte weiterhin zur Schonung in einer Schlinge, der linke war kein wirklicher Ersatz, da er ihr ebenfalls Probleme bereitete, wenn auch geringere. Nur unter Mühen konnte sie Franz schreiben.

Sie musste zu ihm! Schnellstmöglich. Und dafür sorgen, dass die Schnür endlich ihren Teil der Abmachung erfüllte und ihren Sohn zu sich nahm. Das war doch der eigentliche Zweck der Heirat mit Franz gewesen. Je eher sie das tat, desto näher rückte der Moment, in dem Franz die Scheidung einreichen konnte. Maria ahnte, warum die Schnür Kläuschen bei den Pflegeeltern ließ.

Ziellos wanderten ihre Augen durchs Zimmer. Die Abendsonne überflutete es mit goldenem Licht, der Kornblumenstrauß vor der gelben Tapete setzte einen gelungenen Kontrast, ebenso die auf dem Korbstuhl neben dem Tisch eingerollte, rot-weißgetigerte Katze. Was für ein Bild! Wenn sie das nur skizzieren und Franz schicken könnte. Das würde ihm gefallen. Aber dazu mussten ihr die Finger endlich wieder gehorchen. Was bei der derzeitigen Behandlung offenkundig auch die nächsten Monate nicht geschah.

Sie sollte sie abbrechen. Und etwas anderes versuchen. Hatten die Ordensschwestern in Nymphenburg nicht die Moorbäder in Bad Aibling erwähnt? Das war nicht weit von München. Und damit auch nicht weit von Franz und Indersdorf. Aber weit weg von den Eltern und deren ewigen Sticheleien. Gewiss würde Wilhelm ihr helfen, sie von der neuen Kur zu überzeugen.

Kurz entschlossen faltete sie den Brief noch einmal auf, so rasch ihr das mit den geschwollenen Fingern möglich war, und kritzelte mit links ein unbeholfenes Herz sowie eine lachende Sonne neben ihren Namen und schrieb: »Ich komme bald zu dir, mein liebster Rittersporn. Versprochen.«

Kapitel 14

Wilhelm war sofort Feuer und Flamme für das Vorhaben, die Eltern zu der neuen Therapie zu überreden. Auf Anhieb durchschaute er, was für Maria noch daran hing: die Aussicht, zu Franz zurückzukehren. Und zu ihrer Kunst.

»Wenn du erst einmal in Bad Aibling bist, setzt du von dort aus mit Leichtigkeit die Verlängerung deiner Zeit in München durch. Es liegt ja quasi vor der Haustür. Wie unsinnig wäre es, dir ernsthaft zumuten zu wollen, erst den Umweg über Berlin einzulegen, nur weil du das Einverständnis der Eltern brauchst. Das können sie dir auch schriftlich geben. Dass du dein Studium an der Damenakademie fortsetzen musst, steht außer Frage. Sonst wären die letzten Jahre umsonst gewesen. Lass mich nur machen! Ich weiß schon, wie ich bei den Eltern argumentieren muss.«

Siegesgewiss zwinkerte er ihr zu. Maria war erleichtert. Es bereitete ihr zwar ein gewisses Magengrimmen, dem Bruder zu verschweigen, dass sie die Kurse an der Damenakademie nicht wirklich fortsetzen und vor allem Franz zuliebe nach München wollte. Aber ihm das en détail zu erklären, führte jetzt zu weit. So schnell würde er das nicht verstehen. Wie auch? Er war Ökonom, kein Künstler.

Sein Hausarzt, der sie auf dem Gut behandelte, war bei Erwähnung der Moorbadtherapie in Bad Aibling begeistert und zögerte nicht, das den Eltern auch entsprechend kundzutun. Vermutlich hatte Wilhelm die nötige Vorarbeit geleistet. Der Doktor war nur wenig älter als er, die beiden ritten gelegentlich zusammen aus oder unternahmen »Herrenausflüge« nach Insterburg und Königsberg, wie Wilhelm ihr hinter vorgehaltener Hand gestand.

»Bad Aibling hat einen ausgezeichneten Ruf bei Beschwerden wie Ihren. Sogar hier bei uns in Ostpreußen«, konstatierte der Doktor zu Marias Freude im Beisein der Eltern bei seinem nächsten Besuch, kaum dass sie die Idee vorgetragen hatte.

»Nach allem, was Sie mir erzählen, gehe ich davon aus, die Bergluft im Alpenvorland bekäme Ihnen ohnehin besser als die hiesige. Der Ostwind kann bei uns auch im Sommer sehr garstig sein. Außerdem hat bereits die Heißluftbehandlung im Frühjahr in München erstaunlich schnell bei Ihnen angeschlagen. Ganz im Gegensatz zu dem, was wir hier mit dem Panzerschlamm aus der Ostsee versucht haben. Das spricht für sich, denke ich.«

Die ärztliche Diagnose gab den Ausschlag. Maria blieb kaum Zeit, Franz von ihrer baldigen Rückkehr zu berichten, so schnell wurde ihre Abreise in den Süden beschlossen. Für einen Zwischenstopp in München konnte sie nur wenige Tage Anfang August einplanen. »Besser als nichts«, schrieb sie Franz sogleich.

Unter einem Vorwand eilte er zu ihrer Ankunft von Indersdorf in die Stadt. Die Schnür schäume vor Wut, doch das sei ihm egal, berichtete er, als er Maria am Münchner Bahnhof endlich wieder in die Arme nahm und ihr Gesicht mit Küssen bedeckte.

Wie sie das genoss! Es störte sie nicht im Geringsten, dass sie mitten auf dem Perron standen und Ziel missbilligender Blicke und von verständnislosem Kopfschütteln wurden. Viel zu sehr hatte sie ihn vermisst. Viel zu lang hatte sie ihn entbehrt. Viel zu lang hatte sie ihn nicht mehr leibhaftig gespürt.

Kaum konnten sie den Weg bis zu ihrem Atelier in der Giselastraße nebeneinander ertragen, so sehr hungerten sie nacheinander. Sobald die Tür hinter ihnen ins Schloss fiel, rissen sie sich die Kleidung vom Leib und gaben sich einander hin.

Maria war es, als bräuchte sie nur ihn, um wieder ganz gesund zu werden. Wie anders war es zu erklären, dass es ihr schlagartig besser ging, sobald er bei ihr war? Erfüllt vom langsamen Abebben der Leidenschaft und erhitzt von der Sommerwärme direkt unterm Dach schmiegte sie sich an seine Seite, strich sich das schwere, goldblonde Haar aus dem Gesicht.

»So könnte es von mir aus immer mit uns sein«, sagte sie.

»So sollte es von mir aus immer mit uns sein«, erwiderte er und küsste sie noch einmal.

»An mir liegt es nicht.«

Übermütig schlang sie ihm Arme und Beine um den Leib.

»Schau dir nur auch deine Bilder an, dann weißt du wieder, was du an deiner Kunst hast.«

Schließlich schob er sich aufrechter ans Kopfende des Bettes und deutete auf die Staffelei in der entgegengesetzten Ecke des Raumes unter der Gaube. Daneben lehnten einige Leinwände mit halbfertigen Bildern gegen die Wand.

Träge fiel von Westen das Spätnachmittagslicht in die Kammer, tauchte die wenigen Möbel und die vielen Blätter, Notizblöcke und Zeichnungen ringsum in ein besonderes Licht. Die Luft war unerträglich dick, die bloßen Balken an der Decke von der Sonne aufgeheizt. Der Staub, der sich in Marias Abwesenheit über Gegenstände und Einrichtung gelegt hatte, trocknete die Luft aus.

»Deine Arbeit wird dir helfen, die kranken Hände bald wieder hinter dir zu lassen«, sagte Franz. »Wenn du weißt, was du kannst, weißt du auch, was du tun musst.«

Er küsste sie auf die Nasenspitze, dann sprang er jäh aus dem

Bett, holte Papier und Stift und bat sie, auf dem Stuhl vor der Wand Platz zu nehmen. Nackt. Den rechten Arm wieder in der schwarzen Schlinge, die Hand weiß bandagiert.

»Du wirst mich in dem Zustand doch nicht zeichnen wollen?«, begehrte sie schwach auf.

»Du kennst meine Antwort.«

Sanft nahm er sie bei der Hand, führte sie zu dem Stuhl und positionierte sie in aller Seelenruhe darauf. Dann setzte er sich ihr gegenüber auf den Boden und begann zu zeichnen. Ebenfalls weiterhin splitterfasernackt.

Er kannte jedes Detail an ihr. Gerade erst hatte er im Bett ihren Körper ausgiebig inspiziert, hatte mit jeder einzelnen Faser ausgiebig Wiedersehen gefeiert, die entlegensten Stellen zärtlich liebkost.

Vielleicht lag es an dem bandagierten Arm in der Schlinge, der sie beschädigt, verletzt aussehen ließ. Oder an den Pfunden, die sie sich vor lauter Unglück und Sehnsucht in Berlin und Ostpreußen angefuttert hatte. Sie fühlte sich peinlich entblößt wie nie zuvor. Genierte sich. Wandte den Blick verlegen zur Seite, neigte den Kopf nach unten. Und konnte den Gedanken kaum ertragen, dass er sie gerade malte.

Jeder würde sie erkennen, jeder wissen, was mit ihr war. Sie musste Franz überreden, die Zeichnung nie zu einem Bild auszuarbeiten. Ihr zuliebe musste er darauf verzichten. Sie war doch nicht sein Motiv. Sie war seine Kollegin. Und seine Gefährtin. Seine gleichgesinnte Partnerin. Die ihm ebenso in Liebe zugetan war wie er ihr.

In Bad Aibling tauchte Franz kein einziges Mal auf. Trotzdem gelang es Maria, sich vor allzu düsterer Stimmung zu bewahren. Binnen kürzester Zeit stellte sich an ihren Händen sogar eine erfreuliche Besserung ein. Die Gelenke hatten fast wieder ihren ursprünglichen Umfang. Endlich konnte sie wieder nach etwas greifen, festhalten und sogar allmählich einigermaßen leserlich schreiben. Und vor allem zeichnen. Das war überhaupt das Beste! Der für sie zuständige Arzt ermutigte sie sogar ausdrücklich dazu, nachdem sie ihm erzählt hatte, sie sei Malerin.

Zwar fühlte sie sich weiterhin erschreckend schwerfällig, als sie sich darauf konzentrierte, einen Schwarm Schwalben auf einer Leitung zu skizzieren, doch nach der langen Pause, in der sie kaum etwas hatte tun können, durfte sie das nicht wundern. Sie müsse Geduld mit sich haben, mahnte der Arzt und gab sich zugleich fest davon überzeugt, dass ihre Hände bald wieder voll einsatzfähig seien.

»Sie werden noch Großes schaffen«, versprach er. »Denken Sie unbedingt daran, mich zu Ihrer ersten Ausstellung als Ehrengast einzuladen.«

»Versprochen!«

Nur zu gern ließ sie sich darauf ein und staunte selbst, wie schnell sie vorankam. Die milde Witterung unterstützte ihre Genesung. Nahezu ununterbrochen strahlte die Sonne vom weißblauen Himmel, dennoch wurde es nicht zu heiß, weil stets ein lauer Wind für die nötige Abkühlung sorgte. Bald schon unternahm Maria jeden Tag nach den Anwendungen im Sanatorium einen ausgedehnten Spaziergang über die Felder, skizzierte die Voralpenlandschaft, begann kurz darauf erstmals zu aquarellieren und baute schließlich ihre Staffelei in den Wiesen auf, um sich an einem Ölbild zu versuchen. Neugierig verfolgte der Arzt ihre Fortschritte.

»Sie denken an Ihre Zusage?«, rief er ihr zu, als er sie einmal abends bei ihrer Rückkehr mit dem Malrucksack, der Staffelei und der Leinwand unterm Arm traf. »Warum verkaufen Sie mir nicht das Bild, das sie von hier malen?«

»Weil es noch lange nicht fertig ist. Sie müssen mehr Geduld haben.«

»Dann üben wir uns beide am besten in dieser Tugend.«

Geduld zu entwickeln, wurde für Maria eine große Herausforderung. In ihren Augen wurde es höchste Zeit, wieder ausgiebig zu malen. Ein immenser Druck erfasste sie. Sie wollte schnell über eigenes Geld verfügen. Irgendwie musste das gelingen. Schon allein, um den Eltern ihren guten Willen zu demonstrieren. Sie sollten sehen, dass sie bereit war, die Konsequenzen ihres Entschlusses zu tragen: Wenn sie in München bleiben durfte, um sich weiter ganz ihrer Kunst zu widmen, würde sie alles daran setzen, das auf lange Sicht eigenständig zu finanzieren. Obwohl für sie das Malen oberste Priorität besaß, wäre sie auch bereit, vorübergehend andere Tätigkeiten anzunehmen, um das zu schaffen. Hauptsache, sie verdiente sich etwas dazu.

Unmissverständlich hatten die Eltern inzwischen angedroht, ihr den Unterhalt zu kürzen, sollte Maria von Bad Aibling wieder nach München statt nach Berlin zurückkehren. Längst keimte in ihr der Verdacht, es ginge ihnen nicht allein um ihr angeblich nie endendes Kunststudium. Womöglich ahnten sie doch etwas von ihrem Lieben und Leiden, hatten die vielen Briefe zwischen Franz und ihr doch mitbekommen. Maria wagte sich gar nicht erst vorzustellen, was geschähe, wenn sie erführen, er lebte vom Geld einer verheirateten Frau, wäre selbst mit einer anderen verheiratet, und ihre Tochter säße ihm nicht nur für Aktbilder Modell, sondern stiege sogar mit ihm ins Bett. Allein daran zu denken, ließ ihre Wangen vor Scham glühen.

Trotzdem zog sie die Heimkehr zu den Eltern keinen Moment ernsthaft in Betracht. Völlig ausgeschlossen, wieder bei ihnen zu leben, als wäre nichts gewesen. Als hätte es die Jahre ihrer Selbstständigkeit nie gegeben. Das würde nur zu einem neuerlichen Aufflammen ihrer Beschwerden führen, wie sich im Sommer gezeigt hatte. Und dann konnte sie erneut für lange Zeit nicht mehr malen. Das mussten die Eltern begreifen!

Maria war inzwischen einunddreißig Jahre alt, wie die Mutter gern betonte. Den Weg als angehende Malerin auf halbem Weg abzubrechen und Lehrerin zu werden, wäre völlig absurd, wie Wilhelm bereits in Gendrin festgestellt hatte. Dafür hatte sie zu viel investiert. Und die Eltern ohnehin. Dann hätte sie besser direkt nach dem Besuch der Königlichen Kunstschule im Alter von neunzehn Jahren ins Lehramt gewechselt. Damals hatte man ihr die Stelle in Leipzig angeboten. Mit gutem Grund hatte sie die abgelehnt. Die Eltern hatten nicht nur zugestimmt, sondern sie ausdrücklich in der Entscheidung bestärkt.

Nachdem sie von der Kur zurückgekehrt war, setzte sie sich in ihrem Münchner Atelier im vierten Stock in der Giselastraße an den Tisch, um den Eltern in einem Brief alles noch einmal ausführlich zu erklären.

»Wie ihr seht, gibt es für mich gar keine andere Option, als in München zu bleiben und den vor vielen Jahren begonnenen Weg fortzusetzen«, schrieb sie. Eine Heirat, wie die Mutter sie für sie avisiere, schließe sie endgültig aus. Nur um versorgt zu sein oder eine gute Partie zu machen, wolle sie sich nicht binden. Doktor Hilstein möge in ihren Kreisen ein begehrenswerter, angesehener Mann sein. Sie aber könne weder in ihm ihr Glück sehen, noch wäre sie für ihn die Richtige, um ihn glücklich zu machen. Auch in diesem Punkt hoffe sie auf das Verständnis ihrer Eltern, beendete sie ihre Zeilen. Und fühlte sich erstaunlich gut, als sie den ordentlich gefalteten Briefbogen in den Umschlag schob und zuklebte.

Die Diskussion aus der Ferne schriftlich zu führen, fiel wesentlich leichter als von Angesicht zu Angesicht. Wahrscheinlich trug ihr gutes Allgemeinbefinden dazu bei, dass sie sie jetzt überhaupt gewagt hatte. Nach dem Abklingen der monatelangen Beschwerden fühlte sie sich regelrecht beflügelt. Auch die Vorfreude, Franz in wenigen Tagen wiederzusehen, bestärkte sie darin, endlich reinen Tisch zu machen.

Noch am selben Tag brachte sie den Brief zur Post. Auf dem Rückweg spazierte sie durch Schwabing, schlenderte über die breite Leopoldstraße bis zum Siegestor. Nicht weit davon befand sich die Königliche Kunstakademie. Von dort aus war es nur ein Katzensprung zu den Lokalen in der Maxvorstadt, in denen sich die legendäre Münchner Bohème zu treffen pflegte: der Simplicissimus, der Bunte Vogel, das Café Stefanie und noch so manch anderes Etablissement, das Maria nur vom Hörensagen kannte. Selten war sie dort gewesen. Nur das Café Luitpold besuchte sie häufiger. Generationen von Studentinnen der Damenakademie hatten es zu ihrem Treffpunkt erkoren.

Auch Franz und die wenigen Künstlerfreunde, die er hatte, gehörten nicht zu den regelmäßigen Café- oder Wirtshausgängern, wie ihr auffiel, als sie die ersten Akademieschüler erspähte, die direkt von ihren Kursen den Simplicissimus in der Türkenstraße ansteuerten. Maria vermisste das bunte Treiben nicht, obwohl sie an Fasching gern Feste wie die Bauernkirta besuchte. Franz ging der Trubel offenkundig auch nicht ab. Dabei hatten sie sich im wilden Faschingstreiben des Schwabinger Bräu kennengelernt und in ihrer ersten Zeit keine Gelegenheit zum Tanzen und Vergnügen ausgelassen. Inzwischen aber waren sie sich selbst genug, hatten keinerlei Bedürfnis nach Gesellschaft.

Nicht einmal bei Dörte und Hubert hatte sie sich in den letzten Wochen gemeldet, fiel ihr auf. Umgekehrt aber hatte sie auch von ihnen nichts mehr gehört. Und das, nachdem sich Dörte im Frühjahr so rührend um sie gekümmert hatte. Gleich nachher würde sie ihr schreiben, nahm sie sich vor und ging langsam weiter.

Vor den Schaufenstern einer Buchhandlung in der Amalienstraße blieb sie stehen, sah flüchtig schräg hinüber zum Café Stefanie. Dann betrachtete sie die Auslage, wunderte sich kurz, darin vor allem Literatur und Kunst von Frauen zu entdecken. Überrascht entdeckte sie dazwischen den Lyrikband, zu dem Franz auf Annettes Vermittlung Illustrationen beigesteuert hatte. Ihr Herz schlug schneller. Das musste sie ihm erzählen!

Lange dauerte es zum Glück nicht mehr, bis sie sich wiedersahen. Sein Sommeraufenthalt in Indersdorf neigte sich ebenfalls dem Ende zu. In Kürze waren sie wieder vereint. Die Ehe mit der Schnür durfte kein Hindernis sein. Dafür fände sich gewiss eine Lösung. Immerhin gab es eine eindeutige Abmachung zwischen ihm und ihr. Bei dem Gedanken, Franz bald wieder zu umarmen, schlug ihr Herz gleich ein wenig schneller.

Kurz vor seiner Rückkehr nach München eröffnete Franz ihr per Postkarte, sie Anfang September nur zwei, höchstens drei Tage sehen zu können. Er müsse die Schnür zu einem Besuch ihrer Verwandtschaft nach Swinemünde begleiten. Es widerstrebe ihm zwar, seine Schwiegerfamilie zu treffen, doch ihm bleibe keine Wahl.

Maria war zutiefst enttäuscht. Kaum klopfte er an besagtem Tag an die Tür ihres Ateliers, verdrängte sie das jedoch wieder. Wenn sie nur so wenig Zeit füreinander hatten, wollte sie die besonders gut auskosten.

Franz wirkte seltsam gehetzt. Nach einigem Hin und Her räumte er widerstrebend ein, in größter Eile von Annettes Werkschule in der Friedrich- zu ihr in die Giselastraße gelaufen zu sein. Der nächste bittere Schlag. Maria schluckte. Was hatte er schon wieder bei Annette zu tun gehabt? Noch bevor er zu ihr kam? Und das, wo ihnen ohnehin nur wenige Stunden vergönnt waren! Warum kam er nicht endlich ganz von Annette los? Die Beziehung mit ihr hatte keinerlei Zukunft. Das wusste er doch selbst am besten.

Er schien ihren Verdruss zu ahnen, spielte versonnen mit einer Strähne ihres Haars und schenkte ihr einen reuevollen Blick. Zum Steine erweichen!

»Du kennst mich. Niemand weiß besser von meinen Schwächen als du. Und niemand ist eher in der Lage, sie zu besiegen, als du.«

Im nächsten Augenblick umarmte er sie, küsste sie, bis ihr der Atem wegblieb.

»Komm bloß nicht auf die Idee, wieder einen Akt von mir zu zeichnen«, drohte sie ihm scherzhaft, als sie ihn schließlich zur Tür hereinzog, um kein Aufsehen bei den Nachbarn zu erregen.

»Zuerst habe ich Besseres zu tun.«

Galant verbeugte er sich vor ihr. Unvermittelt nahm er sie auf die Arme und trug sie zum Bett. Überraschte jauchzte sie auf. Und fiel glücklich mit ihm in die Kissen.

Später beugte er sich über sie und fingerte aus seiner Jacke auf dem Boden vor dem Bett einige Fotos sowie die obligatorische Zigarre, die er sich gleich zwischen die Lippen schob und anzündete. Halb aufgerichtet in den Kissen lehnend und rauchend, strich er die Abzüge glatt, bevor er sie ihr reichte. Obenauf eine Aufnahme des Aktes von ihr, den er bei ihrem letzten Zusammensein vor ihrer Kur entworfen und dann offenbar gleich in Öl gemalt hatte.

Gespannt betrachtete sie ihn. Und erstarrte. Ihr nackter Körper wirkte völlig aus den Fugen geraten. Die Schlinge um den Arm war hässlich, ihr Blick zur Seite schien missmutig. Die gesamte Haltung dokumentierte die Scham, die sie empfunden hatte, als er sie zeichnete.

»Das ist nicht dein Ernst!« Verärgert schleuderte sie ihm das Foto gegen die Brust. »Das hast du nicht wirklich gemalt.«

»Gemalt schon, aber nicht für gut befunden. Ich habe es längst schon wieder zerschnitten.«

Sie schluckte. Hin- und hergerissen zwischen Erleichterung und Bedauern. Gesehen hätte sie es schon gern einmal in natura. Hätte gern die Farben betrachtet, den Farbauftrag studiert.

Aber wenn sie das hätte tun können, hätten das auch andere tun können. Und sie so gesehen. Als völlig misslungenes Objekt.

Ihr wurde übel. Abrupt setzte sie sich senkrecht auf.

»Wo hast du das gemalt? Etwa in Indersdorf? Hat die Schnür es gesehen?«

»Bin ich verrückt? Sie hat es nicht zu Gesicht bekommen. Ebenso wenig wie die anderen Bilder aus dem Sommer. Hier, die Krähen auf dem Acker, der tote Turmfalke auf dem roten Halstuch oder der Busch in der Sonne.«

Abfällig warf er die Fotos vor sie auf die Decke. Neugierig nahm Maria sie auf und betrachtete sie. Trotz der Schwarz-Weiß-Aufnahmen war ihr Aussehen zu erahnen.

»Du musst sie nicht so aufmerksam anschauen. Es gibt sie alle nicht mehr. Noch bevor ich aus meiner Kammer im Klostergasthof abgereist bin, habe ich sie zerschnitten. Sie waren nicht gut. Es gibt nur noch diese Fotos. Auf meine Bitte hin hat der Sohn der Wirtin sie im Hof verbrannt.«

Sie schlug sich die Hand vor den Mund, um nicht aufzuschreien. Die gesamte Arbeit eines Sommers – zu einem Häufchen Asche verbrannt! Franz konnte erbarmungslos sein. Mit seiner Kunst. Und mit sich selbst.

»Die Schnür weiß übrigens nicht, dass du wieder hier bist. Und ich bei dir. Ich habe ihr gesagt, ich wäre zwei Tage bei Niestlé und der Legros in Planegg. Sonst gäbe es nur wieder Streit. Den haben wir inzwischen ständig. Du ahnst nicht, wie satt ich das habe. Und wie sehr mir vor der Verwandtenreise an die Ostsee graut.«

»Wenn du jetzt fährst, hast du es hinter dir.«

»Wäre es doch nur schon so weit!«

Er fuhr sich mit der Hand übers Gesicht, als könnte er dadurch alles wegwischen, was ihn beschwerte, richtete den Blick gedankenverloren in die Ferne.

Sie betrachtete ihn. Bis ihr das Schweigen zu viel wurde.

»Bei eurem Zwischenstopp auf der Hin- und Rückfahrt kannst du Berlin erkunden.« Die Vorstellung gefiel ihr. »Dann siehst du endlich, wo ich aufgewachsen bin.«

Sie beschrieb ihm das Bankhaus in der kleinen Gasse hinter der Staatsoper, in dem die Wohnung ihrer Eltern lag, und empfahl ihm einige Bilder, die er in der Gemäldegalerie sehen sollte.

»Ins Café Josty am Potsdamer Platz musst du unbedingt gehen und dort die Schokoladentorte probieren. Und dich durch die großen Kaufhäuser treiben lassen, durch das Wertheim vor allem und das Hermann Tietz. Eine echte Fundgrube, um Menschen und ihr Verhalten zu studieren.«

»Zum Zoologischen Garten könnte ich gehen, seltene Tiere und ihr Verhalten studieren.« Seine Augen begannen zu leuchten. »Das brauche ich für meinen Anatomiekurs an der Damenakademie im Herbst.«

»Vorerst solltest du mich genauer studieren. Das brauchst du für die Fortsetzung unseres privaten Extrakurses. Jetzt.«

Rücklings stieß sie ihn aufs Bett, nahm ihm die Zigarre aus dem Mund und zwang ihn, sich ihr zu widmen, ehe ihnen die kostbare Zeit füreinander ganz zerrann.

Die Stunden mit ihm vergingen wieder einmal im Flug. Schneller als gedacht hieß es wieder, voneinander Abschied zu nehmen.

»Denk immer dran: Nach dieser Reise hast du es hinter dir«, erinnerte Maria ihn, als er sie ein letztes Mal umarmte. Er nickte.

Kaum war er fort, erreichte sie ein Brief aus Berlin. Von der Mutter. Eine harsche Antwort auf ihr letztes Schreiben. Aber wenigstens kein Wort darüber, dass sie einen Mann, eine Liebelei hinter ihrem Entschluss, in München zu bleiben, vermutete. Maria atmete auf. Vorerst. Ansonsten berührte es sie erstaunlich wenig, was die Eltern über sie und ihre Entscheidung dachten. Bis Weihnachten würden sie sich beruhigen. Vorerst hatte Maria anderes im Sinn, als sich um die fehlende Unterstützung zu sorgen.

Voller Elan machte sie sich daran, Möglichkeiten zu finden, um von den Zahlungen der Eltern unabhängig zu werden. Die Teilnahme an der Sommerausstellung des Künstlerinnen-Vereins hatte erste Anstöße vermittelt. Sogar bei Annette meldete sie sich. Schon vor Längerem hatte Franz ein Treffen zwischen ihnen angeregt. Von den wenigen Malen, die sie sich bislang zufällig begegnet waren und ebenso dank seiner Beschreibungen ahnte Maria, wie gut sie miteinander auskämen.

Der Eindruck bestätigte sich bereits nach wenigen Minuten. Annette hatte den Palmengarten im Café Luitpold als Treffpunkt vorgeschlagen. Schon das behagte Maria sehr, weil sie die Atmosphäre unter dem tropischen Grün sehr mochte. Begeistert von ihr und ihren Arbeiten, die sie ihr in einer Mappe präsentierte, stellte Annette ihr kleinere Aufträge für ihre neu eröffnete Werkschule in Aussicht. Sprach auch ein gemeinsam zu gestaltendes Lehrbuch an, für das Maria erste Entwürfe anfertigen sollte. Und vermittelte Kontakte zu Reklamefirmen, damit sie sich den von Franz angeregten Plakaten widmen konnte.

»Ich bin sicher, Sie werden Erfolg haben«, sagte sie zum Abschied und küsste Maria auf die Wangen.

Erstaunt ertappte Maria sich bei dem Gedanken, Annette gern zur Freundin zu haben. Wegen Franz aber war das ausgeschlossen. Er stünde immer zwischen ihnen. Weil sie ihn beide liebten. Und er sie beide ebenfalls. Maria spürte, wie schwer es ihr fiel, das zu akzeptieren. Trotz aller Sympathie für Annette. Immer würde sie befürchten, er liebe Annette doch mehr als sie. Oder anders. Inniger. Auch deshalb kam der Kontakt zu ihr nur im äußersten Notfall in Frage. So wie eben jetzt, um sich auf ihrem weiteren Weg Beistand zu sichern.

Obwohl die Aussichten insgesamt durchaus optimistisch stimmten, musste Maria Wilhelms Hilfsangebot annehmen. Er wies ihr kleinere Summen an, um den täglichen Bedarf an Essen und Arbeitsmaterial zu bestreiten. Die Miete für das Atelier hatte der Vater bis Jahresende im Voraus bezahlt. Dafür hatte der Vermieter einen Rabatt gewährt, von dem Maria jetzt profitierte. Danach war sie hoffentlich in der Lage, Miete und Unterhalt selbst zu bestreiten.

Schneller als erwartet, trafen auch von Franz aufbauende Nachrichten ein. Der Besuch in Swinemünde habe ihn zwar viele Nerven gekostet und ihm noch einmal deutlich vor Augen geführt, welche Dummheit er mit der Heirat der Schnür begangen habe. Die Erfahrung aber, die Familie seiner Frau persönlich zu erleben, vor allem die Bekanntschaft mit ihren vier Schwestern, habe ihm endgültig die Augen geöffnet und die letzten positiven Empfindungen für die Schnür geraubt.

In der ihm eigenen Art, von einem Thema zum nächsten zu wechseln, fügte er zum Schluss hinzu: Ebenso wenig sei er in Zukunft noch bereit, sich zwischen Annette und Maria abzuhetzen, wie er das bei ihrer letzten Zusammenkunft getan hätte. Dafür schäme er sich jetzt. Eher wolle er in Zukunft auf Annette verzichten. Ohnehin vergehe er vor Sehnsucht nach

Maria. Vermisse ihre Küsse und Umarmungen. In zwölf bis vierzehn Tagen lägen sie sich endlich wieder in den Armen. Dann werde alles gut.

Die letzten Worte verschwammen vor Marias Augen. Zu viele Tränen standen darin. Dabei hätte sie aufjauchzen mögen vor Freude.

Gleich eilte sie an die Staffelei, griff sich die Palette und malte bis tief in die Nacht hinein an ihrem Stillleben mit Schaf und buntem Glaspokal. Die Aussicht, für Franz künftig tatsächlich die Einzige zu sein, verlieh ihr Kraft und Zuversicht.

Kapitel 15

Manchmal konnte Franz unglaublich albern sein. In den abwegigsten Situationen. Von jetzt auf gleich platzte es dann aus ihm heraus, und er war in seinem Übermut nicht mehr zu bremsen. Das war ansteckend. Sein Lachen war unwiderstehlich. Selbst in der trübsten Stimmung.

So auch an diesem Mittwoch Anfang Juli 1908. Die Sonne stach vom Himmel. Selbst am späten Nachmittag noch. Tief hatten die Menschen alle die Strohhüte ins Gesicht gezogen, um sich wenigstens etwas kühleren Schatten zu verschaffen. Aber nicht nur der Hitze wegen schwitzte Maria. Auch vor Unbehagen. Und vor Verzweiflung. Dabei tat sie alles dafür, sich weder das eine noch das andere anmerken zu lassen, wodurch ihr von Neuem der Schweiß auf die Stirn trat.

Ausgerechnet in dieser Situation hatte Franz nur Unfug im Sinn. Übertrieben umständlich kletterte er in der engen Postkutsche, einer offenen Chaise, die sie von der Bahnstation in Bad Tölz isaraufwärts nach Lenggries bringen sollte, auf den Eckplatz, wo er mit dem Rücken zum Kutschbock saß. Nur so fand er für seinen voluminösen Gipsfuß Platz. Den hatte er sich vor einigen Tagen am Pasinger Bahnhof eingehandelt, als er nach dem Besuch bei seiner Mutter blindlings die Treppen hinuntergesprungen war, um den letzten Zug stadteinwärts zu erwischen. Dabei war er so unglücklich umgeknickt, dass er sich den Knöchel gebrochen hatte. Der Zug war ohne ihn abgefahren, dafür hatte er zwei Stunden später das nahe Krankenhaus mit dem dick eingegipsten Fuß als Souvenir verlassen. Und den hängte er jetzt in der Pferdekutsche ostentativ nach hinten heraus.

»Eine herrliche Fahnenstange!«, rief er begeistert. »Jetzt weiß ich endlich, warum du mir im Kaufhaus Hirschvogl am Rindermarkt den riesigen rotkarierten Filzpantoffel zum Überziehen besorgt hast, mein Lieb!«

Er hörte gar nicht mehr auf zu lachen. Auch die anderen Fahrgäste stimmten ein. Der Kutscher jauchzte fröhlich, schwang die Peitsche durch die Luft und trieb die Pferde mit lautem Schnalzen an. Ruckelnd setzte sich das Gefährt in Bewegung.

Franz legte den Arm um Maria. Ihr blieb nichts anderes, als mit ihm mit zu lachen. Dabei war ihr nach wie vor eher zum Weinen zumute. Zum bittersten Weinen. Kein Wunder, nach allem, was ihr am Vormittag in München widerfahren war.

Zunächst hatte alles sehr vielversprechend begonnen. Nach monatelangem Hin und Her hatte die Schnür endlich der Scheidung zugestimmt. Der Termin für die Gerichtsverhandlung war auf diesen Mittwoch festgesetzt worden. Maria und Franz waren schon am Wochenende aus ihrem diesjährigen Sommerdomizil in Lenggries in die Stadt gefahren, hatten bei seinem Bruder Paul und dessen Frau Helene in deren enger, aber gemütlicher Wohnung in der Maxvorstadt übernachtet und noch Verschiedenes erledigt. Unter anderem hatte Maria sich nach Franz' Unfall in Helenes Begleitung unter viel Gelächter beim Kaufhaus Hirschvogl am Rindermarkt einen neuen Hut und ein elegantes Sommerkleid geleistet. Trotz der ständigen Ebbe im Geldbeutel. Um bei Gericht eine gute Figur zu machen, wenn sie dort schon als Zeugin auftreten sollte.

Die Vorladung hätte sie von Anfang an misstrauisch machen müssen. Nach dem Zwischenfall mit Franz' Fuß, der seine Teilnahme an der Verhandlung verhinderte, war sie ohne ihn in Begleitung von Paul und Helene hingegangen.

Mit dem Gericht hatte sie bislang noch nie zu tun gehabt. Vor Ehrfurcht hatte es ihr die Stimme verschlagen, als sie den imposanten Justizpalast am Stachus betreten hatte.

Das Verfahren war in einem kleinen, holzgetäfelten Saal in einem der oberen Geschosse anberaumt worden. Unter Ausschluss der Öffentlichkeit, wie ihr dort erst mitgeteilt worden war. Paul und Helene, die ihr beistehen und sich das Spektakel hatten ansehen wollen, waren vom zuständigen Richter, einem gutmütig aussehenden Herrn mit weißem Haar, Prinzregentenbart und schwarzem Talar, unter dem triumphierenden Blick der Schnür wieder auf den düsteren Flur hinausgeschickt worden. Das war die erste unerfreuliche Überraschung gewesen. Und leider nicht die letzte.

Kaum war die Tür hinter den beiden zugefallen, hatte Maria die zweite und weitaus folgenreichere erlebt: Statt als Zeugin für die getroffene Absprache über den eigentlichen Zweck der Heirat, mit der Franz der Schnür hatte ermöglichen wollen, ihren unehelichen Sohn zu sich zu nehmen, war Maria unerwartet als Beschuldigte vernommen worden. Das hieß, die Schnür bezichtigte Franz wie befürchtet des Ehebruchs. Und damit nicht genug: Obendrein bestand sie darauf, Maria als diejenige hinzustellen, mit der er sie betrogen habe!

Maria war die Luft weggeblieben. Und die Sprache obendrein. Auch wenn das den Tatsachen entsprach, entsprach es nicht der Abmachung, die sie getroffen hatten. Davon aber hatte der Richter nichts wissen können. Aus seiner Sicht hatte sich die Sachlage völlig eindeutig gezeigt. Deshalb war er Maria gegenüber alles andere als freundlich aufgetreten. Hatte in ihr einzig diejenige gesehen, die einer rechtmäßigen Ehefrau und liebevollen Mutter den Ehemann abspenstig gemacht hatte. Als wäre sie ein verschlagenes, triebgesteuertes Luder!

Vor Scham wäre Maria am liebsten im Erdboden versunken.

Selbst ihr verzweifelter Hinweis, die Schnür denke noch immer nicht daran, an Kläuschen ihre Mutterpflichten zu erfüllen und ihn zu sich zu nehmen, hatte nicht gefruchtet. Im Gegenteil. Auch das war ihr vom Richter als böswillige Unterstellung ausgelegt worden.

Die Konsequenz der Schuldzuweisung war ungeheuerlich: Franz war zwar von der Schnür geschieden und damit endlich wieder frei. Aber nicht für Maria. Sie durfte er nur dann heiraten, falls die Schnür ihnen ausdrücklich ihre Einwilligung, den Dispens, erteilte. Den sie ihnen natürlich verweigere, wie sie sofort klargestellt hatte. Vor dem Richter als Zeugen. Und das nach allem, was Maria und Franz ihretwegen auf sich genommen hatten! Und ohne, dass sie Anstalten machte, sich wie vereinbart in München um ihr Kind zu kümmern. Es war zum Wahnsinnigwerden!

Am liebsten hätte Maria der Schnür vor Wut das Gesicht zerkratzt. Oder ihr wenigstens eine Ohrfeige verpasst.

Wusste sie überhaupt, was sie ihnen damit antat? Aber natürlich wusste sie das. Deshalb tat sie es ja. Obwohl sie selbst nicht das Geringste davon hatte. Außer diesem kurzen Moment im Gerichtssaal, als der Richter Maria abschätzig gemustert und ihr verständnisvoll zugenickt hatte. Wie ein erbärmliches Weibsbild war Maria sich da vorgekommen. Und hatte alle Kraft aufbringen müssen, nicht loszuschreien. Was ihr nur noch mehr geschadet als genutzt hätte. Weil sie so die schlechte Meinung des Richters nur bestärkt und der Schnür recht gegeben hätte.

Janne hatte alles richtig durchschaut. Von Anfang an. Der Schnür war nicht über den Weg zu trauen. Keinen Millimeter.

Um nicht vor Kummer und Wut laut aufzuschluchzen, biss sich Maria auf die Lippen, bis sie Blut schmeckte.

»Lass den Kopf nicht hängen, meine heißgeliebte Vahine!«

Den Kosenamen sang ihr Franz ins Ohr. Letztens erst hatte er ihn für sie gewählt. Er gefiel ihr. Er klang wie eine wunderschöne Melodie. Und spielte auf ein Gemälde des von Franz verehrten Paul Gauguin an, auf dem der seine tahitianische Braut porträtiert hatte.

Sanft berührten Franz' Lippen Marias Haut, sein warmer Atem kitzelte sie. Ein Schauer lief ihr über den Rücken. Er zog sie eng an sich und hauchte ihr einen Kuss aufs Haar.

»Es wird alles gut! Gleich sind wir zurück in unserem Liebesnest. Dort schieben wir die garstige Stadt und das leidige Unglück mit der Schnür einfach weit von uns weg und verkriechen uns bis morgen früh in unsere weichen Federn. Du wirst staunen, wie schnell du den Schmarren vergisst, wenn ich dir erst mal beweise, zu was ich trotz meines Gipsfußes in der Lage bin! Die Lust auf dich kann mir sowieso niemand verderben. Jetzt erst recht nicht. Ich platze vor Sehnsucht nach dir. Das werde ich dir nachher beweisen.«

Neckend zwickte er sie in die Seite. Leise schrie sie auf. Rempelte dabei die Bäuerin zu ihrer Linken an. Unwirsch rückte die ein Stück von ihr weg.

Endlich erreichte die Postkutsche Lenggries. Der Kutscher lenkte die Pferde über die Marktstraße. Vor dem Gasthof zur Post hielt er an und sprang vom Bock herunter. Wollte als Erstem Franz mit dem Gipsfuß hinunterhelfen. Der winkte ab und kraxelte erstaunlich behände allein zu Boden, reichte sogar Maria zum Absteigen die Hand. Flüchtig fragte sie sich, warum er sie am Morgen nicht ins Gericht begleitet hatte, wenn er sich jetzt trotz des verletzten Fußes so sicher bewegte.

Schon drückte der Kutscher ihr die Reisetasche gegen die Brust. Er hatte es eilig, weiterzukommen. Rasch verabschiedete sie sich. Franz hakte sich bei ihr unter und lenkte sie Richtung Dorfbach, hinter dem ihr derzeitiges Quartier lag.

»Ist das nicht das Paradies auf Erden? Wär ich nicht schon Maler, müsste ich jetzt glatt zum Maler werden, um mir das für alle Ewigkeit auf Leinwand festzuhalten.«

Verzückt wies er auf ein bunt bemaltes Haus, ahmte im nächsten Augenblick die Gänse nach, die aufgeregt schnatternd die Straße querten, und zeigte kurz darauf zu einem schon von Weitem duftenden Kräutergarten, in dem eine Bäuerin einen langen Ausläufer Brunnenkresse an einen Pfahl band.

»Schau an! Der alte Schorsch hat wohl seinen Dickschädel durchgesetzt, und der Hans musste seinetwegen unser hübsches Amüsierhäusl umquartieren.«

Gespielt empört blieb Franz ein kurzes Stück später stehen, stemmte die Hände in die Hüften, schaute die Gebhardgasse hinauf und schüttelte den Kopf.

Maria folgte seinem Blick. Tatsächlich! Die winzige Gartenlaube, die aus gutem Grund ihren Namen trug, war vom Hof des Bacher-Hauses etwa hundert Meter weiter entfernt auf einen freien Wiesengrund gewandert. Vor gut drei Wochen hatten sie darin ihren zweiunddreißigsten Geburtstag gefeiert. Zunächst brav mit Kaffee und Kuchen, dann immer überschwänglicher mit Bier, Wein und Schnaps und einer deftigen Brotzeit. Gemeinsam mit Franz' Jugendfreund Hans, dem vormaligen Senner von der Staffelalm, und dessen frisch angetrauter Frau Rosi. Außer Marias Geburtstag hatte es noch die erst wenige Wochen zurückliegende Hochzeit von Hans und Rosi zu feiern gegeben. Und Hans' damit verbundenen Einzug bei seiner Schwiegerfamilie ins Haus Bacher in Lenggries. Sowie Marias Ankunft Anfang Mai und Franz' Dazustoßen zu Beginn des Juni. Seither bewohnten sie im Obergeschoss zwei nebeneinander liegende Kammern für Sommergäste. Tagsüber war die Verbindungstür dazwischen mit einer Kommode, Bilderrahmen und Leinwänden verstellt, nachts schoben sie »den dämlichen Glump«, wie Franz lästerte, leise beiseite, um zueinander ins Bett zu kriechen.

So machten sie das auch an diesem Abend, allerdings früher als sonst. Und wahrscheinlich weniger leise als sonst. Franz beruhigte Maria jedoch, als sie über ihr eigenes, lautes Aufstöhnen erschrak: Hans und seine Rosi hatten Besseres zu tun, als auf die Geräusche aus den Gästezimmern über ihren Köpfen zu lauschen. Und die Alten hockten um diese Zeit sowieso weit genug weg auf ihrer Bank unter der Linde im Hof.

Maria war verblüfft, wie unbekümmert Franz sich in den nächsten Wochen auf die Vorzüge ihres sommerlichen Landlebens konzentrierte. Als ob er sich selbst und aller Welt beweisen wollte, dass ihm die Schnür das Leben nicht zerstören konnte.

»Endlich bin ich wieder frei. Das allein zählt«, versicherte er ihr mindestens einmal am Tag.

»Frei ja, aber leider nicht für mich«, pflegte sie ihm zu erwidern, was ihm bald nur noch ein Augenverdrehen statt einem Kuss entlockte.

Ihr fiel es weitaus schwerer als ihm, angesichts des fehlenden Dispens' zuversichtlich zu bleiben. Und das, obwohl ihnen mehrere Juristen einstimmig versicherten, langfristig werde es eine Lösung des Problems geben. Franz' Bruder Paul und andere wohlwollende Freunde und Bekannte hatten die Fachleute um Rat gebeten. Die Schnür werde sich wohl kaum auf ewig ihrem Wunsch nach einer Heirat verschließen, meinten die Anwälte weiter. Sei erst einmal ihre Enttäuschung über die gescheiterte Ehe mit Franz abgeklungen und sie womöglich selbst an einer neuerlichen Verbindung interessiert, werde sie gewiss einlenken. Oder man finde eine rechtliche Handhabe, sie dazu zu bewegen.

Zu gern wollte Maria das glauben. Aber wieder einmal für etwas Geduld aufzubringen, das sie so sehr bedrückte, war leichter verlangt als getan. Schließlich hatte sie nahezu dasselbe erst im Vorjahr mit seiner Heirat erlebt und hatte daraufhin monatelang Schmerzen, Schwellungen und die Unbeweglichkeit ihrer Hände geduldig ertragen müssen. Wenigstens das aber blieb ihr in diesem Jahr erspart. Das war schon einmal erfreulich.

Dafür quälte sie die ständige Furcht, ihre Eltern erführen von ihrer Beziehung zu Franz und seiner Situation. Nachdem sie darauf beharrt hatte, in München zu bleiben und ihr Kunststudium fortzusetzen, hatten sie ihr den Unterhalt tatsächlich gekürzt, genau wie sie es im vergangenen Herbst angedroht hatten. Zunächst hatte sie es kaum fassen wollen. Bildeten sich die Eltern tatsächlich ein, sie gäbe des Geldes wegen ihren Lebenstraum auf? Sie käme reumütig wie ein kleines Mädchen zu ihnen nach Hause zurück? Als erwachsene Frau von zweiunddreißig Jahren? Nach all den Erfahrungen, die hinter ihr lagen?

Sich darüber weiter brieflich mit ihnen auseinanderzusetzen, wäre sinnlos gewesen. Also hatte sie den Weihnachtsbesuch in Berlin abgewartet. Zunächst hatte sie versucht, möglichst sachlich mit ihnen zu diskutieren. Dann aber war das Ganze doch in eine alles andere als festlich-besinnliche, dafür umso emotionalere Auseinandersetzung ausgeartet. Die Mutter hatte ihr nicht verzeihen wollen, dass sie ein für alle Mal »eine so wunderbare Partie« wie Regierungsrat Doktor Hilstein mit seiner Charlottenburger Villa ausschlug, der Vater hatte offen bezweifelt, ob sie als freischaffende Künstlerin je ihr Auskommen fände. Und Maria hatte ihnen absolutes Unverständnis für ihre wahren Interessen und Talente unterstellt. Zumindest hatten sie sich am Ende der Ferien, kurz vor Marias Abreise nach München, halbwegs ausgesöhnt, und die Eltern hatten zugesichert, ihr weiterhin monatlich einen Wechsel für Miete, Material- und sonstige Kosten zu schicken. Wenn auch einen niedrigeren als zuvor.

Obwohl sich weder das von Annette in Aussicht gestellte Lehrbuch für textiles Werken noch die von ihr vermittelten Kontakte zu Reklamebüros zwecks Plakaten realisiert hatten, kam Maria irgendwie zurecht.

Franz hatte eine neue Einnahmequelle aufgetan und verdingte sich gelegentlich im Antiquitätenhandel. Ebenso bewies er ab und an Geschick beim An- und Weiterverkauf antiquarischer Bücher. Leider aber gefiel es ihnen beiden zu sehr, den dabei erzielten Gewinn entweder bei einem ausgedehnten Besuch im Café Graupner oder einer anderen Konditorei mit leckeren Torten und sonstigen Köstlichkeiten zu feiern oder sie steckten ihn gleich in den Erwerb »schöner Sächelchen«, wie sie die bezeichneten. Beide liebten sie es, sich mit hübschen Dingen, die keinen Sinn und Zweck außer ihres gefälligen Aussehens besaßen, zu umgeben. So sammelte sich allmählich eine beträchtliche Zahl feiner bunter Teetassen, ausgefallener Vasen, seltenen Bestecks und gediegenen Mobiliars in ihrer beider Ateliers an. Ganz zu schweigen von den japanischen Holzschnitten und Bildbänden, denen Franz immer schon zugeneigt gewesen war.

»Wir sind halt Schöngeister im besten Wortsinn. Wir brauchen es schön um uns herum, um selbst Schönes zu schaffen«, beruhigte er sie, wenn sie angesichts des ganzen Tands das schlechte Gewissen packte. Nach dem Besuch der Auer Dult im Frühjahr, einem traditionellen Jahr- und Kunstmarkt in einer der Münchner Vorstädte, stand sie bei ihm mit über hundert Mark in der Kreide. Doch die Kommode aus Kirschholz in leicht geschwungener Form hatte sie einfach zu sehr entzückt und dank ihrer drei Schubladen war sie obendrein mehr als praktisch. Genau das richtige Stück, um einen gemeinsamen Hausstand zu begründen.

Begeistert hatte sie darin sofort die Leinenwäsche eingeräumt, die sie als Aussteuer aus Berlin mitgebracht hatte, nachdem zwei kräftige Burschen sie zu ihr in den vierten Stock hinaufgeschleppt hatten.

Dank »Papa Steinicke«, einem renommierten Münchner Buch- und Kunsthändler in der Maxvorstadt, hatte sich für Franz erstmals überraschend die Gelegenheit für eine Ausstellung ergeben, wenn auch nur in sehr bescheidenem Rahmen gemeinsam mit einem ehemaligen Akademiekollegen und nur für Zeichnungen, Grafiken und eine Handvoll Lithographien. Damit aber hatte er ausreichend Geld beisammen gehabt, um den Aufenthalt in Lenggries zu finanzieren. »Für uns beide!«, wie er gleich stolz verkündet hatte. Hans vermietete ihnen die Zimmer zu einem Freundschaftspreis, so dass Maria ihres sogar schon ab Mai und bis in den November hinein behalten konnte. Franz wollte früher zurück. Sein Plan war, mit Beginn des Herbstes einen weiteren Anatomiekurs an der Damenakademie anzubieten. Der überwältigende Erfolg im Vorjahr ließ ihn auf sichere Einnahmen hoffen.

Die Rechnung aber hatte er ohne die Schnür gemacht. Bis zum Beginn der Sommerpause war noch keine einzige Anmeldung eingegangen. Und das nach dem enormen Ansturm beim letzten Mal!

»Bestimmt hat sie ordentlich Stimmung gegen dich gemacht und allen Interessenten vehement davon abgeraten, teilzunehmen«, mutmaßte Maria, als Franz ihr eine entsprechende Nachricht vom Sekretariat der Damenakademie zeigte, die ihm nach Lenggries nachgeschickt worden war.

Sie tat sich schwer, nachzuvollziehen, warum die Schnür ihnen so gehässig mitspielte. Sie hatte doch einmal ihre Freundin sein wollen, aus freien Stücken ihre Nähe gesucht. Und Franz hatte sie offenkundig wirklich einmal sehr geliebt. Immer wieder fragte Maria sich, warum die Gefühle bei der Schnür so schnell ins Negative umgeschlagen waren. Woher überhaupt die Böswilligkeit kam, mit der sie ihnen ihre Zukunft verbauen wollte. Damit gewann sie weder Franz zurück, noch machte sie sich Maria wieder zur Freundin.

»Schieß das gute Schnürlein endlich auf den Mond«, verlangte Franz, als sie an einem der wenigen Regentage wieder einmal grübelnd vor dem Fenster stand und nach draußen sah, tief seufzte und sich unfähig fühlte, etwas zu zeichnen oder an einem ihrer Ölbilder zu arbeiten.

Sacht drehte er sie zu sich um, küsste zärtlich jede einzelne Falte auf ihrer gerunzelten Stirn und schob sie langsam, aber bestimmt zum Bett.

»Ich wüsste so viel Besseres zu tun, als ständig über das nachzudenken, was wir nicht haben. Diesen Sommer haben wir so viel: Den Kopf voller Ideen, was wir alles malen wollen, Material, um das alles zu tun, Geld, um bis zum Herbst hier draußen zu bleiben, einen Ort, an dem uns niemand stört, nette Gesellschaft mit Hans und Rosi, wenn wir wollen, und vor allem uns beide, um das alles bis in die letzte Faser unseres Seins auszukosten.«

»Du hast ja recht«, gab sie nach einigem Zögern nach. Es war einfach zu verlockend, seinem Rat zu folgen und sich dem Moment hinzugeben. Vor allem mit ihm, der sich darauf verstand, sie binnen Sekunden auf andere Gedanken zu bringen. Das tat so gut. Wie liebte sie ihn dafür! Und es stimmte ja: Sie hatten jetzt sehr viel – Ideen, einen wunderbaren Ort, sie umzusetzen, und vor allem einander, um miteinander zu leben und zu arbeiten. Das galt es auszukosten. Was noch anstand, war schwer einzuschätzen. Und außerdem noch lange hin. Mindestens bis zum Herbst. Bis dahin konnte noch viel passieren, im Guten wie im Schlechten. Und bislang hatte sich noch immer eine Lösung gefunden, mit der sich leben ließ, wie sie in den letzten Jahren gelernt hatte.

Kapitel 16

Solange Franz mit dem schweren Gipsfuß noch in seinem Bewegungsradius eingeschränkt war, packten Maria und er bei gutem Wetter morgens nach dem Frühstück die Malkästen, Leinwände und Skizzenblöcke nebst einem opulenten Brotzeitkorb in einen Leiterwagen. Den zog sie, während er mit einem Stock, den ihm Hans geschnitzt hatte, nebenher humpelte. Unter kräftigem Gerumpel und Geklapper ging es aus dem Dorf hinaus.

Nicht weit entfernt, damit Franz die Strecke schaffte, aber weit genug weg, um ungestört arbeiten zu können, hatten sie eine Lichtung am Rand einer von Tannen und Lärchen bewachsenen Schonung entdeckt. Mit jedem Tag spielte sich der morgendliche Aufbruch besser ein. Bald scherzte Maria schon selbst über den seltsamen Anblick, den sie als das »spinnerte Malweib« mit ihrem noch »spinnerteren Malgspusi« den Dorfeinwohnern bot. Franz' Hang zur Albernheit färbte immer stärker auf sie ab.

Das schlug sich auch in ihren Bildern und Skizzen nieder. Ihre Neigung zu erdigen, dunklen Tönen und leblosen Motiven trat in diesem Sommer weit zurück. »Hell, licht und sonnig« hatten sie und Franz sich als Motto gewählt. Er behauptete gar, allein die Sonne malen zu wollen, jeden Tag, in immer neuen Variationen. Das gefiel ihr, und sie tat es ihm nach, versuchte, jedes Bild, jedes Motiv auf eine ganz besondere Weise von innen heraus zum Strahlen zu bringen. Binnen vieler glücklicher Wochen verbrauchten sie unter der gemeinsamen Losung stapelweise Leinwand, Zeichenpapier, kiloweise Kremserweiß, Cadmiumgelb hell und Kobaltblau.

Ihre Bilder ähnelten einander verblüffend, wie sie feststellten, einerlei, ob es sich um die *Jungen Tannen am Wiesenhang*, die *Lärchen im Wiesengrund* oder schlicht *Grüne Studien* handelte. Und dennoch war auf jedem die typische Handschrift des Einzelnen zu erkennen. Sie beide waren fasziniert, in wie vielen Varianten Licht, Grün, Sommer und Natur darzustellen waren, in wie vielen Versionen Bäume, Pflanzen und Blumen zu Motiven auf der Leinwand werden konnten und welche Alternativen sich eröffneten, wenn zwar das Motiv gleich blieb, sie aber die Perspektive wechselten oder zu anderem Material griffen, um dasselbe noch einmal ganz neu zu malen.

»Kein Wunder, dass unsere Arbeiten sich gleichen«, erklärte Franz, als sie abends beim letzten Tageslicht in ihrer Kammer wieder einmal die Ergebnisse der letzten Tage kritisch begutachteten, sich gegenseitig auf Schwächen hinwiesen, Tipps für bessere Farbwirkungen oder Pinselansätze gaben, besonders Gelungenes lobend hervorhoben.

»Wir sitzen zur selben Zeit beim selben Licht auf demselben Fleckchen Erde und schauen aus höchstens ein oder zwei Metern Unterschied auf dieselben Bäume.«

»Und trotzdem behält jeder seine Sichtweise bei, du immer als Franz und ich immer als Maria. Und genauso malt jeder auf seine Art und Weise, du als Franz und ich als Maria.«

»Genau das ist es, was ich dir immer schon gesagt habe: Du bist es dir schuldig, deine Kunst zu verwirklichen, und so, wie es jetzt aussieht, hast du das endlich geschafft.«

»Es braucht halt immer seine Zeit. Der richtige Zeitpunkt muss auch da sein, damit solche Grundsätze passen.«

»Ich bin stolz auf dich, meine geliebte Vahine, dass uns das in diesem wundervollen Sommer gemeinsam gelungen ist.«

Tatsächlich sah es so aus, als würde ihnen vor der idyllisch anmutenden Lenggrieser Kulisse in diesem Sommer alles gelingen, was sie sich vorgenommen hatten. Je produktiver sie beim Malen waren, desto mehr rückte der Verdruss über Franz' misslungene Scheidung in den Hintergrund. Je weniger sie über den Ärger mit der Schnür nachdachten, desto besser kamen sie mit ihren Bildern voran. Sie waren füreinander geschaffen. Als Künstlerkollegen wie als Liebende. Ergänzten sich in jeder Beziehung ideal. Und entbrannten darüber in umso innigerer Liebe füreinander. Unvorstellbar, jemals ohne den anderen zu sein! Maria konnte ihr Glück kaum fassen. Auch Franz beteuerte immer wieder, wie glücklich er mit ihr war. In diesem Sommer erlebten sie bei Hans und Rosi im Haus Bacher in Lenggries eine so leidenschaftliche, unbeschwerte Zeit wie nie zuvor.

Eines Morgens, als Maria neben dem gepackten Handwagen im Hof auf Franz wartete, um zum Malen zu ihrer Lichtung zu ziehen, bat er sie um Geduld. Er habe noch etwas Dringendes zu erledigen. Und humpelte am Stock zum Heuschober auf der gegenüberliegenden Hofseite. Nach einigen lauten Flüchen von Hans und einem wilden Aufschrei von ihm kehrte er etliche Minuten später ohne Gips am Fuß, dafür mit einem triumphierenden Lächeln auf dem Gesicht zurück. Zwar noch stärker hinkend und weiter auf den Stock gestützt, aber ohne die Last am Fuß.

»Jetzt ist's besser.«

Trotzdem schien ihm das Gehen unerwartete Schmerzen zu bereiten, wie Maria aus dem Augenwinkel sah, doch sie sprach das ebenso wenig an wie er. Die Freude über die Befreiung stand ihm viel zu deutlich ins Gesicht geschrieben.

»Da muss einfach nur viel Sonne und frische Luft ran«, entschied er, sobald sie an ihrem Stammplatz angelangt waren, und bettete den nackten Fuß vorsichtig auf die Erde. Maria sammelte weiches Moos, das sie ihm unterlegte.

Wenige Tage später traute er sich bereits größere Entfernungen zu. Nach und nach entdeckten sie neue Standorte, an denen sie ihre Staffeleien aufstellten, darunter auch einige stille Winkel an der Isar, wo sie sich beim Malen zwischendurch im Wasser erfrischten.

Als Franz' Bruder Paul und seine Frau Helene zu Besuch kamen, überwand Maria ihre Scham und entkleidete sich ebenso wie die anderen vollständig, um die heißen Sommertage nackt am Flussufer zu verbringen. Wie schon vor zwei Jahren in Kochel fotografierte Paul sie auch jetzt wieder ungeniert, und Franz und sie machten Aktskizzen von ihnen allen.

Kurz nach Helenes und Pauls Abreise erklärte Franz seinen Fuß für vollständig geheilt. Seine Wanderlust war erwacht.

»In den Bergen zu sein, ohne auf mindestens einen hinaufzusteigen, ist Folter. Außerdem sind Pausen zwischendrin die beste Inspiration, um effektiv zu arbeiten.«

Das wusste sie selbst. Allerdings zog sie es vor, Klavier zu spielen, um sich vom Malen zu erholen. Doch ein Klavier hatte sie in Lenggries nicht. Also blieb ihr keine Wahl, als Franz auf seinen Touren zu begleiten. Mit seinem frisch genesenen Fuß konnte er ohnehin noch nicht allzu steile und lange Strecken absolvieren.

Völlig unerwartet meldete sich Niestlé bei ihnen und schrieb, er habe sich mit der Legros in der Fischerei Brunnenbach bei Kochel einquartiert. Spontan beschloss Franz, noch am selben Tag dorthin zu wandern.

»Viel zu lang haben wir die beiden nicht gesehen! Es sind nur wenige Stunden über den Berg bis zu ihnen, aber eine wundervolle Strecke, auf der es viel durch den Wald geht«, schwärmte er. »Außerdem wird es Zeit, dass wir nach den vielen Wiesen, Büschen und Bäumen endlich auch einmal wieder Tiere malen. Du weißt, wie anregend Niestlé für mich ist. Unbedingt muss ich mit ihm reden, um noch einige Ideen weiterzuentwickeln.«

Maria teilte seine Begeisterung für den Ausflug nicht ganz, wenn sie sich auch über ein Wiedersehen mit den Freunden freute. Das Alleinsein mit Franz, das derzeit nur durch gelegentliche Abende mit Hans und Rosi unterbrochen wurde, behagte ihr. Außerdem traute sie Franz' Einschätzung des Weges nicht. Zwischen Lenggries und Kochel lag mehr als ein kleiner Hügel für einen ausgedehnten Nachmittagsspaziergang. Gern hätte sie Hans wegen der geschicktesten Route um Rat gefragt, das aber ließ Franz nicht zu.

»Ich weiß, wo wir am besten langgehen«, versicherte er.

Auf einmal hatte er es eilig, aufzubrechen. Nur mit Mühe konnte sie ihn überzeugen, für alle Fälle einige Butterbrote als Proviant einzustecken.

Die Strecke westwärts durch den Wald, immer bergauf, war faszinierend. Seltene Pflanzen, die ersten Pilze, ein abenteuerlich gewachsener Baumstamm oder ein scheues Reh, das ihnen starr vor Schreck aus dem Dickicht entgegenblickte. Der Weg aber wollte kein Ende nehmen. Selbst als die Dämmerung einsetzte, war der Gipfel noch nicht in Sicht. Zwar lichteten sich schließlich die Bäume, so dass sie das Feuerwerk des Sonnenuntergangs am blau-lila-rot-orange aufflammenden Himmel in ganzer Schönheit genießen konnten, doch das bescherte ihnen nur eine kurze Atempause. Letztlich brauchten sie noch mehrere Stunden, bis sie in nächtlicher Finsternis die Fischerei Brunnenbach erreichten.

Beinahe hätten sie draußen vor dem Haus im Gras schlafen müssen. Nur zufällig hörte Niestlé Franz' Klopfen am Fensterladen. Ihr unangekündigtes Auftauchen überraschte ihn. Zum Glück gab es ausreichend Platz im Haus, um sie unterzubringen. Und da sie den weiten Weg nun schon einmal gemacht hatten, blieben sie den Rest der Woche, schwammen im See, genossen die frischen Fische, die ihnen die Wirtin zubereitete, und arbeiteten fleißig. Wie immer hatte Niestlé, der sich inzwischen ganz auf die Tiermalerei spezialisiert hatte, wertvolle Tipps für Franz, nahm ihn mit ins Schilf, um Wasservögel zu beobachten, und zeigte ihm beim ersten Morgengrauen die besten Freisitze im Wald, um scheues Wild zu skizzieren. Irgendwann diskutierte Franz mit ihm den Plan, seinen für Herbst geplanten Anatomiekurs an der Damenakadamie auch an privaten Malschulen anzubieten. Überrascht horchte Maria auf.

»Da kann mir die Schnür ganz gewiss nicht die Schüler vergrätzen. Wahrscheinlich finde ich dort auch weitaus mehr Interessenten, denn private Malschulen gibt es mehr als genug. Und meist werden die von zahlungskräftigen Leuten besucht.«

Dem stimmte Niestlé zu. Maria blieb skeptisch.

»Die Leute mit Geld suchen sich gern berühmte Maler als Lehrer. Deinen Namen kennt keiner«, gab sie zu bedenken.

»Noch nicht. Aber irgendwann sollten sie anfangen, sich meinen Namen zu merken. Je eher, desto besser«, erwiderte Franz beleidigt.

Würde sie ihn nicht so gut kennen, hätte sie das als überheblich empfunden. So aber wusste sie, wie er das meinte. Und tief in ihrem Innern beschlich sie das Gefühl, dass er recht hatte: Man sollte sich seinen Namen merken. Da käme noch etwas, womit er von sich reden machte.

Zu gern würde sie das auch von sich behaupten. Auf einmal fühlte sie sich und ihre Kunst jedoch wieder sehr unzulänglich. Sie spürte, wie schwer es ihr fiel, sich auf ihr eigenes Tun zu konzentrieren und ihren persönlichen Weg zu akzeptieren, der zu dem führte, was sie selbst mit ihrer Kunst wollte. Wie aber sollten andere ihre Kunst anerkennen, wenn es ihr nicht einmal selbst gelang?

Während Franz und Niestlé am Seeufer durchs Ried schlichen, um Bartmeisen, Rohrammern oder Teichrohrsänger als Motive aufzuspüren, verbrachte Maria die Zeit mit der Legros. Oft saßen sie stundenlang schweigend nebeneinander auf der Bank an der Hauswand, die Rücken gegen die sonnengewärmte Mauer gelehnt, die Skizzenblöcke auf den Knien, jede in ihre Gedanken oder Zeichnungen vertieft.

Wie von allein begann Maria, den arg lädierten, bunt angemalten Nussknacker auf der Fensterbank zu zeichnen, um den herum sich einige vertrocknete Walnüsse aus dem letzten Jahr sammelten, skizzierte ein anderes Mal ein Stillleben mit dem Vogelbauer vor dem Fenster, in dem der Sittich der Fischerin herumkletterte. Irgendwann schweifte ihr Blick ab, verlor sich im Anblick der Schafe, die auf der Wiese vor der Fischerei weideten. Auf einmal war ihr, als richteten sich die Schafe auf und begannen zu tanzen. Miteinander. Rasch hielt sie die Idee auf einer weiteren Zeichnung fest. Verblüfft bemerkte sie, dass sie ein anderes Mal aus den alten, dicken Kartoffeln im Korb neben der Tür auf ihrem Skizzenblock einen Hirten mit Kartoffelleib inmitten riesiger Kartoffeln mit Streichholzbeinchen und dickbauchiger Schweine gemacht hatte.

Ganz allmählich formte sich die Idee in ihr, aus den verschiedenen Traumgespinsten einen Bilderzyklus zu entwerfen. Bei einem Besuch in Bad Tölz letztens war ihr in der dortigen Buchhandlung ein bunt illustriertes Bändchen für Kinder in die Hände gefallen. Manches davon hatte sie an ihre eigenen Skizzen erinnert, anderes war ihr völlig fremd erschienen. Zu so etwas könnte sich das Ganze entwickeln. Das gefiel ihr. Es verhieß etwas Eigenes. Etwas, das nur sie so sah und malte. Dem sie damit eine unverwechselbare Note verlieh. Und das ihr endlich den lang ersehnten Weg eröffnete, den nur sie beschritt.

Sie war gespannt, was Franz dazu sagte. Seinem steten Zuspruch verdankte sie ihr allmählich wachsendes Selbstvertrauen als Künstlerin. Und seiner leidenschaftlichen Liebe dieses Sommers, dass sie endlich die Muße hatte, zu sehen und zu malen, was sie sah.

Vergnügt beschloss sie, die Szenen, die ihr durch den Kopf geisterten, nach und nach in Farbe auszuarbeiten. Die Mappe könnte sie als Vorschlag bei einem Verlag einreichen. Wenn sie Glück hatte, machten die daraus ein Bilderbuch und sie verdiente endlich eigenes Geld.

»Eine sehr charmante Idee!«, rief die Legros, als sie ihr davon berichtete. In ihrem starken französischen Akzent hörte sich das sogar noch charmanter an. Begeistert begleitete sie Maria, um rund um den Kochelsee, im nahen Moos oder auf der Kohlleite nach weiteren Motiven für solch märchenhaft anmutende Kinderbilder Ausschau zu halten.

Auch nach ihrer Rückkehr nach Lenggries füllte Maria weiter fleißig ihr Notizbuch und die Skizzenblöcke mit Stichworten, Studien und ersten ausgefeilteren Zeichnungen. Auch Franz schien tief in seine Bilderwelten eingetaucht. Selbst als das Wetter zu Herbstbeginn unbeständiger und die Tage kühler wurden, verbrachten sie noch viele Stunden an der frischen Luft, ganz ihrem Malen hingegeben, das sich nun wieder stärker auseinanderentwickelte.

Franz zeigte ihr ein Porträt von Niestlé, auf dem er ihn in seiner typischen Manier mit dem großen Hut, den scharf geschnittenen Gesichtszügen und den feingliedrigen Händen, die schützend einen Vogel umfassten, dargestellt hatte, sowie unzählige Zeichnungen und Studien von Rehen und Pferden, einzelne oder mehrere Tiere zusammen, in Bewegung, liegend oder auf einer Wiese äsend.

Sein wichtigstes Bild dieser Wochen auf dem Land aber

wurde eines von einer Gruppe dicht beieinander stehender fuchsroter Pferde, die er auf einer riesigen Leinwand malte. Jeden Tag schleppte er die mit ins Freie, malte auf der kleinen Wiese bei den Pferden daran, um sie abends über die schmale Stiege im Haus Bacher immer mit in den ersten Stock hinaufzunehmen, obwohl in den Zimmern das Licht nicht ausreichte, um dort weiter daran zu arbeiten.

Das Bild fesselte Maria. Kaum konnte sie sich daran sattsehen. Auf eine faszinierende Art war es real und ebenso der Realität entfremdet. Die Farben waren kühn gewählt, an die Natur angelehnt, ohne wirklich natürlich zu sein. Die vier Tierkörper leuchteten im Abendsonnenschein, ihre Bewegungen, das Schwingen der Köpfe, das Muskelspiel in den Kruppen, die schiere Lebendigkeit der Tiere waren förmlich zu greifen, ebenso der sachte Windzug im gelblichen Gras. Und dennoch war es nicht nur ein reales Abbild dessen, was man draußen sah. Es ging weit darüber hinaus, fand Maria. Franz hatte darin das Wesen der Pferde und der Natur überhaupt erfasst. Als wäre er mit ihnen verschmolzen. Und zugleich hatte er seinem Empfinden bei ihrem Anblick Ausdruck verliehen.

Ein ungeheures Gefühl erfasste sie. Für ihn. Mehr als die Liebe, die sie ihm bislang schon entgegenbrachte. Ihr fehlten die Worte, um es auszudrücken. Stattdessen drückte sie ihn fest an sich. Und wünschte sich nichts sehnlicher, als ganz in ihn hineinzukriechen, um nicht nur auf seinen Bildern mit seinen Augen zu sehen.

Franz selbst war allerdings noch nicht so recht überzeugt von dem Bild.

»Im Atelier werde ich weiter daran arbeiten«, verkündete er und verpackte es geradezu zärtlich für die Heimreise.

Maria hoffte, darin einen Fingerzeig zu sehen, dass er es bewahren wollte, nicht so wie die anderen großen Bilder aus den vorangegangenen Sommern, die er letzten Endes alle zerstört hatte. Dieses Bild war besonders. Sie ahnte, dass er damit auf einmal mindestens zwei Schritte vorausgeprescht war auf dem Weg, den sie eigentlich gerade erst gemeinsam zu beschreiten begonnen hatten.

»Kaum sitzen wir nicht mehr stur Staffelei an Staffelei auf der Lichtung beieinander, malen wir schon wieder jeder ganz im eigenen Sinn«, stellte sie fest.

»Das war doch das, was du immer gewollt hast«, erwiderte er. »Und es ist genau das, was wir tun sollten: jeder in seinem eigenen Sinn malen. Wunderbar, dass es dir in diesem Sommer gelungen ist, etwas zu finden, was nur du so machst. Das du einzigartig machst. Und das dich einzigartig macht.«

»Wunderbar, dass uns beiden das in diesem Sommer gelungen ist.«

Plötzlich fühlte sie sich sehr zufrieden mit dem, was sie in den letzten Wochen hervorgebracht hatte. Das war ungewöhnlich für sie und hing gewiss mit der besonderen Stimmung dieses Sommers zusammen. Und mit Franz' Gegenwart, die sie ganz besonders genossen hatte. Wie auch seine Unterstützung. Als Kollege und als Gefährte.

Wie so oft korrigierten sie nach dem Abendbrot gegenseitig ihre Bilder und resümierten ihre Fortschritte. Beiläufig blätterte er ihre Entwürfe für die Kinderbilder durch, sah sich vor allem an den tanzenden Schafen mit den Streichholzbeinchen fest und begann, mit dem Bleistift einige Linien stärker zu akzentuieren.

»Dann bin ich gespannt, wie das in München wird, wenn jeder wieder sein eigenes Atelier hat und für sich arbeitet.«

Entschlossen nahm sie ihm den Stift aus der Hand und sammelte ihre Blätter ein.

»Ob wir wohl unser ganzes Leben so für uns allein bleiben werden«, fragte er unvermittelt, »ob sich nie ein Kreis von

Gleichgesinnten finden wird, die unsere Ziele, Ideen, Vorstellungen zur Malerei teilen?«

»Wir werden sehen«, antwortete sie, hin- und hergerissen, ob sie das wirklich wollte. Oder überhaupt brauchte. In den langen Jahren an der Akademie und in den verschiedenen Kursen hatte sie von den Professoren und im Kreis der Kommilitoninnen viel gelernt. Das aber hatte sie auch eingeschränkt, ihr Selbstvertrauen als Malerin klein gehalten, wie ihr allmählich klar wurde. Weil sie ständig miteinander verglichen wurden, sich aneinander gemessen hatten. Und nur gezählt hatte, inwieweit sie Vorgegebenes erfüllten. Und es nicht darum gegangen war, Eigenes zu schaffen. Den Weg zu ihrem persönlichen Ausdruck hatte das gründlich versperrt. Den entscheidenden Schub in ihrer künstlerischen Entwicklung hatte sie erst in diesem Sommer, allein mit Franz, erhalten. Jetzt hatte sie vor allem mit den Kinderbildern endlich gefunden, wonach sie immer schon gesucht hatte. Und wagte es, das umzusetzen.

Ging es ihm nicht ähnlich? Hatte er nicht vor Jahren schon der Akademie und den Lehrern und Kommilitonen ganz bewusst den Rücken gekehrt, weil er gespürt hatte, allein auf sich gestellt, besser voranzukommen? Und war ihm das nicht auch spätestens in diesem Sommer gelungen? Hätte er die vier Pferde so gemalt, wie er es jetzt getan hatte, wenn er in Kontakt mit anderen gestanden hätte?

Oder lag es daran, dass sie bislang außer Niestlé und der Legros noch nicht die richtigen Gleichgesinnten, wie er sie nannte, getroffen hatten? Weil sie noch auf niemanden gestoßen waren, der Malerei und Kunst so dachte wie sie? Was aber passierte mit ihnen, wenn das geschähe?

Je länger sie darüber nachdachte, desto mehr wuchs ihre Enttäuschung. So anregend der Austausch mit Gleichgesinnten sein mochte, bedeutete er immer auch eine Störung ihrer Zweisamkeit. Und die hatte sie in Lenggries mehr denn je ausgekostet. Franz ganz für sich zu haben, war ihr Paradies. Ihn brauchte sie wie niemanden sonst. Auch für ihr Malen. Und für ihr Leben.

Dass es ihn ausgerechnet in dem Moment, in dem sie sich auf dem Gipfel dieses Glücks mit ihm wähnte, nach der Gemeinschaft mit Gleichgesinnten verlangte, hieß nichts anderes, als dass sie ihm allein womöglich doch nicht reichte. Seinen Ansprüchen nicht genügte. Als Frau. Und vor allem als Künstlerin.

Bitter.

Sie sollte alles tun, ihn davon zu überzeugen, dass dem doch so war.

Kapitel 17

Nach einer Wiederholung des Lenggrieser Sommerparadieses sah es im folgenden Jahr nicht aus, so sehr Maria und Franz sich auch danach sehnten. Hauptgrund war das fehlende Geld. Lenggries war zu teuer, auch wenn Hans und Rosi ihnen mit der Miete entgegenkamen. Der Ort war bei den Sommerfrischlern aus der Stadt einfach zu beliebt.

Dabei schien es für Franz zunächst durchaus berechtigte Hoffnung auf eine verbesserte Lage zu geben: Dank eines früheren Kommilitonen nahm der renommierte Galerist Franz Josef Brakl sieben kleinere Bilder und Lithographien von ihm für sein Kunsthaus in der Münchner Ludwigsvorstadt in Kommission. Das war zwar noch keine Garantie für einen Verkauf, aber ein wichtiger Schritt, schließlich galt der Name Brakl im Kunstgeschäft viel.

Und es stellte einen wichtigen Trost dar, denn sein Anatomiekurs im Herbst scheiterte kläglich. Nur eine Handvoll Schülerinnen meldete sich an, außerdem ein einzelner Herr. Eugen Esslinger schien zumindest den betuchten Kreisen zu entstammen, auf die Franz gehofft hatte. Erfreulicherweise bestand er auf weiteren Privatstunden, die Franz eine regelmäßige, wenn auch nur geringe Einnahme garantierten. Zusammen mit der Fortführung seines laienhaften Antiquitätenhandels aus dem Vorjahr, einigen Auftragsarbeiten für Annettes textile Werkschule sowie sporadischen Illustrationen für Buchprojekte kam er gerade so über die Runden.

Maria erlitt ebenfalls einen herben Rückschlag. Ausgerechnet während ihres Aufenthalts bei den Eltern, der den besinnlichen Weihnachtsfeiertagen zum Trotz erneut von gegensätzlichen Vorstellungen über ihre Zukunft geprägt war, erteilte ihr der Leipziger Insel Verlag eine Absage für die Kinderbilder. So eindringlich Franz ihr brieflich zuredete, darin keine negative Bewertung ihrer künstlerischen Fähigkeiten zu sehen, empfand sie das doch als äußerst niederschmetternd. So viele Hoffnungen hatte sie in die Mappe mit den eigenwilligen, teils sehr farbenfrohen, teils sehr schlichten Bildern gesteckt. Was sollte jetzt nur werden?

Tagelang verkroch sie sich in ihr Zimmer, kam nur zu den Mahlzeiten hinaus, sprach mit niemandem. Selbst ihre Freundin Janne, die eigens aus Potsdam zu Besuch kam, wahrscheinlich von der Mutter dazu angestiftet, ihr »ins Gewissen zu reden«, musste unverrichteter Dinge abziehen. Maria wollte niemanden sehen. Bis ihr der Vater einen unerwarteten Besuch in ihrem Zimmer abstattete. Und ihr versprach, ein weiteres Jahr ihren Studienaufenthalt in München zu finanzieren. Wenn auch nur mit derselben bescheidenen Summe wie zuletzt. Überglücklich fiel sie ihm um den Hals. Weinte abermals. Weil es sie überraschte, dass er damit gegen den ausdrücklichen Wunsch der Mutter handelte. Und bewies, wie sehr ihm daran lag, sie ihren Weg gehen zu lassen. Trotz allem. Anscheinend sah er ein, dass sie gar nicht anders konnte. Und respektierte das. Ein rührender Beweis väterlicher Zuneigung, ja Liebe. Ihr wurden die Augen feucht. Hastig schluckte sie die Tränen hinunter.

Ebenfalls sichtlich bewegt von ihrer Reaktion erkundigte er sich nach ihren weiteren Plänen, betrachtete ihre Skizzen aus dem Herbst, besah sich sogar die vom Insel Verlag zurückgeschickte Mappe mit den Kinderbildern und lauschte ihren Erklärungen. Erstmals lobte er ihre Arbeiten nicht nur mit dem bislang von ihm stur dafür gebrauchten Adjektiv »ordentlich«, sondern bemühte sich um eine aufrichtige Einordnung in das Wenige, was er über Malerei wusste.

Maria war so perplex über sein ungewohntes Interesse, dass sie ihm fast von Franz erzählt hätte. Das Klopfen an der Tür hielt sie davon ab. Das Dienstmädchen bat zu Tisch.

»Gleich morgen früh fahren wir auf Quartiersuche für den Sommer«, empfing Franz sie bei ihrer Rückkehr am Münchner Bahnhof Anfang Januar in erstaunlich zuversichtlicher Stimmung. Ihr blieb kaum Zeit, in ihrem seit letztem Herbst in der Heßstraße nahe der beiden Pinakotheken angemieteten Atelier umzupacken. Überstürzt stopfte sie warme Wäsche, Wechselkleidung sowie die Malsachen in den großen Rucksack und die Reisetasche, bevor sie nach einer viel zu kurzen, aber liebesschwangeren Nacht zur Bahn aufbrachen.

In den zurückliegenden Tagen hatte Franz sich bereits einige Orte südlich des Ammer- und des Würmsees angesehen, war zu ihrem Entsetzen sogar an einer Unterkunft in Kloster Wessobrunn interessiert. Dann aber hatte ihm jemand zur Gegend südwestlich von Penzberg geraten, ein angeblich malerisches und vom Trubel der Sommerfrischler noch verschontes Örtchen namens Sindelsdorf erwähnt.

»Wenn wir von unserem Tränenhügel in Kochel nordwärts geschaut haben, haben wir es gesehen«, erklärte Franz ihr, sobald sie einander im Waggon auf den harten Holzbänken gegenübersaßen. »Von der Bahnstation in Penzberg laufen wir eine gute Stunde hinüber. Die Züge nach München verkehren mehrmals am Tag. Du kannst also jederzeit einigermaßen passabel von dort in dein Atelier in der Stadt zurück. Und günstig leben lässt es sich dort draußen sowieso, weil man sich direkt bei den Bauern versorgt.«

»Das hört sich an, als wäre es längst ausgemacht.«

Darauf schwieg Franz und wandte sich der vor den Waggonfenstern vorbeirauschenden Winterlandschaft zu.

Es war dieselbe Strecke wie nach Kochel, der Endstation. Dennoch hielt sich Marias Begeisterung zunächst in Grenzen. Dank heftiger Schneeverwehungen brauchten sie von Penzberg weitaus länger als die in Aussicht gestellte Stunde bis nach Sindelsdorf.

Maria war die Gegend zu herb und hügelig, außerdem zu abgeschieden, da man nur zu Fuß oder mit einem eigenen Gespann von der Bahnstation herüberkam. Alles ganz anders als das gar nicht so weit entfernt im Isartal gelegene Lenggries.

Durchnässt bis auf die Knochen und völlig durchgefroren trafen sie in Sindelsdorf ein. Der Ort erschien Maria auf den ersten Blick als reichlich primitiv, weitaus ärmlicher und unterentwickelter als die anderen Orte im bayerischen Oberland, die sie bislang kannte. Zum Glück lag der einzige Gasthof wie üblich nahe der Kirche und war entsprechend schnell zu finden. Rasch konnten sie sich dort trocknen und aufwärmen.

Ebenso schnell wurde ihnen ein Quartier empfohlen, das sie sich nach dem Verzehr einer ausgesprochen köstlichen, heißen Suppe ansahen: drei Zimmer im ersten Stock eines neugebauten Hauses am nördlichen Dorfrand, zu mieten bei Josef Niggl, einem jungen Schreinermeister, und seiner Frau Afra. Die Familie der beiden wuchs rasant, deshalb waren sie für jede zusätzliche Mark froh, die sie durch die Miete einnahmen.

»Das ist es!«, rief Franz begeistert, nachdem sie die spärlich möblierten Zimmer, zwei nach Norden, eins nach Süden, besichtigt hatten. Den hellen, zugigen Speicherraum direkt darüber konnten sie noch dazubekommen, wenn sie wollten. Und das zu einem akzeptablen Preis für den gesamten Sommer.

So sehr Maria die Ausstattung der Räume widerstrebte – fast nichts davon entsprach ihren eigenen Vorstellungen, war aber zumindest zweckmäßig –, willigte sie doch ein. Besser und günstiger als in der Stadt war es allemal. Außerdem würde sie hier wieder ungestört mit Franz arbeiten und leben können. Die Schreinerleute scherten sich nicht darum, ob sie verheiratet waren oder nicht. Und München war weit genug weg, um es dort nicht an die große Glocke zu hängen.

Ohnehin ging es nur um einen Sommer. Danach würde man sehen, wie es sich weiterentwickelte. Mit ihnen und ihren Heiratsplänen. Und mit ihrer beider Malerei.

Der letzte nasse, schwere Schnee hatte im Frühjahr die Wiesen des Oberlands in sumpfige Auenlandschaften verwandelt, als Maria und Franz schwer bepackt mit großen Rucksäcken und Taschen hinauszogen. Begleitet von ihren neuen Gefährten, der dreifarbigen Katze Rudi und dem riesigen weißen Hund Russi, der Franz' Eltern gehört hatte. Seit das große Haus in Pasing vermietet worden und Franz' Mutter in eine Pension nach München gezogen war, lebte Russi bei Franz und wich ihm nur von der Seite, wenn Maria in der Nähe war. Katze Rudi hatte sich bei Maria in der Heßstraße eingenistet. Eines Tages hatte sie dort einfach vor ihrer Ateliertür gesessen und war hartnäckig hocken geblieben, bis Maria sich ihrer erbarmt und sie zu sich hereingelassen hatte. Seither gehörten sie zueinander. Jetzt trug Maria Rudi in einem Korb, Russi sprang ihr und Franz aufgeregt zwischen den Beinen herum, als ob er spürte, dass etwas Neues für sie alle begänne.

Die Zweisamkeit, wie sie sie in Lenggries erlebt hatten, war in Sindelsdorf ein für alle Mal vorbei. Nicht vorbei war die Produktivität, die sie beide erfasste, kaum waren die Rucksäcke ausgepackt und die Malutensilien zurechtgelegt. Solange das Wetter noch nass und ungemütlich war, arbeiteten sie tagsüber im Haus. Franz requirierte wie vereinbart den Speicher für sich, staffierte ihn mit einem zerschlissenen Teppich, einem abgestoßenen Tisch und einem durchgesessenen Diwan halbwegs wohnlich aus. Treu leistete Russi ihm dort oben tagsüber Gesellschaft.

Von morgens in der Früh bis zum Nachmittagstee stand Franz an der Staffelei, gegen die Eiseskälte in den dicken Pelzmantel gehüllt, auf dem Kopf die voluminöse Pelzmütze, an den Füßen selbstgeflochtene Strohschuhe, zwischen den Lippen eine Zigarre oder Pfeife. Ein Wunder, dass er in der Montur malen konnte. Aufzuwärmen pflegte er sich mit dem warmen Mittagessen, das Maria für sie beide kochte.

Zum Malen richtete sie sich im ersten Geschoss das einzige nach Süden gelegene Zimmer her, die beiden anderen Räume dienten ihnen als Wohn- und Schlafzimmer.

Von ihren regelmäßigen Besuchen in der Stadt brachte Maria aus dem Atelier immer wieder Nachschub an Decken, Kissen, Wandbehängen und einige der »schönen Sächelchen« mit, die Franz und sie so liebten und in den letzten Jahren auf der Auer Dult, bei Ausverkäufen oder in Antiquitätengeschäften erstanden hatten. Damit gestaltete sie das Sindelsdorfer Quartier nach ihrem Geschmack um.

»Du hast ein gutes Händchen dafür, aus der nüchternsten Ödnis ein echtes Zuhause für uns zu machen«, schwärmte Franz.

»Wenn wir doch endlich auf Dauer ein gemeinsames Zuhause hätten und uns nicht mehr verstecken müssten.« Maria seufzte.

Franz verstand, was sie deprimierte. Zärtlich nahm er sie in die Arme und küsste die Tränen auf ihren Wangen weg. Obwohl sie nicht mehr oft darüber sprachen, dachten sie beide an den nach wie vor ausstehenden Dispens von der Schnür, damit sie endlich heiraten konnten.

Und eigene Kinder haben! Der Anblick der schon jetzt fünfköpfigen Vermieterfamilie und der hochschwangeren Schreinersfrau hatte ihnen kurz nach dem Einzug jäh vor Augen geführt, was sie sich inzwischen noch mehr wünschten als die längst überfällige Heirat: gemeinsame Kinder. So familiär sich das Leben mit Hund und zwei Katzen entwickelte – zu Rudi hatte sich inzwischen noch die schwarzweiß gefleckte Hanni aus dem Dorf als Gefährtin gesellt –, war es auf Dauer kein Ersatz für eine richtige Familie. Aber ohne offiziellen Trauschein und eigentlich auch ohne gesicherte regelmäßige Einkünfte war nicht daran zu denken.

Bald schon flutete die Frühlingssonne Marias Südzimmer und heizte es auf. Auch die Katzen Rudi und Hanni wussten das zu schätzen. Behaglich räkelten sie sich auf dem sonnenwarmen Holzboden zu ihren Füßen. Ein besonderes Licht erfüllte den Raum. Maria kam das beim Malen sehr zupass. Licht und Helligkeit wurden in diesem Frühjahr und Sommer wieder die beherrschenden Themen ihrer Arbeiten, kombiniert mit einer noch stärkeren Lust an kräftigen Farben und einem entschlosseneren Pinselstrich als im Vorjahr. Mit neuem Interesse wagte sie sich an die Darstellung von Tieren, die sie bislang Franz überlassen hatte. Mehrfach zeichnete sie die aufgeplusterten Spatzen auf dem Balkongeländer oder die Katzen beim Räkeln auf dem Boden.

Bei ihren täglichen Spaziergängen mit Franz und Russi nach dem Tee saugte sie die hügelige Landschaft in sich auf, entdeckte nach und nach den versteckten Liebreiz der Gegend zwischen dem Sindelsbacher Filz und der Loisach, genoss die malerischen Wanderwege durch die Moorlandschaft nach Benediktbeuern im Osten oder Schlehdorf und Kochel im Süden. Und in der Ferne die im blauen Dunst aufragende Alpenkette.

Licht und Farben wechselten vor diesem Panorama so einzigartig, dass sie allmählich begriff, warum Franz genau in diesen Winkel gewollt hatte.

»Es sollte nicht Oberland, sondern blaues Land heißen«, sagte er einmal versonnen.

Blaues Land – das gefiel ihr.

Sobald die Witterung es zuließ, zogen sie auch in Sindelsdorf wieder morgens direkt nach dem Frühstück zum Malen hinaus. Franz konzentrierte sich auf die Pferde auf der nah am Haus gelegenen Weide, auf Rehe am Waldsaum oder die Katzen im Hof. Auch Russi porträtierte er immer wieder, zeichnete eines Abends sehr einfühlsam, wie der Hund von einem Hügel aus in die weite Landschaft blickte.

»Viel zu selten denken wir darüber nach, wie die Tiere die Welt sehen«, erklärte er Maria, als er ihr das Blatt vorlegte. »Dabei wäre es doch spannend, sich einmal genauer damit zu beschäftigen, ob sie sie überhaupt so wahrnehmen wie wir.«

»Vorerst reicht es mir, mich damit zu beschäftigen, die Welt so, wie ich sie wahrnehme, darzustellen.«

Tagelang arbeitete sie an einem Bild, das den einladend offenen Hauseingang mit nachlässig löchrigem Gartenzaun zeigte. Breit setzte sie die Pinselstriche an, erzeugte durch den großzügigen Schwung eine auffallende Lebendigkeit. Sie experimentierte mit den verschiedensten Gelb- und Grüntönen, um das sonnige Leuchten der Farben einzufangen, wählte die verschiedenen Nuancen von Blau, um das Spiel von Licht und Schatten detailliert widerzuspiegeln, und verlieh dem Weiß der Wände und des Wegs durch das Beimischen dezenteren Blaus ganz neue Dimensionen.

Selbst ihr strenger Lehrmeister Franz zeigte sich begeistert von dem Resultat.

»Gleich möchte man eintreten und sich heimisch fühlen.«

»Was ist los? Schon zum zweiten Mal in kürzester Zeit bist du zufrieden mit mir«, spottete sie.

Erst einige Tage zuvor hatte er sie überschwänglich gelobt, als ihr Entwurf eines Fächers vom Münchner Künstlerinnen-Verein prämiert worden war. Zum ersten Mal erhielt sie einen Preis für eines ihrer Werke und damit eine offizielle Anerkennung für das, was sie tat. Voller Stolz war sie in die Stadt gefahren, um die Auszeichnung entgegenzunehmen. War das der Durchbruch? Hatte sie es jetzt tatsächlich geschafft? Wieder und wieder sah sie sich die Urkunde an und freute sich auf den Moment, in dem sie sie den Eltern – vor allem ihrer Mutter – vorlegte.

Die Gelegenheit dafür ergab sich bald. Maria fuhr zur Verlobung ihres Bruders nach Berlin. Die Trennung von Franz, obwohl nur vorübergehend, fiel ihr schwer wie noch nie. Ihm schien es ähnlich zu gehen. Den ganzen Abend vor ihrer Abreise saß er bei ihr in der Kammer und beobachtete sie beim Packen.

»Selbst mein jüngerer Bruder heiratet jetzt also schon vor mir. Meine Mutter wird mir vorhalten, dass ich den richtigen Zeitpunkt für ein bürgerliches Dasein mit Heirat und Familie endgültig verpasst habe. Ihr erklärter Favorit für mich, Doktor Hilstein, hat unlängst ebenfalls seine Verlobung angekündigt.«

»Dann wird es höchste Zeit, dass ich bei deinen Eltern offiziell um deine Hand bitte.«

»Das wirst du auf keinen Fall tun.«

»Warum nicht? Willst du mich jetzt etwa nicht mehr? Willst du etwa doch noch um diesen langweiligen, rothaarigen, dickbauchigen Regierungsrat mit Doppelkinn kämpfen und ihn seiner Braut ausspannen? Ist dir seine Beamtenpension wichtiger als meine Liebe? Du weißt, wie sehr ich dir verfallen bin. Ohne dich …«

»Hör bitte auf mit dem Unsinn«, unterbrach sie ihn.

Plötzlich war sie wütend. Verspottete er sie etwa? Begriff er nicht, was das für sie bedeutete? Wie kam er überhaupt auf die absurde Idee? Sie musste an sich halten, um ihn nicht allzu grob zurechtzuweisen.

»Was willst du ihnen sagen?«, brach es dann doch aus ihr heraus. »Dass du mich zwar gern heiraten würdest, aber nicht kannst, weil du geschieden bist und deine ehemalige Gattin mich als Ehebrecherin bezeichnet und uns den Dispens verweigert? Und das aus Sicht des Gerichts völlig zurecht, denn wir beide teilen uns schon lange Tisch und Bett, wie jeder in München weiß. Bestimmt werden meine Eltern vor Freude jauchzen. Und wenn sie dann noch hören, dass du Künstler ohne festes Einkommen und ohne nennenswerte Erfolge bist, werden sie dich sofort als Schwiegersohn in spe in ihr Herz schließen. Die Freude würde wohl nur noch davon übertroffen, wenn ich ihnen mitteilte, schwanger zu sein, bevor wir verheiratet wären, ja sogar solange überhaupt in den Sternen steht, ob wir das jemals sein werden.«

Franz senkte den Kopf. Schwieg.

Schon bereute sie ihre Worte wieder. Nichts wollte sie doch selbst lieber, als ihn mit zu den Eltern nehmen und ihn ihnen endlich als ihren zukünftigen Mann vorstellen, dessentwegen sie sich seit Jahren allen ihren Vorschlägen verweigerte! Weil sie ihn über alles liebte und deswegen keinen anderen heiraten konnte. Und eines Tages Kinder mit ihm haben wollte. Nur mit ihm. Mit niemand anderem sonst.

Sie fiel ihm um den Hals, liebkoste ihn unter Tränen, bis ihr der Atem wegblieb.

»Wir werden heiraten, mein Lieb«, erklärte er. Seine Stimme klang ungewöhnlich entschlossen. »Die Schnür kann sich nicht ewig querstellen. Ich werde einen Anwalt auftreiben, der uns hilft, einen Weg aus dem Dilemma zu finden. Dann feiern wir ganz groß Hochzeit, damit alle Welt sieht, dass wir beide zusammengehören und uns nichts und niemand mehr trennen kann.

Und wir fangen sofort an, Kinder zu zeugen, damit unser Glück vollkommen wird.«

Unerwartet blieb Maria bei ihrem Familienbesuch in Berlin von den Fragen der Eltern und der weiteren Verwandtschaft nach ihrer Zukunft verschont. Zu sehr waren sie mit Wilhelms Verlobung mit Hertha, dem Kennenlernen der aus Ostpreußen stammenden Braut nebst deren Familie und dem geplanten Leben des Paares auf dem Landgut in Gendrin beschäftigt. Selbst Wilhelm sprach seine Schwester kein einziges Mal auf Franz an, dabei kannte er seit dem vorletzten Sommer als Einziger aus der Familie ihr Geheimnis.

Auch dieses Mal wunderte sich Maria, dass niemand auffiel, wie häufig sie von Franz Post erhielt. Das Heimweh nach ihr, das er ihr in seinen abermals fast täglich eintreffenden Briefen en détail ausmalte, nährte ihr Verlangen nach ihm, ihrem geliebten Rittersporn. Als er ihr schrieb, die Schreinersfrau habe zu aller Überraschung Zwillinge geboren, noch dazu ein Mädchen und einen Jungen, wäre sie am liebsten sofort wieder zu ihm gereist.

Franz hatte dem Brief eine Zeichnung der beiden neuen Erdenbürger beigelegt. Das Herz quoll ihr über, als sie die entzückenden Gesichter der Schlafenden und ihre zu niedlichen Fäusten geballten Händchen betrachtete. Aus jedem Strich, mit dem er die Kinder porträtiert hatte, sprach die Sehnsucht, mit dem er sich dasselbe Glück für sie beide wünschte.

Genauso ging es ihr auch.

Umso schwerer fiel es ihr, die letzten Tage in Berlin auszuhalten. Dabei war Wilhelms Verlobungsfest sehr gelungen, sehr vornehm, aber auch sehr harmonisch. Die Eltern waren gerührt, der Bruder überglücklich und seine Braut wundervoll. Dennoch bestieg Maria nach vierzehn Tagen mindestens ebenso glücklich wie die beiden den Zug zurück nach München, von wo aus sie am nächsten Tag nach Penzberg fahren wollte, um von dort nach Sindelsdorf zu laufen.

Trotz allen Wünschens blieb es dabei, dass eine Heirat für sie und Franz und damit auch die Gründung einer Familie in weiter Ferne lag. Die Schnür blieb stur, wahrscheinlich, so mutmaßte Maria, weil sie nach der Scheidung nicht nur Franz, sondern inzwischen auch den Lehrauftrag an der Damenakademie verloren hatte. Die konservativ eingestellten Vertreterinnen des Künstlerinnen-Vereins wollten keine geschiedene Frau als Dozentin beschäftigen. So blieben ihr lediglich die Illustrationen für den Simplicissimus und einige andere Blätter, um sich durchzubringen. Ihr kleiner Sohn lebe weiter bei der Pflegefamilie in Norddeutschland, erfuhr Maria von Dörte. Während ihres kurzen Zwischenstopps in München saßen sie zusammen im Café Luitpold, gönnten sich ein Glas hausgemachte Zitronenlimonade und ein Stück Luitpoldtorte und tauschten sich über Neuigkeiten aus.

»Ich höre an der Damenakademie auf«, verkündete Dörte feierlich.

»Heiratest du etwa Hubert?«

»Bin ich verrückt? Mit dem bin ich fertig. Der geht zurück nach Freising, in die Papierwarenhandlung seiner Familie. Ist auch besser so. Er ist nicht nur ein mittelloser, sondern auch noch ein talentloser Künstler, wie ich inzwischen weiß. Und im Bett absolut leidenschaftslos. Nicht so wie dein Franz.«

Sie warf Maria einen frechen Blick zu, dann brach sie in schallendes Gelächter aus, vermutlich aufgrund Marias Erröten ihrer Anspielung wegen.

Verwundert betrachtete Maria die Freundin. Obwohl sie sich seit Jahren kannten, wusste sie wenig von ihr, wie ihr in dem Moment auffiel. Zu eng waren sie nie miteinander gewesen, selbst nach ihrer Erkrankung vor zwei Jahren, als Dörte ihr so aufopferungsvoll beigestanden hatte.

»Ich trete eine Stellung an.«

»Als Lehrerin?«

»Gott bewahre!« Dörte brach in schallendes Gelächter aus. »Das ist nichts für mich. Ich plage mich doch nicht mit den ungezogenen Gören anderer Leute herum.«

Sie schüttelte den Kopf.

»Was hast du dann vor?«

»Ich gehe zurück in meine Heimatstadt Düsseldorf und fange in einer Galerie an. Ist das nicht großartig? Den ganzen Tag werde ich mit Kunst zu tun haben. Neuer Kunst. Und erhalte sogar noch Geld dafür. Malen kann ich, wenn ich unbedingt will, trotzdem. Wer weiß, vielleicht reicht es eines Tages sogar, um als Künstlerin Erfolg zu haben. Beste Kontakte zu einer Galerie habe ich dann ja.«

»Gratuliere.«

Maria war perplex. An eine solche Beschäftigung hatte sie noch nie gedacht. Eine hervorragende Idee! Damit ließ sich die Leidenschaft für die Kunst und die Notwendigkeit, Geld zu verdienen, aufs Beste verbinden. Und als Frau selbstständig leben. Wenn es ihr auch leidtat, nach Janne nun auch Dörte aus München weggehen zu sehen.

»Wir bleiben in Kontakt.«

»Natürlich! Wie sieht es bei dir aus? Wird Franz dich wenigstens heiraten, wenn ihr beide schon …«

»Wenn wir beide schon was?«

Verärgert fuhr Maria auf.

Dörte wich zurück.

»Tut mir leid, ich muss zum Zug. Wir schreiben uns. Meine Adresse hast du«, entschuldigte Maria sich hastig und eilte davon.

Die Zwillinge ihres Sindelsdorfer Vermieterpaares ließen Maria keine Ruhe. Ohnehin konnte sie der munteren Kinderschar der Niggls kaum entgehen. Das Toben der drei Größeren war untertags überall im Haus zu hören, das Weinen der Kleinen durchschnitt die nächtliche Stille, bis die Mutter endlich aufwachte und sie an die Brust legte, einen nach dem anderen.

Marias Skizzenblock quoll über von Zeichnungen ihres Spielzeugs, Studien der winzigen Händchen, lachenden Gesichter und ihres kindlichen Seins. Ebenso begann sie wieder, Kinderszenen ähnlich denen aus dem vergangenen Jahr zu entwerfen, trug sich bald mit dem Gedanken, eine neue Mappe bei einem anderen Verlag einzureichen.

Franz ermutigte sie. Überhaupt wurde er ihr eine immer größere Stütze. Einfühlsam und verständig wie nie. Sindelsdorf schien ihn nicht nur künstlerisch zu inspirieren. Auch seine Gefühle für sie wurden noch stärker. Mehrfach am Tag trat er zu ihr, nahm sie unvermittelt in den Arm, küsste sie und beteuerte ihr seine Liebe. Brach einer von ihnen für einen Tag in die Stadt oder woandershin auf, tat er, als müssten sie sich für lange Zeit trennen, und feierte das Wiedersehen bei der Rückkehr wie ein Fest. Des Nachts verwöhnte er sie mit seiner Leidenschaft aufmerksamer und zärtlicher denn je.

Maria begann, ihn »Klippschiefer« zu nennen, nach dem kleinen afrikanischen Tier, das einem Murmeltier ähnelt. Der Begriff war irgendwann einmal zwischen ihnen gefallen. Sie wusste nicht mehr zu sagen, wie sie darauf gekommen waren, ob er ihnen in einem Märchen oder einem anderen Text begegnet war. Wie ein Märchenwesen erschien Franz ihr gelegentlich. War es nicht zu schön, dass sie ihn hatte, liebte und mit ihm arbeitete, so wie er sie hatte, liebte und mit ihr arbeitete, Tag für Tag? Und das ungestörter und inniger als je zuvor?

Die Zeit in Sindelsdorf war mindestens so produktiv wie die in Lenggries im letzten Jahr. Beide suchten sie sich stärker ihre eigenen Motive – Franz die Tiere, Maria Stillleben und Kinder –, befeuerten sich gegenseitig umso eindrücklicher, jeder auf seine Weise mit Formen, Farben, Materialien und ihren Themen umzugehen.

Besonders stolz war Maria auf den Einfall, einen Apfelkorb im Gras nicht aus der sonst üblichen Frontansicht sondern von oben aus der Vogelperspektive zu malen. Und den Korb nicht ins Bildzentrum, sondern an den linken oberen Bildrand zu rücken, einzelne rotbackige Äpfel daneben willkürlich im grünen Gras zu verteilen. Wie zufällig herausgekullert. Der Kontrast von Rot und Grün brachte die natürlichen Farben der Äpfel zum Leuchten, die ungewohnte Anordnung verlieh dem Ganzen Lebendigkeit.

»Eine völlig neue Sicht auf die Dinge«, lobte Franz.

»Und auf die Natur«, ergänzte sie, rundum zufrieden mit dem Ergebnis ihrer Arbeit. Und angenehm überrascht, ausgerechnet in diesem Sommer an diesem Ort so weit gekommen zu sein. Nie hätte sie damit gerechnet, als sie im Frühjahr zum ersten Mal in Sindelsdorf gewesen waren.

»Sindelsdorf ist unser großes Glück«, sagte sie zu Franz. »Hier haben wir unsere Malerei endgültig gefunden.«

»Und uns.«

Versonnen lächelnd nahm er sie in den Arm.

Ohne es noch einmal offen auszusprechen, waren sie sich einig, im nächsten Jahr genau so weiterzumachen. Mit ihrer Kunst. Und ihrer Zweisamkeit. Natürlich an diesem Ort.

»Niggl ist einverstanden. Über den Winter können wir in den Räumen alles so belassen, wie es ist, und im neuen Jahr zurückkehren, wann immer wir wollen. Niemand anderer wird die

Zimmer zwischenzeitlich bewohnen«, verkündete Franz eines Morgens.

»Großartig! Am besten bringe ich dann beim nächsten Mal meine hübsche Kommode für meine Wäsche mit. Und den Sessel aus deinem Atelier, in dem du so gern zum Lesen sitzt, solltest du auch herschaffen lassen.«

»Das klingt, als wolltest du dich dauerhaft hier einrichten.«

»Warum nicht? Unsere Ateliers in der Stadt haben wir kaum genutzt. Sie über Monate leer stehen zu lassen, können wir uns auf Dauer nicht leisten.«

»Du kannst dir also vorstellen, mit mir zusammen hier auf dem Land …?«

»In jedem Fall werde ich meinen Eltern an Weihnachten reinen Wein einschenken. Es wird Zeit, dass sie erfahren, wie ich schon seit Langem in München lebe. So, wie ich es für richtig halte: mit dir zusammen.«

Kapitel 18

Die Ankündigung für die erste Ausstellung der Neuen Künstlervereinigung München sprang Maria und Franz schon von Weitem ins Auge. Die Plakate hingen an nahezu allen Litfaßsäulen der Stadt: abstrakte, auffällige Formen in kräftigen Farben, die von dem blauschwarzen Hintergrund besonders abstachen. Die Namen der ausgestellten Künstler sagten ihnen wenig. Sie klangen überwiegend russisch und wirkten damit umso geheimnisvoller. Neugierig gingen sie zur Galerie Thannhauser.

Und waren von dem, was sie dort entdeckten, elektrisiert.

»Das ist es!«

Wie vom Donner gerührt blieb Franz stehen, drehte sich mit leuchtenden Augen einmal um die eigene Achse, bevor er langsam und hochkonzentriert durch die Räume der Galerie schlenderte.

Für die nächste Stunde war er nicht ansprechbar. Bild für Bild saugte er geradezu hungrig auf.

Maria bemühte sich, zurückhaltender zu reagieren, obwohl auch sie schon vom ersten Blick auf die Ausstellung vollends gefesselt war. Und ahnte, dass dieser Galeriebesuch Folgen für ihr und Franz' weiteres Schaffen haben würde. Dennoch versuchte sie, in aller Ruhe einzusortieren, was sie da vor Augen hatte: eine regelrechte Explosion der Farben und Formen! Ein revolutionärer, kühner und absolut freier Umgang mit ihnen, egal, wohin sie schaute, egal, welches Bild von welchem Künstler sie betrachtete.

Vor Staunen war sie sprachlos. Die Leuchtkraft und Farbigkeit der Bilder beeindruckte sie. Die war ihr fremd und vertraut zugleich. Vor allem nach dem vergangenen Sommer in Sindelsdorf. Hatten Franz und sie seither nicht einen ähnlichen Weg eingeschlagen?

Auf einmal taten sich für sie schier unerschöpfliche Möglichkeiten auf. Sie musste daran denken, wie Franz sie nach dem Aufenthalt in Lenggries im vorletzten Herbst gefragt hatte, ob sie wohl immer so für sich und ganz ohne Gleichgesinnte bleiben würden. Danach sah es nun nicht mehr aus. Hier schienen sie auf die von Franz bislang vermissten Gleichgesinnten zu treffen, die ähnlich dachten und arbeiteten wie sie.

Dennoch bremste sie Franz, als er ihr verkündete, umgehend die Künstler der Neuen Künstlervereinigung persönlich kennenlernen zu wollen.

»Lass uns abwarten, ob das, was wir hier sehen, wirklich Bestand hat. Auch für uns und unsere Kunst.«

Sie war erleichtert, als er ihr ohne langes Zögern zustimmte. Obwohl er keinen Hehl daraus machte, wie begeistert er war.

Etwas in ihr riet ihr zur Vorsicht, auch wenn sie nicht genau benennen konnte, was. Fürchtete sie etwa die Konkurrenz mit den unbekannten Kollegen? Dass sie gegen sie vor Franz nicht bestünde? Oder von ihnen von ihrem gerade eingeschlagenen eigenen Weg wieder abgebracht würde? Hatte sie so wenig Vertrauen in sich und ihr Schaffen, das sie sich nach Lenggries endlich erobert hatte?

Wenn sie doch nur wüsste, wer Wassily Kandinsky, Alexej von Jawlensky, Wladimir Bechtejew, Marianne von Werefkin oder Gabriele Münter und all die anderen waren! Männer und Frauen, wie sie mit einer gewissen Genugtuung feststellte. Wenn auch nicht ganz im ausgewogenen Verhältnis, aber immerhin. Weder sie noch Franz hatten bislang auch nur von einem von ihnen gehört. Doch sie waren nicht in die üblichen Münchner Kreise, insbesondere nicht in die sogenannte Bohème, eingebunden, hatten in den letzten beiden Jahren wegen der monatelangen Aufenthalte auf dem Land keine neuen Kontakte geknüpft. War es nicht an der Zeit, das zu ändern? Vor allem angesichts dieser Bilder, die sie derart gefangen nahmen?

Inzwischen konnten sie mit mehr Selbstbewusstsein auf Kollegen zugehen. Franz stand kurz vor seiner ersten Einzelausstellung im Kunsthaus Brakl, wie sich zwischenzeitlich ergeben hatte, zwar nur dank der Intervention eines früheren Studienkollegen, aber immerhin. Und sie hatte bereits an Verkaufsausstellungen der Künstlerinnen-Vereinigung teilgenommen und eine erste Auszeichnung erhalten. Das galt etwas in informierten Kreisen.

Trotzdem hielt sie es für verfrüht, wenn Franz die Kollegen jetzt schon anspräche. Er war so schnell zu begeistern. Und ebenso schnell zu enttäuschen.

Deshalb hielt sie es für besser, sie traten erst einmal wieder einige Schritte von den Eindrücken zurück. Redeten mit etwas mehr Abstand in aller Ruhe darüber. Und bedachten die möglichen Auswirkungen auf ihre Arbeit.

Außerdem sollten sie beobachten, was die ausgestellten Künstler in der nächsten Zeit noch täten.

Und dann sollten sie überlegen, ob und wie sie in Kontakt zu ihnen kommen wollten. Vor allem, was sie sich konkret davon versprachen. Und wie es danach weitergehen sollte. Für sie. Und ihre Arbeit. Und die anderen.

Die Eindrücke und Gedanken zu der Ausstellung nahmen sie auch über die Feiertage in Beschlag. Kaum hielt sie es in Berlin aus, das ihr plötzlich als »hässliche Stadt« erschien, »an Körper und Geist hässlich«, wie sie an Franz schrieb. Dort die wohlerzogene Tochter zu spielen, die die von ihren Eltern zu Weihnachten und Silvester eingeladenen Gäste artig begrüßte und gekonnt unterhielt, behagte ihr noch weniger als sonst.

Dabei hatte der ständige Trubel in ihrem Elternhaus durchaus seine Vorteile: Die Mutter und der Vater reagierten erstaunlich gelassen, als sie ihnen bei einem der wenigen Essen, die sie kurz nach Neujahr nur zu dritt einnahmen, endlich von Franz erzählte und ihnen im selben Atemzug eröffnete, ihn heiraten zu wollen.

»Ein Maler wie du? Und sein Vater war ebenfalls schon Maler?«, erkundigte sich der Vater zwar, doch die Mutter schien gleich überraschend beruhigt: »Schon auf den Königsschlössern hat der Vater gemalt? Und stammt aus einer alteingesessenen Münchner Familie? Das hört sich vielversprechend an.«

»Wie schön, dass er dir bereits einen Antrag gemacht, also ernste Absichten bekundet hat.«

»Bleib dennoch auf der Hut, mein Kind.« Mit einem mahnenden Blick legte ihr die Mutter die Hand auf den Arm, drückte ihn. »Als Frau bist du immer in der schwächeren Position. Nach wie vor hast du einen Ruf zu verlieren. Auch wenn er dir schon sein Wort gegeben hat.«

»Außerdem hätten wir ihn gern kennengelernt, bevor er dich um deine Hand gebeten hat. Und natürlich eine offizielle Verlobung mit euch gefeiert«, schaltete der Vater sich abermals ein.

»Maria geht auf die vierunddreißig zu. In dem Alter verzichtet man auf allzu rauschende Festivitäten zu dem Anlass«, stellte die Mutter so eilig klar, dass Maria ahnte, wie unangenehm es ihr in Wahrheit war, viel Aufhebens um die in ihren Augen längst überfällige Verlobung zu veranstalten. Doch sie war selbst zu schnell abermals von anderem beansprucht, um sich lange über die Bemerkung zu ärgern.

Am nächsten Tag schickte Franz ihr einen Brief, dessen unruhige Schrift verriet, wie aufgeregt er war. Weil schon wieder etwas geschehen war, das sein bisheriges Sein gründlich durcheinander wirbelte. Und ihres damit auch.

In seinem Atelier habe er unerwarteten Besuch erhalten, berichtete er. »Von drei jungen, elegant gekleideten und ihrem Auftreten nach sicherlich sehr vermögenden Herren.« Zuvor hätten sie bei Brakl – »unter dem Tisch!«, wie er verärgert hinzufügte – zwei Lithographien von ihm entdeckt, die Pferde und die badenden Frauen aus dem vergangenen Sommer. Die hätten sie auf Anhieb begeistert. Trotz ihrer Bitte aber habe Brakl ihnen nicht mehr von ihm zeigen wollen, sondern die Arbeiten anderer Künstler ins Spiel gebracht. Und das, obwohl er inzwischen doch einiges von ihm in der Galerie an Arbeiten vorrätig habe! Und ihn demnächst sogar ausstelle. Sogar in einer Einzelschau. Glücklicherweise hätte Brakls Getue die Herren erst recht angestachelt, ihn kennenlernen zu wollen, und so hätten sie sich in sein Atelier aufgemacht.

An seinen Plastiken hätten sie auf Anhieb Gefallen gefunden und seine Bilder geradezu überschwänglich begrüßt.

Die drei seien ebenfalls Maler, bevorzugten ebenfalls Helligkeit und Farbe »so wie wir!«. Cézanne sei »ihr Gott!«, wie er mit weiterem Ausrufezeichen vermerkte. Zwei von ihnen seien Cousins: August und Helmuth Macke. Der Vater des dritten, der offenkundig bewusst seinen Namen verschwiegen habe, besitze eine große Sammlung in Berlin mit van Gogh, Cézanne und weiteren Franzosen der Moderne. Und das Wichtigste: sie hätten ihn zu sich nach Tegernsee eingeladen, wo sie derzeit lebten.

Da fahren wir hin!, beschloss Franz seine Zeilen. *Von dir und deinen Arbeiten habe ich ihnen auch erzählt. Dich wollen sie ebenfalls kennenlernen. Je eher, desto lieber. Komm so schnell wie möglich her, damit wir zusammen zu ihnen fahren.*

Das wollte Maria. Sofort.

Maria freute sich, zu lesen, wie selbstverständlich es ihm war, den anderen auch von ihr und ihrer Kunst zu erzählen. Sie arbeiteten miteinander. Sie gehörten zusammen. Auch wenn jeder ein eigenständiger Künstler war. Das hatten sie oft genug besprochen.

Wenn sie doch nur schon wieder bei ihm wäre! Sie verzehrte sich nach ihm, schlief nachts kaum und ertrug tagsüber nur schwerlich das Geplauder um sich herum. Dass Franz ihr nun en détail von dem Besuch erzählt hatte, gab ihr den Rest. So gern wäre sie dabei gewesen! So viele Fragen taten sich für sie auf: Waren die drei jungen Herren die Gleichgesinnten, nach denen er suchte? Wie sahen ihre Bilder und sonstigen Arbeiten aus? Wie wirkte sich ihr vermutlich vermögender Hintergrund auf ihre Kunst aus? Ob sie wirklich zu Franz passten? Ihm das bieten konnten, was er sich erhoffte? So schnell war er Feuer und Flamme, wie sich gerade wieder zeigte. Sie bangte um ihn.

Und was war mit der Neuen Künstlervereinigung? Deren Bilder hatten sie wenigstens schon gesehen, Franz nach ihrer Abreise sogar noch einige Male ohne sie. Sollten sie jetzt überhaupt noch versuchen, deren Mitglieder zu kontaktieren, um herauszufinden, wie sie sich zu ihnen fügten?

Wie ging es mit Franz und ihr dann weiter? Wie wirkte es sich auf ihre Zweisamkeit aus, auf ihr gemeinsames Arbeiten, wenn sie sich enger an andere Künstler banden? Wenn er endlich die ersehnten Gleichgesinnten hatte, nachdem er sich so lange isoliert, von anderen mit dem, was er wollte und tat, nicht verstanden gefühlt hatte? Gleichgesinnte Männer, die über

Kunst und Malerei ebenso dachten wie er, ebenso arbeiteten wie er? Würde Maria gegen sie bestehen? Würde ihre Malerei mit der der anderen mithalten? Standen sie ebenso offen wie Franz Malerkolleginnen gegenüber?

Und würde es auch ihre Liebe aushalten, wenn sie sich mit mehr Menschen im Austausch befänden?

Tief in ihrem Innern spürte Maria Beklommenheit. Ähnlich hatte sie kurz vor Weihnachten in der Ausstellung bei Thannhauser empfunden. Sie konnte es sich nicht verhehlen: Sie war eifersüchtig. Fürchtete die Konkurrenz. Um Franz. Und in der Kunst.

Auf einmal stürmte alles zugleich auf sie ein. So verheißungsvoll die Aussichten waren, als so beängstigend empfand sie sie. Alles konnte sich ändern. Womöglich schnell. Und sie und Franz konnten sich ändern. Ob sie wollten oder nicht. Die Ereignisse würden nicht spurlos an ihnen vorbeigehen.

Das Einzige, was unverrückbar feststand, war: die innige Zweisamkeit der letzten beiden Jahre, die sich so vorteilhaft auf ihr Schaffen und auf ihre Liebe ausgewirkt hatte, war vorbei. Endgültig.

Sie musste nach München zurück. Sofort. Sie musste mit Franz reden. Unbedingt. Sie musste wissen, ob er weiterhin zu ihr stand und sie sicher sein konnte, dass sie beide nach wie vor dasselbe wollten: gemeinsam ihren Weg beschreiten. In der Kunst wie im Leben. Gerade jetzt, da sie ihren Eltern von ihm und ihren gemeinsamen Plänen erzählt hatte. Da sollte nichts mehr schiefgehen.

Beiläufig registrierte sie, dass die Eltern ihr beim Abendessen eröffneten, im Sommer nach Sindelsdorf kommen zu wollen, um Franz und ihr Leben dort mit eigenen Augen zu sehen, »wenn ihr dann verheiratet seid«.

Nur kurz zuckte sie bei den Worten zusammen. Wie kamen

die Eltern darauf? Von einem konkret bevorstehenden Hochzeitstermin hatte sie doch gar nicht gesprochen.

Doch auch das trat hinter den Neuigkeiten von Franz zurück. Nervös zählte sie die Stunden bis zur Abfahrt des Zuges, so sehr brannte sie darauf, endlich wieder in München zu sein. Bei ihm zu sein. Und die drei ominösen Herren kennenzulernen, die ihn so eingenommen hatten.

»In deren Kreis weht eine andere Luft, keine Spur von Bohème – das Gegenteil, tipptopp«, verhieß Franz ihr.

Sie war überrascht. Nie zuvor hatte er so über Malerkollegen gesprochen.

Direkt nach Marias Ankunft in München vereinbarte Franz mit August und Helmuth Macke ein Treffen in Tegernsee. Der Dritte im Bunde sei bereits wieder abgereist.

Neugierig, ob sie Franz' Einschätzung der beiden teilte, bestieg sie an einem außergewöhnlich sonnigen Wintertag mit ihm und Hund Russi den Zug. Geplant war gleich ein mehrtägiger Aufenthalt, was sie sehr gewagt fand, aber Franz war sich so sicher, dass er ihren Einwand nicht gelten ließ. Also beschloss sie, seinem Urteil zu vertrauen.

»Die zwei werden eine herrliche Junggesellenwirtschaft führen. Bei fröhlichen Rheinländern sieht man gleich vor sich, wie lustig sie es miteinander haben«, mutmaßte er und achtete gar nicht darauf, wie sehr sie dieser lapidare Hinweis beunruhigte.

»Sie sind noch so jung, wohl höchstens Anfang zwanzig, da tut man sich noch leicht mit dem Leben.«

Bei diesen Worten erschrak sie vollends. Das jugendliche Alter der beiden hatte er bislang nicht erwähnt. Auf einmal kam sie sich entsetzlich alt vor. Irritiert wandte sie den Blick zum Waggonfenster hinaus.

Franz verstand das offenbar als Aufforderung, zu schweigen, und schaute ebenfalls hinaus. Sanft kraulte er Russi das Fell, zündete sich eine Zigarre an.

Es war eine malerische Fahrt durch das dick verschneite Alpenvorland. Die weiße Landschaft glitzerte und leuchtete unter dem tiefblauen Himmel, die Berge rundeten sie mit ihren am Horizont majestätisch aufragenden Gipfeln in einem dunstigen Blaugrau ab.

Hinter Gmund führte die Strecke direkt am zugefrorenen See entlang. Auf dem Eis tummelten sich Schlittschuhläufer und Spaziergänger. Maria hoffte, in den nächsten Tagen ebenfalls die Gelegenheit dazu zu haben. Noch besser: mitten auf dem See die Staffelei aufzustellen. Es musste herrlich sein, dort zu malen.

»Juckt es dir schon in den Fingern?« Franz stupste sie sacht an und wies mit dem Kopf nach draußen. »Wie ich dich kenne, mischst du in Gedanken schon dein geliebtes Kobaltblau auf der Palette, um das vielschichtige Winterweiß in den Bergen einzufangen.«

»Du nicht?«, erwiderte sie ebenso munter, froh, dass sie beide wieder besserer Stimmung waren.

»Höchste Zeit, dass wir wieder draußen im Schnee malen.«

»Weißer Hund in weißem Schnee wäre ein ausgezeichnetes Thema für mich«, griff er das vergnügt auf. »Ich sollte mich ranhalten. Noch sind einige Tuben Blau und Weiß aus dem letzten Jahr übrig. Nicht, dass sie vertrocknen. Das wäre schade. Du solltest mir wieder einmal zeigen, wie ich damit unseren schönen bayerischen Schnee tiefsinniger aufmische. Zu irgendetwas müssen deine vielen Stunden bei Feldbauer und den anderen an der Damenakademie gut sein. Aber sieh nur: Wir sind schon da. Endstation!«

Er sprang von der Bank. Aufgeregt wedelte Russi mit dem Schwanz. Franz warf sich Hut und Mantel über, half ihr beim

Anziehen und reichte ihr galant die Hand zum Aussteigen. Ihre Finger waren feucht und kalt, seine fühlten sich herrlich warm an.

»Du wirst die Mackes mögen. Mindestens so sehr wie ich.«

Fest umschloss er ihre Hand, küsste sie zärtlich auf die Wange. Sie seufzte leise. Statt sich blutjungen, verwöhnten Söhnen aus wohlsituierten Verhältnissen zu präsentieren, die sich womöglich einbildeten, Künstler werden zu müssen, weil sich damit ein lustiges Bohèmeleben führen ließ, würde sie jetzt viel lieber allein mit Franz und Russi losziehen.

Kaum standen ihr am Bahnsteig die beiden Vettern gegenüber, vergaß sie sämtliche Bedenken. Franz hatte die zwei treffend beschrieben. Sie gehörten zu der Sorte Mensch, die man auf Anhieb mochte. Auch Russi sprang um sie herum, als wären sie seit Jahren vertraut miteinander. Auf dem kurzen Weg zu ihrem Quartier unterhielten sie sich bereits angeregt. August und Helmuth schwärmten von der Umgebung, von dem Licht und dem Schnee. Einen solchen Winter hätten sie noch nie erlebt. Er erschließe ihnen eine völlig neue Farbigkeit.

Bei dem Stichwort stieß Franz Maria an und verkündete den beiden amüsiert, sie sei Spezialistin für die Farbigkeit des Schnees und wolle ihnen gewiss gern mehr darüber beibringen, sofern sie nur ausreichend Kobaltblau vorrätig hätten.

Die Mackes brachen in herzhaftes Lachen aus. Maria stimmte erleichtert ein.

Dann wollte sie etwas sagen, kam jedoch nicht dazu. An der Haustür erwartete sie bereits die nächste Überraschung: eine aparte, bildhübsche junge Frau mit dunklem Haar und ebensolchen dunklen Augen in einem auffallend violetten Reformkleid, dessen bunt bestickte Borte ganz besonders war. Wie die ganze Frau überhaupt auf den ersten Blick ganz besonders war. Und eindeutig schwanger. Maria spürte einen Stich in der Brust.

»Darf ich vorstellen: Elisabeth, meine Frau«, verkündete August nicht ohne Stolz – sowohl über die gelungene Überraschung als auch über seine schöne Frau.

Für einen Moment flammte in Maria die anfängliche Beklommenheit wieder auf. Gegen die Jüngere kam sie sich nicht nur alt, sondern auch schwerfällig und unattraktiv vor, von ihrer einfallslosen Garderobe ganz zu schweigen, ebenso von dem bevorstehenden Mutterglück der anderen. Bang schielte sie auf Franz.

Schwungvoll riss er sich die dicke Pelzmütze vom Kopf, vollführte einen albernen Kratzfuß vor Elisabeth und schlang seinen Arm um Marias Hüfte, schob sie ostentativ nach vorn.

»Da haben wir ja bereits die nächste Gemeinsamkeit, mein lieber August: zwei wundervolle Frauen, um die uns jedes männliche Wesen auf Erden beneidet. Nicht wahr, Russi?«

Auf sein Nicken hin bellte der zottelige weiße Hund tatsächlich los, als wollte er seine Zustimmung beweisen.

Alle lachten. Auch Maria.

Mit ausgestreckter Hand trat Elisabeth auf sie zu und begrüßte sie, als wären sie längst Freundinnen. Und in der nächsten Sekunde waren sie es auch. Arm in Arm betraten sie miteinander das Haus, den Männern voran.

Anders als von Franz prophezeit, empfing sie drinnen keine unordentliche Junggesellenwirtschaft, sondern ein behaglich eingerichtetes Heim: ein Zimmer sogar ganz mit den von ihnen beiden geliebten Biedermeiermöbeln sowie vielen »schönen Sächelchen« ohne größeren Sinn und Zweck, wie sie die auch mochten, um es sich behaglich zu machen, und noch mehr Bilder und Zeichnungen offenbar von August, darunter auffallend viele Porträts Elisabeths.

»Wir haben euch die Gästezimmer am Ende des Flurs gerichtet«, sagte Elisabeth. »Eines davon liegt direkt über dem riesigen

Ofen im Erdgeschoss. Das ist für dich, Maria. So hast du es angenehm warm. Franz hat August verraten, wie empfindlich du gegen Zugluft und feuchte Kälte bist.«

Elisabeths Fürsorglichkeit rührte Maria. Auch, wie selbstverständlich sie sie duzte. Das hatten August und Helmuth vorhin ebenfalls gleich getan. Kein Zweifel: Sie passten zueinander. Alle fünf. Bestens.

Davon war Maria noch stärker überzeugt, als sie wenig später die Arbeiten von August und Helmuth genauer betrachteten. Der Mut zur Farbe, zu klaren Konturen, flächigen Formen und zur leuchtenden Helligkeit war atemberaubend. Maria konnte sich kaum daran satt sehen.

Franz drückte ihr die Hand. Auf seinem Gesicht lag ein verzücktes Lächeln.

Die Mackes und sie mussten sich nichts erklären. Auf Anhieb sprachen sie dieselbe Sprache. In ihren Bildern und im Leben. Maria war entzückt. Ihre Angst vor der Konkurrenz mit Gleichgesinnten auf einen Schlag vergessen. Menschen wie sie brauchten Franz und sie. Vom Austausch mit ihnen profitierten sie. In allen Bereichen. Glücklich strahlte sie Franz an. Er zwinkerte ihr ebenso glücklich zu.

Stunden über Stunden redeten sie, gelangten von einem Thema zum nächsten, fanden beim beiläufigsten Stichwort sofort wieder neuen Stoff für ausführliche, tiefsinnige Gespräche. Begannen mit Tegernsee und seiner traumhaften Winterlandschaft, fanden sich irgendwann mitten in Paris, schwärmten sich von Cézanne, Gauguin und van Gogh vor, um bald die verschiedenen Traditionen des Stilllebens oder die Vorteile und Tücken der Pleinairmalerei zu diskutieren, bevor sie sich über die Romane von Zola und Balzac unterhielten und schließlich Adressen von Antiquariaten mit einem Faible für japanische Holzschnitte austauschten. Elisabeth – »Lisbeth«, wie sie selbst betonte – ebenso dabei wie die anderen, obwohl sie nicht malte. Das aber spielte für keinen eine Rolle.

Das alles war so natürlich, als redeten sie seit Jahren über nichts anderes. Als stünden sie sich seit Jahren nahe. Selbst als sich herausstellte, dass Elisabeth die Nichte von Bernhard Koehler, einem bedeutenden Berliner Industriellen und einem der einflussreichsten Sammler zeitgenössischer Kunst war, irritierte das Maria und Franz nur wenig. Dazu waren sie längst zu vertraut miteinander.

»Mein Cousin, Bernhard Koehler junior, war der Dritte im Bund beim Besuch im Atelier letztens«, gestand Lisbeth schließlich kurz vor der Abreise. »Er lässt herzlich grüßen und hofft sehr, euch beide bald ebenfalls besser kennenzulernen. Meinen Onkel hat er schon derart mit seiner Begeisterung für Franz angesteckt, dass er unbedingt zur Ausstellung bei Brakl kommen will.«

»Der Sammler Koehler als Besucher gleich auf deiner ersten Ausstellung – jede Wette, das wird Brakl beeindrucken«, vermutete Maria. Viel zu schnell, wie sie fand, saßen Franz und sie wieder im Zug, den von den langen Spaziergängen im Schnee müden Russi zu ihren Füßen, um in die Stadt zurückzufahren. Franz schmauchte seine Pfeife und lehnte sich bequem im Polster zurück, sie war aufgewühlt von den jüngsten Erlebnissen. Und aufgeregt angesichts dessen, was die nächste Zeit anstand.

Leider nicht für sie, sondern für Franz. Zumindest würde sie als seine Weggefährtin unmittelbaren Anteil daran nehmen und, wenn es gut lief, vielleicht auch die Aufmerksamkeit des Galeristen für ihre Malerei wecken. Franz würde sie unterstützen, darauf konnte sie sich verlassen. Sie waren ein Paar – in jeder Hinsicht.

»Koehlers Name zählt in der Berliner Kunstszene viel«, fuhr sie fort, plötzlich erschrocken, weil sie sich den Zipfel ihres von Franz bemalten Seidentuchs so fest um den Finger gewickelt hatte, dass das Blut gestaut und die Fingerkuppe taub wurde. Rasch lockerte sie den Stoff wieder.

»Er hat einige Franzosen, aber auch Max Slevogt und vor allem Bilder von unserem guten Feldbauer aus München in seiner Sammlung.«

»Dann wird es wohl Zeit, dass er bald auch mindestens einen Franz Marc daneben hängt«, erwiderte Franz und schlug die langen Beine lässig übereinander, bevor er den Blick träge aus dem Fenster richtete.

Verblüfft betrachtete Maria ihn. Staunte über sein Selbstbewusstsein. Und erinnerte sich an ihr erstes Gespräch, damals beim Tee bei der Schnür. Da hatte er genauso überzeugt von sich und seiner Kunst geredet. Ohne ihr überhaupt nur ein fertiges Bild zeigen zu können. Bewundernswert.

In den nächsten Tagen ertappte sie sich dabei, Franz gelegentlich schütteln zu wollen. Nahm er überhaupt wahr, welch gewaltige Chance ihm die Ausstellung bei Brakl bot? Rund vierzig Bilder und Lithographien wollte der Galerist von ihm, einem absoluten Debütanten und Unbekannten, in seinen frisch renovierten Räumen am Beethovenplatz erstmals der Öffentlichkeit präsentieren. Und was tat Franz? Regte sich darüber auf, dass Brakl sich weigerte, auch einige seiner Skulpturen zu zeigen!

Am liebsten hätte sie dem Galeristen vorgeschlagen, dann doch lieber ihre Bilder auszustellen, was sie natürlich niemals tun würde. Schon allein Franz wegen. Völlig abwegig fand sie die Idee allerdings nicht. Talentiert war sie auch. Aber eine Frau. Und die zählte per se weniger als ein Mann. Warum sonst studierte sie wie ihre Mitstreiterinnen seit Jahren für ein Vielfaches an Semesterbeitrag an der Damenakademie und nicht an der Königlichen Akademie der Bildenden Künste?

Doch natürlich hielt sie sich zurück, genauso wohlerzogen, wie ihr das als Tochter aus gutem Haus beigebracht worden war, beschwichtigte Franz' Groll auf Brakl, freute sich mit ihm über die zwar kurzen, aber sehr wohlwollenden Zeitungsartikel, die rechtzeitig vor Eröffnung der Schau erschienen und gewiss für neugierige Besucher sorgten, und blieb brav im Hintergrund, als der Jungverleger Reinhard Piper gleich bei der Vernissage eine farbige Lithographie zweier Pferde kaufte und Interesse an einer Zusammenarbeit bei Buchillustrationen bekundete. Kein sensationeller Erfolg, aber gewiss eine Verbindung, von der Franz auf lange Sicht profitierte. Doch von Neuem stellte sie fest, dass er das gar nicht so recht zu würdigen wusste. Weil er ganz von Bernhard Koehler eingenommen war, der tatsächlich aus Berlin anreiste, um seine Bilder zu sehen, nachdem ihm sowohl sein Sohn als auch seine Nichte und deren Mann ihm davon vorgeschwärmt hatten.

»Stellt euch vor: einer der wichtigsten Kunstsammler des Kaiserreichs kommt nicht nur einen Tag vor Eröffnung meiner Ausstellung in Brakls Kunsthaus, sondern krempelt dort tatsächlich die Ärmel hoch und packt eigenhändig mit an, als der Gehilfe und ich noch beim Hängen sind, um uns zu helfen. Dem guten Brakl ist der Mund offen stehen geblieben. Erst recht, als Koehler danach höchstpersönlich den Vermerk ›verkauft‹ an die ersten Bilder geklebt hat.«

Franz' Augen leuchteten, als er das Paul, Helene und seiner Mutter Ende der Woche beim sonntäglichen Mittagessen in der Wohnung seines Bruders erzählte.

»Sieht ganz so aus, als würde jetzt doch noch etwas aus dir«, lobte Paul und tätschelte dem Jüngeren die Schulter. »Fast hatten wir die Hoffnung aufgegeben.«

Seine Mutter wollte widersprechen, Franz vermutlich beteuern, wie sehr sie schon immer an ihn geglaubt habe, doch er legte ihr die Hand auf den Arm und zwinkerte ihr schelmisch zu.

»Ich weiß, wie schwer du es mit mir hast, weil ich kein Priester geworden bin, Mama. Aber ist die Kunst nicht auch eine Religion? Ich bete jeden Tag vor der Leinwand.«

Er faltete die Hände und hob den Blick gen Zimmerdecke.

Das ging eindeutig zu weit! Maria versuchte, ihm quer über den Tisch ein Zeichen zu geben, sofort damit aufzuhören, doch er ignorierte sie.

»Versündige dich nicht, mein Junge!«

Erschrocken bekreuzigte sich seine Mutter.

»Er meint es nicht so, Mama. Du darfst ihn nicht ernst nehmen«, beeilte sich Helene ihrer Schwiegermutter zu versichern.

»Ach, wenn euer Vater noch lebte!«, seufzte sie. »Und wenn du doch endlich Maria heiraten würdest, Franzl.«

»Dann hätte wenigstens mein skandalöses Lotterleben ein Ende«, stimmte er übermütig ein. »Du hast recht. Die letzten Tage bin ich viel zu oft mit Koehler und Macke um die Häuser gezogen. Einmal waren wir im Café, dann in der Odeon Bar und einmal sogar im Varieté. Aber keine Sorge, liebste Mama: Bezahlt hat immer Koehler. Geld hat er mehr als genug. Und das, obwohl er mir vorher sogar meinen geliebten toten Spatz auf Holz abgekauft hat. Für hundert Mark. Weil ich so abgebrannt war, dass ich ihm kein Wechselgeld herausgeben konnte.«

»Du hast ihm den toten Spatz verkauft?«

Vor Aufregung überschlug sich Marias Stimme. Das kleine Bild war eines der wenigen frühen Arbeiten, das er immer hatte gelten lassen und nicht zerstört hatte. Daran hatte er sehr gehangen. Und sie auch. Genau deswegen.

»Seit Jahren hast du es immer bei dir auf deinem Tisch stehen gehabt, egal wo du dir gerade ein Atelier eingerichtet hast. Selbst in Sindelsdorf letztes Jahr auf dem Speicher …«

»Ich wollte es auch nicht hergeben, aber Koehler hat mir keine Ruhe gelassen«, rechtfertigte sich Franz.

»Er hat eben Geld und Einfluss und muss bei Laune gehalten werden«, ergänzte Paul in unverhohlen vorwurfsvollem Ton.

»Ihr habt leicht reden! Von irgendetwas muss ein Künstler leben.«

Jäh knüllte Franz die Serviette zusammen und sprang vom Stuhl, stürzte aus dem Zimmer. Krachend fiel kurz darauf die Wohnungstür hinter ihm ins Schloss.

Maria biss sich auf die Lippen, Helene und Paul wechselten vielsagende Blicke, ihre Mutter senkte den Blick.

»Ich gehe dann wohl besser auch«, sagte Maria nach einer Weile, als das Schweigen unerträglich geworden war.

»Pass gut auf ihn auf! Du bist die Einzige, auf die er wirklich hört.«

Paul brachte sie zur Tür und umarmte sie, bevor sie hinausging.

»Wollen wir es hoffen«, sagte sie fast schon auf der Treppe mehr zu sich als zu ihm.

Kapitel 19

Franz blieb nicht allzu lang verstimmt, wie Maria erleichtert feststellte. Seine erste Ausstellung bei Brakl wurde zwar kein sonderlich finanzieller Erfolg, und der Galerist versäumte auch nicht, bei jeder Gelegenheit hervorzuheben, dass er damit vor allem Franz' früherem Studienkollegen einen Gefallen getan und praktisch nichts daran verdient habe. Aber immerhin spielte der Verleger Piper nun mit dem Gedanken, einen Beitrag von Franz über das Wesen der Tiermalerei zu drucken, und Franz' Name tauchte in der Öffentlichkeit auf. Das von ihm gezeichnete Plakat mit den umeinander schnürenden lebensgroßen Katzen erregte Aufsehen. Ganz zu schweigen von der Freundschaft zu den Mackes und der Verbindung zum Sammler Koehler, die beide ohne die Ausstellung nicht zustande gekommen wären.

Bei ihrem Aufenthalt über Ostern besuchte Maria Koehlers Privatsammlung in Berlin. Und war zutiefst beeindruckt. Sowohl von der Kennerschaft, mit der er die bedeutendsten modernen Maler vor allem aus Frankreich und Deutschland ausgewählt hatte, als auch von der Art, wie er sie in seinem Haus präsentierte.

Da er nicht selbst anwesend war, führte sein Sohn sie herum. Hinterher schrieb sie Franz, wie gut sich seine Pferdebilder zwischen Cézanne, Monet, Gauguin, van Gogh und den anderen Kollegen machten. Das Porträt von Russi hänge über einer Tapetentür. Die »Tapete sehr feiner brauner Ton – passt famos«, konnte sie sich das Spotten nicht verkneifen. Das kleine Holzbild des toten Spatzes, an dem ihr und Franz' Herz so gehangen hatte, entdeckte sie allerdings nirgends. Das aber verschwieg sie lieber, um die kaum geschlossene Wunde nicht wieder aufzureißen.

»Höchste Zeit, dass wir wieder in die schöpferische Einöde auf dem Land verschwinden, um fleißig neue Bilder zu malen und andere wichtige Dinge zu tun, wie zum Beispiel den Vorsprung der Niggls bei der Kinderschar schnellstmöglich zu verkleinern, bevor er uneinholbar wird«, empfing Franz sie bei ihrer Rückkehr am Münchner Bahnhof und herzte sie so stürmisch, als wollte er noch auf dem Perron damit beginnen.

»Ist die Niggl schon wieder schwanger?«

Um kein Aufsehen zu erregen, schob Maria ihn auf Armlänge von sich. Brüsker als nötig. Aber der Gedanke, am nächsten Tag schon wieder der fruchtbaren Schreinersfrau gegenüberzutreten, vergällte ihr plötzlich die Freude auf ihr gemeinsames Nest in Sindelsdorf.

»Ich glaube, nach den Zwillingen im letzten Jahr braucht selbst ein Muttertier wie sie eine Pause. Kein Wunder, bei dem ewigen Kindergeschrei und dem ständigen Geruch nach saurer Milch und Windeln im Haus. Aber das soll uns beide von unserem eigenen Vorhaben nicht abhalten.«

Neckisch zwickte er sie in die Seite. Sie schrie auf und schlug ihm scheinbar entsetzt auf die Finger, obwohl es sie freute, wie unverhohlen er ihr seine Zuneigung zeigte.

»Hab ich dir schon einmal die wahren Hintergründe des berühmten Fensterlns in Bayern erzählt?«

Sogar in der Tram blieb er ungeniert bei dem Thema und zwinkerte der alten Frau auf der Bank gegenüber, die ihn missbilligend musterte, verschwörerisch zu.

»In Berlin haben sie von nichts eine Ahnung. Die Preußin braucht dringend Nachhilfe in Sachen bayerischen Brauchtums«, erklärte er ihr wichtigtuerisch.

Daraufhin musste die Alte jetzt doch lächeln. Mit sichtlicher Genugtuung wandte er sich wieder an Maria: »Jedermann hier im Land weiß, dass so rechtzeitig vor der Hochzeit getestet wird, ob die beiden Kandidaten auch tatsächlich einmal den Hoferben zustande …«

»Erstens haben wir keinen Hof zu erben, und zweitens müssen wir hoffen und bangen, ob das mit dem Dispens diesen Sommer tatsächlich klappt. Danach sehen wir weiter«, bremste sie ihn in seinem Übermut. Sie schwankte zwischen Lachen und Ärger. »Meine Eltern haben ihren Besuch in Sindelsdorf für den Sommer inzwischen fest eingeplant. Ich mag nicht wissen, was passiert, wenn wir bis dahin noch immer nicht verheiratet sind.«

»Wenn wir ihnen stattdessen die Aussicht auf ein Enkelkind …«

»Du bist einfach unverbesserlich.«

Jetzt konnte sie seinem treuherzigen Augenaufschlag doch nicht widerstehen und stimmte in sein Lachen ein.

»Bei einer so bezaubernden Frau wie dir bleibt mir gar keine andere Wahl. Und außerdem kann es auch für deine Eltern nichts Schöneres geben, als zu erleben, welch entzückende kleine Blondschöpfe wir zusammen als Mädchen zaubern werden.«

»Und ähnlich freche Lausbuben wie dich als Söhne?«

»Es könnte schlimmer für dich ausgehen.«

»Die Möglichkeit besteht immer.«

In seinem Atelier in der Schellingstraße erwartete sie eine Überraschung: Über und über hatte er es mit Sträußen von Weißdorn, wilder Kirsche und Schlüsselblumen geschmückt, um sie willkommen zu heißen. Der Duft der Blüten war betörend, das Bild, das sie boten, überwältigend. Und die Liebe, die Franz ihr damit bewies, umwerfend. Sie war hingerissen.

»Gleich in der Früh bin ich in den Englischen Garten hinübergelaufen. Oben im Norden, fast schon beim Aumeister, gibt es eine Wiese, die gelb ist vor Blumen. Im Morgensonnenschein leuchten die so golden wie dein Haar, meine liebste Vahine.«

Kindliche Freude blitzte in seinen Augen auf, als er sah, wie sehr sie sein Eifer rührte. Gleich setzte er alles daran, sie noch mehr davon zu überzeugen, wie ernst es ihm mit seiner Liebe und dem Wunsch nach vielen Kindern mit ihr war.

Anders als befürchtet verlief der Besuch von Marias Eltern im Sommer äußerst harmonisch. Und das, obwohl sie ihnen gleich bei der Ankunft am Bahnhof in Penzberg beichten mussten, dass der erhoffte Heiratstermin Anfang Juni geplatzt war.

»Da reden wir noch drüber«, winkte der Vater ab, als er seiner Frau in die von Franz gemietete Kraftdroschke half. Die Mutter sagte zu Marias Überraschung zunächst gar nichts dazu. Wahrscheinlich war sie von der langen Zugfahrt schlichtweg zu erschöpft.

Im Sindelsdorfer Gasthof zur Post erhielten sie ein großzügiges, geschmackvoll mit handbemalten Möbeln eingerichtetes, helles Bauernzimmer. Das gefiel ihnen. Ebenso das restliche Dorf und die Gegend.

»Urig nennt man das wohl«, meinte die Mutter gleich am zweiten Tag gut gelaunt zu Maria.

»Ich verstehe sehr gut, dass es einen Künstler in diese Landschaft zieht«, erklärte der Vater, nachdem sie einige Spaziergänge in der näheren Umgebung und mit einer gemieteten Pferdedroschke Tagesausflüge nach Kochel und Murnau am Staffelsee unternommen hatten. Den Sonnenuntergang im nahen Gebirge in seiner verschwenderischen Feuerglut vor Augen saßen sie zur Vesper in der lauschigen Gartenlaube der Schreinersleute. Maria hatte einen Krug frisches Bier und eine Brotzeit aus dem Gasthof geholt, Franz rösche Brezn vom Bäckermeister Lautenbach besorgt. Zünftig-rustikal hatte Maria das alles auf einer rotweißkarierten Tischdecke mit hölzernen Brotzeitbretterln aus dem Bestand der Schreinersleute hergerichtet. Das älteste Niggl-Mädchen hatte einen selbst gepflückten Strauß bunter Wiesenblumen dazugestellt.

»Schade, dass ich Ihnen die Staffelalm nicht zeigen kann. Der Aufstieg ist zu beschwerlich. Dort oben könnten Sie sehen, welchen Schatz wir an der Gegend haben.«

Aus Franz' Worten klang aufrichtiges Bedauern.

»Dafür haben wir Ihre Bilder«, erwiderte die Mutter und nickte ihm wohlwollend zu.

»Obwohl die mir in ihrer Farbigkeit sehr unnatürlich scheinen, junger Mann.« Der Vater runzelte die Stirn.

Franz setzte an, es ihm zu erklären, doch Maria schüttelte sacht den Kopf. Gleich hielt er inne, wies stattdessen auf die Pferdekoppel direkt beim Haus, die Russi wie jeden Abend aufmerksam bewachte.

»Versuchen Sie sich in den Kopf meines Hundes zu versetzen. Wie wird er den rotbraunen Hengst da vorn wohl sehen? Wie die Fuchsstute mit dem Fohlen dort hinten wahrnehmen? Wer sagt uns, dass unsere Wahrnehmung der Welt die einzig Richtige ist? Dass es überhaupt nur die eine Wahrnehmung gibt? Selbst wir beide sehen sie völlig verschieden. Für mich ist das Blau am Himmel anders blau als für Sie. Auch Maria und ich sind uns nie einig, wie der Schnee im Winter und das Grün der Wiese im Sommer zu malen ist.«

»Wenn es um die Kunst geht, bin ich besser still. Da sind Sie mir grundsätzlich voraus. Aber eine Zigarre werden Sie wohl trotzdem mit mir altem Banausen genießen.«

Schmunzelnd hielt der Vater Franz sein Etui hin, der sich

nur zu gern daraus bediente und ihm im Gegenzug mit seinem Feuerzeug, einem Erbstück seines Vaters, Feuer gab.

Am nächsten Abend beobachtete Maria verblüfft, wie ihr Vater Franz die Hand auf die Schulter legte, beide sich eine Zigarre zwischen die Lippen schoben und nach dem Essen mit Russi Seite an Seite zu einem Rundgang durchs Dorf aufbrachen.

Später berichtete Franz ihr, der Vater habe ihn »väterlich« ermahnt, sich ihr gegenüber seiner Verantwortung bewusst zu sein und immer vor Augen zu führen, wozu er sich als Mann verpflichte, wenn er mit ihr eine Familie gründen wolle. Ein solches Versprechen sei heilig, habe er mehrfach betont.

»Unser einfaches, aber ordentliches Leben auf dem Land scheint deinen Eltern sehr zu gefallen«, schloss er. »Und deine Mutter ist noch dazu eine wundervolle Köchin.«

»Und das auf unserem primitiven Herd in der mehr als provisorischen Küche hier im ersten Stock«, pflichtete Maria ihm bei. »Gleich zwei Mal hat sie in den letzten Tagen für uns gekocht. Ich kann mich kaum erinnern, wann sie das daheim zuletzt getan hat.«

»Die Würfel sind gefallen, mein Lieb. Deine Eltern haben sich für mich als Schwiegersohn entschieden. Mir kommst du jetzt nicht mehr aus!«

Maria war froh, dass die Eltern im Gasthaus und nicht bei den Niggls übernachteten. Ob sie die Farce mit den getrennten Schlafzimmern glaubten, blieb offen. Schon ihr plötzliches Einverständnis mit Franz schien ihr fast zu schön, um wahr zu sein. Nicht einmal erwähnte die Mutter noch ihren ewigen Favoriten als Schwiegersohn in spe, Doktor Hilstein, der inzwischen geheiratet hatte. Franz hatte ihr Herz erobert.

»Obwohl er vier Jahre jünger ist als du, macht mir Herr Marc doch einen guten Eindruck«, betonte sie kurz vor ihrer Abreise, als sie mit Maria und dem Vater allein in der Gartenlaube beim Kaffee saß.

Franz war nicht dabei. Er streifte auf der Suche nach Blaukehlchen und Schnepfen durchs Sindelsbachfilz, weil er die unbedingt malen wollte. Für die Eltern ein Beleg, wie ernst er es mit seiner Kunst meinte, wie Maria belustigt registrierte.

»Ein Manko sind und bleiben natürlich seine unregelmäßigen Einkünfte, die euren Alltag stark beeinträchtigen werden«, gab der Vater zu bedenken und strich sich über seinen weißen Kinnbart, die Augen ziellos in die Weite des Bergpanoramas gerichtet. »Die Ausstellung vom vergangenen Februar und die seither bestehende Verbindung zum Sammler Bernhard Koehler klingen zwar ermutigend, aber die Miete zahlen sie euch noch lange nicht. Herr Marc wird stets hart darum ringen müssen, dir und euren künftigen Kindern das Auskommen zu sichern.«

Maria schluckte. Von ihrer Malerei, ihrer Zukunft als Künstlerin war gar nicht mehr die Rede. Das schmerzte. Auch wenn der Vater zugesagt hatte, vorerst die Gebühren für die Damenakademie und ihren monatlichen Unterhalt weiter zu übernehmen. Die Mutter hatte ihr sogar noch eine extra Summe für einen neuen Anzug und weiße Kragen für Franz zugesteckt.

»Ihr hättet uns informieren sollen, dass er dich im Juni noch gar nicht hat heiraten dürfen«, warf sie nun vorwurfsvoll doch noch einmal ein. Dabei hatte Maria gehofft, sie hätten das längst vergessen. »Zum Glück seid ihr in Sindelsdorf weitab von der Gesellschaft. So bekommt das keiner mit. Dein Ruf wäre für alle Zeit ruiniert, würde bekannt, wie eng ihr hier miteinander lebt, ohne ordentlich verheiratet zu sein.«

»Eine seltsame Sache ist das mit der Scheidung und dem fehlenden Dispens«, griff der Vater das Stichwort auf. »Hättest du uns das gleich gesagt, hätte sich unser Anwalt längst darum gekümmert.«

»Das haben wir gestern Abend bereits ausgiebig besprochen. Doktor Martens nimmt das ab sofort in die Hand. Er weiß, was zu tun ist«, fegte die Mutter das erstaunlich rasch vom Tisch.

Maria war perplex. Und glücklich, weil sich damit eine ihrer größten Sorgen quasi in Luft auflöste. Ganz abgesehen davon, dass Doktor Martens sein Metier verstand und nach Rücksprache mit Franz' Münchner Anwalt, der sich ebenfalls um die Angelegenheit kümmern wollte, in absehbarer Zeit bestimmt eine Lösung fand.

Kapitel 20

Kaum waren die Eltern fort, stürzte sich Maria von Neuem in die Arbeit. Sie hatte viel nachzuholen. Die vergangenen beiden Wochen hatte Franz nahezu durchgängig gearbeitet, sie jedoch nicht. Dafür hatte sie den Kopf voller Ideen. Nur einen Bruchteil davon hatte sie bislang auf ihren Skizzenblöcken festgehalten. Und sie wollte einiges Neue ausprobieren, was ihr durch den Sinn ging. Sie platzte schier vor Tatendrang. Als müsste sie aller Welt beweisen, dass auch sie eine ernst zu nehmende Künstlerin war. Dabei war sie das schon fast ein halbes Leben lang. Dennoch fürchtete sie auf einmal, mit ihrer Kunst neben Franz ungesehen zu verschwinden.

»Natürlich tust du das nicht. Wie kommst du darauf?«

Franz reagierte verständnislos, als sie ihm das sagte. Endlich fanden sie wieder Gelegenheit und Muße für einen Akt. Vornübergebeugt, um einem winzigen Kätzchen Milch in einer flachen Schale anzubieten, saß sie ihm auf einem blauen Hocker Modell.

Wie so oft.

Sobald ihr das bewusst wurde, lachte sie befremdet. Noch nie hatte sie Franz nackt porträtiert, trotz der vielen Akt- und Porträtkurse an der Damenakademie. Warum eigentlich nicht? Er hatte einen interessanten Körper. Aber sie sah ihn nicht als Bild vor sich. Hatte keinen brauchbaren Einfall, wie sie ihm auf der Leinwand gerecht werden wollte. Und einen männlichen Akt von einer Malerin hatte sie auch noch nirgendwo ausgestellt gesehen.

Neugierig warf sie einen ersten Blick auf das Gemälde. Der Boden war mit einem bunten Flickenteppich bedeckt, ihr goldblondes Haar leuchtete im Abendsonnenschein rötlich, ihr nackter Leib spiegelte Licht und Farben wider. Franz badete geradezu in den Farben, die für ihn so viel mehr waren als Rot, Gelb, Blau oder Violett. Aber auch in der Begeisterung für ihren üppigen Leib. Akribisch feilte Franz an dem, was er damit ausdrücken wollte. Die Leinwand wurde zum Spiegelbild seiner Empfindungen.

»Du bist so schön, meine liebste Vahine!«

Gierig überschüttete er sie mit Küssen und Zärtlichkeit, sie konnte seiner Leidenschaft nicht widerstehen.

»Du bist die schönste und klügste Malerin, die ich kenne«, versicherte er ihr, als sie sich verschwitzt voneinander lösten und nebeneinander auf dem Flickenteppich ausstreckten. Fest drückte er ihre Hand. »Du musst an dich glauben. Dir vertrauen, was du kannst. Dann überzeugst du auch die anderen.«

Das hörte sich so einfach an. Warum tat sie es nicht?

Für Franz existierten ihre Zweifel nur in ihrem Kopf. Aber er hatte sie auch immer als Künstlerin gesehen. Für ihn war es selbstverständlich, sie jeden Tag nicht nur als Geliebte, sondern auch als Kollegin zu erleben, mit ihr Gespräche über den Alltag und die Kunst zu führen.

Wenn das doch nur für alle so selbstverständlich wäre!

Wie in den vorangegangenen Sommern malten sie auch in diesem bei gutem Wetter unter freiem Himmel, arbeiteten bei Regen im Haus, Franz auf dem zugigen Speicher, der längst schon den speziellen Franz-Geruch, die für ihn typische Mixtur aus kaltem Tabakrauch, Farben, Leinwänden und Lösungsmitteln angenommen hatte, Maria ein Stockwerk tiefer im Südzimmer, das sie sich mit frischen Blumen, Wandbehängen und unzähligen kleinen schönen Sächelchen behaglich gemacht hatte.

Licht und Farbe war weiterhin ihr großes Thema, nun noch intensiviert durch die Eindrücke, die sie dank der Bilder der Neuen Künstlervereinigung und der Begegnung mit August und Helmuth Macke gewonnen hatte.

Maria wagte, flächiger zu werden, die Konturen immer mehr zu verwischen, sich vom dicken pastosen Pinselstrich zu lösen. Neben Blumen, Pflanzen und Wiesen widmete sie sich erneut Themen für eine Mappe mit Kinderbildern, malte Spielzeug und vor allem die Kinder der Niggls. Blonde Mädchen und Buben verschiedenen Alters, im Kinderwagen, spielend im Hof, auf einer bunten Decke. Rot, Gelb und Grün boten ihr die besten Möglichkeiten, um deren Lebendigkeit einzufangen. Fasziniert skizzierte sie deren Posen, zeichnete Studien der Köpfe, Gesichter, Händchen und malte das alles in Öl. Mit jedem Pinselstrich an den strubbeligen Haaren, den pausbackigen Wangen oder den winzigen Mündern spürte sie den wachsenden Druck, mit Franz ebenfalls eine Familie zu haben. Als Ausdruck ihrer großen Liebe. Und als Chance, wenn schon ihre Bilder immer mehr in den Hintergrund rückten, so doch wenigstens als Mutter seiner Kinder auf sich aufmerksam zu machen.

Bei August und Lisbeth Macke war Mitte April der erste Nachwuchs eingetroffen: ein propperer Junge namens Walter, den sie und Franz bei ihren regelmäßigen Ausflügen nach Tegernsee ausgiebig bewunderten.

»Das wird bei euch schon auch noch klappen. So schwer ist es nicht. Selbst die dümmsten Bauern kriegen es im Dutzend hin«, raunte Lisbeth Maria verschwörerisch zu.

Am liebsten hätte Maria sich die Ohren zugehalten. Gemeinsam schoben sie den Kinderwagen mit dem schlafenden Walter hinter Franz und August über die Promenade am Seeufer.

Eigentlich wollten sie im Klosterbiergarten einkehren, doch Maria verschlug es plötzlich den Appetit. Ihr war hundeelend.

»Ich muss heim. Mir geht es nicht gut«, entschuldigte sie sich, drehte sich um und eilte in großen Schritten davon, ehe Lisbeth oder gar Franz sie aufhalten konnten.

So sehr sie die Freunde mochte, ertrug sie es nur schwer, deren Glück so deutlich vor Augen zu haben. Sie waren so viel jünger, unbeschwerter und zuversichtlicher als Franz und sie. In allem. Und sie hatten eine Familie, die sie tatkräftig unterstützte. Ideell und finanziell.

Was aber hatten Franz und sie?

»Wir haben uns, meine geliebte Vahine.«

Zärtlich küsste er ihr die Tränen weg. Eng aneinandergeschmiegt lagen sie in ihrer Sindelsdorfer Wohnung im großen Bett und lauschten den dicken Regentropfen, die auf den hölzernen Balkon prasselten. Der erste Herbststurm der Saison peitschte die Zweige der hohen Linde vor dem Haus gegen die Fensterscheiben, oben auf dem Dach klapperten einige lose Schindeln. Russi hatte sich am Fußende träge ausgestreckt, die beiden Katzen okkupierten Marias Lesesessel in der gegenüberliegenden Zimmerecke.

»Und außerdem haben wir jetzt, da Bernhard Koehler mir ab Januar eine monatliche Apanage von zweihundert Mark zugesagt hat, eine solide Grundlage, um unser Leben zu finanzieren«, fügte Franz nach einer Weile hinzu, schob sich in den Kissen aufrechter hin, um sich die Pfeife vom Nachtkasten zu holen und anzuzünden. Ihr süßlicher Geruch stieg ihr in die Nase.

»Die nächsten beiden Jahre haben wir ausgesorgt. Ich kann in aller Ruhe arbeiten.«

Ich – Franz – ergänzte sie für sich. Natürlich freute sie sich für ihn. Aber trotzdem war es ein weiterer schmerzlicher Nadelstich für sie. Er hatte einen Mäzen, der es ihm ermöglichte, in Ruhe zu arbeiten. Und sie musste spätestens Weihnachten wieder zu ihren Eltern, um sie um ihre weitere Unterstützung zu bitten. Und um Geduld, weil der Dispens weiterhin auf sich warten ließ. Trotz der Intervention des Anwalts. Hörte das nie auf?

»Koehler ist wirklich großzügig. Und verlangt nur, dass ich ihm regelmäßig ein fertiges Bild nach Berlin schicke, um es ihm als Erstem zum Kauf anzubieten.«

Franz legte immer wieder nachdenkliche Pausen ein. Beim Rauchen und beim Reden.

Maria fröstelte. Sie zog sich die Decke über die Schultern und barg ihren Kopf auf seiner Brust, rang erneut mit den Tränen.

»Pfeif auf deine Eltern!«

Auf einmal sprang er aus dem Bett. Russi schoss ebenfalls hoch, bellte erschrocken. Und behielt ihn schwanzwedelnd im Blick, als er splitternackt in der engen Kammer auf und ab lief, dabei mit der Pfeife in der einen Hand durch die Luft fuchtelte, sich mit der zweiten durchs dichte, dunkle Haar strich.

Auch Maria folgte ihm mit den Augen.

»Mit dem Geld sind wir ab Januar unabhängig«, redete er weiter. »Zweihundert Mark sind mehr, als ein Arbeiter monatlich in Koehlers Fabriken verdient. Oder ein Handwerker oder einfacher Bauer hier auf dem Land für sich und seine Familie hat. Natürlich ist das nicht fürstlich. Aber in Sindelsdorf kommen wir damit zurecht. Zumal das Geld für die Bilder, wenn Koehler denn eines kauft, noch zusätzlich zählt. Und Brakl hat auch noch einiges von mir in seinem Kunsthaus anzubieten, Piper zahlt mir ein Honorar für meinen Beitrag über die Tiermalerei. Wer weiß, was sich eines Tages aus dem Kontakt mit der Neuen Künstlervereinigung ergibt. Den sollten wir wirklich bald angehen.«

Sichtlich aufgewühlt blieb er vor dem Bett stehen, sah zu ihr herunter. Seine Augen funkelten im Dämmerlicht, das an diesem grauen Regentag früher als sonst einsetzte.

Plötzlich sank er auf die Knie, griff nach ihrer Hand. Verwirrt stupste Russi ihn an.

»Meine geliebte Vahine! Wir haben es endlich geschafft. Fahr nicht mehr nach Berlin. Bleib bei mir. Ich brauche dich hier.«

Eine Weile verschränkten sich ihre Blicke ineinander.

Sie biss sich auf die Lippen. Kämpfte heftig mit sich.

»Du weißt, dass das nicht geht«, brachte sie mühsam heraus. »Solange wir nicht verheiratet sind, bin ich meinen Eltern verpflichtet.«

Immer wieder dasselbe! Sie ärgerte sich, weil sie spürte, wie albern das war. Weil sie es ständig anführte. Und weil es einfach absurd war. Aber noch war sie außerstande, es zu ändern. Noch blieb ihr keine andere Wahl.

»Du bist allein dir und deiner Kunst verpflichtet. Und mir.«

Verärgert wiederholte auch Franz das, was er ihr immer darauf zu erwidern pflegte. Und nahm von Neuem sein unruhiges Herumlaufen wieder auf, Russi stur an seiner Seite.

Maria zog sich die Decke bis unters Kinn. Seufzte. Er wollte es einfach nicht begreifen. Und sie ahnte jetzt auch, warum vor allem. Seinetwegen.

»Wie soll ich ohne dich arbeiten?«, fragte er. »Wie soll ich die Trostlosigkeit hier ertragen, die sich einstellt, sobald du das Haus verlässt? Licht und Farben sind dann auch weg. Du weißt, was das für einen Maler bedeutet. Ohne dich zu sein, ist das Schlimmste für mich.«

»Du wirst kaum merken, dass ich weg bin. Neuerdings hast du hier und in der Stadt so viele Menschen um dich herum, dass du gar keine Zeit hast, mich zu vermissen.«

Sie zwang sich zu lachen, obwohl ihr zum Weinen zumute war. Richtete sich ganz ins Sitzen auf.

»Hier in Sindelsdorf hast du seit diesem Sommer Niestlé und Legros gleich vorn auf der Hauptstraße. Und in Tegernsee natürlich August und Lisbeth. Und wenn die Mackes im November wieder nach Bonn gehen, kommt Helmuth auch schon wieder aus Berlin zurück. Am besten schlägst du ihm vor, bei dir zu wohnen, solange ich fort bin. Bestimmt nimmt er das an. Dann wäre euch beiden geholfen. Soweit ich weiß, kann er ohne August und Lisbeth nicht nach Tegernsee zurück, weil es für ihn allein dort zu teuer ist. Er braucht also eine Wohnung. Und du brauchst Gesellschaft.«

Fast hätte sie noch Annette erwähnt, die gewiss sofort nach Sindelsdorf herausführe, wenn Franz das wollte. Das aber war unfair. Annette legte inzwischen großen Wert darauf, auch ihre Freundin zu sein und ihr zu beweisen, dass sie Franz' Entscheidung für sie akzeptierte. Dass sie nie mehr versuchen würde, ihn zurückzugewinnen, obwohl ihre Ehe mit Professor Simon längst endgültig vor dem Aus stand.

Für Franz war das ohnehin einerlei. Er kreiste gerade um sich und seine Angst, für eine Weile ganz auf sich gestellt zu sein, weil sie nicht da war, ihm in seinem Tun beizustehen, ihm den Alltag zu organisieren, ihm zuzuhören. Und ihm auch für seine Kunst das zu liefern, was er benötigte. Wenn er etwas benötigte, das er sich selbst nicht geben konnte.

Von Neuem ging er zum Fenster, stellte sich breitbeinig dort auf. Rauchte schweigend. Und sah hinaus. Als wollte er nachsehen, wer dort draußen bereit stand, um ihm Gesellschaft zu leisten, wenn sie weg war.

Ihr Herz zog sich zusammen. Er war so verletzlich. Und so empfindsam. Genau das faszinierte sie so an ihm. Weil er so sein musste, um so zu malen, wie er es tat. Wofür sie ihn bewunderte. Und liebte.

Er brauchte sie, weil er wusste, wie sehr sie ihn vergötterte. Sie aber brauchte ihn ebenfalls, weil sie sonst niemanden hatte, der zu ihr stand und sie ermutigte. Sie konnte ihm nicht böse sein. Niemals. Sie würde alles für ihn tun, solange er sie nur liebte. Und bei ihr blieb. In alle Ewigkeit.

»Du bist nicht allein, wenn ich in Berlin bin. Ich schon«, sagte sie so leise, dass er sie nicht hören konnte. Zu laut trommelte draußen der Regen aufs Holz. Zu weit war Franz von ihr fort.

Im September stellte die Neue Künstlervereinigung München zum zweiten Mal in der Galerie Thannhauser aus, dieses Mal mit einem Schwerpunkt auf französische und russische Avantgardisten. Das mussten Maria und Franz sehen. Gleich am Eröffnungstag fuhren sie von Sindelsdorf aus hin. Und fühlten sich abermals von dem, was sie in den Schauräumen des Arco Palais entdeckten, komplett überwältigt. Vielleicht sogar noch stärker als im Vorjahr. Sie trafen auf keine altvertraute, gegenständliche Kunst mehr, sondern auf das Wagnis, sich vom bloßen Abbild zu lösen und Empfindungen allein in Form, Farbe und Komposition darzustellen.

»Das ist es!«, waren sie sich einig und konnten sich gar nicht sattsehen an dem, was Pablo Picasso, Georges Braques, Henri Le Fauconnier, Wassily Kandinsky, Alexej von Jawlensky und all die anderen auf den Leinwänden versuchten.

Doch die Mehrheit der Münchner teilte diese Faszination nicht, wie sie erfuhren. Ihnen fehlten vor allem die einheimischen Künstler. Selbst das Fachpublikum konnte nichts mit der Ausstellung anfangen. Der Redakteur einer Kunstzeitschrift schimpfte in seiner Besprechung unverhohlen über die »romanischen und slawischen Elemente« und wetterte gegen die »zugereisten Unruhestifter«. Die Münchner Neuesten Nachrichten diskreditierten die Künstler gar als »schamlose Bluffer« und bezeichneten die Mitglieder der Künstlervereinigung als »unheilbar irrsinnig«. Der Galerist Thannhauser erzählte Maria und Franz empört, dass er jeden Abend die Gemälde trocknen müsse, weil sie angespuckt würden.

Fassungslos über die mangelnde Bereitschaft, sich mit Neuem, Anderem auseinanderzusetzen, schüttelte Maria den Kopf. Franz wollte es nicht dabei belassen und beschloss, dem Galeristen wie auch den Kollegen der Künstlervereinigung zu schreiben, um ihnen seine Begeisterung zu bekunden und ihr Vorhaben zu begrüßen. Gleich auf der Heimfahrt begann er im Zug mit den Notizen. Maria bewunderte ihn für seinen Mut und staunte über den Eifer, der ihn für diese Sache ergriff. Derartiges hatte er noch nie getan. Dann musste es ihm sehr am Herzen liegen, den Kollegen seine Solidarität zu bekunden. Eine Beobachtung, auf die sie – wie schon auf so manch anderes in den letzten Monaten –, wieder einmal mit Eifersucht reagierte, wie sie sich beschämt eingestand.

»Ist das nicht großartig?« Stolz zeigte Franz ihr einige Tage später die Antwort des Galeristen Thannhauser, der ihm seines Dankes versicherte, und wenige Tage später auch den Brief von Adolf Erbslöh, dem Sekretär der Vereinigung, der ähnlich erfreut über seinen Zuspruch war. Dabei war Franz ihm als Künstlerkollege gewiss völlig unbekannt, Erbslöh dagegen hatte bereits erste Erfolge aufzuweisen.

»Ich glaube, wir werden künftig noch mehr Gleichgesinnte um uns haben, mit denen wir uns ernsthaft über unsere Vorstellungen von Kunst austauschen können«, sagte Franz.

So recht konnte Maria seine Freude darüber nicht teilen. Ihr ging das alles zu schnell. Vielleicht lag es auch daran, dass sie in Gedanken bereits bei ihrer bevorstehenden Reise zu den Eltern war. In diesem Jahr fuhr sie auf Drängen der Mutter früher als sonst nach Berlin. Und fühlte sich sehr unwohl dabei, ohne genau zu wissen, warum.

Ihre Ahnung hatte sie nicht getäuscht, wie sie schon wenig später erkannte. Fast gleichzeitig mit ihr traf in Berlin der Bescheid vom Amtsgericht München ein, dass der Dispens abermals abgelehnt worden war. Und das, obwohl sich »mit Doktor Martens jetzt ein hochrangiger Jurist mit der Angelegenheit beschäftigte«, wie Marias Vater empört betonte, sobald er ihr das mitteilte.

Zu dritt saßen sie im Salon der elterlichen Wohnung. Um den ernsten Charakter des Gesprächs zu unterstreichen, hatte die Mutter dem Dienstmädchen strikte Anweisung erteilt, weder Kaffee noch sonstige Getränke oder gar Gebäck zu servieren. Der Vater durfte auch nicht rauchen, was ihm sichtlich unbehaglich war. Laut tickte die Standuhr, ein Erbstück der ostpreußischen Großeltern mütterlicherseits, mahnte unerbittlich an das Verrinnen der Zeit. Gedämpft drangen die Großstadtgeräusche durch die bodentiefen Fenster zur Straßenseite herein. Schon immer hatte Maria dieses Zimmer gehasst, verband fast nur unangenehme Gespräche oder gähnend langweilige Besuche mit den schweren Ledersesseln und dem dunklen klobigen Mobiliar, von den grässlichen Gemälden an den Wänden ganz zu schweigen. Einziger Lichtblick war der Flügel, auf dem sie gleich spielen wollte, um sich auf andere Gedanken zu bringen. Musik half immer. Wie auch malen.

»Es sieht so aus, als sagte uns dein Franz nicht die ganze Wahrheit«, konstatierte die Mutter nach einer längeren, unheilvollen Pause. Eindringlich suchte sie Marias Blick, faltete die Hände im Schoss. »Wenn sich die Sache trotz der Intervention unseres Anwalts derart hinzieht, muss da noch etwas mehr dahinter stecken als nur eine Scheidung wegen Ehebruch.«

»Einerlei, was es ist«, auf einmal wirkte der Vater ungewohnt entschlossen, klopfte mit der rechten Hand auf die Lehne seines Sessels, um seine Haltung zu unterstreichen. »Eins steht jedenfalls fest: Solange der Dispens nicht erteilt und damit eure Heirat nicht möglich ist, bleibst du bei uns in Berlin.«

»Unter den Umständen ist es völlig ausgeschlossen, dass du noch länger in Sindelsdorf unter demselben Dach wie Herr Marc lebst. Nicht auszudenken, wenn das ruchbar wird«, ergänzte die Mutter eifrig.

Maria war völlig perplex. War das wahr? Geschah das gerade tatsächlich? Oder träumte sie nur schlecht?

»Wie stellt ihr euch das vor?«, brachte sie endlich heraus, sah von einem zum anderen. Der Vater wich ihr aus, die Mutter wirkte erschreckend unberührt.

»Wie soll ich weiter an meinen Bildern …?«

»Malen kannst du erstens überall, und zweitens ist es wohl ohnehin besser, wenn du dir ernsthaft eine ordentliche Anstellung suchst«, unterbrach die Mutter sie ungeduldig. »Das Studium an der Damenakademie ist ab sofort natürlich beendet.«

Maria wurde schwarz vor Augen. Sie zwang sich, ruhig zu atmen. Mit größter Anstrengung gelang es ihr, aufzustehen und aus dem Salon zu gehen.

Hoch erhobenen Hauptes.

Erst in ihrem Zimmer brach sie zusammen.

Kapitel 21

Dieses Mal waren es nicht die Hände. Dieses Mal konnte Maria malen, sofern sie wollte. Aber sie wollte nicht. Dieses Mal stand ihr der Sinn nicht danach. Wie auch?

Die Wohnung der Eltern war ihr nicht mehr die vertraute Umgebung, die sie brauchte, um kreativ zu sein. Hier fehlte ihr vor allem Franz, seine Liebe, seine Nähe, seine stete Ermutigung. Für eine Weile konnte sie das verschmerzen. Aber nicht auf unbestimmte Zeit, schlimmstenfalls gar für immer, wenn es nach den Eltern ginge, sollte der Dispens ausbleiben.

Die Vorstellung warf sie komplett um.

»Die Nerven«, konstatierte der graubärtige Hausarzt nach der ersten Untersuchung, stopfte sein Stethoskop umständlich in die imposante Arzttasche aus braunem Schweinsleder und sah die Mutter, nicht Maria, eindringlich an. »Sie braucht strikte Bettruhe, dann gibt sich das wieder.«

Es gab sich nicht, trotz der strikten Bettruhe, auf deren Einhaltung die Mutter höchstpersönlich achtete. Sogar Janne schickte sie weg, als die einen Krankenbesuch abstatten wollte, wie Maria hinter der Zimmertür vernahm. Dabei hätte sie sich sehr gefreut, die Freundin wiederzusehen. Wahrscheinlich hätte ihr die gute Laune, die Janne verbreitete, geholfen, ihre depressive Stimmung zumindest vorübergehend zu vergessen.

Janne hatte inzwischen den Siemens-Ingenieur geheiratet, den sie im vergangenen Jahr in Potsdam getroffen hatten, und sogar ihre Stelle als Kunstlehrerin aufgegeben. Wahrscheinlich auch ihr Malen. Was Maria sehr bedauerte. Und worüber sie gern mit ihr gesprochen hätte. Doch die Mutter verwehrte ihr Jannes Besuch. Ohne weitere Begründung. Als setzte sie alles daran, ihr jede Freude zu vergällen.

Ebenso blieb der Vater dieses Mal hart, kam nicht zu einer vertraulichen Unterredung zu ihr ins Zimmer. Schien auch die trauten Spaziergänge mit Franz im Sommer in Sindelsdorf, während der er ihn väterlich ermahnt hatte, verdrängt zu haben. Überhaupt schienen die Eltern dieses Mal unerbittlich in ihrer Sturheit. Der Gedanke ließ Maria von Neuem verzweifeln. Tief vergrub sie ihr Gesicht in die Kissen und weinte. Wie ein hysterischer Backfisch. Und das im Alter von vierunddreißig Jahren!

Zum Glück war das Hausmädchen wieder einmal geschickt genug, die Briefe von Franz unbemerkt von den Argusaugen der Mutter zu ihr ins Zimmer zu schleusen. Und ihre an ihn ebenso unauffällig zur Post zu bringen, sonst wäre sie vollends wahnsinnig geworden.

Franz fiel ebenso wie sie aus allen Wolken, als sie ihm von der Reaktion der Eltern auf den erneut verweigerten Dispens und ihre ausweglose Lage schrieb. Seine postwendende Antwort spiegelte seine Fassungslosigkeit wider. Und die Traurigkeit, die ihn angesichts der Aussicht erfasst hatte, womöglich für lange Zeit ohne sie zu sein. Schreckliche Angst habe ihn erfasst, sie könne die nötige Willenskraft nicht aufbringen, um gegen ihre Eltern zu bestehen. Das aber müsse sie! Seinet- und um ihrer selbst willen. Für ihr gemeinsames Glück. In Berlin sei sie »ein unnützes Möbel! Und hier in Sindelsdörfchen bist du alles, der gute Geist und die Liebe!«

So gut seine Worte gemeint waren, machten sie alles nur noch schlimmer, weil sie ihr bewiesen, wie sehr er sie brauchte. Und wo war sie? Nicht bei ihm.

Sie durfte ihn nicht enttäuschen. Sie musste zu ihrem Glück mit ihm stehen. Die Frage war nur, wie. In ihrem derzeitigen Zustand konnte sie gar nichts machen. Dazu ging es ihr zu schlecht. Mit tränenverquollenen Augen las sie seine Zeilen wieder und wieder, konnte es kaum erwarten, bis die nächsten eintrafen. Sonst hatte sie nichts, was ihr über die Tage half.

Er aber hatte trotz aller unstillbaren Sehnsucht nach ihr sein Malen, die Kunst und überhaupt die neu gewonnenen Freunde. Genau so, wie sie ihm das vor ihrem Abschied im Herbst prophezeit hatte. Mit August Macke in Bonn korrespondiere er rege über Farbe, schwärmte er ihr vor, und dessen Cousin Helmuth war, wie von ihr vorgeschlagen, für die Dauer ihrer Abwesenheit bei ihm in Sindelsdorf eingezogen. Sie führten »eine herrliche Junggesellenwirtschaft«, schrieb er. Das konnte sie sich mehr als zu gut vorstellen.

Obwohl es sie freute, ihn nicht allein zu wissen, versetzte es ihr doch einen Stich. Sie war allein in Berlin. Mutterseelenallein. Genauso, wie sie es im Herbst vorhergesehen hatte.

Und es wurde schlimmer, jeden Tag. Auch wenn Franz nicht müde wurde, ihr in jedem Brief seine Liebe und sein unendliches Verlangen nach ihr zu beteuern und die schönsten Schwüre wie auch die vertrauten erotischen Zeichnungen hinzuzufügen. Ausgerechnet jetzt, da sie sich bei den Eltern gegen die größte Hoffnungslosigkeit zu wappnen suchte, was ihr die Kraft zu malen, überhaupt in irgendeiner Form schöpferisch tätig zu sein, komplett nahm, knüpfte er in München nicht nur wichtige, sondern zukunftsweisende Verbindungen.

Für ihn und seine Kunst.

Ohne sie.

Das machte alles noch unerträglicher für sie.

Zwar versäumte er nicht, ihr ausführlich davon zu schreiben. Täglich. Bis in alle Einzelheiten. Um sie auf diese Weise an allem teilhaben zu lassen. Doch sie spürte genau, was es hieß, ausgerechnet jetzt nicht bei ihm zu sein. Deutlich erfasste sie, dass er an einer entscheidenden Weggabelung stand. Und sie ihn dabei nur aus der Ferne begleiten konnte.

Natürlich war sie mit ihren besten Gedanken und Wünschen dabei, doch das war eben nicht dasselbe, als wenn sie vor Ort wäre und mit ihm zusammen die Erfahrungen machen und darüber reden könnte. Von Angesicht zu Angesicht. Unmittelbar im Anschluss an das Erlebte.

Nach seiner Solidaritätsadresse an die Neue Künstlervereinigung im Herbst war er zusammen mit Helmuth Macke bei Adolf Erbslöh und dessen Frau Adeline eingeladen, eine Begegnung, über die er schier außer sich geriet, sowohl angesichts der vornehmen Verhältnisse, in denen der Maler in Schwabing nahe am Englischen Garten lebte oder vielmehr trotz seines jungen Alters residierte, als auch angesichts von Erbslöhs Arbeiten, die Franz allesamt als »glänzend« beurteilte. Wie gern hätte Maria die ebenfalls gesehen! Und sich selbst ein Bild von den Erbslöhs und ihrem vornehmen Leben gemacht.

Noch stärker beeindruckte Franz kurz darauf sein Besuch bei Alexej von Jawlensky und Marianne von Werefkin, den er ebenfalls zusammen mit Helmuth absolvierte. Die beiden bewohnten nicht weit von Erbslöh in der Schwabinger Giselastraße auf derselben Etage eines Hauses zwei getrennte, seiner Schilderung nach sehr typische russische Wohnungen. Maria hatte davon gehört. Der »rosafarbene Salon« der Baronin Werefkin besaß einen legendären Ruf. Dorthin eingeladen zu werden galt unter Künstlern als Auszeichnung. »Von unten bis oben« seien die Wände der Wohnungen »mit Bildern von Jawlensky und Werefkin behangen. Ein seltsames Milieu«, befand Franz nun etwas befremdet, um ihr dann fasziniert zu schildern, was die Werefkin über die Kunst als Emotion, die Bedeutung der Farbe für die Form und die Wiedergabe von Eindrücken und Gedanken gesagt habe.

Beim Lesen verschwammen Maria die Buchstaben vor den Augen. Wie gern wäre sie dabei gewesen und hätte mit der Baronin darüber gesprochen, was ihr Licht, Farbe und Form war. Es schmerzte sie, dass Franz das alles allein erlebte. Ohne sie. Dass sie nicht hautnah mit ihm teilen konnte, was da gerade an Gewaltigem mit ihm, seiner Kunst und in seinem Leben geschah. Genau dafür waren sie doch zusammen. Genau dafür waren sie füreinander da. Und nun verhinderten die Eltern das, weil sie sich engstirnig gegen ihre Verbindung stellten und Maria zwangen, in Berlin statt bei ihm zu sein. Nur wegen des weiterhin fehlenden Dispens!

Maria wurde noch elender. Und noch kränker.

Weihnachten kam. Geschenke von Franz trafen ein. Für die Eltern geschmackvolle Dosen und Teller. Handbemalt. Und für Maria von ihm entworfene Broschen und Haarspangen. Sehr elegant. Exakt auf ihr goldblondes Haar abgestimmt. Und auf die dunkelblauen, schlicht geschnittenen Kleider, zu denen er ihr riet, weil sie ihre üppige Figur vorteilhaft umspielten.

Maria konnte sich nicht wirklich daran freuen, so anrührend es auch war, dass er für sie Schmuck entwarf und für die Eltern Zierrat gestaltete. Zu sehr vermisste sie ihn. Zu sehr litt sie unter der erzwungenen Trennung und der nicht vorhandenen Aussicht, wann sie ein Ende hätte und sie wieder bei ihm wäre. Kaum ertrug sie die von der Mutter allen Haushaltsmitgliedern verordnete feierliche Stimmung in der festlich geschmückten Wohnung, die ständigen Besuche näherer und entfernterer Bekannter der Eltern, die damit auch an sie gestellte Erwartung, die wohlerzogene, umgängliche Tochter zu spielen, die der Mutter im Haushalt auch mit vierunddreißig Jahren noch zur Seite stand und den Vater bei der Unterhaltung der Gäste unterstützte. Trotz ihres fortdauernden Unwohlseins.

Dass Franz die Feiertage bei seinem Bruder Paul und seiner Schwägerin Helene zusammen mit seiner Mutter und Annette feierte, freute sie für ihn. Das klang nach einem harmonischen und weitaus ungezwungenerem Fest als ihrem. Wenigstens ihm ging es also einigermaßen gut. Wenn er ihr auch beteuerte, wie sehr sie ihm fehle. Jeden Tag, jede Stunde, jede Minute und jede Sekunde. Bei jedem Atemzug und jedem Wimpernschlag. Weil sie die Seele seines Daseins sei.

Wie schön er das formuliert hatte! Sie platzte vor Sehnsucht. Dennoch ging es ihr weiterhin schlecht, während er den Jahreswechsel mit Helmuth bei den neuen Freunden Jawlensky und Werefkin verbrachte. Und dort endlich auch Wassily Kandinsky, den ersten Vorsitzenden der Neuen Künstlervereinigung, und seine Partnerin und Kollegin Gabriele Münter kennenlernte. »Fabelhafte Menschen«, wie er Maria gleich am nächsten Tag hellauf begeistert schrieb.

Wie sehr ihm das Erlebte noch immer imponierte, erkannte Maria an seiner fast unleserlichen Schrift, dem unruhigen Tanzen der Buchstaben zwischen den nicht vorhandenen Linien und dem nachlässig gefalteten Briefpapier.

Ihr zitterten die Hände, als sie es glatt strich und das Geschriebene überflog. Franz fühlte sich »völlig gefangen von diesen feinen innerlich vornehmen Menschen«, besuche gleich mit ihnen sogar ein Konzert von Arnold Schönberg im Festsaal des Hotels Vier Jahreszeiten. Auf dem Programm stünden ein Streichquartett sowie drei Klavierstücke. Er platze vor Neugier.

Maria schnappte nach Luft. Er ging ins Konzert! Zu Schönberg. Ausgerechnet. Dessen neue Tonalität, die völlige Abkehr von gewohnten Traditionen, war derzeit in aller Munde. Zumindest in den Kreisen, in denen sie von Musik reden hörte. Auch darum beneidete sie Franz. Ebenso um das Erlebnis, die Aufführung zu erleben. Sie wusste, wie er auf Musik reagierte.

Die sie ihm vorspielte. Viel zu selten war sie bislang jedoch mit ihm in Konzerten gewesen. Im vergangenen Jahr kein einziges Mal. Viel zu lang hatte sie nicht mehr Klavier gespielt. Und die Musik eigentlich ganz vernachlässigt.

Bald wollten die »famosen Kollegen« von der Neuen Künstlervereinigung ihn und Helmuth in Sindelsdorf besuchen und sie beide die anderen umgekehrt in Murnau, wo die Münter ein Haus besitze und mit Kandinsky lebe, fügte Franz noch hinzu. Er freue sich schon jetzt auf den Moment, wo er dann endlich mit ihr zusammen mit ihnen verkehre. Gewiss gefielen sie ihr mindestens ebenso wie ihm.

»Du musst einfach schnellstens zu mir zurück und wieder in meinen Armen liegen – unbedingt, meine geliebte Vahine!«, schloss er und unterschrieb »mit tausend Küssen dein treuer Fanné«. Ein weiterer märchenhafter Kosename, den sie gelegentlich für ihn verwendete.

Eine dicke Träne tropfte von ihrer Wange auf das Papier, weichte die Tinte von Franz' Unterschrift auf. Sie presste die Lippen auf den rasch auseinanderlaufenden hellblauen Fleck, malte sich aus, wie seine Hände das Papier gehalten und er vielleicht auch einen Kuss darauf gehaucht hatte, bevor er es in den Umschlag geschoben hatte.

Sie schloss die Augen. Träumte sich in seine Arme. Und wünschte sich nichts sehnlicher, als endlich wieder bei ihm zu sein, neben ihm zu liegen und ihn mit ihrem Leib zu spüren.

Die Aussicht rückte in immer weitere Ferne. Wie auch Franz ihr in immer weitere Ferne rückte angesichts dessen, was er gerade in München erlebte. Ohne sie.

Wer waren diese Leute von der Neuen Künstlervereinigung, die ihn derart begeisterten? Furcht erfasste sie. Sie kannte seinen leicht zu entfachenden Enthusiasmus. Und wusste, wie leicht er zu enttäuschen war. Deshalb hatte er in den letzten Jahren nur wenige Freundschaften wie vor allem die zu Niestlé und Legros gepflegt, die meisten anderen zu seinen früheren Kommilitonen aus seiner Zeit an der Akademie im Sande verlaufen lassen. War gezielt dem Trubel der Münchner Bohème aus dem Weg gegangen. Er brauche nur sie, hatte er ihr immer wieder versichert. Und doch nach ihrem ersten produktiven Sommer zu zweit in Lenggries die Gleichgesinnten vermisst. Und sie im vergangenen Jahr erst in den beiden Mackes und nun offenbar im Kreis der Neuen Künstlervereinigung gefunden.

Also war sie ihm doch nicht genug. Weder als Malerkollegin noch als Gefährtin und Freundin.

Die Erkenntnis versetzte ihr einen weiteren Schlag.

Aber war das alles ein Grund, sich gleich derart kopfüber in die Freundschaft mit den anderen zu stürzen, sobald sie einmal für längere Zeit nicht bei ihm war?

Von Neuem wurde Maria krank. Noch kränker als zuvor. Sie wand sich vor Krämpfen im Unterleib. Fieberte heftig. Musste sich übergeben. Konnte nicht mehr aus dem Bett aufstehen, weil ihr ständig schwindelig war.

»Womöglich der Blinddarm«, mutmaßte der graubärtige Hausarzt und nahm die Hand von ihrer heißen Stirn, betrachtete sie besorgt, bevor er sich an die Mutter wandte. Die Marias Zustand in den letzten Tagen mit wachsendem Argwohn und zunehmend unverhohleneren Fragen nach ihrer Beziehung zu Franz und dem in ihren Augen skandalösen Zusammenleben in Sindelsdorf verfolgt hatte. Angesichts der Diagnose blickte sie erstmals ein wenig freundlicher auf die Tochter, wie Maria sich einbildete.

»Wissen Sie nichts, womit Sie Ihrer Tochter eine besondere Freude machen könnten?«, hakte der Arzt nach, sichtlich unberührt von den Vorgängen zwischen Mutter und Tochter. »Etwas

Aufmunterung würde Maria gut tun. Sonst bleibt uns bald nur die Einweisung in die Klinik und eine Operation. Was ich bei einer Frau im gebärfähigen Alter vermeiden würde. Der weibliche Unterleib ist sehr empfindsam. Und ein hohes Gut. Bestimmt will Ihre Tochter eines Tages noch Kinder …?«

»Wir werden uns etwas überlegen«, unterbrach die Mutter ihn hastig und drängte ihn geradezu aus dem Zimmer.

Maria war froh. Über dieses Thema wollte sie nicht mit dem alten Hausarzt der Familie reden. Und mit der Mutter noch weniger. Ehe die zurückkommen und doch zu sprechen beginnen konnte, gab sie sich einem erschöpften Schlaf hin.

Kapitel 22

Zwei Tage später konnte sie ihr Glück kaum fassen: Franz war da! Leibhaftig saß er bei ihr am Bett. »Klippschiefer klimm!«, hatte sie ihn inständig in Gedanken mit dem vertrauten Kosenamen beschworen zu kommen, nicht ahnend, dass der Vater unterdessen tatsächlich an den Geliebten die dringende Bitte geschickt hatte, sich zu ihrem Wohl auf den langen Weg zu machen. Und er war dem sofort gefolgt!

Wieder schwammen ihre Augen vor Tränen, dieses Mal vor Freude, ihn endlich bei sich zu haben.

Natürlich unter der strengen Aufsicht der Mutter.

Immerhin aber durften sie sich an den Händen halten, einander in die Augen sehen, in der Gegenwart des anderen schwelgen, während sie sich über belanglose Dinge wie ihr Befinden, seine überstürzte Fahrt mit der Eisenbahn von München nach Berlin und seine Unterbringung in einer Pension in der nahen Markgrafenstraße unterhielten. Ebenso sprach er davon, seinen Förderer und Mäzen Koehler besuchen zu wollen, wenn er denn schon einmal in Berlin war.

»Deine Eltern haben großzügigerweise die Reisekosten übernommen und zahlen auch die Unterkunft«, ergänzte er mit hörbar schlechtem Gewissen, weil ihm die nötigen Mittel dafür gefehlt hätten. Koehler hatte gerade erst mit seinen Zahlungen begonnen. Davon waren zunächst einige Außenstände für Leinwände, Farben und vor allem die Miete in Sindelsdorf zu begleichen gewesen.

»Das ist wohl auch selbstverständlich«, erwiderte sie und warf ihrer Mutter, die auf dem Sessel am Fenster saß und tat, als läse sie in einem Buch, einen fast schon aufmüpfigen Blick zu.

»Es ist gut, dass du endlich da bist. Ich hätte es nicht mehr länger ohne dich ausgehalten.«

»Das musst du aber. Noch bist du nicht gesund.«

»Wenn ich mir anschaue, was der Arzt mir alles verordnet hat, sollte ich es aber schnellstmöglich werden, sonst gibt mir diese Mischung aus Diät, Liegekur, Salzbädern und Heißluftbehandlung endgültig den Rest. Dann kann ich nie mehr im Leben aufstehen, geschweige denn zum Pinsel greifen und malen.«

Und Kinder kriegen, fügte sie in Gedanken hinzu, wagte aber nicht, das im Beisein der Mutter auszusprechen.

»Natürlich wirst du wieder aufstehen und malen«, versuchte Franz sie zu beruhigen. »Und alles andere, was dir am Herzen liegt, wirst du auch bald wieder tun. Hab nur etwas Geduld, mein Lieb.«

Er beugte sich vor, um sie zu küssen. Ein lautes Räuspern ihrer Mutter vom Fenster her ließ ihn jedoch wieder erschrocken zurückweichen.

Maria lächelte. Und drückte ihm die Hand.

»Das Wichtigste ist, dass du hier bist. Bei mir.«

»Morgen bin ich das auch wieder. Aber jetzt sollte ich erst einmal gehen. Sonst strengt es dich zu sehr an.«

»Du kannst mich nicht zu sehr anstrengen. Im Gegenteil.«

Traurig, wie sie fand, lächelte er. Ihr wurde bang. Er erhob sich, küsste sie jetzt doch rasch auf die Stirn und verabschiedete sich mit einer Verbeugung von der Mutter.

Hilflos sah sie ihm nach, wie er das Zimmer verließ. Wahrscheinlich hatte ihn die Mutter instruiert, keinesfalls länger als eine Stunde zu bleiben, und ihm gedroht, die Besuche ganz zu unterbinden, sollte er sich nicht daran halten.

Die nächsten Tage änderte sich die Stimmung jedoch. Zunächst kaum merklich, dann aber spürbar. Der Umgang der Eltern mit Franz und Maria wurde gelöster. Seine positive Wirkung auf ihren Genesungsprozess entging ihnen offenbar nicht. Er wurde sogar gebeten, abends zum Essen zu bleiben, und Maria wurde erlaubt, dafür aufzustehen und daran teilzunehmen. Trotz Diät und Liegekur.

Darüber blühte sie auf. Genoss im Speisezimmer bei dünner Gemüsebrühe hungrig Franz' Bericht von seinem Besuch bei Koehler, womit er die Eltern sehr beeindruckte, während die mit ihm Tellerfleisch und Kraut verspeisten, sich zum Nachtisch Pudding und eingemachtes Obst gönnten.

Am nächsten Tag hatte er vor seinem Eintreffen viele Stunden im Völkerkundemuseum verbracht. Die Begegnung mit den Werken angeblich »primitiver Völker« berühre ihn ganz besonders, bekannte er freimütig. Sie erfülle ihn »mit Respekt, Bewunderung und Erschütterung«, weil diese Kunst alles andere als »primitiv« sei, betonte er.

Sie ahnte, welche Impulse ihm das für sein eigenes Schaffen schenkte und wünschte sich, ähnliche Ideen bald ebenfalls auf der Leinwand auszuprobieren. Am liebsten mit ihm gemeinsam in Sindelsdorf, jeder an seiner Staffelei, er auf dem Speicher, sie im ersten Stock im Südzimmer. »Wenn ich dich so reden höre, juckt es mich in den Fingern, zu Stift und Papier zu greifen, um wieder mit dem Zeichnen zu beginnen«, sagte sie.

»Aber nicht sofort. Erst musst du dich vollständig auskurieren, um endlich wieder auf die Beine zu kommen.«

Die Mutter lächelte aufmunternd und drückte ihr ungewohnt zärtlich den Arm. Zum ersten Mal seit Wochen.

Maria wusste gar nicht, wie ihr geschah. Die letzte Zeit hatte sie ständig das Gefühl gehabt, ihre Eltern zürnten ihr wegen ihres »gschlamperten Verhältnisses« mit Franz und wegen ihrer

Erkrankung, die ihnen natürlich viel Unruhe ins Haus brachte und Sorgen bereitete. Zufällig beobachtete sie, wie die Mutter dem Vater am anderen Ende des Tisches mit der zweiten Hand ein aufmunterndes Zeichen gab.

Der räusperte sich zunächst einige Male, bevor er feierlich verkündete: »Es gibt gute Nachrichten. Unser Anwalt wird einen weiteren Antrag auf Dispens beim Amtsgericht in München einreichen. Er ist zuversichtlich, dieses Mal erfolgreich zu sein. Dann werdet ihr wohl im Frühjahr endlich heiraten können.«

»Das klingt phantastisch!« Franz strahlte.

Die Mutter seufzte kaum hörbar, bevor sie Marias Arm losließ.

Maria konnte es kaum fassen. Welch eine Nachricht! Völlig unerwartet. Keinen Ton hatten die Eltern bislang davon verraten, dass sie es noch nicht aufgeben wollten, Franz und ihr zur Hochzeit zu verhelfen. Und das offenbar so schnell wie möglich. Ihnen lag also doch an ihrer gemeinsamen Zukunft. Gerührt wischte sich Maria die Augenwinkel, bevor sie sich erhob und erst die Mutter, dann den Vater zärtlich umarmte.

Viel zu schnell waren die Tage mit Franz vorbei. Dabei kam es Maria vor, als wäre er gerade erst angekommen.

»Am liebsten würde ich dich nicht gehen lassen«, sagte sie, als sie im Salon unschlüssig voreinander standen, um sich voneinander zu verabschieden. Ihr bangte davor, wie sie es jetzt wieder ohne ihn aushalten sollte. Trotz der zuletzt von den Eltern demonstrierten Zuversicht wusste sie nicht, wie lange sie das noch musste.

»Am liebsten würde ich dich auf der Stelle mit zurück nach München nehmen.«

Es war ihm anzusehen, wie sehr er mit sich rang, sie nicht

einfach in die Arme zu schließen und den Wunsch tatsächlich umzusetzen. Sofort.

Im Beisein ihrer Mutter aber war das undenkbar. Daran änderte auch die Sympathie nichts, die sie ihm inzwischen bei jeder Gelegenheit bekundete.

Maria sammelte alle Kraft und schob ihn unmissverständlich zur Tür.

»Ehe du dich versiehst, bin ich wieder bei dir daheim«, versprach sie ihm, statt ihn zu küssen, wie sie es viel lieber getan hätte.

»Ich kann es kaum erwarten. Und unsere neuen Freunde ebenfalls nicht. Sie brennen darauf, dich kennenzulernen. Und ich brenne darauf, ihnen zu versichern, dass es nun wirklich nicht mehr lange dauert, bis wir alle bei uns in Sindelsdorf zusammen sind und gemeinsam an unseren Ideen und Vorstellungen feilen. Das wird ein Fest, auch für dich. Ganz bestimmt!«

Plötzlich platzte er vor Übermut. Das war ansteckend.

»Davon bin ich überzeugt!«

Rasch umarmte sie ihn doch einmal. Und hauchte ihm einen Kuss auf die Wange. Hätte ihn am liebsten für immer fest gehalten. Sie konnte nicht anders.

Die Mutter schien es sogar zu verstehen. Und räusperte sich nur kurz.

Schweren Herzens trennte sich Maria wieder von Franz, hielt allerdings seine Hände fest.

»Und denk an den Schönberg.« Verschmitzt zwinkerte Franz ihr zu.

»Übe fleißig die Stücke aus dem Heft, das ich dir gebracht habe. Damit du verstehst, worauf er mit seiner Musik hinauswill. Das brauchen wir auch fürs Malen, für den Klang unserer Farben, das Zusammenspiel der Komplementärfarben.«

Hastig hob er ihre Hand zum Mund, presste seine Lippen darauf und verschwand.

Und ihr blutete das Herz.

Überraschend durfte Maria kurz vor Ostern endlich ebenfalls wieder nach Sindelsdorf zurück. Das versetzte sie in helle Aufregung. Für Anfang April war ein neuerlicher Termin beim Amtsgericht anberaumt, um den beantragten Dispens zu verhandeln.

Seit Franz' Berlinbesuch im Januar lag eine unerwartet lange Trennung hinter ihnen, während der sie sich in ihren Briefen ausführlich mit dem schwebenden Heiratsverfahren befasst hatten. Das bewies, wie wichtig es ihm war, ihren Status endgültig gerichtlich zu klären und sein Eheversprechen wahrzumachen. Und das, obwohl er zur selben Zeit in Sindelsdorf Besuch von seinem Förderer Koehler, aber auch von der Werefkin, von Erbslöh und Kandinsky erhalten sollte. Zwei für ihn ähnlich aufwühlende und zukunftsweisende Ereignisse, für die er einiges vorzubereiten hatte. Von Berlin aus fieberte Maria mit, weil sie wusste, wie bedeutend sie für Franz waren.

Schließlich hatte er die Besuche überstanden und berichtete ihr in einem Brief ausführlich darüber. Beide hatten seine kühnsten Hoffnungen noch übertroffen. Damit fühlte er sich als Künstler so wertgeschätzt, wie er sich das immer erträumt hatte. Maria platzte vor Stolz. Und erzählte den Eltern beim nächsten Abendessen davon. Sie sollten wissen, wie vielversprechend sich Franz' Zukunft als Maler inzwischen gestaltete, um nicht mehr zu befürchten, Maria geriete durch die Heirat in wenig solide Verhältnisse.

»Koehler hat sich mehrere Stunden in Franz' Atelier umgesehen. Er wollte sich einen umfassenden Eindruck von seiner Arbeitsweise verschaffen.«

»Als bedeutender Sammler hat er natürlich schon viele Maler in ihren Ateliers besucht und weiß sie zu beurteilen«, merkte der Vater an. Die Mutter ergänzte: »Ein hervorragender Mann!«

Maria freute sich, wie rasch die Eltern begriffen, was das für Franz hieß.

»Er hat sich auch schon die ersten Bilder ausgesucht, die er von Franz haben will. Seine großzügige monatliche Förderung garantiert Franz fortan nicht nur ein unabhängiges Arbeiten, sondern ist auch eine enorme Anerkennung. Die wird ihm weitere Türen öffnen. Jeder in der Kunstwelt kennt Koehler. Und jeder weiß, dass er nur sehr, sehr wenige Maler auswählt, um sie derart zu unterstützen.«

Sie hielt inne. Die Mutter schwieg weiter, sichtlich beeindruckt von dem Gehörten, der Vater nickte wohlwollend.

»Aber das ist noch nicht alles, was Franz mir Neues schreibt.«

Erneut legte Maria eine Pause ein, wartete, bis die Eltern abermals das Besteck beiseitelegten, um ihr aufmerksam zuzuhören.

»Auch einige renommierte Münchner Malerkollegen haben ihn in Sindelsdorf besucht. Und sie waren so begeistert von dem, was er ihnen gezeigt hat, dass sie ihn auf der Stelle nicht nur als Mitglied in die Neue Künstlervereinigung aufnehmen, sondern ihn gleich zu deren drittem Vorsitzenden ernennen!«

»Großartig!« Die Mutter applaudierte.

»Eine ausgezeichnete Bestätigung«, pflichtete der Vater bei. »Das Lob von Kollegen zählt mehr als alles andere, weil das die wahren Experten sind.«

Maria schwelgte in Franz' Erfolg und freute sich, wie sehr er auch den Eltern imponierte. Und offenbar tatsächlich ihre letzten Zweifel besiegte, ob sie nicht doch auf einen Schwindler oder Nichtsnutz, wenn auch aus gutem Haus, hereinfiele.

Franz' Wahl zum dritten Vorsitzenden der Neuen Künstlervereinigung bedeutete ihm allerdings nicht nur Ehre. Er fühlte sich auch verpflichtet, Geldgeber aufzutreiben und sich an den Diskussionen zur Kunsttheorie zu beteiligen. Darin wollte Maria ihn unterstützen. Voller Eifer stürzte sie sich darauf, sein theoretisches Wissen zu vertiefen. Dank ihres jahrelangen Studiums an den verschiedensten Malschulen und -akademien sowie bei den renommiertesten Lehrern hatte sie sich enorme Kenntnisse erworben, an denen sie ihn jetzt nur zu gern teilhaben ließ. Umgekehrt lernte sie auch von ihm gern Neues und las alles, was er ihr an Schriften empfahl.

Unweigerlich führte sie das wieder zu seinem Schönberg-Erlebnis. Und offenbarte ihnen die Notwendigkeit, in Sindelsdorf ein Klavier haben zu müssen, damit Maria ihm dort regelmäßig vorspielen und sie die Musik wieder enger in ihr Malen einbinden konnten.

Sie beschlossen, sich das Instrument von den Eltern zur Hochzeit schenken zu lassen. Eine Idee, die die beiden erfreut aufgriffen. Was bewies, dass sie überzeugt waren, dem angestrebten Dispens stünde nun tatsächlich nichts mehr im Weg. Maria und Franz plagten jedoch noch Zweifel. Ohne es den Eltern zu gestehen, diskutierten sie in ihren Briefen intensiv darüber, was sie noch tun konnten, sollte der Dispens von Neuem abgelehnt werden. Sie wollten nicht mehr warten. Sie wollten endlich heiraten. Egal wo und wie, Hauptsache, sie wurden getraut.

»Versucht es in England«, riet ihnen Lisbeth Macke überraschend, als sie ihr davon schrieben. Angeblich sei es deutschen Staatsbürgern dort erlaubt, ohne entsprechende Bescheide zu heiraten und die Ehe hinterher in Deutschland anerkennen zu lassen.

»Das klingt zu schön, um wahr zu sein.«

Maria reagierte reserviert. Sie wollte es kaum glauben. Sollte es so einfach sein? Nach allem, was sie in den letzten Jahren erlebt hatten? Wie viel Aufregung wäre ihnen erspart geblieben, hätten sie eher davon erfahren! Sofern es stimmte.

Franz dagegen war auf Anhieb begeistert und wischte alle ihre Zweifel beiseite.

»Das klingt gut! Das probieren wir in jedem Fall, wenn das Münchner Amtsgericht unseren Antrag wieder ablehnt«, entschied er in seinem nächsten Brief an Maria. Ihr blieb gar keine andere Wahl, als zuzustimmen. Sofort entwarf er einen konkreten Plan, was sie genau zu tun hätten, um auf diese Weise ein rechtmäßiges Ehepaar zu werden.

KAPITEL 23

Es schien tatsächlich verblüffend einfach, musste Maria zugeben. Die Frage der Unterkunft war ebenso rasch geklärt wie die, wie Franz und sie mit der möglicherweise komplizierten und vor allem englischsprachigen Bürokratie zurechtkämen. August habe eine Cousine in London, die ihm noch einen Gefallen schulde, verriet Lisbeth ihnen im nächsten Brief. Ihr gefiel es offenkundig sehr, ihnen bei der Angelegenheit behilflich zu sein. Mit ihrem Mann betreibe die Cousine passenderweise ein Hotel, schrieb sie weiter. Dort könnten sie also günstig wohnen. Außerdem werde ihnen die Cousine vor Ort bei allem tatkräftig beistehen und natürlich auf den Ämtern dolmetschen.

»Ihr könnt ihr in jedem Fall vertrauen. Sie wird alles tun, um euch zum Trauschein zu verhelfen. Und dann seid ihr richtig Mann und Frau«, schloss Lisbeth ihr Schreiben zuversichtlich.

Obwohl Maria weiterhin skeptisch blieb, besorgte sie in Berlin vorsorglich sämtliche Papiere, die sie für die Aktion benötigte, damit es daran nicht scheiterte. Ebenso stellte Franz in München alles zusammen, was er für die Reise an Unterlagen brauchte.

»Auch die Eisenbahnverbindungen nach London habe ich bereits herausgesucht«, erklärte er Maria bei ihrer Rückkehr nach München noch am Bahnhof. »Sie sind besser als gedacht. Und die Zugbilletts sind schnell gekauft. Notfalls können wir gleich am nächsten Tag nach der Verhandlung beim Amtsgericht losfahren. Aber letztlich wird das alles unnötig sein. Dieses Mal werden wir ganz bestimmt den Dispens erhalten.«

»Das wäre das Beste«, stimmte sie erschöpft zu.

»Und das Billigste.« Franz war in seinem Übermut nicht zu bremsen. »Denn auch wenn wir günstig bei Augusts Cousine wohnen würden, kostet uns der Spaß viel Geld.«

»Das wir weitaus besser für anderes verwenden könnten.«

»Genau wie die Zeit. So eine Reise dauert ja nicht nur wenige Tage«, setzte er nach. Dann aber lächelte er siegesgewiss. »Was machen wir uns eigentlich so viele Gedanken? So gern ich mit dir verreise und London unbedingt einmal besuchen würde, wird das alles nicht nötig sein. Du wirst sehen: Noch vor Ostern ist der ganze Alptraum erledigt. Wie erhalten den Dispens und heiraten im Wonnemonat Mai.«

Er fasste sie an den Händen und tanzte mit ihr fröhlich summend einige Schritte den Hochzeitsmarsch über den Perron. Der Bahnbeamte maß sie mit einem missbilligenden Blick, einige Reisende schüttelten den Kopf. Franz verbeugte sich entschuldigend in alle Richtungen, dann bot er Maria den Arm, nahm ihren Koffer und ging mit ihr zur Tram. Diese Nacht verbrachten sie bei Paul und Helene in der Maxvorstadt, bevor sie am nächsten Tag nach Sindelsdorf hinausfuhren.

»Was bin ich froh, wenn ihr bald ein ordentliches Ehepaar seid«, spottete Paul. »Dann muss ich keinen Ärger mehr befürchten, weil ich euch im selben Zimmer übernachten lasse.«

»Dann ist endlich Schluss mit eurem gschlamperten Verhältnis!«, stimmte Helene zu und klatschte vergnügt in die Hände.

»Obwohl ich es mir nur schwer vorstellen kann, dass mein kleiner Bruder ein verheirateter Mann ist.«

»Was er nicht zum ersten Mal sein wird.«

»Dieses Mal aber hoffentlich glücklicher und für lange Zeit.«

»Von mir aus in alle Ewigkeit«, erwiderte Franz seinem Bruder und der Schwägerin.

Maria sagte nichts. Hoffte nur, es käme tatsächlich so.

Leider kam es doch völlig anders als erhofft. Der neuerliche Antrag auf Dispens wurde vom Münchner Amtsgericht Anfang April abermals abschlägig beschieden.

»Das gibt es nicht!«

Wütend zerknüllte Franz das Schreiben, mit dem ihm das in nüchternem Amtsdeutsch offiziell mitgeteilt wurde. Auf einen Schlag war die Zuversicht verflogen, die er in letzter Zeit bei jeder Gelegenheit bekundet hatte. Wahrscheinlich hatte er sich selbst damit stets mehr ermutigen müssen als Maria.

Seine stattdessen nun deutlich greifbare Verzweiflung dauerte sie. Deutlich sah sie ihm an, dass er sich große Vorwürfe machte, was er ihr mit dem ganzen Hin und Her antat.

»Und das alles nur, weil ich der Schnür einmal helfen wollte. Was bin ich für ein deppertes Rindvieh! Reingefallen bin ich. Ganz übel hintergangen hat sie mich. Weil sie uns unser Glück nicht gönnt. Ein hinterfotziges Weibsstück ist sie.«

Fassungslos schlug er die Hände vors Gesicht, schüttelte immerzu den Kopf. Ihren Versuchen, ihn zu beschwichtigen oder ihn gar in die Arme zu nehmen, um ihn zu trösten, wich er aus.

»Lass mich! Für dich wäre es besser ohne mich. Das hast du nicht verdient. Nie werde ich mir verzeihen, dir das angetan zu haben.«

»Du hast mir nichts Schlimmes angetan. Im Gegenteil. Du bist das größte Glück für mich, das ich mir vorstellen kann. Ohne dich will ich gar nicht sein. Ganz egal, ob wir verheiratet sind oder nicht. Hauptsache, wir sind zusammen. Und das sind wir. Für den Rest unseres Lebens.«

Endlich gestattete er ihr doch, ihn zu umarmen und ihm die Tränen von den Wangen zu küssen.

»Wenn wir jetzt wie geplant nach London fahren, waren unsere aufwendigen Vorbereitungen wenigstens nicht umsonst«, versuchte sie später, dem Ganzen etwas Positives abzugewinnen.

»Im Frühling soll es dort gar nicht so übel sein. Und außerdem wollte ich schon immer einmal nach England.«

Es war gut, dass sie die nötigen Papiere bereits beisammen hatten. Die Zugbilletts waren tatsächlich rasch besorgt. Lisbeth informierte wie vereinbart Augusts Verwandte über ihre Ankunft. Nach Ostern starteten sie.

Wie versprochen beherbergten Augusts Cousine Helene und ihr Mann sie in ihrem Railway Hotel im Londoner Stadtteil Anerly. Der gehörte zum Amtsbezirk Croydon im Südosten, wo sie auch das Standesamt aufsuchen wollten.

Auf Anhieb fühlte Maria sich bei den beiden in guten Händen. Franz fremdelte zunächst etwas, das aber war kein Wunder nach den Aufregungen der letzten Wochen, die ihn stärker mitgenommen hatten, als er ihr und insbesondere sich selbst eingestehen wollte.

»Der Schnür werde ich nie im Leben verzeihen. Vor allem nicht, dass sie dich so schamlos als Ehebrecherin beschuldigt hat. Vor dem Richter! In aller Öffentlichkeit! Kein Wunder, dass du davon ernsthaft krank geworden bist.«

Er klang bitter, als sie vor dem Einschlafen im Bett zum gefühlt tausendsten Mal über die Angelegenheit sprachen.

»Dabei hatten wir eine glasklare Abmachung. Es war genau besprochen, wozu wir heirateten. Und ich Hornochse hab ihr vertraut! Wie hab ich mich nur so in ihr täuschen können? Noch nie hab ich mich so in jemandem getäuscht.«

»Wir haben uns beide in ihr getäuscht«, stellte Maria klar. »Aber jetzt ist es vorbei. Jetzt ziehen wir einen Schlussstrich unter das alles und vergessen die Schnür für den Rest unseres Lebens.«

Fest schlang sie ihm die Arme um den Leib und setzte alles daran, ihn in dieser Nacht tatsächlich so schnell wie möglich alles Unerfreuliche vergessen zu lassen. Statt sich immerfort weiter darüber zu ärgern, was geschehen und nicht mehr zu ändern war, wollte sie sich fortan ganz auf das konzentrieren, was vor ihnen lag. So, wie es aussah, war das sehr viel Erfreuliches. Allen voran endlich ihre Heirat.

Am nächsten Tag schon begleitete Helene sie aufs Amt und dolmetschte wie versprochen für sie. Franz konnte zwar gut Englisch lesen, aber kaum sprechen, und Maria verfügte nur über rudimentäre Sprachkenntnisse.

Es hieß, sie sollten warten, bis ihnen der Bescheid zuginge.

»Die beste Gelegenheit, London zu erkunden«, beschloss Franz und gab sich auf einmal wieder unternehmungslustig. Froh über diesen Sinneswandel und neugierig auf das, was sie an der Themse erwartete, willigte Maria ein.

Nahezu drei Wochen verbrachten sie mit ausgedehntem Sightseeing. Natürlich steuerten sie als Erstes Galerien und Gemäldesammlungen an. Neugierig besichtigten sie sie. Und wunderten sich, wie wenig zeitgenössische Kunst dort ausgestellt wurde. Vor allem aus anderen Ländern.

»Von dem, was auf dem Kontinent los ist, scheinen sie hier auf der Insel nichts mitzubekommen.«

Verblüfft durchschritt Maria die endlosen Säle der National Gallery am Trafalgar Square auf der Suche nach neueren Werken von außerhalb Englands. Zuvor hatte sie schon im imposanten Bau der Tate am Themseufer vergebens etwas anderes als englische Kunst sehen wollen.

»Van Gogh ist noch nicht lange genug tot, um in den ehrwürdigen Hallen Aufnahme zu finden«, erwiderte Franz. »Und mit den Franzosen haben sich die Engländer immer schon schwer getan. Was sich derzeit in Paris tut, ist für die Briten wahrscheinlich schlichtweg zu verwirrend, um es richtig einschätzen zu können.«

»Oder noch nicht nobel genug, um es zu präsentieren.«

Sie maß die dicken Marmorsäulen am Durchgang zum nächsten Raum mit einem abschätzigen Blick.

»Dafür haben sie sich vor wenigen Jahren für ihre National Gallery die betörende *Venus vor dem Spiegel* von Diego Velásquez gegönnt. Ein echtes Prachtstück.«

Franz baute sich vor dem Gemälde auf, das den nächsten Raum beherrschte, und studierte es aufmerksam. Unverhüllt bot die Schöne auf der Seite liegend dem Betrachter ihren nackten Leib dar. Von hinten. Perfekt. Im kleinen Spiegel, den der geflügelte Amor ihr hielt, zeichnete sich verschwommen ihr Gesicht ab.

»Wirklich ein geniales Bild. Und endlich einmal etwas nicht von einem Briten«, stimmte Maria zu, ebenfalls magisch angezogen von der Wirkung des Werks in auffallenden Rot-, Grau- und Blautönen.

»Aber es ist doch erstaunlich, wie viel nackte Frauenhaut man ausgerechnet in Londoner Museen anschauen kann.«

»Das mögen die Briten. Gerade weil sie so verschlossen sind.« Franz schmunzelte.

Die nächsten Tage spazierten sie durch das British Museum, bestaunten den Tower und die Tower Bridge, bewunderten die Houses of Parliament und die Westminster Abbey, schlenderten durch die verschiedensten Kaufhäuser, um schönen, aber nutzlosen Tand wie Strümpfe, Seidentücher und bemalte Döschen zu kaufen, trieben sich auf einem Volksfest im Crystal Palace herum und landeten schließlich beim Pferderennen in Epsom.

»Vielleicht sollten wir unser Glück beim Wetten versuchen. Dann könnten wir unsere Reise womöglich noch mit einem fetten Geldgewinn krönen«, schlug Maria vor und sah sich begeistert um. Die fein herausgeputzten Damen mit ihren ausladenden Hüten und die vornehmen Gentlemen mit Zylinder und Stock gefielen ihr, die ernsten Gesichter, mit denen sie sich über die Wettscheine beugten, imponierten ihr.

»Sieh nur!«, stieß sie Franz an. »Hier fällst du mit deinem Spazierstock gar nicht auf. Hier musst du dir schon etwas anderes als einen silbernen Knauf daran zulegen, um aus der Masse herauszustechen.«

»Für München schaffe ich mir wohl noch einen Zylinder an«, überging er ihre Neckerei. »Dann rage ich in jedem Fall aus allen heraus.«

Die Rennpferde taten ihnen allerdings leid, obwohl sie bestens gepflegt und wunderschön anzusehen waren.

»Sie sind völlig nervös. Schau nur, wie sie zittern.«

Mit dem Stock wies Franz auf einen Fuchs, der von einem Burschen dicht an ihnen vorbeigeführt wurde. Seine Flanken glänzten in der Sonne, die dunkle Mähne war sorgfältig gebürstet, dennoch wirkte das Tier erschreckend unruhig. Unablässig wanderten seine Augen umher, es fletschte die Zähne.

»Diese Veranstaltung ist eine einzige Qual für die armen Tiere! Das will ich mir nicht ansehen.«

Entrüstet wandte Maria sich ab.

»Dann wettest du doch nicht?«

»Lieber bleibe ich arm wie eine Kirchenmaus, als mein Geld auf diese Weise zu verdienen.«

Das bereute sie selbst dann nicht, als sie merkten, wie rasch das mühsam über Wochen Zusammengesparte zusammenschmolz, weil sich der Bescheid vom Standesamt länger hinzog, als gedacht. Zum Glück berechneten Helene und Carl ihnen einen Sonderpreis für die Unterkunft.

Endlich traf der Bescheid ein.

Aufgeregt öffnete Franz den Umschlag, Maria klopfte das Herz bis zum Hals. Kaum gelang es ihr, Franz dabei zuzusehen, wie er die Zeilen überflog.

Dann erblasste er. Und reichte ihr wortlos das Schreiben.

Eine Absage. So viel verstand sie auf Anhieb.

Dennoch las sie es ein zweites Mal. Sicherheitshalber. Mit jedem Wort wuchs ihre Empörung. Und ihre Enttäuschung. Das war es dann wohl. Matt sank sie auf einen Stuhl.

Helene kam zu ihnen an den Tisch, bot ihre Hilfe an. Maria gab ihr den Brief. Helene las ebenfalls und übersetzte.

Das machte es nicht besser. Die niederschmetternde Nachricht blieb dieselbe. Das Gesetz sei inzwischen geändert, hieß es. Deutsche Staatsbürger müssten einen Nachweis vorlegen, dass in Deutschland kein Ehehindernis bestünde, bevor sie in England heiraten durften.

Der fehlende Dispens stand ihnen also auch in London wieder im Weg.

Maria wollte es nicht fassen. Franz sprang wütend auf, rannte ohne weitere Erklärung aus dem Gastraum des Railway Hotel.

Sollte sie ihm hinterherlaufen? Was hatte er vor? Würde er sich etwas antun?

Panik erfasste sie. Zugleich fühlte sie sich unfähig, sich zu regen. Ihr Plan war gescheitert. Ein weiteres Mal. Wieder konnten sie nicht heiraten. Und das nur, weil Franz so ein gutgläubiger, hilfsbereiter Mensch war. Und sie es versäumt hatte, ihn rechtzeitig vor sich selbst zu schützen. Wie hätten sie auch ahnen können, dass die Schnür sich nicht an die Vereinbarung hielte. Und dass das solche Konsequenzen für ihr restliches Leben nach sich zöge! Ihrer Böswilligkeit hatten sie es zu verdanken, dass sie sich seit Jahren in dieser ausweglosen Situation befanden. Und nun hatten sie wohl endgültig keine Möglichkeit mehr, eines Tages doch noch zu heiraten.

Carl gab ihr ein Zeichen, dass er Franz folgen und nach ihm sehen würde. Helene brachte ihr ein Glas Wasser, tätschelte ihr den Arm. Dankbar trank Maria. Und versuchte, in Ruhe zu überlegen, wie es nun weitergehen sollte. Wie die Eltern reagieren würden. Was sie tun sollte.

Je länger sie über die Situation nachdachte, desto klarer wurde ihr, was sie bedeutete. Und was sie wollte.

Sie musste mit Franz nach Sindelsdorf zurück. Sie musste dort mit ihm leben. Nur dort konnte sie arbeiten. Mit ihm. Unter demselben Dach. Genauso wie sie das seit Lenggries taten.

Wenn das nicht mehr möglich war, war alles vorbei. Dann waren die letzten Jahre, ihr gesamtes Studium und das bislang Erreichte vergebens gewesen. Niemals würde sie Kunstlehrerin werden wie ihre Freundin Janne und am Ende gar ihr Malen aufgeben, um doch noch eine einigermaßen akzeptable Verbindung einzugehen und versorgt zu sein. Niemals würde sie Franz aufgeben. Das Leben mit ihm aufgeben. Ganz egal, welche Entbehrungen und Einschränkungen das auch bedeutete. Und einerlei, wie sie selbst dastand als unverheiratete Frau mit ihrem »gschlamperten Verhältnis« mit dem »Schwabinger Schlawiner«.

Kaum hatte sie das zu Ende gedacht, ging es ihr besser. Inzwischen hatte Helene ihr einen Tee gebracht. Gemeinsam saßen sie am Tisch, aßen Scones mit clotted cream und schwiegen.

Endlich kehrten Carl und Franz zurück. Franz mit einem triumphierenden Lächeln auf dem Gesicht.

Wortlos legte er ihr die Abschrift eines Telegramms auf den Tisch. Das hatte er an Paul in München aufgegeben, wie sie der Adresszeile entnahm.

Sind glücklich verheiratet. Stopp. Schick wie vereinbart die Vermählungsanzeige los. Stopp. Tausend Dank. Stopp. Kommen bald. Stopp. Maria und Franz. Stopp.

Marie blieb die Luft weg. Das war nicht recht. Sie fühlte sich überrumpelt. Von Franz. Weil er über ihren Kopf hinweg einfach Tatsachen geschaffen hatte.

Zugleich ahnte sie, dass sie nichts dagegen tun würde. Was auch? Ein zweites Telegramm hinterherschicken, in dem sie die vermeintliche Hochzeit widerrief? Und dann?

Dann ginge das ewige Zittern und Zerren weiter. Dann bangten sie noch eine sehr lange Zeit, wenn nicht gar für immer und in Ewigkeit um ihr gemeinsames Leben. Ohne dass es irgendwem half. Und ohne dass es irgendwem schadete.

Außer ihnen beiden.

Sie stutzte. Und begriff.

Franz hatte recht.

Niemand nahm Schaden, wenn sie jetzt einfach taten, als wären sie verheiratet. Niemand störte sich daran. Letztlich lebten sie einfach weiter wie bisher. Zusammen. Als Mann und Frau.

Kapitel 24

Nun galt Maria überall als »Frau Marc«, ohne es tatsächlich zu sein. Nicht einmal Paul und Helene weihten sie bei ihrer Rückkehr nach München ein, dass ihnen die Heirat auch in London verwehrt worden war.

Obwohl Maria Franz' Entscheidung inzwischen guthieß, kostete es sie doch einige Überwindung, so zu tun, als wären sie jetzt tatsächlich verheiratet.

Franz schien es leichter zu fallen.

»Schau nur, wie einfach es ist! Niemand wundert sich oder fragt nach, weil uns längst alle als Ehepaar verstehen«, versuchte er sie zu ermutigen. »Jeder sieht eben nur, was er sehen will.«

Dennoch zuckte Maria anfangs immer wieder zusammen, wenn sie als »Frau Marc« angesprochen wurde. Und das wurde sie ab sofort natürlich überall, wo sie hinkam.

In Sindelsdorf verbreitete sich die Nachricht nach ihrer Ankunft wie ein Lauffeuer. Dazu trugen vor allem die älteren Niggl-Kinder bei, die überall herumerzählten, welch wunderbare Spielsachen – kleine Zinnfiguren für die Buben, in Schottenröcke gekleidete Puppen für die Mädchen, bunte Pumphosen für die Zwillinge – »Herr und Frau Marc« ihnen von ihrer Hochzeitsreise aus England mitgebracht hatten.

»Sie sollen die Schratzen nicht so verwöhnen.«

Die runden Wangen der abermals hochschwangeren Afra glühten, als sie bei ihnen in der frisch geweißelten Küche im Obergeschoss stand. Vor ihrer Abreise hatte Franz den Neuanstrich sämtlicher vier Zimmer – neuerdings hatte Maria ein eigenes, lichtdurchflutetes Atelier im Erdgeschoss dazubekommen – in Auftrag gegeben. Als Überraschung nach Marias monatelanger Abwesenheit über den Winter und das ganze Frühjahr. Kaum konnte sie sich daran sattsehen, wie hell, sauber und freundlich ihr Heim plötzlich aussah. Und wie eindrucksvoll die schönen Möbelstücke jetzt darin wirkten, die sie auf der Auer Dult, in Antiquitätengeschäften oder aus Franz' früherem Elternhaus zusammengestellt hatten.

Die Schreinersfrau strahlte. Ihr hatten sie ein fliederfarbenes Seidentuch mitgebracht, das bestens zu ihren blonden Haaren passte. Fast wagte sie nicht, es mit ihren rauen Händen anzufassen, geschweige denn, es sich umzubinden.

»Jetzt, wo sie verheiratet sind, werden Sie bald eigene Kinder haben. Dann brauchen Sie das Zeug für die Kleinen selbst«, meinte sie und musterte Maria, verharrte dabei sichtlich auf ihrem Bauch, über den sich der Stoff des blauen Leinenkleides auffällig spannte.

Daraufhin errötete Maria ebenfalls. Es stimmte zwar, dass sie zugenommen hatte. Deutlich, wie sie zu ihrem Leidwesen bei jedem Blick in den Spiegel feststellte. Allerdings nicht, weil sie guter Hoffnung war. So inständig sie sich den Zustand herbeisehnte, lag es bei ihr an dem guten Essen, mit dem Lisbeth sie und Franz verwöhnt hatte. Auf der Rückreise aus England hatten sie noch bei ihr und August in Bonn Station gemacht, den munteren kleinen Walter bewundert und das schöne Wohnhaus besichtigt, in dem sich die Freunde gemütlich eingerichtet hatten.

»Die Post, die in den letzten Wochen für Sie gekommen ist, hab ich Ihnen hier gesammelt. Eine schöne Menge ist das geworden«, brach Afra das peinliche Schweigen, das sich auf einmal zwischen ihnen auszubreiten drohte. Geschäftig rückte sie den großen Korb zurecht, der auf der Ofenbank stand und bis zur obersten Kante mit Briefen gefüllt war, bevor sie sich mit einem Knicks verabschiedete.

»Franz und Maria Marc – das klingt doch gut!« Willkürlich griff Franz die ersten Briefe heraus, überflog die Anschriften und die Absender, grinste breit. »Das meiste sind wohl Glückwunschschreiben als Antwort auf unsere Vermählungsanzeige.«

»Sogar einige Päckchen mit Geschenken sind dabei.«

Maria deutete auf die in braunes Packpapier eingeschlagenen Sendungen, die neben dem Korb lagen.

»Ist dir das etwa peinlich?«

Schwungvoll warf er die Briefe zurück in den Korb und fasste sie an den Händen, begann mit ihr durch die sonnigen Räume zu tanzen. Russi wachte auf und begann, aufgeregt zu bellen. Die beiden Katzen Rudi und Hanni hoben nur träge den Kopf, bevor sie sich wieder ineinander rollten und weiterschliefen.

»Bin ich dir jetzt etwa peinlich, teuerste Vahine? Bereust du schon, dich auf mich eingelassen zu haben?«, setzte Franz neckend nach und wirbelte sie einmal um die eigene Achse.

»Weißt du überhaupt, was das Beste an der Sache ist?«

Jäh stoppte er und fing sie mit seinen kräftigen Armen auf. Sein Atem ging stoßweise. Warm spürte sie ihn auf der Haut. Sie schwieg, schmiegte sich gegen seine Brust.

»Einerlei, ob wir wirklich verheiratet sind oder nicht: mir kommst du nicht mehr aus!«, triumphierte er. »Auch für dich gibt es kein Zurück mehr. Ob du willst oder nicht: Wir sind jetzt Mann und Frau. Für alle Ewigkeit!«

Ungestüm versetzte er ihr einen weiteren Stoß, damit sie sich abermals drehte. Vollführte selbst völlig übertriebene Pirouetten, bis er über die eigenen Füße stolperte und sich auf sie stürzte, sie festhielt und mit Küssen überschüttete.

»Sag nicht, du hättest nicht gewusst, worauf du dich mit mir einlässt. Seit Jahren teilst du Tisch und Bett mit mir, hattest also im Gegensatz zu einer ›anständigen Tochter aus gutbürgerlichem Haus‹ mehr als genug Gelegenheit, deinen Bräutigam mit seinen guten und vor allem schlechten Seiten ausgiebig kennenzulernen, und in Ruhe abzuwägen, ob du mich wirklich willst. Ob du das Wagnis, den Rest deines Lebens mit einem verrückten, mittellosen Pinselschwinger wie mir zu verbringen, wirklich eingehen magst.«

»Blieb mir denn eine Wahl?«, gab sie zurück. Seine gute Laune war ansteckend. Nur zu gern ließ sie sich von ihm mitreißen.

»Nicht wirklich. Die Würfel sind ohnehin längst gefallen«, stellte er klar. Sein Gesichtsausdruck wurde schwärmerisch. »Als Erstes müssen wir ganz schnell ein Mädchen bekommen. Julia.«

»Julia? Und wieso ein Mädchen?«

»Weil sie doch den kleinen Walter von den Mackes heiraten muss!« Franz klang beinahe ärgerlich über ihre Begriffsstutzigkeit. »Ich sehe sie schon vor mir, wie sie ihn eines Tages mit ihrem goldenen Haar becirct. Wie die Loreley, die wir letztens auf unserer Reise den Rhein hinauf gesehen haben. Was denkst du, was die zwei an Malergenies als unsere Enkelkinder fabrizieren werden?«

»Gib ihnen wenigstens die Chance, selbst zu entscheiden, wen sie später einmal lieben und heiraten werden.«

»Wir werden einen ganzen Stall voll Kinder haben, die alle tun und lassen und lieben dürfen, was und wen sie wollen. Solange sie mindestens so dicke blonde Haarschöpfe haben wie du und mindestens so narrisch sind wie ich.«

»Allein dafür lohnt es sich, mich mit dir einzulassen.«

»Dann lass uns am besten sofort damit anfangen, für unseren reichen Nachwuchs zu sorgen. Wir haben einiges Versäumte aufzuholen, sonst ist Walter am Ende viel zu alt für unsere schöne, feine Julia.«

Entschlossen nahm er sie auf den Arm und trug sie zum Bett. Mitten am Tag.

Aufzuholen hatte Maria in diesem Sommer in Sindelsdorf noch weitaus mehr als nur die leidenschaftlichen Nächte mit Franz. Aufzuholen hatte sie auch mehrere Monate ihres Künstlerinnenlebens. Während des langen Aufenthalts Anfang des Jahres in Berlin, später in England sowie auf der Heimreise durchs Rheinland hatte sie nur gezeichnet.

Das allerdings in großem Umfang. Ihre Notizhefte und Blöcke waren randvoll. Von Franz und August hatte sie sich Aufgaben stellen lassen, um ihren Stil wie auch die Technik zu überdenken und weiter zu verfeinern, gerade hinsichtlich der Diskussionen, die sie brieflich über Farben und Formen geführt hatten. Und angesichts ihrer neuen Ideen, vor allem zu den Kinderbildern, die im letzten Sommer entstanden waren. So schnell wie möglich wollte sie jetzt wieder zu Pinsel und Farbe greifen und das alles auf der Leinwand ausarbeiten. Die lange Pause an der Staffelei wollte sie schnell wettmachen.

Franz' Arbeiten aus den letzten Monaten spornten sie zusätzlich an. Das war ihr schon bewusst geworden, als sie nach ihrer Rückkehr aus Berlin Anfang April gesehen hatte, was er den Winter über auf seinem Sindelsdorfer Speicher geschaffen, welch gewaltige Entwicklung er gemacht und welch neue Freiheiten er sich gegönnt hatte. Die enge Auseinandersetzung mit der Kunst seiner neuen Freunde und seine Überlegungen zur Schönbergschen Musik waren auf jedem seiner Gemälde sichtbar. Am deutlichsten wurde das, wenn man das Lenggrieser Pferdebild mit den blauen Pferden verglich, die er mehrfach gemalt hatte.

Blaue Pferde! Nie hätte sie das für möglich gehalten. Niemals erwartet, dass Franz sie malte. Aber jetzt, da sie sie vor sich hatte, wusste sie, dass es gar nicht anders ging. Dass er sie hatte malen müssen. In Blau. Genau so und nicht anders. Weil er fortan dem Empfinden seines »geistigen Organs«, wie er das nannte, Ausdruck verleihen wollte.

In ihrer ungewöhnlichen, mutigen Farbigkeit wirkten die blauen Pferde natürlich, selbstverständlich.

Tränen standen ihr in den Augen, als sie sie betrachtete. Gar nicht aufhören konnte, sie zu betrachten. Und dann Franz einfach um den Hals fiel.

Das war es! Das war er als Maler. Das war seine Kunst. Genau danach hatte er seit Jahren gesucht. Jetzt hatte er es gefunden.

Und das ausgerechnet in der Zeit, in der sie nicht bei ihm gewesen war. In der er mit dem jungen Helmuth in ihrem Sindelsdorfer Heim eine Junggesellenwirtschaft geführt und in regem Austausch mit Kandinsky, Jawlensky, Erbslöh und den anderen von der Neuen Künstlervereinigung gestanden hatte.

Es tat weh, sich das vor Augen zu führen. Aber so war es nun einmal gewesen. Doch jetzt war sie wieder da und würde ihm nicht mehr so schnell freiwillig von der Seite weichen. Jetzt würden sie wieder neben- und miteinander arbeiten. Genau so, wie sie das immer wollten.

Gerade für sie war das essentiell. Sie wusste, dass sie seine stete Ermutigung, seine Gegenwart für ihr Schaffen brauchte. Das hatte sie im endlos langen Berliner Winter wieder einmal erfahren. Getrennt von ihm konnte sie nicht malen. Ohne ihn konnte sie nicht einmal mehr ans Malen denken. Ohne ihn war sie keine Künstlerin. Das hatte sie in den letzten Jahren des öfteren erlebt. Umso wichtiger, jetzt, da sie wieder bei ihm war, endlich wieder loszulegen.

Gleich nachdem sie die Koffer ausgepackt hatte, ging sie daran, sich in ihrem neuen Atelier einzurichten und die ersten Leinwände zu grundieren. Kaum konnte sie es erwarten, die vielen Eindrücke, Ideen und Motive, die ihr in den letzten Wochen auf den Reisen, bei der Beschäftigung mit der Musik und ihrer Verbindung zur Malerei sowie beim Lesen all der vielen Bücher über die Kunst, die Formen und die Farben durch den Kopf geschwirrt waren, zu verarbeiten. Ebenso das, was sich durch die Gespräche mit Franz und den Mackes ergeben hatte.

Sie brannte darauf, Neues zu wagen. Einfach auszuprobieren. Nach all der Zeit endlich zu zeigen, was in ihr steckte. Was sie wollte und konnte. Was ihre Sicht der Welt war. Ihr Blick auf die Dinge um sie herum. Und was sie auszudrücken hatte.

Wie freute sie sich darauf, wieder nach draußen zu gehen, mit Franz, um unter freiem Himmel die herrliche Landschaft auf sich wirken und sich davon inspirieren zu lassen. Dieselben Motive wie er zu wählen, aus nur leicht abweichendem Blickwinkel, aber auf ihre eigene Art zu gestalten. Und abends stundenlang mit ihm darüber zu diskutieren. Sich gegenseitig zu korrigieren. Voneinander zu lernen. Und einander gegenseitig zu ermutigen.

Wie in den Sommern zuvor.

Auch beim Zusammensein mit den von Franz so lang herbeigesehnten und dann ohne sie gefundenen Gleichgesinnten von der Neuen Künstlervereinigung München verspürte Maria enormen Nachholbedarf. Obwohl er sie in seinen ausführlichen Briefen so rege am Austausch mit ihnen hatte teilnehmen lassen, als wäre sie ebenfalls dabei gewesen. Persönlich mit den Künstlerkollegen direkt zu sprechen, war jedoch noch lange nicht damit zu vergleichen. Das besaß eine ganz andere Qualität. Und war ihr deshalb umso wichtiger. Den anderen umgekehrt ebenso, stellte sie erleichtert fest, als sie in diesem Sommer bei ihren Besuchen in der Stadt überall mit offenen Armen und liebevoller Neugier empfangen wurde.

Bei Adolf und Adeline Erbslöh in der Ohmstraße ging es tatsächlich so vornehm zu, wie Franz ihr erzählt hatte. Ihre Jugend in einem Berliner Bankiershaushalt kam ihr dabei sehr zugute. Zugleich genoss sie es, wie schnell sie beim Reden über Schönbergs Musik und die Notwendigkeit, Farbe und Form beim Malen neu zu denken, dennoch alles andere um sich herum vergaßen und bald genauso ungezwungen miteinander stritten und fachsimpelten, als säßen sie im Café Luitpold oder auf der Staffelalm.

Noch besser gefiel es ihr jedoch bei Marianne von Werefkin und Alexej von Jawlensky. Und das, obwohl Jawlensky Franz gegenüber Anfang des Jahres noch bemängelt hatte, ihren Kinderbildern, die er ihm in ihrer Abwesenheit vorgelegt hatte, mangele das rein Künstlerische, sie seien zu sehr vom Gegenständlichen her gemacht. Natürlich hatte sie das gekränkt, dann aber hatte sie lange mit Franz darüber gesprochen und verstanden, wie Jawlensky das gemeint hatte: nicht als vernichtende Kritik, sondern als lehrreiche Motivation, nach ihrem künstlerischen Impetus zu suchen.

»Den du unzweifelhaft hast. Du musst deine Kompositionen nur mehr von Farben, Flecken, festen Formen und Linien herleiten und daraus das Gegenständliche entwickeln«, hatte Franz sie ermutigt und nicht versäumt zu betonen, wie »ausgezeichnet« Jawlensky ihre Weihnachtslithographien gefunden habe, die entschieden besser und einen ganzen Schritt über die Kinderblätter hinaus seien.

Als sie Jawlensky nun persönlich kennenlernte, fand sie es umso aufschlussreicher, direkt mit ihm über diese Dinge zu reden. Wie es überhaupt ein großer Gewinn war, ihn und die Baronin in persona zu erleben. Selbst bei heißen Sommertemperaturen in deren Salon um den Samowar zu sitzen, vor den mit farbenprächtigen Bildern von oben bis unten gepflasterten

Wänden, die dem Auge kaum Gelegenheit schenkten, zur Ruhe zu finden, geschweige denn, die Gedanken zu sortieren, während die Werefkin mit ihrer zerschossenen Hand wild durch die Luft gestikulierte und in ihrem starken russischen Akzent ohne Punkt und Komma auf sie einredete. Jawlensky dagegen ließ nur ab und an in seinem tiefen Bass einen kurzen Satz fallen. Gezielt wie ein Schwerthieb und ebenso treffend.

»Die Deutschen machen fast alle den Fehler, das Licht für Farbe zu nehmen, dabei ist Farbe doch etwas ganz anderes und hat mit Licht nichts zu tun«, rief die Werefkin an einem dieser Nachmittage unvermittelt in den dichten Rauch hinein, für den die unzähligen Zigarren der Männer wie auch der ewig dampfende Samowar in dem rosafarbenen Salon gesorgt hatten.

Das klang wie ein Gebot. Alle horchten auf. Und niemand traute sich, etwas darauf zu sagen. Schweigend und in sich gekehrt machten sie sich auf den Weg nach Hause.

So sehr Maria die sechzehn Jahre ältere Werefkin bewunderte, weckte die offene Ménage-à-trois, in der der fünf Jahre jüngere Jawlensky und sie mit Dienstmädchen Helene Nesnakomoff in den beiden Schwabinger Wohnungen lebten, unliebsame Erinnerungen in ihr.

»Unser Sommer mit der Schnür damals in Kochel war etwas ganz anderes«, verteidigte sich Franz, als sie ihn darauf ansprach. Längst waren sie wieder zurück in Sindelsdorf. Bei einem ausgedehnten Spaziergang mit Russi durch das Moor genossen sie die schattige Kühle und die friedliche Stille, die sich über das blau gefärbte Land senkte.

»Zum Glück hast du mit der Schnür keinen Sohn, so wie Jawlensky mit der Nesnakomoff. Sonst wäre die elende Geschichte noch verwickelter geworden. Wie edel von der Baronin, den kleinen Andreas trotzdem bei sich im Haushalt aufwachsen zu lassen. Und das seit Jahren. Wo alle Welt weiß, wie sie zueinander stehen«, erwiderte Maria.

Franz zog an der Pfeife, bedeutete Russi, bei Fuß zu gehen.

Maria beschloss, es um des lieben Friedens willen dabei bewenden zu lassen.

Natürlich war das Kapitel mit der Schnür noch nicht endgültig abgeschlossen. Das Ringen um den weiterhin ausstehenden Dispens für eine legitime Eheschließung in Deutschland ging weiter, wenn auch inzwischen so unauffällig wie möglich, weil alle Welt Franz und sie für verheiratet hielt. Aber sie verstand, dass er es müde war, sich damit zu beschäftigen. Ihr ging es ähnlich. Am liebsten wäre ihr, sie hätten das ein für alle Mal erledigt und wären tatsächlich verheiratet.

Die Kraft, die sie weiterhin dafür aufwenden mussten, benötigten sie viel dringender für ihre Arbeit. Beide. Denn sie standen an einer wichtigen Schwelle, die sie unbedingt überschreiten mussten. In diesem Sommer. Mit den neuen Freunden. Und vor allem miteinander. Dahinter musste alles andere zurücktreten. Auch deshalb hatte Franz in London das Telegramm mit ihrer angeblichen Heirat abgeschickt. Und deshalb spielten sie fortan Mann und Frau.

Er brauchte sie also letztlich ebenfalls fest an seiner Seite. Jetzt. Eine weitere, lange Trennung wie im Winter würde auch ihn auf Dauer krank machen. Und seine Kunst. Trotz des Meisterwerks, dass er mit den Blauen Pferden in ihrer Abwesenheit geschaffen hatte.

Das war ganz in ihrem eigenen Interesse. Nie zuvor hatte sie einen Menschen so geliebt wie ihn. Nie zuvor hatte sie sich von einem Menschen so geliebt gefühlt wie von ihm. Er ermutigte sie, zu malen. Den einmal eingeschlagenen Weg weiterzugehen. Als Künstlerin. Und als seine Frau, die mit ihm zusammen und dank ihm die lang ersehnten Gleichgesinnten kennenlernte.

Kapitel 25

In diesem ungewöhnlich heißen, trockenen Sommer mauserte sich Sindelsdorf zu einer echten Künstlerkolonie. Deren Seele bildeten Franz und Maria. Helmuth Macke war zwar wieder abgereist, nachdem er Franz' und Marias Wohnung während ihrer Abwesenheit sowie Hund Russi und die beiden Katzen Rudi und Hanni gehütet hatte, doch inzwischen spielten August und Lisbeth mit dem Gedanken, für einige Zeit mit dem kleinen Walter aus Bonn zu kommen.

»Das wäre famos!«, rief Niestlé, als Franz eines Abends davon erzählte.

Wie so oft saßen er und seine Gefährtin Legros bei ihm und Maria zum Essen in der gemütlichen Gartenlaube. Maria hatte eine kalte Brotzeit gerichtet, und die Freunde hatten frisches Bier aus dem Gasthof zur Post mitgebracht.

»Ich bin gespannt, was Macke zu Schönbergs Musik sagt. Jetzt, da Maria von ihren Eltern das Klavier hat und uns Banausen mit seinen Stücken vertraut macht, lernen wir so viel dazu. August muss sich anstrengen, mitzuhalten. Ein Wunder, wenn einer künftig noch ohne Schönberg malen will.«

Franz lachte spitzbübisch. Die Legros und Maria lachten mit, wussten sie doch, wie weit entfernt Niestlé von den derzeitigen Überlegungen der Freunde über die enge Verbindung von Musik und Kunst war. Überhaupt lebte er mit seinen Tierbildern in einer ganz eigenen Welt, die sich nur schwer anderen öffnete. Gerade das aber schätzten Franz und Maria an ihm.

Die Wichtigsten in dem neuen Kreis waren für Franz zweifellos Gabriele Münter und Wassily Kandinsky. Allerdings lebten sie im »Russenhaus«, wie die Einheimischen es nannten, am Berghang in Murnau, etwas mehr als zwei Stunden zu Fuß von Sindelsdorf entfernt.

Die beiden hatte Franz als Letzte aus der Neuen Künstlervereinigung kennen- und umso mehr schätzen gelernt. Maria gegenüber hatte er sie enthusiastisch als »fabelhafte Menschen« beschrieben. Eine Einschätzung, die sie sich schwer tat zu teilen, weil sie von Anfang an spürte, in den Augen beider als Künstlerin nicht denselben Rang einzunehmen wie er. Beharrlich vermieden sie es, sich direkt zu Marias Bildern zu äußern. Schon bei ihrem ersten Besuch in Sindelsdorf im Winter, als sie in Berlin festsaß, hatte Franz sie ihnen gezeigt. Ohne eine Reaktion zu erhalten. Dafür lobte Kandinsky inzwischen ihren Kaffee umso überschwänglicher. Und ebenso den Guglhupf, den sie zu seinen Besuchen nach einem Familienrezept von Afra Niggl backte.

Schon lag ihr auf der Zunge, zu fragen, ob er sie als reine Kochkünstlerin betrachtete. Wenn sie dann aber sah, wie begierig Franz sein Kommen erwartete, mit welcher Begeisterung er immer gleich nachlas, was der vierzehn Jahre Ältere ihm an Büchern und Schriften empfahl, und mit welcher Freude er sich dann in die Diskussion mit ihm stürzte, ließ sie es doch bleiben. So sehr es sie schmerzte, nicht mehr die Erste zu sein, der er von seinen Gedanken etwa zu Paul Signacs Farbentheorie oder Nietzsches Gedanken zur Kunst berichtete, so sehr freute sie sich daran, wie er im Austausch mit Kandinsky über sich selbst hinauswuchs. Und wie er ihr nach seinen langen Nachmittagsspaziergängen mit ihm und Russi abends im Bett en détail erläuterte, worüber sie sich ausgetauscht hatten. Und sich dann anschließend wieder ihr und ihrem Körper widmete. Mit all seiner Leidenschaft.

Kandinsky lebte derzeit allein in Murnau, die Münter befand sich den Sommer über auf einer ausgedehnten Reise zu Verwandten quer durch Deutschland. Mit dem Fahrrad war er in knapp einer Stunde in Sindelsdorf, einen Weg, den er immer häufiger auf sich nahm, weil sich das Gespräch zwischen Franz und ihm intensivierte.

Etwas Entscheidendes lag in der Luft, das spürte Maria, wenn sie beobachtete, wie die beiden Männer stundenlang in der lauschigen Gartenlaube über Notizen, Skizzen und Büchern brüteten. Lauthals die geistige Erneuerung der Kunst proklamierten, die zu den Wurzeln zurückkehren, sogenannte »primitive« Kunst wie Kinderzeichnungen oder russische Volkskunst einbeziehen, in engem Zusammenhang mit der Musik stehen und somit ein Gesamtkunstwerk hervorbringen solle. Und wenn sie die Bedeutung einzelner Farben wie etwa Blau als männliches, geistiges Prinzip, Gelb dagegen als weiblich, sanft, heiter und sinnlich sowie Rot als irdische, brutale, schwere Materie definierten, die von anderen Farben bekämpft und überwunden werden müsse. Dazu tranken sie literweise den von ihr aufgebrühten Kaffee, rauchten, stopften Kuchen in sich hinein oder schwiegen beredsam, jeder in die Gedanken versunken, die der andere ihm eingepflanzt hatte.

Noch schien es den beiden zu früh, mit anderen oder gar ihr darüber zu reden. Das bedauerte sie jeden Tag mehr, ohne es ändern zu können. Also versuchte sie, sich stärker auf ihre eigene Malerei zu konzentrieren.

Ihre Zeit dafür war knapp, denn auch ihre Eltern kamen wieder für zwei Wochen aus Berlin zu Besuch, ebenso fuhren Franz' Bruder Paul und Helene häufig aus der Stadt zu ihnen heraus, brachten gelegentlich auch Franz' Mutter Sophie mit.

»Jetzt, da wir eine richtige Familie sind, müssen wir uns regelmäßiger sehen«, beschlossen sie und hielten Sindelsdorf für den geeigneten Treffpunkt. Was bedeutete, dass sie von Maria erwarteten, bekocht und umsorgt zu werden, »am liebsten in der gemütlichen Laube mit dem wunderbaren Kaffee und dem köstlichen Kuchen«, lobte Paul sie zu ihrem Verdruss mit fast denselben Worten wie Kandinsky. Bis ihre Mutter es sinnvoll fand, ein Hausmädchen zu engagieren, das ihr wenigstens stundenweise zur Hand ging.

»Eine Hilfe gehört zu einem bürgerlichen Haushalt nun einmal dazu«, bekräftigte die Mutter ihre Entscheidung, als Franz dagegen protestierte. Ihn störte es, damit noch jemanden in seiner Wohnung dulden zu müssen.

Allerdings war es nicht so einfach, auf dem Land jemanden zu finden, der Helenes Ansprüchen genügte und bereit war, es in der Sindelsdorfer Einsamkeit auf Dauer auszuhalten.

Der Vater erklärte sich bereit, trotz Marias Heirat die monatlichen Zahlungen an sie beizubehalten, »als Anerkennung«, wie er sich ausdrückte, weil er durchaus sah, »wie die Kinder sich bemühen«, es aber als Künstler ohne festes Einkommen – abgesehen von Koehlers Unterstützung für Franz – nicht leicht hatten, über die Runden zu kommen. Einerlei, wie günstig das tägliche Leben in dem kleinen Dorf sein mochte. Material wie Leinwand, Pinsel, Papier und Stifte sowie die häufigen Fahrten in die Stadt, um Kollegen und Unterstützer zu treffen, kamen ja trotzdem dazu.

Das eigene Hausmädchen verschaffte Maria den nötigen Freiraum, sich in jeder Minute, die sie für sich hatte, ihrer Arbeit zu widmen. Die Aufgaben, die sie sich im Winter von Franz und August erbeten hatte, und die von Jawlensky erhaltene Rückmeldung zu ihren Kinderbildern hatten dazu geführt, dass sie sich noch stärker damit beschäftigte, einen Einklang von Farbe und Form zu erreichen. Ebenso spielten ihre Gedanken zu Schönbergs Musik mit hinein, die sie fast täglich für Franz auf dem Klavier spielte, wenn sie nach einem Tag an der Staffelei in ihren Ateliers oder unter freiem Himmel abends in ihrem Wohnzimmer beisammen saßen.

So friedlich die Szenerie anmuten mochte, einig waren sie sich dabei nicht. Maria empfand die Stücke als disharmonisch, meinte, keinen reinen Zusammenklang von zwei oder mehr Tönen darin zu finden, jeden Akkord, jede Figur aus mehreren Farben vermischt zu hören, was die gesamte Erscheinung trübe. Dagegen seien die Farben beispielsweise bei Kandinsky an jeder einzelnen Stelle eines Bildes stets rein und unvermischt, ganz anders eben als Schönbergs Musik, führte sie Franz aus.

Der hörte das nicht so gern, las sie an seiner Miene ab. Dennoch blieb sie dabei. Es war nun einmal ihre persönliche Einschätzung. Und deckte sich mit der von August, bei dem Franz ebenfalls mit seinen Ideen über die Farbklänge, Dissonanzen und Konsonanzen bei Schönberg aneckte.

Augusts Pflanzenbilder beschäftigten Maria sehr. Ähnlich wie er das oft tat, entschloss sie sich ebenfalls, eine Ansammlung eigenwilliger Baumwurzeln, die ihr beim Herbstspaziergang am Wegrand aufgefallen war, als zufälligen Ausschnitt aus der Gesamtschau zu versuchen. Bei der Wiedergabe des Gesehenen deutlicher zu reduzieren, um den Fokus des Betrachters gezielter auf das zu lenken, was ihr wichtig war: das Zusammenspiel der Formen und Farben.

Nach einigen sehr ausführlichen Skizzen machte sie sich ans Werk und war überrascht, wie gut ihr das gelang. Bei den Farben wagte sie den Rückgriff auf reine, intensive Töne, die sie unabhängiger von der Natur wählte, einzig darauf orientiert, wie sie sie sah und empfand. Mutiger wurde sie beim flächigen Auftrag, den sie im Hintergrund in leicht gerundeten oder spitzen Feldern auslaufen ließ. Damit, so fand sie, näherte sie sich dem an, was Franz ihr nach Jawlenskys Kritik an den Kinderbildern empfohlen hatte: die geometrischen Formen und Linien zum Ausgang ihres Malens zu nehmen, nicht das Gegenständliche.

Das Resultat konnte sich sehen lassen. Auch Franz war angetan von ihren Fortschritten. Davon bestärkt, wandte sie das neue Vorgehen auch bei ihren Lieblingssujets an: Kindern, Kinderspielzeug, Heiligenfiguren. Immer kühner kombinierte sie die Motive, verstieg sich in immer gewagteren Anordnungen. Und freute sich, wie gern ihr die Niggl-Kinder und deren Spielgefährten Modell saßen. Wie unbekümmert sie sie an ihrem Treiben teilhaben ließen. Und wie schön es war, Kind zu sein.

Wenn sie und Franz doch nur endlich eigene hätten! Die Sehnsucht wuchs stetig in ihr. Auch in Franz. Oft sprachen sie darüber, ohne dass ihr Wunsch wahr wurde. Sobald sie wieder einmal blutete, statt die erhofften Anzeichen einer Schwangerschaft zu spüren, verzagte sie von Neuem. Und flüchtete sich wieder ins Malen. Um wenigstens darin voranzukommen.

Auf den Skizzenblöcken häufte sie Entwürfe, Studien, Ideen an. Probierte, verwarf, probierte erneut. So auch an diesem erstaunlich lichten Novembertag. Etwas störte sie an dem Entwurf, an dem sie gerade arbeitete, eine Gruppe spielender Kinder zwischen Blumen. Egal, wie oft sie die Konturen korrigierte, die Linien verstärkte, den Bildaufbau änderte, es gefiel ihr nicht. Sie bekam es nicht in den Griff, ohne zu erkennen, woran es haperte. Enerviert legte sie die Kreidestifte weg. Ihre Augen schweiften ab.

Allein saß sie im Wohnzimmer am Tisch, Russi zu ihren Füßen. Franz war bereits am Vortag zu einer wichtigen Sitzung der Neuen Künstlervereinigung nach München gefahren, hatte wie üblich bei Paul und Helene übernachtet. Das Hausmädchen hantierte in der Küche nebenan, klapperte mit Töpfen und Geschirr, schimpfte in breitem Bairisch über die Katzen. Irgendwo im Haus greinte ein Kind, aus der Nigglschen Schreinerwerkstatt im rückwärtigen Hof drang Sägen und Hämmern herüber.

Maria sah dem zaghaften Lichtschein nach, der vom Seitenfenster hereinfiel und den Ofen, die Kommode, das Münterbild *Dorfstraße im Schnee,* das Franz ihr geschenkt hatte, sowie die »schönen Sächelchen« wie etwa einen weißen Reiter aus chinesischem Porzellan auf dem Bord daneben zum Leuchten brachte.

Ihr Blick wanderte weiter.

Bis er an der blauen Teetasse mit Goldrand auf dem Tisch vor ihr hängen blieb. Sie war vom Frühstück stehen geblieben. Ebenso wie die rote Schale daneben. Erst wollte sie verärgert nach dem Hausmädchen rufen. Was war das für eine Wirtschaft, in der bis mittags das Frühstücksgeschirr nicht abgeräumt war? Dann aber war sie verzaubert von der geheimnisvollen Stimmung, die sich um das Geschirr legte. Was von den Farben Blau und Rot sowie dem gelben Tischtuch rührte. Und dem grünen Schimmer der Pflanzen am Fenster.

Unwillkürlich erhob sie sich, nahm den weißen chinesischen Reiter vom Bord und platzierte ihn zwischen Tasse und Schale, rückte beides noch ein wenig besser ins Licht.

Fasziniert hielt sie inne.

Genau das war es, was dem Arrangement den letzten Pfiff verlieh!

Zufrieden griff sie nach den Kreiden und begann geschwind zu skizzieren.

Ein echter Rausch erfasste sie. Ganz versunken in die Arbeit, vergaß sie alles um sich herum. Schickte das Mädchen weg, als es irgendwann mit der dampfenden Suppe hereinkam. Bat nur um ein Glas Milch und ein Käsebrot, das sie nebenher essen konnte.

Sie wollte nicht aufhören, solange das Licht noch stimmte, sie die Szene genau so einfangen konnte, wie sie sie gesehen hatte.

Erst das Zufallen der Haustüre, die kräftigen Schritte auf der Treppe und Russis Aufspringen rissen sie heraus.

Erstaunt stellte sie fest, dass es draußen längst dämmrig geworden, das Feuer im Ofen niedergebrannt und das Hausmädchen gegangen war.

Dafür stand Franz plötzlich in der Tür, atmete eisige Novemberluft in die Stube und starrte sie verblüfft an.

Wahrscheinlich, weil sie ebenso verblüfft zurückstarrte.

Als wäre er eine Erscheinung. Und käme aus einer völlig anderen Welt.

So wie sie selbst, die über Stunden an der Skizze eines neuen Stilllebens gearbeitet hatte.

Seit Monaten endlich wieder eines mit den ganz klassischen Motiven Tasse, Schale und Figur auf einem Tisch. Ganz ohne Kindersachen. Und ganz ohne den sehnlichen Wunsch nach eigenen Kindern. Die irgendwie sowieso nicht kamen.

»Wir sind raus«, sagte Franz und nahm die grobe Pelzmütze vom Kopf, knöpfte sich den dicken Mantel auf. »Kandinsky, die Münter und ich sind heute aus der Neuen Künstlervereinigung ausgetreten.«

»Was?«

Noch verwunderter als vorhin sah sie ihn an. Studierte sein geliebtes Gesicht. Das markante Profil. Die Kerbe am Kinn.

»Und wieso?«

»Sie wollten Kandinskys *Komposition V* nicht in der nächsten Ausstellung haben.«

Schwungvoll pfefferte er Mütze und Mantel beiseite, wickelte sich den Schal vom Hals und kniete sich vor den Ofen, um ihn wieder anzufachen. Noch glomm ein Glutnest. Franz griff nach dem Schürhaken und stocherte darin herum. Mit Erfolg.

»Angeblich ist es zu groß«, erklärte er, verriegelte die gusseiserne Klappe und stand wieder auf. Drehte sich zu Maria um und stemmte die Hände in die Seiten.

»Aber in Wahrheit ist es ihnen zu abstrakt. Und zu modern.«

»Ihr geht wegen eines einzigen Bildes?«

Sie begriff noch immer nicht. Es war ihm doch so wichtig gewesen, bei der Vereinigung dabei zu sein. Von Erbslöh und den anderen renommierten Künstlern als ihresgleichen anerkannt und in ihre Kreise aufgenommen zu werden. Was ihm tatsächlich auch die ersten Erfolge gebracht hatte.

»Du weißt, dass es längst um Grundsätzlicheres geht. Wir brauchen eine geistige Erneuerung der Kunst. Die Kunst soll Sinn stiften, dem, der will, eine Religion sein. Das setzt voraus, dass der, der sich ihr widmet, geläutert ist und in seiner Reinheit diese höhere geistige Ebene anstrebt. Die ihn zwangsläufig zur abstrakten Malerei führt. Seit Sommer arbeiten Kandinsky und ich schon an unserem Almanach. Darin stellen wir unsere Gedanken zur neuen Malerei vor und zeigen die entsprechenden Arbeiten. Piper hat uns zugesagt, ihn zu drucken. Und Thannhauser wird die Arbeiten in seiner Galerie ausstellen. Noch im Dezember. Parallel zur Schau der Neuen Künstlervereinigung.«

»Ihr seid mutig. Habt ihr schon einen Namen für euren Almanach?«

»Der Blaue Reiter.«

»Der Blaue Reiter?«, echote sie verwirrt.

»Da steckt alles von uns drin. Blau lieben wir beide. Kandinsky die Reiter, ich die Pferde.«

Maria schluckte. Das klang, als bildeten Franz und Kandinsky eine unauflösliche Einheit. Zwischen die nichts und niemand passte.

Erst recht keine Frau.

Als ahnte er ihre Gedanken, kam er zu ihr, fasste nach ihren Händen und sah sie eindringlich an.

»Du bist natürlich auch dabei. Schließlich hast du, genau wie die Münter, alles hautnah mitverfolgt und mit deinen klugen Anmerkungen kritisch begleitet. Ohne dich wären wir nicht da, wo wir jetzt sind. Ich am allerwenigsten. Du weißt, wie wichtig mir deine Meinung und dein Wissen ist. Und vor allem deine Kunst. Wichtiger als dir selbst. Ohne dich und deine Kunst wäre ich nicht da, wo ich jetzt bin.«

Sie schluckte. War zutiefst gerührt. So offen hatte er ihr das noch nie gesagt. Und ausgerechnet jetzt, da er an einem so entscheidenden Wendepunkt stand. Bei dem er sie unbedingt dabei haben wollte. Was für eine wundervolle Bestätigung für ihre Arbeit! Und ihre Liebe. Glücklich fiel sie ihm um den Hals.

Kapitel 26

Auf einmal schien der Knoten geplatzt. Umso mehr Arbeit wegen der ersten, sehr eilig zusammengetragenen Ausstellung des Blauen Reiter im Dezember 1911 über Franz hereinbrach, desto mehr sah Maria ihn aufblühen. Und staunte, wie viel Energie er plötzlich aufbrachte. Das beobachtete sie fast schon ein wenig eifersüchtig. Denn ihre Mitarbeit war dabei zunächst nicht gefragt. Zumindest nicht explizit von Kandinsky.

Sobald er anwesend war, hatte sie keine Chance, sich Gehör zu verschaffen. Kandinsky verstand es, sie in den Hintergrund zu drängen. Was er nicht nur bei ihr so machte, sondern bei Frauen generell. Selbst bei der Münter, wie ihr auffiel. Weibliche Kollegen galten ihm in der Kunst eindeutig weniger als männliche.

Bei Franz war das anders. Zum Glück. Für ihn blieb sie gerade auch als Malerkollegin wichtig. Mit ihr tauschte er sich weiterhin als Erste über seine Ideen, Vorstellungen und Eindrücke aus. Ihr großes theoretisches Wissen war unverzichtbar für ihn. Und ihre Kenntnisse in der Musik. Das betonte er bald auch Kandinsky gegenüber stärker. Und achtete darauf, dass sie bei ihren Gesprächen nicht nur dabei saß, sondern auch nach ihrer Meinung gefragt wurde. Explizit. Gerade in Bezug auf die Verbindung zwischen Musik und Kunst.

Das immense Engagement für den neuen Ansatz des Blauen Reiter lohnte sich. Schon im Februar folgte die von Franz und Kandinsky kuratierte zweite Schau in den neu eingerichteten Galerieräumen der Buchhandlung Goltz im Münchner Luitpoldblock. Für beide Ausstellungen trudelten bald Anfragen aus weiteren Städten im Kaiserreich ein, die sie ebenfalls zeigen wollten. Ein sensationeller Erfolg. Und völlig unerwartet.

Franz wuchs über sich hinaus. Als Blauer Reiter durch die Welt zu galoppieren, öffnete ihm nicht nur viele Türen, die lange Zeit ihm und seiner Kunst verschlossen gewesen waren. Er tat das auch mit einer mitreißenden Freude am Tun. Immer schon hatte er viel und intensiv gearbeitet. Plötzlich aber schien er über schier endlose Reserven zu verfügen, agierte umtriebig wie nie. Organisierte, diskutierte, schrieb seitenlange Briefe und Beiträge und malte dennoch fleißig in seinem Atelier weiter. Jeden Tag. Mit einer ungeheuren Schaffenskraft. Er hatte seinen Weg gefunden. Zielsicher schritt er darauf voran.

Das Schönste an dem Ganzen aber war: es gelang ihm alles.

Maria stand ihm tatkräftig zur Seite. Wo immer es möglich war. Und war fasziniert, was plötzlich möglich war. Für ihn. Aber auch für Kandinsky und die anderen Beteiligten. Und für sie. Denn die Erfahrungen rund um den Blauen Reiter waren auch für sie als Künstlerin bedeutend. Und für ihr Schaffen folgenreich. Gierig sog sie die Impulse auf. Zum Glück war es für Franz selbstverständlich, sie überall dabei zu haben. Sowohl bei den Treffen mit Kandinsky und der Münter oder Jawlensky und der Werefkin als auch bei Besuchen in Galerien und Museen. Sie schnappte viel auf, lernte immerfort dazu und brachte sich aktiv mit ein. Gerade was die Gedanken zu Schönberg und der Musik betraf. Das musste auch Kandinsky anerkennend feststellen. Es verblüffte Maria, was Franz und sie leisteten. Sie waren mobil wie nie. Die ländliche Abgeschiedenheit Sindelsdorfs, die ihr einst so aufgestoßen war, hinderte sie nicht im Geringsten daran, so viel unterwegs zu sein, wie sie wollten. Nach Murnau zu Kandinsky und der Münter ohnehin mindestens einmal in der Woche, außerdem regelmäßig zu Konzerten, Ausstellungen oder Einladungen nach München. Die Arbeit am Blauen Reiter erschloss ihnen viele neue Kreise und bescherte ihnen weitere anregende Freundschaften wie etwa die zu ihrem Künstlerkollegen Paul Klee und seiner Frau Lily, einer Pianistin. Bei ihr nahm Maria fortan Klavierstunden, zu denen sie regelmäßig alle vierzehn Tage in die Stadt fuhr und dann auch bei ihr übernachtete.

Gleich zu Beginn des neuen Jahres reisten Franz und sie für fast vier Wochen nach Berlin. Neben dem obligatorischen Familienbesuch bei ihren Eltern standen Treffen mit Künstlerkollegen wie Max Pechstein, Erich Heckel, Otto Mueller und Emil Nolde von der Brücke an. Ganz bewusst knüpfte Franz den Kontakt zu ihnen, weil er hoffte, durch ihre Empfehlung zusammen mit Kandinsky in der Neuen Berliner Secession aufgenommen zu werden.

»Was hast du mit Berlin zu tun?«, fragte Maria, als er ihr davon erzählte.

»Der Blaue Reiter ist keine rein Münchner Geschichte. Das hat schon unsere erste Ausstellung gezeigt. Deshalb müssen wir schauen, einen Fuß in den Berliner Kunstmarkt zu setzen. Das wäre ein Signal fürs ganze Land und würde uns helfen, unsere Bilder überall besser zu verkaufen.«

»Ich wusste gar nicht, dass du so geschäftstüchtig bist.«

»Haben wir nicht immer davon geträumt, endlich vom Verkauf unserer Kunst zu leben? Jetzt ist der Zeitpunkt gekommen, wo uns das gelingen könnte.«

»Hoffen wir, dass die Brücke-Kollegen die Richtigen sind, um uns dabei zu unterstützen.«

Maria hegte gegenüber der Brücke ein schwer zu begründendes Misstrauen. Es befremdete sie, dass bei ihnen anders als beim Blauen Reiter, der sich streng genommen nicht als feste Gruppierung, sondern nur als »Redaktionsgemeinschaft« für den geplanten Almanach betrachtete, die Werke von Künstlerinnen gar keine Rolle spielten. So wenig sie sich gelegentlich von Kandinsky als gleichrangige Malerin ernst genommen fühlte, stand dennoch nie außer Frage, dass sie mit ihren Arbeiten ebenso wie Gabriele Münter, neuerdings auch Marianne von Werefkin und Elisabeth Epstein dazugehörte. Franz aber drängte sie geradezu, ihre Vorbehalte der Brücke gegenüber sausen zu lassen und ihn zu den Kollegen zu begleiten.

»Du weißt, wie viel Wert ich auf deine Einschätzung lege. Du besitzt einfach das bessere Urteilsvermögen von uns beiden, bei Menschen wie bei der Kunst.«

Das schmeichelte ihr. Und ermunterte sie, sich den Künstlerkollegen so vorurteilsfrei wie möglich zu stellen.

Sie wurde positiv überrascht. Die persönliche Begegnung relativierte ihren anfänglich reservierten Eindruck. Erstaunlich schnell steckten sie mit Heckel, Mueller und Kirchner mitten in bereichernden Gesprächen, entdeckten vielfältige Gemeinsamkeiten, wenn sie sich hinterher auch einig waren, dass der Blaue Reiter dennoch am besten allein weiter durch die Kunstwelt preschte, ohne die Brücke an seiner Seite. Die Berliner Galerien interessierten sich dennoch für sie. Und nicht nur die.

Otto Mueller war ihnen auf Anhieb sehr sympathisch. Zu ihm fanden sie gleich Zugang. Im Vergleich zum feingeistigen Erich Heckel und seiner elfenhaften Freundin, der Tänzerin Sidi Riha, die sie in ihrer bescheiden eingerichteten Privatwohnung aufsuchten, kamen sie sich jedoch bäuerlich-ungeschlacht vor.

»Was Heckel wohl zu Kandinskys knielangen Lederhosen und seinem Trachtenhut sagen würde, mit denen er durch Murnau stolziert?«, fragte Franz sie, als sie durch die klare, kalte Januarluft zu Fuß zur Wohnung ihrer Eltern hinter der Oper Unter den Linden zurückliefen. Der Ostwind zerrte ihnen an Schal und Kragen, Arm in Arm stemmten sie sich dagegen und hofften, sich bald im Salon wieder ordentlich aufzuwärmen.

»Deine riesige Pelzmütze und der filigrane Spazierstock haben ihm jedenfalls imponiert. Trotzdem glaube ich, dass er kein großer Freund des Volkstümlichen ist, wie Kandinsky und du es so gern beschwören«, wandte sie ein.

»Dafür findet er es sehr interessant, warum ich für meine Kuh gelb und für die Pferde blau als Farbe gewählt habe. Das Prinzip der Wesensfarbe scheint ihm zu gefallen.«

»Wenn er doch auch nur Gefallen am Prinzip stabiler Sitzmöbel fände, dann wäre ich vorhin nicht auf dem selbstgezimmerten Stuhl eingebrochen«, erwiderte sie lachend und rieb sich die nach wie vor empfindlich schmerzende Partie am unteren Rücken.

»Vielleicht hättest du heute Mittag im Café Josty doch keine Schokoladentorte essen sollen.«

Franz kniff sie neckend in die Seite.

»Wenn wir wieder daheim sind, halte ich strikt Diät.«

»Tu mir das nicht an, mein Lieb. Du weißt, wie gern ich deine Rubens-Figur als Akt male.«

»Ich bin gespannt, ob du dazu überhaupt noch Zeit findest.«

»Dafür ganz bestimmt.«

Leider war das nach ihrer Rückkehr nach Sindelsdorf doch nicht so einfach, wie erhofft. Der stetig wachsende Erfolg fraß umso gieriger ihre wenige freie Zeit füreinander. Manchmal ertappte Maria sich schon dabei, den unerwartet großen Erfolg des Blauen Reiter und von Franz zu bedauern. Und erschrak dann über sich selbst.

Franz' emsiges Treiben, die Tatsache, dass er kaum mehr still sitzen, sondern immer irgendetwas zu schreiben, basteln, zeichnen, malen oder sonstwie anzufertigen haben musste, erschien ihr gelegentlich als böses Omen. Als kämpfte er unbewusst gegen die ablaufende Uhr an, weil er tief in sich spürte, ihm bliebe nicht mehr viel Zeit, noch all das zu erledigen, was ihm am Herzen lag. In solchen Momenten fiel es ihr schwer, seinen nach außen sichtbaren Optimismus zu teilen, ab sofort würde ihm alles nur noch gelingen, alles stets auf das Beste hinauslaufen.

»Unsinn!«, schalt sie sich und verbot sich energisch, so zu denken. Damit würde sie am Ende die Katastrophe nur provozieren. Und außerdem: was sollte das? Franz war Anfang Dreißig. Vor ihm lag ein langes Leben, in dem er noch viel schaffen und bewirken konnte. Und sie beide standen erst am Anfang ihres ebenso langen, gemeinsamen Weges. Noch oft würde sie die Zauberformel »Klippschiefer, klimm!« rufen, damit er wie aus dem Nichts zu ihr kam und sie zu Neuem, Aufregendem ermutigte.

Hoffentlich!, seufzte sie dennoch leise.

Im Mai sollte der Almanach des Blauen Reiter im Piper Verlag erscheinen. Dafür stand ein gewaltiger Berg Arbeit an. Allein am immensen Verbrauch an Tabak und Kaffee bei ihren regelmäßigen Treffen im Murnauer Russenhaus oder in der Stube in Sindelsdorf war abzulesen, wie schwer Kandinsky und Franz dafür schufteten, den abzutragen. Unermüdlich tippte die Münter die Texte ins Reine, Maria spielte zu ihrer aller Unterhaltung im Hintergrund Klavier und schaltete sich vor allem bei den theoretischen Diskussionen ein. Ihr Wissen über Kunst war immens, wie sie immer wieder feststellte, und dank der Tatsache, dass sie aufmerksam verfolgte, was in der Presse über die aktuelle Malerei im In- und Ausland berichtet wurde, stets auf dem neuesten Stand.

»Mein wandelndes Kunstlexikon«, stellte Franz immer wieder anerkennend fest.

Gemeinsam sichteten sie Arbeiten, die für eine Aufnahme im Almanach in Frage kamen, studierten Aufsätze und Abhandlungen, die sie für ihre eigenen Beiträge gelesen hatten, und stritten über Formulierungen, die sie für wichtig hielten. Gelegentlich brachen sie jedoch auch in lautes Lachen aus, weil eine Formulierung unfreiwillig komisch klang, oder sie über ein misslungenes Bild oder eine missverständliche oder völlig schiefe Ausdrucksweise lästerten. Franz' warmes Münchnerisch und Kandinskys russischer Akzent sorgten bei den gebürtigen Berlinerinnen Münter und Maria immer wieder dafür, sich über die beiden Männer zu amüsieren, die oft eine halbe Stunde aneinander vorbeiredeten, ohne es selbst zu merken.

Einen Großteil der für den Almanach vorgesehenen theoretischen Texte verfasste Franz. Häufig hatte Maria vor Augen, wie er abends, nach einem langen Tag im eisigen Dachbodenatelier, noch einige Stunden bei ihr in der behaglichen Stube über seinen Schreibtisch gebeugt saß, den treuen Russi stets zu seinen Füßen, und schrieb und schrieb. Einmal zeichnete sie ihn, wie er ihr beharrlich den Rücken kehrte. Gefühlt seit Ewigkeiten.

»Warum zeigst du mich von hinten?«, fragte er verwundert, als sie ihm das Blatt vorlegte.

»Weil ich dich nur noch von hinten zu sehen bekomme.«

Es amüsierte sie, wie wenig ihm das bewusst war.

»Du übertreibst«, verteidigte er sich mit sichtlich schlechtem Gewissen.

Das rührte sie.

»Vielleicht. Aber die wenigen Male, die ich dich derzeit von vorn anschauen darf, sind wir selten allein. Überhaupt sind wir nur noch selten für uns.«

Das stimmte. Die Sindelsdorfer Ruhe und Einsamkeit, die sie einst so bewusst gesucht hatten, war nicht nur wegen des Blauen Reiter endgültig vorbei. In dem anfangs beschaulichen Ort unweit des Klosters von Benediktbeuern herrschte immer mehr Trubel. Nach Niestlé und seiner Lebensgefährtin Legros war inzwischen auch Heinrich Campendonk, ein Krefelder Freund und Kollege von Helmuth Macke, mit seiner Partnerin Adda Deichmann hierhergezogen. Auch mit ihnen pflegten sie regelmäßig Kontakt.

Je mehr Interesse Franz' Malerei auf dem Kunstmarkt erregte, desto mehr Galeristen und private Sammler kamen zu ihnen heraus, um ihn direkt im Atelier zu besuchen. Die wollten ebenfalls bewirtet und unterhalten werden. Natürlich freute sich Maria über Franz' wachsende Bekanntheit. Mit der größer werdenden Nachfrage stiegen auch die Preise, die er für seine Bilder verlangen konnte. Allmählich ermöglichte ihnen das tatsächlich das lang erträumte sorgenfreie Leben, das sie sich mit ihrer Kunst selbst finanzierten. Die Abhängigkeit von den nach wie vor eintreffenden Zahlungen ihres Vaters schmolz dahin. Inzwischen aber hielt der Vater gern daran fest, wie er ihr gegenüber betonte. Das Arrangement mit Koehler bestand ohnehin für mindestens zwei Jahre.

Aber auch das alles nagte an ihrem kargen Zeitbudget. Maria war froh, dass sie und Franz weiter an ihrem gewohnten Tagesablauf festhielten. Nur so war das gewaltige Pensum zu bewältigen und die nötige Ruhe für ihr Schaffen gewährleistet.

Jeden Morgen standen sie früh auf, arbeiteten bis nachmittags jeder für sich in seinem Atelier, Franz streng bewacht von Russi, sie stets in Gesellschaft der beiden Katzen Rudi und Hanni, lediglich unterbrochen von einem warmen Mittagessen, das eines der weiter oft wechselnden Hausmädchen bereitete oder aus dem nahen Gasthof holte, um nachmittags Besuche zum Kaffee oder Tee zu empfangen oder selbst welche abzustatten. Oder um zu zweit, begleitet von Russi, durchs Moos oder über die Felder zu spazieren. Nach dem Abendbrot erledigten sie die angefallene Korrespondenz, schrieben, zeichneten oder lasen. Häufig wünschte Franz sich, dass Maria ihm etwas auf dem Klavier vorspielte, am liebsten immer noch Schönberg, der sich inzwischen ebenfalls beim Blauen Reiter engagierte. Danach gingen sie früh zu Bett. Wo sie sich nach wie vor oft und leidenschaftlich liebten.

»Wir sind schon ein richtiges, altes Ehepaar«, spottete Franz an einem lauen Frühlingsabend, als sie verschwitzt und atemlos voneinander ließen und sich zum Einschlafen nackt aneinander schmiegten.

»Wenn wir doch nur endlich wirklich ein richtiges Ehepaar wären«, erwiderte sie. »Oder hast du vergessen, dass wir immer noch nicht …«

»Wie könnte ich? Aber der neue Anwalt klang letztens doch sehr zuversichtlich, dass der nächste Antrag auf Dispens reine Formsache sein wird.«

»Es wäre an der Zeit.«

»Du weißt, dass ich keinen Trauschein brauche, um dich zu lieben.«

»Ich auch nicht. Trotzdem wäre vieles einfacher. Vor allem für mich. Leider fürchte ich immer noch, es käme doch jemand unserer Lüge auf die Spur.«

»Das ist keine Lüge im bösen Sinn. Sie ist allein der Not geschuldet. Was hätten wir denn letztes Jahr in England tun sollen? Abgesehen davon machen wir das alles nur deinetwegen. Wenn ich künftig meine Bilder immer teurer verkaufe, sollst du nach meinem Tod …«

»Sprich nicht von solchen Dingen!«, unterbrach sie ihn erschrocken und küsste ihn lieber noch einmal besonders ausdauernd, um sich seiner Lebendigkeit zu versichern.

Ihre Lust aufeinander schien eher noch zu wachsen, je rarer die Gelegenheiten wurden, die sie allein für sich hatten, wie Maria glücklich feststellte. Leider aber blieb ihr Kinderwunsch trotzdem weiter unerfüllt. Es war zum Verzweifeln. Der Arzt, den sie deswegen aufsuchte, fand jedoch keine Ursache und ermutigte sie, die Hoffnung nicht zu verlieren. Es sei nichts Besonderes, dass es bei manchen Paaren länger dauere als bei anderen.

Franz blieb in diesem Punkt ebenfalls optimistisch. Und hielt an seiner Zuversicht fest, dass sie bald auch erfolgreich wären. Gerade jetzt, wo sich doch so vieles für sie zum Guten wendete.

»Du musst einfach weiter fest daran glauben, dann wird uns auch das noch gelingen«, ermunterte er sie.

Wenn das so einfach wäre! Längst war sie Mitte dreißig. Die wachsende Kinderschar der Niggls, die sie jeden Tag vor Augen hatte und vor allem hörte, aber auch die Berichte von Lisbeth Macke, die ihr in ihren Briefen ausführlich schilderte, wie prächtig der kleine Walter gedieh, erinnerten sie viel zu deutlich daran, was Franz und ihr zu ihrem ganz großen Glück noch fehlte. Konnte es sein, dass eine so außerordentliche Liebe wie die ihre, die sie sich so hart erkämpfen mussten, unfruchtbar blieb? Es musste ja nicht gleich eine riesige Schar wie bei den Niggls sein. Für die war es ohnehin längst zu spät. Und sie zu alt. Aber warum war ihnen nicht wenigstens ein gemeinsames Kind vergönnt?

Franz' oft geäußerter Wunsch nach einer Tochter kam ihr in den Sinn. Julia wollte er sie nennen. Und mit Lisbeths und Augusts Walter verheiraten. Sie lachte und wischte sich die feuchten Augenwinkel, denn weinen musste sie darüber auch.

Um sich von der bei jeder kleinsten Gelegenheit aufsteigenden Sehnsucht abzulenken, floh sie wieder ins Malen von Kinderbildern. Mit auffallend leuchtenden Farben, reduzierten Formen und klaren, zumeist geschwungenen, abgerundeten Linien entwarf sie darin umso inständiger eine märchenhafte Welt, die von übergroßen Tier- und Phantasiefiguren wie etwa dem Pflaumenpelzkastanienonkel oder dem Kartoffelhirten bevölkert war und kleine Geschichten erzählte. Oder sie porträtierte die Kleinen der Schreinersfamilie in den verschiedensten Posen und Konstellationen, stellte sie in flächiger Malweise in volkstümlich anmutender Motivik dar, füllte Notizblöcke und Hefte mit unzähligen Studien ihrer Mimik und Gestik.

Obwohl Franz, Kandinsky und die Münter sogenannte »primitive Kunst« und einfache Volkskunst hoch schätzten – im vergangenen Herbst hatten sie sich alle während Augusts Aufenthalt in Sindelsdorf wochenlang voller Lust und Eifer der Hinterglasmalerei nach russischem Vorbild gewidmet –, war Maria die Einzige aus dem Umfeld des Blauen Reiter, die bewusst Kinderbilder malte. Manche speziell als Geschenke oder zur Unterhaltung für Lisbeths und Augusts Sohn Walter, viele aber auch einfach nur so, ohne direkten Zweck. Gleichwertig rangierten sie in ihrem Schaffen neben ihren Blumen- oder Landschaftsbildern und den Stillleben.

»Deine Kinderbilder sind einzigartig.«

Franz' Augen strahlten, als er sie wieder einmal ausführlicher betrachtete. Sein Lob freute Maria ganz besonders.

In der zweiten Ausstellung des Blauen Reiter, die unter dem Stichwort »Schwarz-Weiß« graphische Arbeiten der Künstler präsentierte, war sie mit drei Arbeiten aus der Kinderbildermappe von 1908 vertreten, obwohl die teilweise farbig waren. Ihre Gouache *Die tanzenden Schafe* wurde sogar in den Katalog aufgenommen. Sie platzte vor Freude. Und registrierte zufrieden, auf welch reges Interesse die Bilder beim Publikum stießen. Einige Male beobachtete sie sogar selbst, wie jemand davor stehen blieb und sie versonnen betrachtete.

»Die Kinderbilder ziehen die Leute magisch an. Das ist mir schon öfter aufgefallen«, bestätigte ihr der Galerist. »So etwas mögen sie. Kein Wunder. Die Farben leuchten. Und mit den

Motiven kann jeder etwas anfangen. Über die verrückten tanzenden Schafe mit ihren Streichholzbeinen wird viel gelacht.«

Voller Stolz schrieb sie ihren Eltern von dem Erfolg. Und merkte, mit welcher Genugtuung er sie erfüllte.

»Auch gegenüber Kandinsky und der Münter«, gestand sie Lisbeth in einem ihrer »Tratschbriefe aus Sindelsdorf«, wie sie ihre Korrespondenz mittlerweile kichernd nannten.

In ihrem Antwortschreiben stellte Lisbeth postwendend klar: »Gerade gegenüber Kandinsky und der Münter musst du stolz darüber sein.«

Marias Genugtuung hielt überraschenderweise nicht lange an. Bald schon hätte sie ihre Bilder am liebsten aus der Ausstellung wieder herausgenommen, weil es ihr nicht mehr wichtig war, dabei zu sein. Franz gegenüber sprach sie nicht davon. Sie ahnte, wie sehr ihn das bedrückte. Der Blaue Reiter lag ihm zu sehr am Herzen.

Ähnlich wie er verfiel auch sie bald wieder in eine geradezu rauschhafte Schaffenslust. Voller neuer Ideen arbeitete sie am Stillleben mit blauer Tasse und roter Schale weiter, das sie im vergangenen Herbst begonnen hatte. Die Brüchigkeit einzelner Farbfelder, die geometrischen Formen im grünen Hintergrund, eine diagonal verlaufene Lichtachse und die nur leicht verschobene Platzierung von Rot und Blau verliehen dem Gemälde immer stärker einen mysteriösen Ausdruck. Zugleich meinte sie, darin auch eine gewisse Transparenz und Leichtigkeit erzielt zu haben.

Davon ermutigt, probierte sie noch einiges andere aus, wozu sie sich von August Mackes Blumenbildern sowie von Arbeiten der Werefkin und Jawlenskys inspiriert fühlte.

Die nächsten Monate flogen nur so dahin. Maria wunderte und freute sich über Franz' Glückssträhne. Ebenso über seine schier unerschöpfliche Energie. Was immer er anpackte, gelang ihm. Was immer er tat, tat er mit immensem Elan. Und der war äußerst ansteckend. Nur zu gern ließ sie sich davon infizieren und gab ihr Bestes, um bei seinem Tempo mitzuhalten, wich ihm nie von der Seite, begleitete ihn überall hin. Was enorm anstrengend war, allerdings auch höchst befriedigend. Wie im Rausch zogen Begegnungen mit Menschen und Orten an ihr vorüber. Oft registrierte sie erst mit großer Verzögerung im Nachhinein, was sie erlebt hatte. Dann fand sie sich irgendwann in ihrem Sindelsdorfer Atelier wieder, umschnurrt von den Katzen, und war völlig verblüfft, wie sie dort überhaupt hingekommen war und wann sie das Bild auf der Staffelei vor ihr zu malen begonnen hatte.

Überhaupt verblüffte es sie, wie sehr sich die Veränderungen bei Franz auch auf sie auswirkten. Vor allem auf ihr Malen und ihre Einstellung dazu. Franz strebte in seinen Bildern zunehmend an, dem geistigen Empfinden großen Ausdruck zu verleihen. Darüber wurden sie stetig abstrakter. Sie dagegen fand sich mehr und mehr in ihrer eigenen Bilderwelt, bei ihren weiterhin bevorzugten Motiven Kinder, Spielzeug, Märchenfiguren, Blumen und Natur. Zugleich zog sie sich, je mehr Aufmerksamkeit Franz für seine Arbeiten erhielt, desto stärker in ihre Bilderwelt zurück, ja flüchtete sich geradezu dorthin. Hier war sie für sich, allein mit ihren Gedanken und Gefühlen, ganz darauf konzentriert, ihren Ideen Ausdruck zu verleihen. Und sich auch ein wenig von dem abzuschotten, was um sie herum geschah. Denn gelegentlich wurde es ihr schlichtweg zu viel, was da in einem fort an Eindrücken auf sie einprasselte.

So etwa bei ihrem neuerlichen Berlinbesuch zum Jahreswechsel, der sie in Verbindung mit der »Sturm«-Galerie von Herweth Walden und den dort verkehrenden Literaten brachte. Allen voran zu Waldens geschiedener Frau, der Dichterin Else

Lasker-Schüler, deren Gedichte sie schon lange bewunderten. Um ihr seine Verehrung auszudrücken, hatte Franz der Lyrikerin bereits eine Postkarte als Huldigung des Blauen Reiter mit seinem blauen Pferd und seines Gemahls, womit er Maria meinte, geschickt. Warum er für sie die männliche Form wählte, erschloss sich Maria nicht. Die Erklärung blieb er ihr schuldig. In jedem Fall aber wurde die Zeichnung zum Auftakt für ein phantasiereiches Spiel, das sich zwischen ihm und der Dichterin entspann.

Mit Herzklopfen sah er dem Treffen entgegen, strikt darauf bedacht, Maria dabei zu haben. Sie beobachtete das Geschehen mit gemischten Gefühlen. Die Lasker-Schüler war keine einfache Seele, wie sich zeigte, und der weitere Austausch mit ihr von vielerlei Aufregungen geprägt. Maria nannte sie sogleich zärtlich »Mareia«, Franz immer nur den Blauen Reiter. Sich selbst stellte sie ihnen als »Jussuf Prinz von Theben« vor. Über die nächsten Jahre führte sie mit Franz einen märchenhaften Dialog, er in Zeichnungen und sie in Worten.

Obwohl Maria spürte, wie hingerissen die einsame Frau in dem seltsamen Gewand mit dem helmartig frisierten dunklen Haar von Franz war, ahnte sie, dass Eifersucht ihr gegenüber völlig fehl am Platz wäre. Zu sehr lebte die Lasker-Schüler in ihrer eigenen Welt, völlig entrückt von dem, was um sie herum geschah. Bezaubernd und anrührend, gelegentlich aber auch zutiefst erschreckend, weil sie damit dem Abgrund sehr nahe rückte. Maria war einfach nur froh, die Beziehung aus der Distanz zu erleben, hinzugebeten von Franz wie auch der Lasker-Schüler. Und tauchte lieber in ihre Bilderwelt ab, die in immer reineren, kräftigen Farben mit Kinder- und Blumenbildern um sie herum erblühte.

Kapitel 27

So erfreulich und mitreißend die unerwarteten Erfolge von Franz und seinem Blauen Reiter auch waren, so stark nahmen sie sein und Marias gesamtes Leben in Beschlag. Das wurde ihr erstaunt bewusst, als darüber fast der eigentlich wichtigste Erfolg ihres gemeinsamen Lebens in den Hintergrund getreten wäre: Nach langem Hin und Her wurde ihnen im Frühjahr 1913 tatsächlich doch der Dispens zur Ehe erteilt.

Unfassbar, wie gelassen sie die Nachricht jetzt aufnahmen! Dabei hatten sie dem mehrere Jahre entgegengefiebert, über dem nervenaufreibenden Warten und Bangen endlos viele Tränen der Wut und der Verzweiflung vergossen. Und nun durften sie am 3. Juni endlich offiziell auf dem Münchner Standesamt heiraten.

Damit war Maria am Ziel fast all ihrer Wünsche. Weil aber alle Welt, insbesondere ihre Eltern in Berlin, sie längst für rechtmäßige Eheleute hielten, mussten sie jegliches Aufsehen um die Hochzeit vermeiden. Und so wurde aus dem inständig herbeigesehnten großen Tag ein völlig beiläufiger Moment, von dem niemand etwas erfahren durfte.

Um wenigstens sich selbst etwas Besonderes zu gönnen, stiegen sie nach langer Pause endlich einmal wieder gemeinsam auf die von Franz so geliebte Staffelalm. Für einige Tage wollten sie dort oben dem Trubel in der Stadt und in ihrem einst so beschaulichen »Sindelsdörfchen« entfliehen.

»Kaum zu fassen, wie weit wir es inzwischen gebracht haben«, meinte Franz. Verzückt blickte er über die im blauen Dunst verschwimmenden Berggipfel zu ihren Füßen. Legte ihr den

Arm um die Schultern und zog sie zärtlich zu sich heran. Träge hob Russi den schweren Kopf, blinzelte ihnen kurz zu, um sein Einverständnis zu signalisieren.

»Wirklich ein beeindruckender Aufstieg«, pflichtete sie ihm bei und legte den Kopf genießerisch in den Nacken, spürte die warme Sonne und den frischen Wind auf dem Gesicht, schloss die Augen. War glücklich.

Um sich wenig später mit einem Ruck wieder aufzurichten.

»Früher einmal saßen wir hier oben auf dem Boden im Gras«, sie lachte, »jetzt haben wir es immerhin schon auf die Bank vor der Hütte gebracht.«

»Du bist wirklich einzigartig, meine geliebte Vahine.« Vergnügt stimmte er in ihr Lachen ein. »Mir sollte es zu denken geben, dass jetzt du die Witze machst und nicht mehr ich.«

»Sieh es lieber als Bestätigung für das, was ich in den letzten Jahren von dir gelernt habe. Selbst den Humor.«

»Dabei lerne ich doch jeden Tag von dir.«

»Seltsam. So lange ist es noch gar nicht her, dass du mir vorgeschlagen hast, mein Lehrer zu sein.«

Verschwörerisch zwinkerte sie ihm zu.

»Am besten lernen wir weiter jeder vom anderen.«

Ehe sie noch einmal etwas sagen konnte, küsste er sie lang und ausdauernd.

Ihre unbeschwerte, zu Scherzen aufgelegte Stimmung hielt den restlichen Sommer über an. Wie in den vorangegangenen Jahren wanderten sie viel durchs Gebirge oder unternahmen mit den Malutensilien im Rucksack Ausflüge in die nähere Umgebung. Ihre Zeichenblöcke füllten sich, in den Ateliers sammelten sich die Leinwände mit neuen Werken.

»Ich bin gespannt, was uns auf dem Gut deines Bruders in Gredin erwartet«, verkündete Franz, als sie im August mit Taschen und Koffern bepackt zu einer Reise über Berlin nach Ostpreußen aufbrachen. Als ahnte er ihre Aufregung, lief Russi auf dem Bahnsteig des Münchner Hauptbahnhofs rastlos zwischen ihnen hin und her, beschnüffelte das Gepäck und bellte unruhig.

»Bist du nervös?« Neugierig musterte Maria Franz. »Wilhelm wird dir gefallen. Und seine Hertha gewiss auch.«

»Und du freust dich schon auf die Kinder, stimmt's? Bestimmt wirst du wunderbare Porträts von ihnen malen. Oder macht es dir etwas aus, dass dein Bruder schon zwei hat und wir beide noch immer kein einziges?«

»Vielleicht sollten wir uns an den Gedanken gewöhnen, allein zu bleiben.«

»Sind wir denn allein? Wir haben doch uns. Und unsere Malerei. Auch die füllt unser Leben aus.«

Zum Beweis, dass ihm das mehr als genügte, presste er sie fest an sich, strich ihr zärtlich über den Rücken und küsste ihr die tränenfeuchten Wangen trocken.

Sie war froh, ihn bei der ersten Begegnung mit dem Nachwuchs ihres Bruders an der Seite zu haben. Wie befürchtet fiel es ihr tatsächlich schwer, den Anblick der Kleinen auszuhalten. Zu deutlich sah sie sich selbst in deren Gesichtszügen, zu ähnlich waren deren goldblonde Haarschöpfe ihrem eigenen. Zugleich freute sie sich für Wilhelm und Hertha, denn es war ihnen anzusehen, was ihnen die Kinder bedeuteten.

Um sich davon abzulenken, unternahm sie mit Franz und Russi lange Spaziergänge über die gelben Weizenfelder, die sich in sachten Schwüngen endlos bis zum blauen Horizont dehnten. Ebenso schlenderten sie über die Weiden der benachbarten Gestüte, streiften verzückt durch die rauschenden Birkenwälder. Wenn es seine Zeit zuließ, begleitete Wilhelm sie. Dann unternahmen sie Ausflüge mit den Pferden, und Wilhelm führte sie zu versteckten Orten, an denen sie äsende Rehe und andere scheue Wildtiere beobachten konnten.

Franz' Bleistift war unablässig in Bewegung. Die Gegend um Gendrin war eine wahre Fundgrube für einen Maler wie ihn. Maria gefiel es, ihn dabei zu zeichnen, wie er zeichnete.

»Wenn wir von hier nach Hause fahren, hast du bis zu deinem Lebensende ausreichend Skizzen von Tieren«, neckte sie ihn.

»Davon kriege ich nie genug, genauso wenig wie von dir.«

Zum Abschied überraschte Wilhelm ihn mit einem ganz besonderen Geschenk: einem zahmen Reh, das seit dem Frühling bei ihm auf dem Gut lebte und das Franz unlängst Hanni getauft hatte, nachdem er es für Wilhelm und Hertha in Öl porträtiert hatte.

»Wie komme ich zu der Ehre? Du hast doch jeden Abend beim Billard gegen mich gewonnen. Ich schulde also dir etwas.«

Franz war völlig verdutzt, konnte sein Glück kaum fassen.

»Mir scheint, Hanni gehört zu dir, so eng, wie ihr beide die letzten Tage miteinander gewesen seid. Wenn wir sie hier behalten, wird sie vor Sehnsucht nach dir vergehen.«

»Dann hoffe ich, wir finden in Sindelsdorf rasch einen Gefährten für sie, damit sie sich in der oberbayerischen Fremde gut einlebt.«

»Solange du bei ihr bist, wird sie alles gut überstehen«, war Maria überzeugt. Es war einfach unübersehbar, welches Zutrauen das Reh zu ihm gefasst hatte. Und Russi signalisierte, dass er es selbstverständlich gut behüten würde.

Zurück in Sindelsdorf lebte sich Reh Hanni tatsächlich unerwartet schnell ein. Nur wenige Tage nach ihrer Rückkehr brachte ihnen der Förster ein zweites Reh, passenderweise einen Rehbock namens Schlick.

»Ich hab gehört, Sie suchen eins«, sagte er knapp.

Franz freute sich darüber mindestens so sehr wie die Niggl-Kinder. Voller Eifer errichteten sie alle zusammen direkt beim Haus einen Unterstand und ein kleines Gehege für die scheuen Tiere.

»Du siehst, unsere Familie wächst auch ohne unser Zutun kräftig weiter«, sagte Franz zu Maria, als sie abends vom Fenster ihrer Stube aus auf die Weide sahen, wo Hanni und Schlick friedlich neben den Pferden grasten. Russi schmiegte sich an ihre rechte, die Katzen an ihre linke Seite.

»Wenn das so weiter geht, haben wir bald einen richtigen kleinen Zoo. Die Niggls haben sich schon beschwert. So hätten sie sich das nicht gedacht, als sie die Zimmer an uns vermietet haben. Ständig hätten wir lauten Besuch, und jetzt kämen auch noch die vielen Tiere dazu. Demnächst würdest du bestimmt einen Hirschbock anschleppen.«

»Oder ein Wildschwein. Oder vielleicht doch besser einen Elefanten?« Franz amüsierte sich. »Wahrscheinlich wird es über kurz oder lang hier tatsächlich zu eng für uns.«

»Wahrscheinlich.«

Nur zu gern stimmte sie ihm zu. Abgesehen von den Nörgeleien der Niggl verspürte sie schon länger den Wunsch, aus dem Haus auszuziehen. Für sie lag kein Kindersegen darauf. Den schien die Schreinersfrau ganz allein für sich gepachtet zu haben, so oft, wie sie guter Hoffnung war.

»Aber wo wollen wir hin?«, fragte Franz. »Eine Zuflucht wie Sindelsdorf brauchen wir unbedingt wieder. Und nicht allzu weit weg von hier darf sie auch nicht sein.«

»Eine Rückkehr in die Stadt ist ausgeschlossen. Für uns beide. Nicht nur wegen der Tiere. Auch wegen unserer Freunde. Niestlé und die Legros, Campendonk und seine Adda in der Nähe zu haben, ist zu schön. Ganz abgesehen von der Natur um uns herum, dem Zauber des blauen Lands, das wir so lieben.«

»Und so gern malen«, erwiderte er. »Hättest du das je gedacht, mein Lieb? Geboren und aufgewachsen sind wir beide in der Stadt, aber leben können wir nur noch auf dem Land.«

»Weil wir uns an die Ruhe und die frische Luft beim Malen gewöhnt haben.«

»Dann bleibt uns wohl nur, uns eine ausreichend große Wiese zu besorgen und uns selbst ein Bauernhaus darauf zu bauen. Ausmalen können wir es drinnen auch schreiend bunt.«

»So wie deine Wandmalereien oben auf der Staffelalm?«

»Für dich werde ich das noch schöner hinkriegen, geliebte Vahine.«

»Daran zweifele ich nicht im Geringsten, mein lieber Rittersporn. Hoffen wir, bald eine schöne Ecke für unseren Traum zu finden, ehe unsere Rehe im Frühjahr die ersten Kitze bekommen und die Niggls uns mit unserem Zoo vom Hof jagen.«

»Vorher schaffen wir uns aber noch eigene Pferde an, dann lohnt sich das wenigstens.«

Zunächst sah es jedoch so aus, als bliebe alles beim Alten. Maria geriet in Sorge um ihren Vater. Seit Längerem litt er an einer Herzinsuffizienz, hatte deshalb wiederholt in Südtirol gekurt, wo Franz und sie ihn zuletzt im Frühjahr besucht hatten. Nun aber verschlimmerte sich sein Zustand rapide. Bald mussten sie jeden Tag mit dem Schlimmsten rechnen.

Tatsächlich traf Anfang Dezember die Nachricht von seinem Tod ein.

Franz begleitete sie zur Beerdigung nach Berlin. Anschließend nahmen sie die Mutter für einige Zeit mit zurück nach Sindelsdorf. Auch wenn die Niggls das nicht sonderlich freute. Zunächst. Erstaunt beobachtete Maria jedoch, wie sich nach Kurzem ausgerechnet ihre sonst so reserviert auftretende Mutter mit Afra in deren Küche zusammensetzte, die kleineren Kinder hütete und ihr bei der ein oder anderen Hausarbeit beflissen zur Hand ging.

»Es schadet nie, sich gut mit ihr zu stellen«, erklärte sie Maria. »Natürlich braucht ihr ein größeres Haus. In der Wohnung hier könnt ihr unmöglich auf Dauer die Galeristen und Kunstleute aus der Stadt empfangen. Wie sieht das aus! Die sind so wichtig für Franz. Die Niggl kennt Land und Leute. Wer, wenn nicht sie, kann euch helfen, in der Gegend etwas Passableres zu finden?«

»Erst brauchen wir Geld, um uns überhaupt etwas leisten zu können.«

»Daran wird es nicht scheitern. Dein Vater hat dir seine Lebensversicherung vermacht. Das sind allein zehntausend Mark. Und von Franz' Seite wird auch noch etwas zu erwarten sein. Ganz zu schweigen davon, dass er inzwischen ein gefragter Künstler ist und seine Bilder für mehrere hundert Mark verkauft.«

Ganz so einfach war es dann aber doch nicht. Zwar stießen sie durch puren Zufall bei einem ihrer ausgedehnten Winterspaziergänge durch den tiefen Schnee mit Russi jenseits des Mooses auf ein Haus, das ihnen gefiel. Sehr idyllisch lag es direkt am Waldsaum unweit von Benediktbeuern in einem kleinen Weiler namens Ried. Doch eigentlich war es eher ein Schloss denn ein Haus.

»Viel zu groß«, befand Maria und seufzte bedauernd.

»Wahrscheinlich sowieso viel zu teuer«, meinte Franz.

»Und eh nicht zu verkaufen.«

Dem war jedoch nicht so, wie sie bei der Einkehr im nahen Gasthaus vom Wirt erfuhren. Als Besitzerin wurde ihnen eine Frau Major Rust genannt, die nach dem Tod ihres Mannes unbedingt in die Stadt zurückwolle, dort aber kein passendes Haus fände.

»Das nenne ich Fügung!«, triumphierte Franz auf dem Rückweg nach Sindelsdorf und tollte mit dem bellenden Russi übermütig durch den Schnee.

Maria verstand seine Freude nicht.

»Wir werden ihr das Haus meiner Familie in Pasing zum Tausch anbieten«, klärte er sie sichtlich vergnügt auf. »Zusammen mit deinen zehntausend Mark sollte das reichen.«

»Aber was sagen deine Mutter und dein Bruder dazu?«

Die hatten nichts dagegen einzuwenden, wie sich herausstellte. Gleich am nächsten Tag fuhren sie zu ihnen nach München und erzählten von ihren Plänen.

Franz' Mutter Helene musste gar nicht lange überlegen, sondern stimmte sofort zu. »Es wird höchste Zeit, dass ihr ein angemessenes Haus für euch kauft. Ihr braucht Platz zum Malen und Arbeiten. Mir genügt meine Unterkunft in der gemütlichen Pension. Und wenn ich will, kann ich in Zukunft bequem bei euch auf dem Land sein.«

Auch sein Bruder Paul und dessen Frau Helene freuten sich mit ihnen über die Chance, sich endlich ein richtiges Zuhause einzurichten.

Zum Glück ging auch die Majorswitwe ohne Umschweife auf ihr Angebot ein und half Franz sogar, direkt am Haus noch eine größere Wiese für die Rehe dazu zu erwerben.

»Habe ich dir's nicht gesagt? Es musste einfach so kommen. Dieses Haus wird unser ganz großes Glück, mein Lieb.« Stürmisch fiel Franz Maria um den Hals.

»Du weißt doch«, fuhr er fort, hielt sie an den Händen auf eine Armlänge Abstand und strahlte sie übers ganze Gesicht an. »Seit ich mit Kandinsky den Blauen Reiter reite, gelingt mir einfach alles. Beim Malen und mit dir sowieso. Und jetzt, wo wir unser eigenes Haus haben, wird sich auch unser größter Wunsch noch erfüllen, und wir werden bald mit einer reichen Kinderschar um die lange Tafel sitzen.«

»Das wäre zu schön«, stimmte sie ihm zu, ebenfalls gewiss, dass er recht hatte. Denn es war wirklich eindeutig: Seit der Blaue Reiter durch die Welt galoppierte, war das Schicksal ihnen hold. Dann musste endlich auch noch dieser Wunsch in Erfüllung gehen.

Schon Ende April fand der Umzug statt. Dennoch glaubte Maria erst wirklich daran, als die beiden Fuhrwerke zum Transport ihres Habs und Guts vor der Tür auftauchten. Eine Handvoll kräftiger Männer machte sich daran, ihre Möbel, das Geschirr, die Kleidung und vor allem die Malsachen und Staffeleien aus dem Schreinerhaus der Niggls hinauszutragen. Franz war sichtlich überrascht, wie viel sich in den letzten Jahren angesammelt hatte.

»Wer schöne Sächelchen liebt, darf sich nicht wundern, wenn die über die Jahre so viele große Kisten füllen«, spottete Maria.

Die Kinder weinten, auch Maria konnte sich einige Tränen nicht verdrücken und umarmte sie zum Abschied der Reihe nach.

»Wir sind nicht aus der Welt, nur auf der anderen Seite des Moos. Gelegentlich könnt ihr zu uns herüberkommen und nach den Rehen sehen«, tröstete sie sie.

Dann verstaute sie den Korb mit den Katzen umsichtig auf dem Wagen. Franz prüfte, ob die Kiste mit den beiden Rehen neben dem Klavier gut gesichert war.

Winkend zogen sie von dannen. Gingen die eineinhalb Stunden zu Fuß von Sindelsdorf quer durchs Moos nach Ried neben den hochbeladenen Wagen her. Russi lief aufgeregt bellend voran.

Eingerichtet hatten sie sich in ihrem neuen Zuhause schnell. Maria fand es herrlich, künftig über drei Stockwerke verteilt ausreichend Platz zum Arbeiten, Leben und Schlafen zu haben. Und obendrein auch für Besuch. Bereits ab Mai stellte der sich zahlreich von der Familie und natürlich den Freunden ein, allen voran die inzwischen auf vier Köpfe angewachsene Familie Macke aus Bonn.

»Der kleine Wolfgang kann ja auch schon laufen«, bewunderte Maria den zweiten Sohn, der zu Anfang des Vorjahres geboren worden war.

»Wird Zeit, dass ihr beide euch endlich mehr Mühe mit dem Zeugen von Nachwuchs gebt«, zog August sie und Franz auf. Dafür strafte Lisbeth ihn mit einem bösen Blick, Maria schluckte, Franz aber behielt seine gute Laune. »Wie sollten wir? Maria und ich müssen doch abends früh auf dem Sofa einschlafen, damit du uns zeichnen kannst.«

Schmunzelnd wies er auf die Bilder, die ihn und Maria tatsächlich selig schlummernd aneinander geschmiegt auf dem Sofa zeigten. August hatte sie ihnen vorhin frisch gerahmt als Geschenk überreicht. Entstanden waren sie bei ihrem Besuch in Bonn im letzten Herbst.

Kurz danach radelten auch Kandinsky und die Münter von Murnau mit den Rädern nach Ried herüber, um Marias und Franz' neues Zuhause zu besichtigen. Für sie hatte sich der Weg kaum verlängert. Hinter Großweil verlief die Strecke nur etwas südöstlicher, wie sie Maria erfreut und erhitzt gleich bei ihrem ersten Eintreffen erzählten.

Es war ein ungewöhnlich warmer, strahlend schöner Frühlingstag im Mai. Die Obstbäume blühten und verströmten einen verlockenden Duft. In den bunten Wiesen summten die Bienen. Sacht strich der Wind im nahen Wald durch Blätter und Äste. Der Kuckuck rief. Verzückt lauschte Maria ihm eine Weile. Sie stand im Garten und konnte gar nicht genug bekommen von dem Zauber um sie herum. Auf ihre Bitte hatte Franz mitten auf der Wiese einen großen Tisch für die Kaffeetafel aufgestellt. Während sie letzte Hand daran anlegte, führte er die Münter und Kandinsky durch das geräumige Haus. Maria ahnte, wie er dabei vor Stolz über den neuen Besitz platzte. Wie schon in Sindelsdorf hatte er sich sein Atelier auf dem Speicher eingerichtet. Im Winter würde es dort gewiss weniger zugig und eisig werden, so dass er nicht mehr in dickem Mantel, Schal und Strohschuhen vor der Staffelei stehen musste. Einen zweiten Platz zum Arbeiten hatte er künftig im Erdgeschoss auf der Veranda neben dem Wohnzimmer zur Verfügung.

Durch die weit offen stehenden, großen Fenster drangen die Begeisterungsrufe der Gäste nach draußen. Maria hob den Blick, sah zum Haus. Franz winkte ihr zu. Fröhlich winkte sie zurück.

Ein letztes Mal wanderten ihre Augen über die Tafel. Sie prüfte, ob das Hausmädchen nichts vergessen hatte. Natürlich doch. Den Krug mit der Limonade, den sie zum Kühlen im Keller aufbewahrte.

Verärgert rieb sie sich die Stirn. Sie war müde, hatte, wie so oft seit dem Umzug, in der Nacht lange wach gelegen.

Des Nachts klang das Schreien eines Käuzchens herüber. Jede Nacht. Das klang unheilvoll. Und beunruhigte sie. Doch es würde sich finden. Musste sich finden. Davon durfte sie sich nicht aus dem Konzept bringen lassen. Nicht jetzt, da Franz und sie endlich fast oben auf dem Gipfel angekommen waren.

Sie lief in den Keller, um den Krug aus dem kühlen Vorratsraum zu holen, und trug ihn vorsichtig die Stufen hinauf. Zu vorsichtig wahrscheinlich, denn sie war dadurch sehr langsam. Und begann unwillkürlich, die Stufen zu zählen.

Warum sie das tat, konnte sie sich später nicht erklären. Aber sie tat es. Leider.

Erschrocken stockte sie, als sie bei der obersten, letzten angekommen war.

Dreizehn Stufen!

Hatte sie sich etwa verzählt?

Sie drehte sich noch einmal auf dem Treppenabsatz um und zählte von oben herunter. Und noch einmal von unten herauf.

Dreizehn.

Es stimmte.

Sie geriet ins Schwanken. Schweiß trat ihr auf die Stirn.

Das nächtliche Rufen des Käuzchens kam ihr in den Sinn.

Ihr schlechter Schlaf.

Und nun auch noch dreizehn Stufen im Haus.

Wie hatte sie glauben können, mit diesem Haus erfüllte sich endlich doch noch ihr ganz großes Glück mit Franz?

Wie um sie zu verhöhnen, spürte sie im selben Moment einen typischen Schmerz im Unterleib. Warm rann es ihr die Innenseite der Oberschenkel hinunter. Sie blutete wieder. Wie jeden Monat.

Es gelang ihr gerade noch, den Limonadenkrug auf die Kommode in der Diele zu stellen, dann stürzte sie ins Bad, um das Malheur zu beseitigen.

Und wieder einmal war klar, dass Franz und ihr das allergrößte Glück versagt blieb.

Viel Zeit blieb ihr nicht mehr, kurz vor ihrem achtunddreißigsten Geburtstag.

Der erste Sommer im eigenen Zuhause zeigte sich von der besten Seite. Die Berge – die Benediktenwand und der Rabenkopf, hinter dessen Spitze die von Franz geliebte Staffelalm lag – waren hier noch einmal ein gutes Stück näher an sie herangerückt als in Sindelsdorf. Sie leisteten sich den Luxus, das auf mehreren ausgedehnten Touren auszukosten. Insbesondere die Staffelalm wurde wieder häufiges Ziel ihrer Wanderungen.

So auch Ende Juni, als sie gleich für zwei Tage die Rucksäcke packten und dort oben, dem Himmel nah und dem Treiben auf der Erde entrückt, eine unbeschwerte Zeit verlebten. Verwöhnt vom reichhaltigen Essen des Senners und beschenkt von einer grandiosen Aussicht waren sie beide sehr fleißig. Franz arbeitete an einigen abstrakten Entwürfen, Maria ging ganz in neuen Skizzen von Blumen auf. Viel zu früh kam darüber sonntags die Zeit für den Abstieg.

»Schade, dass wir nicht einfach länger bleiben, so wie früher, wenn wir uns hier oben eingerichtet haben. Damals noch bei deinem Freund Hans.«

Mit einem letzten Blick sah Maria von der in einer Senke gelegenen Alm über die saftig grünen Wiesen bis zur Bergkette, die im grellen Nachmittagslicht erstrahlte.

Dieses Mal fiel es ihr besonders schwer, wieder ins Tal hinunterzugehen. Als zu hoch erschien ihr plötzlich der Berg Arbeit, der sie dort erwartete. Als zu voll erschien ihr die neue Woche mit all den angeblich so dringenden Terminen in der Stadt. Dabei war auch die Lieferung des neuen Flügels zu ihnen ins neue Haus nach Ried angekündigt. Ein Bösendorfer. Zwar nur gebraucht, aber immerhin. Lily Klee hatte sie beim Kauf beraten. Bald darauf die Etüden zu spielen, die sie ihr nach der letzten Unterrichtsstunde mitgegeben hatte, konnte Maria kaum erwarten.

»Du siehst aus, als müsstest du für immer hier weg. Aber du weißt doch, wir kommen wieder. Schneller, als du jetzt denkst.«

Aufmunternd tätschelte Franz ihr die Schulter, dann nahm er sie an der Hand, winkte noch einmal zum Senner hinüber, pfiff Russi und stapfte in weit ausholenden Schritten los.

Schon von fern leuchtete ihnen unten das Haus entgegen.

Die untergehende Sonne inszenierte auf den weiß getünchten Wänden wie jeden Abend ihr Drama aus dem Kampf zwischen Gelb, Rot und Blau. Am liebsten hätte Maria innegehalten und das gemalt. Doch Franz drängte zum Weitergehen.

Das Hausmädchen lief ihnen entgegen und schwenkte ein Telegramm durch die Luft.

»Da ist etwas passiert.«

Franz eilte auf sie zu und riss ihr ungeduldig das Schreiben aus der Hand. Seine Hände zitterten, als er es auffaltete.

»Von Annette«, sagte er und las. Stockte. Runzelte die Stirn. Und las noch einmal.

Dann reichte er es Maria. Schüttelte ratlos den Kopf.

»In Sarajevo wurden der österreichische Thronfolger und seine Frau erschossen. Weißt du, warum Annette uns ausgerechnet das so dringend telegraphiert?«

Es dauerte einige Tage, bis sich allmählich herausschälte, was das Attentat in Serbien auszulösen drohte. Abwechselnd verbrachten sie die in München und in Ried.

Maria schlief noch schlechter, hörte das Käuzchen noch länger in der Nacht, wagte aber nicht, Franz davon zu erzählen. Auch die dreizehn Stufen auf der Kellertreppe erwähnte sie ihm gegenüber nicht. Zu deutlich sah sie, dass auch Franz immer besorgter die Zeitung las, immer nachdenklicher mitten im Arbeiten den Blick in die Ferne schweifen ließ. Selbst auf ihren Spaziergängen mit Russi schwiegen sie, statt sich wie früher über den lächerlichen Alltag oder ihre Gedanken zur Kunst auszutauschen. Als fürchteten sie, unabsichtlich das Falsche anzusprechen.

Wenn Kandinsky und die Münter sie besuchten, redeten sie dagegen immer offener über die sich zuspitzende politische Situation und ihre damit verbundenen Ängste statt über ihre Malerei, ihre weiteren Pläne und allgemeine künstlerische Themen.

»Als Russe werde ich hier wohl bald als feindlicher Ausländer gelten«, stellte Kandinsky fest.

»Warum heiratet ihr nicht?«, platzte Franz ungeduldig heraus. »Dann bekämst du einen deutschen Pass, und alles wäre gut.«

Die Münter biss sich auf die Lippen, sah zu Boden. Maria wusste, wie oft sie Kandinsky schon darum angefleht hatte.

Der aber ging mit keinem Wort auf Franz' Vorschlag ein.

Auch der erste Besuch von Jawlensky und seinem zwölfjährigen Sohn Andreas im neuen Haus war überschattet von der seltsamen Stimmung, die plötzlich über dem strahlend schönen Sommer lag. Die Werefkin war vor einiger Zeit nach einem Streit mit Jawlensky nach Russland gefahren, deshalb kamen sie allein zu ihnen heraus. Und bangten darum, ob die Baronin jetzt überhaupt noch wieder zu ihnen zurückkommen konnte. Rechtzeitig.

»In jedem Fall fahrt ihr dann sofort zu uns aufs Land«, erklärte Maria. Franz pflichtete ihr bei. »Wir sollten hier alle zusammen einen ausgedehnten Malsommer verleben, so wie früher in Sindelsdorf. Endlich haben wir ausreichend Platz, um euch alle im Haus unterzubringen.«

»Das wird ein Fest!«

Maria kämpfte mit den Tränen, obwohl sie gleichzeitig versuchte zu lachen.

Der Traum zerplatzte schneller als eine Seifenblase. Wenige Tage später wurde die Generalmobilmachung verkündet. Franz erhielt sofort seinen Einberufungsbescheid. Maria schnürte es die Kehle zu, als er ihr das amtliche Schreiben ohne weiteren Kommentar morgens auf den Frühstückstisch legte.

Die dürren, amtlichen Worte standen im scharfen Kontrast zu der friedlichen Stimmung im Garten. Die Sonne strahlte vom wolkenlosen, tiefblauen Himmel, die Rehe Hanni und Schlick ästen Flanke an Flanke auf der nahen Wiese, Vögel zwitscherten in den Bäumen, ein Zitronenfalter schwebte durch die Lüfte heran, um sich auf dem bunt geblümten Tischtuch niederzulassen. Der herbe Duft des frisch aufgebrühten, dampfenden Kaffees in den Tassen überdeckte den süßlichen Geruch des trockenes Heus, reifen Obsts und der sommerlichen Unbeschwertheit.

Maria musste sich zwingen, zu begreifen, was da gerade dennoch geschah. Mit Franz und ihr. Und mit der ganzen Welt.

Plötzlich begannen die Buchstaben auf dem Papier vor ihren Augen einen Veitstanz aufzuführen. In ihr drehte sich alles wild durcheinander. Halt suchend klammerte sie sich an die Tischkante.

War es zu fassen? Franz sollte fort von ihr. In den Krieg! Das hielt sie nicht aus. Nicht ohne ihn.

Nicht allein die Trennung, auch die Aussicht, ihn ab sofort in ständiger Gefahr zu wissen, immerfort um ihn zu bangen, war schier unerträglich. Verzweifelt rang sie nach Atem. Und für was überhaupt? Für einen Krieg, dessen Sinn sie nicht verstand. Ein Krieg war immer sinnlos. Und die damit verbundene Gewalt sowieso. Was kam da nur auf sie zu? Warum musste sich ausgerechnet Franz dem aussetzen?

Seltsamerweise ängstigte ihn das weitaus weniger als sie. Im Gegenteil hörte sie ihn wie aus weiter Ferne auf einmal seelenruhig davon sprechen, welch reinigende Kraft im Krieg liege. Sie horchte auf. Was sagte er da? Im Krieg sehe er einen Befreiungsakt für Europa, erklärte er weiter. Damit würde letztlich eine allumfassende Erneuerung erreicht, würden endlich die verkrusteten Strukturen aufgebrochen. Beides sei längst mehr als überfällig.

Sie begriff nicht. War das noch ihr Franz, der da so redete?

»Aber doch nicht mit Waffengewalt!«, widersprach sie matt.

Darauf antwortete er nichts, nahm das Schreiben wieder an sich und ging wortlos ins Haus, hinauf in sein Atelier.

Sie folgte ihm langsam, auf zittrigen Knien, nach oben auf den Speicher. Ahnte nichts Gutes.

An der weit offen stehenden Tür blieb sie stehen, lehnte sich erschöpft an den Türrahmen und spürte die stickige, von endlosen Sommertagen aufgestaute Hitze direkt unterm Dach. Der Rauch von Franz' letzten Zigarillos hing noch in der Luft, mischte sich auf allzu vertraute Weise mit dem Geruch nach feuchter Leinwand, Ölfarbe und Terpentin.

Franz hatte sich an den Schreibtisch gesetzt, um sein Testament zu schreiben, wie er ihr, ohne aufzublicken, gleichmütig erklärte.

Wie betäubt sah sie ihm aus einigen Schritt Entfernung zu.

Nach einer halben Ewigkeit erhob er sich wieder und begann, im Raum herumliegende Notizen, Zeichnungen und Skizzen einzusammeln und zu sortieren, räumte Stifte, Kreiden, Pinsel und Farbtuben auf, schob leere Leinwände rücklings gegen die Wand, lehnte fertige Bilder vorsichtig dagegen. Das noch feucht glänzende Werk der letzten Tage beließ er auf der Staffelei.

Sie schüttelte den Kopf. Wie konnte er das alles nur so gelassen tun? Sie wollte ihn anschreien. Und ihn an den Schultern packen und wachrütteln. Um aus diesem Alptraum aufzuwachen. Endlich.

Tat jedoch nichts davon.

Weil sie unfähig war, irgendetwas zu tun. Und erschreckt feststellte, dass sie ihn schon jetzt nicht mehr erreichte. Dass er ihr schon jetzt weit entrückt war. Obwohl er sich noch unter demselben Dach befand wie sie.

Zwei Tage früher als nötig hatte Franz seine Sachen gepackt und beschloss, in die Stadt zu fahren.

»Was soll ich noch länger warten, wenn ich sowieso fort muss?«

Meinte er das wirklich? Fassungslos starrte sie ihn an. Und hörte deutlich aus seiner Stimme heraus, dass er keine Antwort von ihr haben wollte.

Wie betäubt stand sie an der offenen Tür und sah ihm nach, als er zur Bahnstation ging. Sie fühlte sich außerstande, ihn selbst auf diesem kurzen Stück Weg zu begleiten.

Und wusste, dass sie dieses Mal ihre Zauberformel »Klippschiefer, klimm!« vergeblich rufen würde. Franz war ihr fremd geworden. Er war nicht mehr ihr Klippschiefer von ehedem. Er käme nicht mehr zu ihr, wenn sie ihn brauchte, so wie früher. Fortan musste sie allein zurechtkommen. Ohne ihn. Auch ohne ihren geliebten Rittersporn von einst.

Mit größter Mühe schleppte sie sich in ihr Atelier, packte dort ebenfalls die Malsachen weg, so wie er die seinen Tage zuvor. Ihr Kopf war auf einmal ebenso leer wie das Haus. Ihre Seele war fort. Ihr ganzes, bisheriges Leben mit Franz war vorbei.

Was war sie nur ohne ihn? Was war sie nur ohne seinen aufrichtigen Zuspruch, seine stete Ermutigung, seinen unerschütterlichen Glauben an sie und ihr Talent, an ihr Schaffen? Solange er nicht bei ihr war, konnte sie nicht malen. Und wollte es auch gar nicht mehr.

KAPITEL 28

Sommer 1920

Vor Maria auf dem Tisch lag das in hellbraunes Leinen eingebundene Buch. Während sie es betrachtete, wurde ihr ganz feierlich zumute. Und auch ein wenig mulmig. So lange hatte sie daran gearbeitet, so intensiv sich damit beschäftigt. Und überhaupt so viel darüber nachgedacht, ob sie es tatsächlich zusammenstellen und veröffentlichen sollte. Und nun war es endlich da. Wieder und wieder strich sie mit der Hand über das raue Leinen, fuhr mit den Fingerspitzen den in Gold geprägten Titel nach: *Franz Marc – Briefe aus dem Feld.*

Paul Cassirer hatte das Buch in seinem Kunstverlag herausgebracht und ihr ein druckfrisches Exemplar geschickt. In den nächsten Tagen wurde es an den Buchhandel ausgeliefert.

Vorsichtig, fast schon zärtlich nahm sie es in die Hände und blätterte es auf.

»Liebe Maria« – die Anrede in den Briefen traf sie wie ein Schlag. Gleich hatte sie Franz' Stimme im Ohr, wenn sie das las, so deutlich, als säße er leibhaftig bei ihr und redete mit ihr. Und ebenso deutlich hatte sie bei jedem einzelnen Brief vor Augen, wo sie sich befunden, was sie gerade getan hatte, als er bei ihr eingetroffen war, einerlei ob der Brief vom September 1914 aus der Gegend um Schlettstadt stammte, wo Franz den Geist des Krieges zu fassen suchte, oder vom Februar 1915, als ihm soeben August Mackes Tod vom vorausgegangenen ersten Kriegsherbst offiziell bestätigt worden war, oder ob es sich um eine seiner letzten Nachrichten an sie von Anfang März 1916 handelte und er sie bat, zu Lisbeth nach Bonn zu fahren, damit sie nicht allein sei. Als hätte er geahnt, was kurz darauf geschehen würde.

Rund zweihundert Seiten waren aus seinen Schreiben geworden. Zweihundert Seiten, auf denen sich jetzt noch einmal seine unmittelbaren Erlebnisse an der Front, seine vielfältigen Beobachtungen zum Krieg und seine tiefschürfenden Gedanken zur Kunst nachlesen ließen. Und nachempfinden.

Marias Augen glitten über das Gedruckte. Wieder einmal stolperte sie über seine anfangs geradezu schwärmerische Begeisterung: »Ein unglaubliches Kriegstreiben; ich fühl mich so wohl dabei, wie wenn ich immer Soldat gewesen wäre«, die einige Monate später schon von der Formulierung »grauenvolle Stummheit« eingeholt wurde, bis sie sich unwillkürlich an dem Satz »Beim Aufwachen glaubte ich auf der Staffelalm zu sein!« festsaugte. Eine Träne rann ihr die Wange hinab.

Energisch schlug sie das Buch zu. Das hielt sie nicht aus, das konnte sie in der Form nicht lesen. Das war ihr Franz und er war es doch nicht.

Kaum dachte sie das, hatte sie ihre letzten Begegnungen vor Augen, während seiner kurzen Fronturlaube im Juli und November 1915. Auch da hatte sie ähnlich empfunden – ihn als vertraut und fremd zugleich erlebt.

Wieso war sie nur auf die Idee verfallen, seine Briefe und in einem zweiten Band auch noch seine Aufzeichnungen und Aphorismen zu veröffentlichen? Warum hatte sie gedacht, der Welt damit einen noch umfassenderen Einblick in den Künstler und Menschen Franz Marc gewähren zu müssen? War das nicht Verrat? Verrat an ihrem geliebten Klippschiefer, dem sie nie mehr die vertraute Zauberformel »Klippschiefer, klimm!« zurufen konnte, um ihn zu sich zu rufen? Für alle Zeit war er ihr genommen. Und nun erst recht, da sie seine Briefe und Aufzeichnungen der Öffentlichkeit preisgab.

Es war zu spät, um es sich anders zu überlegen. Die Erkenntnis traf sie tief. Seine Worte an sie gedruckt vor sich zu haben, seine Gedanken schwarz auf weiß in unpersönlichen Lettern dastehen zu sehen, wirbelten mühsam verdrängte Erinnerungen in ihr auf, ließ vor allem den Schmerz über seinen Tod am 4. März 1916 in der Nähe von Verdun abermals in ihr hochkochen.

Warum nur war er in den Krieg gezogen? Warum hatte er sterben müssen? Warum hatte er sie allein gelassen? Warum war ihr nicht einmal ein Kind von ihm vergönnt gewesen? Dann wäre ihr wenigstens noch etwas Lebendiges von ihm geblieben. So aber hatte sie nur seine Briefe, Aufzeichnungen, Bilder und Skizzen. Und die gab sie nun nach und nach weg.

Weil sie gehofft hatte, das würde ihr helfen, die lähmende Trauer zu überwinden, die sie seit jenem grauenvollen März vor vier Jahren in ihren Fängen hielt. Die sie an manchen Tagen förmlich zu ersticken drohte. Und es dann seltsamerweise doch nicht tat. Obwohl sie sich nichts sehnlicher wünschte. Damit sie endlich wieder bei Franz wäre. Mit ihm vereint würde in alle Ewigkeit.

Wenn das schon nicht möglich war, sollte die Welt wenigstens erfahren, was sie verloren hatte. Wer ihr da von der Seite gerissen worden war. Welch faszinierendes Wesen und Werk künftig nicht nur sie, sondern die ganze Welt vermissen musste. Von Franz' nun für alle Zeiten ungemalt bleibenden Bildern ganz zu schweigen.

Den *Turm der blauen Pferde* hatte sie im letzten Jahr an die Berliner Nationalgalerie für die im Kronprinzen-Palais neu eingerichtete »Galerie der Lebenden« verkauft, die *Gelbe Kuh* und die *Vögel* würden sicher auch bald würdige Abnehmer finden. Seit Franz' Tod und erst recht seit Kriegsende häuften sich die Anfragen. Schon bei der großen Gedächtnisausstellung, auf der im Herbst 1916 erst in der Münchner Neuen Secession und dann in Herwarth Waldens Berliner Sturm-Galerie rund zweihundert Arbeiten zu sehen gewesen waren, hätte sie wohl jedes Blatt, auf dem Franz jemals einen Strich gezogen hatte, zu einem horrenden Preis verkaufen können.

Damals hätte sie am liebsten noch alles behalten. Inzwischen hatte sie es sich anders überlegt. Und Herwarth Walden von der Vertretung von Franz' Werk entbunden. Jetzt kümmerte sie sich selbst um seinen Nachlass. Eine gewaltige Aufgabe. Die sie Franz schuldig war. Seinen Bildern. Und seiner Kunst.

Von Neuem hatte sie seine Stimme im Ohr, hörte ihn ganz deutlich mit ihr reden. Wie bei einer ihrer frühesten Begegnungen ganz zu Anfang ihres gemeinsamen Lebens. Als er sie zum ersten Mal inständig beschworen hatte, dass sie nur sich selbst etwas schuldig sei, niemand anderem. Und ihrer Kunst. Eine Mahnung, die er im Lauf der nächsten Jahre immer wieder angebracht hatte, wenn sie mit dem, was sie tat und tun wollte, haderte.

Handelte sie nun also wirklich in seinem Sinn?

Seit sie ihn kannte, hatte sie ihn zum Malen gebraucht. Ohne ihn gehorchten ihr die Hände nicht, die den Pinsel halten sollten. Als er Anfang August 1914 von ihr fortgegangen war, hatte sie die Malsachen weggepackt. Seither niemals mehr versucht, sich wieder ihrer Malerei zuzuwenden, sondern nur noch dem Fortbestehen seines Werks gelebt. War das richtig? Oder war sie sich nicht doch schuldig, es abermals damit zu versuchen, ganz so, wie er das stets von ihr gefordert hatte?

Schon vor zwei Jahren hatte sie der Münter, mit der sie mittlerweile gut befreundet war, gestanden, wie sehr sie sich eigentlich nach der Kunst sehne, beim Malen fände sie womöglich die Harmonie zwischen außen und innen im Leben. Aber sie glaubte nicht mehr wirklich an ihr Talent, an ihre eigene, schöpferische Kraft.

»Frau Marc? Besuch für Sie!«

Die schrille Stimme von Hausmädchen Sophie riss sie aus ihren Grübeleien. Besuch? Von wem? Sie erwartete niemanden. Ihre Freunde kündigten sich stets an. Vor allem, seit sie vor wenigen Wochen den jungen Komponisten Hans Kaminski mit seiner Frau und den Kindern bei sich im Haus aufgenommen hatte. Platz war seither zwar weiterhin ausreichend vorhanden, Ruhe zum Reden allerdings weniger. Umso sinnvoller, sich rechtzeitig auf Besuch einstellen zu können.

Vor fünf Jahren war Kaminski erstmals bei ihr aufgetaucht, hatte sie in der grauen Zeit, in der Franz an der Westfront stand, die Freunde quer durch Europa verteilt und zu ihrem Kummer alle ihre geliebten Tiere gestorben waren, mit Musik und so manchen Lebensweisheiten von dem Elend abgelenkt. Darüber war er ihr ein aufrichtiger Freund und wichtiger Ratgeber geworden. Nicht unbedingt zu Franz' Freude, aber zu ihrem Trost in ihrer Einsamkeit. Jetzt herrschte ein quirliges Durcheinander in ihrem ehedem so beschaulichen Schlösschen am Waldsaum, klang zorniges Kindergeschrei, empörtes Erwachsenengezeter und immer wieder laute Klaviermusik durch sämtliche Etagen. Mehr und mehr nahmen Kaminski und seine Frau jeden Winkel in Beschlag. Ebenso wie den Garten, in dem er sich neuerdings eine winterfeste »Komponierhütte« zimmern ließ, das Geschenk eines guten Freundes, wie er ihr mitgeteilt hatte, damit er für einige Stunden am Tag dem störenden Trubel im Haus entkam.

Wer Maria in Ruhe sprechen wollte, der meldete sich am besten an, damit sie irgendwo auf dem Anwesen ein Plätzchen für sich reservieren konnte, um wenigstens eine kurze Zeit ungestört zu sein. Ein rascher Blick auf den offen vor ihr liegenden Kalender bestätigte ihr jedoch, dass sich niemand angekündigt hatte.

Sollte sie wirklich hinuntergehen und jemanden empfangen? Vielleicht aber war Besuch genau die richtige Abwechslung an einem bewegenden Tag wie diesem, an dem sie das erste Exemplar der soeben erschienen Briefausgabe vom Verlag erhalten hatte.

»Im Garten warten sie, zwei junge Frauen sind's«, erklärte Sophie, als Maria am unteren Treppenabsatz in der Diele angekommen war.

»Zwei junge Frauen? Haben sie ihre Namen gesagt?«

»Nur dass Sie wegen Ihrem Mann gekommen sind. Wegen seiner Bilder. Weil sie sie so schön finden. Ganz ehrfürchtig haben sie mich dabei angeschaut.«

So wie alle, ergänzte Maria für sich. Die Beschreibung klang jedenfalls nicht nach sonderlich interessantem Besuch. Sie schüttelte den Kopf. Neuerdings tauchten immer wieder Sensationssüchtige bei ihr in Ried auf, die sich erhofften, von ihr weitere Schätze und Franz' letztes Atelier gezeigt zu bekommen. Vor allem jüngere Frauen, die dann gern in helle Entzückensrufe ausbrachen und nach privaten Fotos schielten.

Verärgert wollte sie Sophie jetzt doch bitten, die Fräulein wegzuschicken, aber es war bereits zu spät. Kaminski hatte sie entdeckt. Er stand im Garten neben seiner halbfertigen Komponierhütte, flankiert von zwei fremden jungen Frauen, und wies sie mit einem uncharmanten Fingerzeig auf sie hin.

»Die beiden Fräulein wollen Sie sprechen«, rief er zu allem Überfluss in ihre Richtung, um sie vollends zu entlarven. »Ich hab ihnen schon gesagt, dass Sie sich bestimmt freuen, ihnen ein bisserl was von Ihrem Mann zu zeigen.«

Maria seufzte. Dann ging sie langsam hinaus, um den ungebetenen Besuch zu begrüßen.

Und war im nächsten Moment angenehm überrascht.

Die beiden jungen Fräulein, etwa Anfang, höchstens Mitte

zwanzig, die eine schlank und dunkelhaarig, die andere etwas kräftiger, mit vielen lustigen Sommersprossen im Gesicht und auf den bloßen Armen sowie mit rotem Haar, wirkten sehr zurückhaltend, fast schüchtern.

»Wir wollen Sie keinesfalls belästigen«, begann die Rothaarige zögernd.

»Wir studieren an der Kunstgewerbeschule in München mit Schwerpunkt Gobelinmanufaktur. Jetzt sind wir für einige Wochen in Dießen am Ammersee«, ergänzte die Dunkelhaarige hastig, bevor sie Maria nach einem artigen Knicks die Hand entgegenstreckte und sich mit »Ich bin Johanna Wolff« vorstellte, woraufhin ihre Freundin nachsetzte: »Und ich bin Lili Schultz.«

Lili – wie ihre Freundin und Klavierlehrerin, die Pianistin Lily Klee, Ehefrau von Malerkollege Paul. Maria lächelte. Doch das war es nicht allein, was sie aufhorchen ließ. Auch, dass die zwei die Kunstgewerbeschule erwähnten, weckte ihr Interesse. Auf einmal fühlte sie sich in ihre eigene Studienzeit zurückversetzt. Über zwanzig Jahre war das inzwischen her. Ihre Freundin Janne fiel ihr ein. Ähnlich neugierig wie Johanna und Lili jetzt hatten sie beide damals jede Gelegenheit beim Schopf gepackt, um bereits etablierte Künstler und ihre Ateliers in Schwabing kennenzulernen. Allzu oft war das jedoch insbesondere von männlichen Kollegen als Aufforderung missverstanden worden, sich ihnen weniger als Künstler denn als Männer aufzudrängen. Oder man hatte sie gleich wieder weggeschickt, weil man es jungen Frauen nicht zugetraut hatte, es mit der Kunst wirklich ernst zu meinen.

Marias Bereitschaft war geweckt. Sie wollte es besser machen. Und die Ernsthaftigkeit der beiden jungen Kunstgewerblerinnen nicht anzweifeln.

Außerdem interessierte sie sich seit Längerem für Gobelins. Und fürs Weben. Auch Franz hatte das getan. Lange vor dem

Krieg. Als Annette ihre Schule für Textiles Werken eröffnet und Maria für ein Lehrbuch zu gewinnen versucht hatte. Franz hatte für den Unterricht Entwürfe geliefert.

Mit dem Sticken, das damals auch ein großes Thema unter Künstlerkollegen geworden war, kam sie leider nicht wirklich zurecht. Noch zu Franz' Lebzeiten, während des Krieges, hatte sie damit begonnen, einige seiner Motive aus den Skizzenbüchern zu sticken. Als Versuch, doch wieder einen Zugang zur Kunst, zum kreativen Schaffen zu finden, wenn sie schon am Malen scheiterte. Franz selbst hatte sie dazu ermuntert. Viele ihrer Kolleginnen hatten seinerzeit gestickt. Die Münter beispielsweise.

Einen großen Vorteil hatte Maria von Anfang an darin gesehen: Die Farben blieben rein, vermischten sich nicht wie auf der Palette oder der Leinwand. Dafür erforderte es mehr Geduld, ging weitaus langsamer voran. »Gedanke und Ausführung liegen weit auseinander«, hatte sie einmal zur Münter gesagt, was die bestätigt hatte.

Die *Landschaft mit Pferden und Regenbogen* war Marias größtes und wohl auch gelungenstes Werk, das sie je als Stickerei vollendet hatte. Dennoch hatte sie das Sticken wieder aufgegeben. Nicht nur, weil ihre rheumatischen Beschwerden erneut aufgeflammt waren, die sie Franz und Freunden wie der Münter oder Lisbeth gegenüber gern als Grund genannt hatte. In Wahrheit war sie schlichtweg nicht mit dem Resultat zufrieden gewesen.

War es nicht ein Zeichen, dass die jungen Frauen ausgerechnet jetzt zu ihr kamen? Eben noch hatte sie mit sich gehadert, ob es richtig war, die Kunst ganz ruhen zu lassen. Ob sie nicht doch eine Möglichkeit brauchte, sich auszudrücken, wie sie das den Großteil ihres Lebens getan hatte. Die Kunst war immer Teil ihres Lebens gewesen. Ohne sie fühlte sie sich nicht wohl, wie sie immer deutlicher merkte. Vielleicht wäre Weben, das Anfertigen von Gobelins, eine Option, wieder kreativ zu sein. Einen neuen, eigenen Weg in der Kunst zu finden, jenseits von dem, den sie zu Franz' Lebzeiten beschritten hatte. Auch beim Weben blieben die Farben rein und unvermischt, wie beim Sticken. Klare Linien und geometrische Formen waren gut zu ziehen, die Idee des reinen, geläuterten, geistigen Empfindens auf diese Weise gewiss gut darzustellen. Einige von Franz' Entwürfen aus den Skizzenbüchern, vor allem aus seinen letzten Jahren, als er zunehmend abstrakter geworden war, schienen ihr als Motive dafür geeignet.

Vielleicht konnten die jungen Frauen, die sich mit dem Weben von Gobelins beschäftigten, ihr weiterhelfen? Noch wollte sie mit ihrer Absicht kein großes Aufsehen erregen. Das aber würde sie, sollte sie einen arrivierten Fachmann um Rat bitten.

»Was kann ich für Sie tun?«, fragte sie und lächelte die zwei gewinnend an.

»Wir würden gern einige Gemälde Ihres Mannes sehen«, traute sich Lili als Erste zu antworten.

»Wir sind schon viel in der Gegend um den Kochelsee und in Sindelsdorf unterwegs gewesen, um die Orte aufzuspüren, an denen er gemalt hat«, fügte Johanna hinzu. »Außerdem haben wir die *Briefe aus dem Feld* und seine *Aufzeichnungen und Aphorismen* vorbestellt. Es interessiert uns, zu lesen, was er an theoretischen Überlegungen hinterlassen hat.«

»Sein Nachruf auf August Macke, der letztens erst in der Zeitung abgedruckt war, haben wir auch gelesen. Erschütternd«, setzte Lili eifrig nach.

»Und so wahr«, stimmte Johanna bei.

»Da muss ich wohl aufpassen, was ich sage. Gewiss kennen Sie sich inzwischen weitaus besser im Werk meines Mannes aus als ich.«

Maria gefiel der Eifer, den die beiden bewiesen.

Die erröteten wegen ihres Lobs.

»Ich werde mein Bestes versuchen und Ihnen ein bisserl was zeigen«, erlöste sie sie. »Allzu viel dürfen Sie jedoch nicht erwarten. Das meiste hängt inzwischen in Museen und Galerien oder bei privaten Sammlern.«

Einladend wies sie aufs Haus und ging voran, hielt auf halbem Weg noch mal inne. »Vielleicht stärken wir uns zunächst mit frischer Hollerlimonade. Sie haben Glück, gestern Abend erst habe ich welche angesetzt.«

Sie setzten sich um den Gartentisch, Maria wies Sophie an, Limonade und Kekse zu bringen.

Die Erfrischung tat ihre Wirkung. Johanna und Lili verloren ihre Scheu und erzählten, dass sie aus Halle an der Saale stammten und im ersten Nachkriegswinter an der Münchner Kunstgewerbeschule angenommen worden waren.

»Johanna hätte diesen Sommer fast als Graphikerin in einem Berliner Architekturbüro angefangen. Ihre zeichnerische Begabung ist den Professoren aufgefallen«, verriet Lili nicht ohne Stolz.

Johanna schien das jedoch sichtlich unangenehm. »Es war mir einfach zu früh, mich schon jetzt auf eine Richtung festzulegen. Gerade das Weben und insbesondere die Bildwirkerei will ich erst noch ausführlicher kennenlernen.«

Damit war Marias Interesse vollends geweckt. Johannas Werdegang und ihre nicht so leicht zu befriedigende Wissbegierde erinnerten sie an sich selbst. Mit neunzehn Jahren hatte sie nach Beendigung der Königlichen Kunstschule ebenfalls als besonders talentiert gegolten, das erste Stellenangebot jedoch abgelehnt und sich für eine Fortsetzung ihrer Studien entschieden. Viele Jahre lang. Immer wieder gegen den Wunsch der Eltern.

»Das kann ich sehr gut verstehen«, erwiderte sie nun. »Am

besten zeige ich Ihnen oben im Atelier einige Skizzen und Entwürfe meines Mannes. Sehr gern würde ich wissen, ob Sie die als Motive fürs Weben für geeignet halten.«

Lili und Johanna blieben den ganzen Nachmittag. Voller Andacht betrachteten sie mit Maria im Atelier die Bilder und Skizzen von Franz. Die Junisonne prallte aufs Haus und heizte die schrägen Räume unterm Dach stark auf, der Geruch warmen Holzes hing in der Luft. Das aber störte sie nicht im Geringsten. Ihre Fragen, warum Franz so oft Tiere gemalt, wieso er die Kühe gelb, die Pferde blau und die Rehe rot dargestellt hatte, bewiesen Maria, wie wenig es ihnen darum ging, ihn blindlings zu bewundern. Stattdessen versuchten sie, das Wesen der Bilder und seine Absicht dahinter zu ergründen.

Das gefiel ihr. Schließlich wagte sie es, den beiden von ihren Textilarbeiten zu erzählen. Zeigte ihnen ihre Stickarbeiten im Erdgeschoss, sogar die begonnenen, aber nicht vollendeten Stücke. Die Entwürfe für abstrakte Stickereien, von denen die frühen noch stark an Franz' Arbeiten orientiert, die neueren jedoch Eigenkreationen waren, weckten Johannas Interesse.

»Ob ich es einmal mit dem Weben versuchen sollte?«, fragte Maria, während Johanna mit den farbigen Zeichnungen in der Hand ans Fenster trat, um sie bei besserem Licht zu prüfen.

»Mir ist schon klar, dass sich die Entwürfe nicht eins zu eins aufs Weben übertragen lassen. Letztlich geht es darum, den Sinn der Komposition zu erfassen und am Ende wiederzugeben, auch wenn das unter Umständen erfordert, die Farben noch einmal zu ändern.«

»Leider fehlt mir die praktische Erfahrung, um Ihnen das zu beantworten. Ich hoffe, bald einen eigenen Webstuhl zu haben. Sobald ich damit eingeübt bin, werde ich Ihnen mehr dazu sagen können«, räumte Johanna ein.

»Geben Sie mir Bescheid, wenn es so weit ist. Sehr gern würde ich Ihnen beim Weben über die Schulter schauen.«

»Das dürfen Sie jederzeit. Es wäre mir eine große Ehre.«

Als sich die jungen Frauen verabschiedeten, hatte Maria mit ihnen vereinbart, in Kontakt zu bleiben. Einige Male trafen sie sich in München, besuchten gemeinsam Galerien und Museen, waren auch bei Annette zu Gast, die ihre Schule für textiles Werken in der Friedrichstraße inzwischen geschlossen hatte.

Immer wieder lud Maria Johanna und Lili nach Ried ein. Dank ihres großen Gemüse- und Obstgartens konnte sie ihnen über die ärgste Not helfen, die den Alltag in der Stadt zwei Jahre nach dem Ende des Großen Krieges weiter bestimmte. Die beiden legten jedoch Wert darauf, nicht deswegen zu ihr zu kommen.

»Das weiß ich doch! Aber ebenso weiß ich, wie es ist, wenn am Ende des Geldes noch viel zu viel Monat übrig ist. Vor allem, wenn man eigentlich noch Stifte und Papier und anderes Material braucht, um weiterzuarbeiten«, parierte sie Johannas Sträuben, einen Korb mit Kirschen, Eiern und Bohnen anzunehmen.

»So lange ist es noch nicht her, dass Franz und ich darum gekämpft haben, unabhängig zu werden und von unserer Kunst leben zu können. Eigentlich hat ihn das fast sein gesamtes Leben lang beschäftigt. Der Erfolg kam spät. Allerdings wussten wir nicht, dass es so war. Das meiste davon hat er nicht mehr erlebt.«

Sie stockte, schweifte kurz in Gedanken ab. Dann drückte sie Johanna den Korb in die Hände.

»Nehmen Sie das als Erfolgshonorar. Dank Ihrer Vermittlung werde ich nächste Woche auf meiner Reise nach Dresden in Halle die Kunstgewerbeschule besichtigen.«

Der Besuch auf Burg Giebichenstein beeindruckte sie nachhaltig. Der Direktor der Einrichtung oberhalb der Stadt, Paul Thiersch, führte sie persönlich durch die Werkstätten für Plastik und Bildhauerei, Buchbinderei, Grafik und Emaillearbeiten. Ab Herbst wollte er noch eine Textilwerkstatt einrichten, deren Leitung Johanna übernehmen sollte, wie er ihr verriet. Trotz ihrer jungen Jahre und ihrer noch geringen Erfahrung.

Eine bemerkenswerte Anerkennung ihrer bisherigen Leistung. Dieses Mal sagte Johanna die Stelle zu, wie sie Maria bei ihrem nächsten Besuch in Ried erzählte.

So sehr Maria das für sie freute, so sehr bedauerte sie es auch. Schon im Oktober verließ Johanna München, um in ihre Heimatstadt Halle zurückzukehren und die neue Position anzutreten.

Marias Lust, sich ohne ihre Anleitung auf eigene Faust ins Weben einzuarbeiten, schwand. Außerdem fraß die Verwaltung von Franz' Nachlass immer mehr Zeit. Weil sie meinte, es Franz schuldig zu sein, sich mit größtem Einsatz darum zu kümmern. »Schuldig bist du nur dir selbst gegenüber etwas«, kam ihr seine frühere Mahnung in den Sinn. Wahrscheinlich, gestand sie sich ein, war das auch nur ein willkommener Vorwand, das Weben wieder aufzuschieben. Vermutlich fürchtete sie sich davor, zu scheitern. Und sich damit die Chance, noch mal einen eigenen Weg in der Kunst zu finden, zu verbauen.

In den nächsten Monaten reiste sie oft nach Berlin, konferierte mit Paul Cassirer, hatte Termine bei Galerien und Museen, traf sich mit Kollegen von der Brücke wie Emil Nolde und Erich Heckel. Am liebsten besuchte sie allerdings Lisbeth Macke, die inzwischen mit Augusts engem Jugendfreund Lothar Erdmann verheiratet war und mit ihm und den Kindern in Tempelhof lebte. Auch Else Lasker-Schüler sah sie gelegentlich.

Die lebte in ärmlichsten Verhältnissen in einem billigen Hotel in Charlottenburg. Ihre ewige Not und die ständige Sorge um ihren Sohn anzusehen, belastete Maria jedoch sehr. Um die Düsternis der Freundin auszuhalten, sie gar davon abzubringen, litt sie selbst noch zu stark unter der Trauer um Franz. Die unruhige politische Lage in der Hauptstadt tat ein Übriges, sie an allem verzweifeln zu lassen. Ihre einstige Heimatstadt wurde ihr noch fremder, als sie ihr ohnehin schon seit vielen Jahren gewesen war.

Erschöpft kehrte sie nach Ried zurück. Die alten Beschwerden flammten wieder auf. Ihre Hände schwollen an. Kaum konnte sie etwas greifen, geschweige denn die Finger schmerzfrei bewegen. Weder an Zeichnen, Sticken oder gar Malen war zu denken, erst recht nicht daran, eine neue Technik wie das Weben zu beginnen.

Einsam und zur Untätigkeit verdammt saß sie in ihrem Haus in Ried. Das inzwischen immer weniger ihr Haus als das der Familie Kaminski geworden war. Längst schienen die Rollen vertauscht und sie nicht mehr die Besitzerin und die Kaminskis die geduldeten Untermieter, sondern umgekehrt. Ähnlich rasant wie einst ihre Vermieterfamilie Niggl in Sindelsdorf vermehrten sich auch Hans Kaminski und seine Frau. Bald kündigten sich auch bei ihnen Zwillinge an, Kind Nummer vier und fünf, wie Maria verblüfft feststellte.

Genau im richtigen Moment erreichte sie ein Brief aus Weimar, wohin Lily und Paul Klee bereits zu Beginn des vergangenen Jahres gezogen waren, nachdem Paul von Walter Gropius zum Werkstattmeister der Glasmalerei am neu gegründeten Bauhaus ernannt worden war. Ein weiterer Verlust, der schwer an Maria nagte, selbst wenn sie schon im Krieg ihre Klavierstunden bei Lily in München beendet hatte, weil Kaminski sie in Ried unterrichtete. Die Freundschaft zu ihr wie auch zu Paul hatte das aber nicht beendet.

Zum Glück, wie sie jetzt feststellte. Seit Längerem schon plante sie, die Klees an ihrem neuen Wohn- und Wirkungsort zu besuchen. Das Bauhaus weckte ihre Neugier. Sobald sich ihre rheumatischen Beschwerden gebessert hätten, wollte sie los.

Nun lud Lily sie ein, sofort zu kommen.

Was hält dich in Ried?, fragte sie in ihrem Brief gleich in der ersten Zeile. *Der Sommer an der Ilm lässt sich dieses Jahr zauberhaft an. Ein Fest löst das andere ab, ein buntes Sammelsurium der verrücktesten und interessantesten Menschen hat sich hier versammelt, um Kunst und Gesellschaft eine neue Richtung zu geben. Viele alte Bekannte sind darunter. Julia und Lyonel Feininger beispielsweise. Du erinnerst dich sicher noch an sie? Franz hat ja viel von Lyonel gehalten. Wer weiß, was ohne den Krieg daraus geworden wäre? Paul und ich haben die beiden sofort in unser Herz geschlossen, als wir uns hier wieder begegnet sind. Inzwischen treffen wir uns fast täglich. Und Julia fragt mich immer ungeduldiger nach dir. Das Beste aber ist: Auch Kandinsky ist hier! Vor Kurzem hat er die Werkstatt für Wandmalerei übernommen. Seine blutjunge Frau Nina hat er natürlich mitgebracht. Wirklich ein hübsches Ding. Sie könnte seine Tochter sein. Und himmelt ihn an, als wäre sie es. Paul amüsiert sich köstlich darüber. Überhaupt verbringen wir wieder viele, lustige Abende miteinander. Genau wie früher, wenn wir alle in München zusammensaßen. Oder bei euch in Sindelsdorf. Und später in eurem schönen Haus in Ried. So könnte es hier fast wieder werden. Nur du fehlst noch. Es gibt keine Ausrede. Komm endlich her!*

Warum nicht?, schoss Maria plötzlich in den Sinn. Langsam ließ sie den Brief sinken, ein »Tratschbrief«, wie Lisbeth und sie sie sich früher einmal geschrieben hatten. Verträumt sah sie vor sich hin. Malte sich das Weimarer Leben mit den alten Freunden aus. Und schmunzelte. Lily hatte recht. Was hielt sie noch in Ried? Hier war es einsam um sie geworden. Nicht einmal Franz' geliebte Tiere lebten noch. Im Handumdrehen hätte sie gepackt, den Zug nach Weimar bestiegen und wäre dort dann wenigstens für einige Zeit wieder unter lieben Menschen. Unter Gleichgesinnten. Eine angenehme Aufregung erfasste sie plötzlich. Ihr Puls beschleunigte sich. Fast verschüttete sie den kostbaren Kaffee, den Sophie ihr gerade eingeschenkt hatte.

»Schlechte Nachrichten?«, erkundigte sich das Hausmädchen besorgt.

»Im Gegenteil! Ich werde verreisen. Für längere Zeit.«

»Aber …«

»Nichts aber. Holen Sie die Koffer vom Speicher und legen Sie die Wäsche raus. Morgen geht es nach Weimar.«

»Nach Weimar?«

»Ja, nach Weimar. Dort erwarten mich gute Freunde. Hier bin ich längst fremd im eigenen Haus.«

Als wäre das das Stichwort, polterte es im ersten Stock laut, Kindergeschrei erklang, eine Frauenstimme kreischte. Kaminski brüllte »Ruhe!« Maria und Sophie wechselten vielsagende Blicke.

»Es wird Zeit, dass ich andere Luft schnuppere, sonst versauere ich. Meinen Händen wird es auch guttun. Wer weiß, vielleicht kann ich in Weimar wieder etwas mit ihnen anfangen. Am Bauhaus gibt es unendlich viele Möglichkeiten, sich künstlerisch zu betätigen. Einige Freunde von mir sind dort inzwischen in den Werkstätten als Lehrer beschäftigt. Ich sollte mir ansehen, was sie da genau tun. Vielleicht wird es doch noch einmal wieder etwas mit mir und der Kunst. Und falls nicht, komme ich rechtzeitig zurück, damit wir die Ernte im Garten einbringen.«

EPILOG

München, 1. September 1952

Das war sie also – ihre erste Ausstellung. Ein feierliches Gefühl beschlich Maria, als sie die Galerie Stangl in der Schwabinger Martiusstraße betrat. Elf Wandteppiche waren hier von ihr zu sehen, entstanden in den letzten Jahrzehnten, die sie abwechselnd in Ascona am Lago Maggiore und in ihrem Haus in Ried verbracht hatte. Allerdings waren sie nicht ganz allein zu sehen. Ergänzt wurden sie von Franz' fünfunddreißig Zeichnungen aus dem *Skizzenbuch aus dem Feld,* das sie gleich nach dem Ersten Weltkrieg 1920 zusammen mit seinen *Briefen aus dem Feld* von Cassirer hatte drucken lassen. Als traute man ihren Teppichen doch nicht so ganz zu, vor den Augen der Kunstinteressierten zu bestehen. Ihre Arbeiten blieben für alle Zeit mit Franz' Werk verknüpft, sie blieb für alle Zeit mit ihm verknüpft, auch fast vierzig Jahre nach seinem Tod.

Fast vierzig Jahre, in denen sie sich nicht nur intensiv seinem Nachlass, sondern ebenso intensiv auch ihrer eigenen Kunst gewidmet hatte, so, wie er sie stets angespornt und ermutigt hatte. Jahre, in denen sie trotz ihres fortgeschrittenen Alters noch einmal etwas völlig Neues gewagt hatte. Ohne Franz, aber letztlich doch immer mit ihm, weil er in ihren Gedanken und in ihrem Tun stets mit dabei war. Weil er auch über seinen Tod hinaus für sie der entscheidende Impuls für ihr Schaffen blieb.

Langsam ging sie die letzten Stufen hinauf.

Die weitläufigen Räume im Hochparterre des stuckverzierten Altbaus waren bereits gut gefüllt. Ein munteres Stimmengewirr hing über den Köpfen, Sekt- und Weingläser klirrten,

Zigarettenrauch waberte durch die Luft. Auf den ersten Blick war Maria erstaunt, wie elegant gekleidet die Menschen bereits wieder waren, alte wie junge. Sogar die ersten gut Genährten entdeckte sie. Und das so wenige Jahre nach Kriegsende. Vor drei Jahren, bei der ersten Schau des Blauen Reiter im Haus der Kunst, Hitlers einstigem Tempel »deutscher Kunst«, der inzwischen explizit die Kunst zeigte, die von ihm und seinen Schergen verfemt worden war, hatte das noch anders ausgesehen. Lisbeth war damals an ihrer Seite gewesen, die treue Freundin, die im Dritten Reich auch noch ihren zweiten Ehemann verloren hatte. Ausgehungert in vielerlei Hinsicht, hatten sie sich damals gemeinsam an der Rehabilitierung von Franz' und Augusts Werk sowie dem ihrer Gleichgesinnten gefreut.

Flüchtig streifte ihr Blick jetzt den bodentiefen Spiegel im Eingangsbereich der Galerie. Etwas mühsam strichen ihre rheumasteifen Finger über den Stoff des schlichten, dunklen Kleides, zitterten ungelenk, als sie die runde, goldene Brosche am Kragen zurechtrückten. Ein Schmuckstück, das Franz einst selbst für sie entworfen hatte, ebenso wie die längliche Nadel an ihrem kleinen Hut, der keck auf ihrem ergrauten, aber immer noch dicken, schweren Haar thronte. Auch mit den Stücken trug sie ihn immer bei sich, blieb bis ins hohe Alter mit ihm vereint.

Auf den Stock mit dem hellen Elfenbeingriff gestützt, ging sie bedächtig weiter.

»Maria!« Etta Stangl, die Gründerin der Modernen Galerie, eilte auf sie zu, begrüßte sie überschwänglich. Und winkte ihren Mann Otto herbei, der ebenfalls freudestrahlend zu ihr kam. Sie nahmen sie in ihre Mitte und führten sie in den zentralen Ausstellungsraum.

Die ersten Gäste wurden auf sie aufmerksam, begannen zu klatschen, die anderen stimmten in den Beifall ein. Wahllos nickte Maria nach links und rechts, merkte, dass sie die einzelnen Gesichter kaum wahrnahm. Tränen verschleierten ihr plötzlich den Blick. Sie war froh, als Etta und Otto unter dem Glasleuchter in der Mitte des Raums stehen blieben, ihr jemand einen Stuhl hinschob. Vorsichtig ließ sie sich darauf nieder.

Von der Rede, mit der Otto sogleich begann, schnappte sie nur einzelne Satzfetzen auf, derart benommen war ihr auf einmal zumute. Ganz von fern hörte sie ihn sagen, »höchste Zeit, die Wandteppiche zu zeigen«, »beschreitet damit einen eigenen Weg in der Kunst«, »zeigt uns die Kraft der reinen Farben«, »wählt ausdrucksstarke Formen und Linien« sowie natürlich »die Frau des Blauen Reiter«.

Die Frau des Blauen Reiter – der Titel durfte niemals fehlen. Nicht bei Otto Stangl, den sie vor einigen Jahren mit der Pflege von Franz' Nachlass betraut hatte und der seither alles dafür tat, dem unter den Nationalsozialisten mit dem Etikett »entartet« gebrandmarkten Blauen Reiter wieder die ihm gebührende Anerkennung zu verschaffen. Und nicht bei ihr, die sie zeitlebens die Frau des Blauen Reiter blieb, obwohl sie den Großteil ihres Lebens ohne Franz und ohne den Blauen Reiter verbracht hatte. Und dabei ihr eigenes Werk geschaffen hatte, gerade auch in der zweiten Lebenshälfte, die sie ohne ihn hatte verbringen müssen.

Nachsichtig lächelte sie in sich hinein, merkte, wie ihre Gedanken trotz Stangls einfühlsamen Worten zeitweise abschweiften, sie ziellos über die Wandteppiche blickte. Ihre Werke. Von ihr entworfen und gewirkt. Und nun in ihrer ersten eigenen Ausstellung zu sehen.

Dass sie einmal solches schaffen würde, damit hätte sie nie gerechnet. Wie hätte sie auch ahnen sollen, dass ihr Besuch in Weimar vor dreißig Jahren, zu dem Lisbeth Macke sie in einem ihrer »Tratschbriefe« ermuntert hatte, solche Folgen haben würde? Den ersten Anstoß hatte allerdings die Begegnung mit der jungen Webkünstlerin Johanna Wolff zwei Jahre zuvor gegeben. Seither hatte bei ihr die Idee, sich mit dieser Textiltechnik zu beschäftigen, stetig konkretere Züge angenommen. Bis sie am Bauhaus in Weimar zwei Semester lang die Finessen der Weberei von Grund auf erlernt hatte. Mit Mitte vierzig unter einem Pulk von Studenten, die fast ihre Kinder hätten sein können.

Wahrscheinlich war es die Mischung aus Jugend und der mit ihr verbundenen Aufbruchstimmung wie auch das Wiederfinden früherer Gleichgesinnter von Franz und ihr, allen voran Kandinsky, Paul und Lily Klee sowie natürlich Julia und Lyonel Feininger, die sie ermutigt hatten, das Neue endlich zu wagen. Den eigenen Weg endlich zu beschreiten, nach dem es sie so lange schon so sehr verlangt hatte. Schon während der Zeit mit Franz. Und umso mehr in der Zeit ohne ihn. Ohne künstlerische Betätigung konnte und wollte sie nie sein.

Seit frühester Jugend hatte der Wunsch, Künstlerin zu sein, ihr Leben bestimmt. Und letztlich dazu geführt, dass sie nach München gegangen und dort Franz begegnet war. Weil eins mit dem anderen unlösbar zusammenhing. Eins ohne das andere nie möglich gewesen wäre. So war es auch folgerichtig, dass sie nach seinem Tod etwas Neues hatte finden müssen, um weiter Künstlerin zu sein, sich weiter künstlerisch auszudrücken, nachdem sie schon seit seinem Weggang an die Front nicht mehr zu malen fähig gewesen war. Welch unbeschreibliches Glück, dass ihr das mit dem Weben gelungen war. Dass sie damit das ausdrücken konnte, was sie wollte. Auf ihre spezifische Art. Und das nun endlich auch der Öffentlichkeit zeigen durfte.

Zufrieden wanderten ihre Augen umher, blendeten die weiterhin aufmerksam Otto Stangl Lauschenden aus, nahmen stattdessen die Teppiche an den Wänden noch einmal gezielter ins Visier. *Hellrote Formen auf verschiedenem Grau, Rot in Rot, Grauweißer Teppich mit Schwarz*, außerdem die *Stern-* und *Vogelmotive* sowie *Schwarze Linie,* ihr letztes Werk, an dem sie noch vor zwei Jahren gearbeitet hatte, bis die immer unbeweglicheren Finger es nicht mehr zugelassen hatten. Sie alle reihten sich jetzt mit einigen anderen Webarbeiten aneinander. Übergroß waren sie nicht. Einige bereits auch ein wenig verzogen. Aber weiterhin intensiv in der Farbe. Und ausdrucksstark in den Linien und Formen. Genau so, wie sie es beabsichtigt hatte.

»Klippschiefer, klimm!« würde sie jetzt gern rufen, um Franz herbeizuzaubern. Um ihm ihr Werk zu zeigen, damit er ihr seine Meinung dazu verriet. So wie früher. Ihm würden die Teppiche gefallen. Und die Ausstellung sowieso. Seine fragilen Bleistiftzeichnungen in den Vitrinen, ihre Webarbeiten schützend darum an den Wänden. Und sie beide gemeinsam als Künstler. Und Gefährten. Die sie nur kaum zehn Jahre wirklich gewesen waren. Aber es waren die entscheidenden zehn Jahre ihres Lebens gewesen. Für ihn wie für sie.

Auf einmal musste sie daran denken, wie sie vor ziemlich genau einem halben Jahrhundert – fünfzig Jahre waren es am kommenden Weihnachtsfest –, bei ihren Eltern um die Erlaubnis gebeten hatte, nach München zu gehen. Um an der dortigen Damenakademie ihr Kunst- und Malereistudium fortzusetzen. Nicht nur der ausgezeichneten Professoren wegen. In Wahrheit auch des zügellosen Künstlerlebens in Schwabing wegen, von dem ihr ihre Freundin Janne ausgiebig vorgeschwärmt hatte. Hätte sie damals schon gewusst, was sie an der Isar erwartete, wie viel Freud und Leid, ob sie dann auch so vehement dafür gekämpft hätte? Und was hätte sie wohl gesagt, wenn man ihr damals schon prophezeit hätte, dass das Malen gar nicht ihre einzige Kunst bleiben, sondern dass sehr spät im Leben das Weben dazu kommen würde?

Ihre Bilder seien doch »schon ganz ordentlich«, mit diesem für eine Künstlerin niederschmetternden Urteil hatte der Vater seinerzeit ihren Wunsch als überflüssig ausschlagen wollen, und die Mutter hatte sie gemahnt, mit sechsundzwanzig besser ans Heiraten denn immer nur ans Malen zu denken. Was sie nun wohl dazu sagen würden, wenn sie wüssten, dass es fünf Jahrzehnte gedauert hatte, bis sie erstmals ihre »sehr ordentlichen« Werke der Öffentlichkeit präsentierte? Und dann noch nicht einmal die vielen Bilder, Zeichnungen und Skizzen, die in den Jahren bis zu Franz' Weggang an die Front 1914 entstanden waren, sondern Webteppiche aus ihren letzten Schaffensjahrzehnten?

Nach den beiden Semestern am Bauhaus hatte sie sogar noch einmal einige Jahre pausiert, ihrer geschwollenen Hände wegen erst einmal gar nicht weitermachen können mit dem lang ersehnten neuen, eigenen Weg in der Kunst. Dann war es wieder ein Brief einer alten Freundin gewesen, der ihr den entscheidenden Impuls verliehen hatte. Dieses Mal allerdings keiner der geliebten »Tratschbriefe« von Lisbeth sondern eines der seltenen Schreiben der Werefkin, die schon seit Ausbruch des ersten Großen Krieges im Schweizer Exil ausharrte und sich letztlich in Ascona ein neues Zuhause eingerichtet hatte. Das Klima sei dort mild, die Gesellschaft verrückt und zugleich angenehm genug, so dass es sich dort bestens aushalten ließe, hatte sie ihr vorgeschwärmt. Warum nicht noch einmal etwas Neues ausprobieren?, hatte sie sich also gesagt und war der Empfehlung neugierig gefolgt.

Bei der Erinnerung seufzte sie leise und registrierte verwundert, dass Otto Stangl im selben Moment gerade ebenfalls ihre langjährige Freundschaft mit der Werefkin und ihr neuerliches Zusammentreffen im Tessin erwähnte. Welch glückliche Fügung! Fast zehn Jahre hatte sie am Fuß des legendären Monte Verità, am Ufer des malerischen Lago Maggiore verbracht, webend in einem der schönen Häuschen bei einem der vielen

Freunde, die sie dort wiedergetroffen hatte, und das Leben genießend mit der ehrfürchtig von allen nur »Nonna« genannten Werefkin im Café Verbano mitten im Ort, wo sie so manche Gleichgesinnte wiederfanden, angefangen bei der Münter über Helmuth Macke bis hin zur Lasker-Schüler. Auch das sprach Stangl jetzt an und erntete dafür bei den Gästen zustimmendes Nicken.

Noch einmal glitt ihr Blick über die Arbeiten, über die Ausstellungsräume, in denen auch die Vitrinen mit Franz' Zeichnungen standen. Hatte es sich gelohnt, dafür all das auf sich zu nehmen, was ihr seit jenem Entschluss, nach München zu gehen, kurz nach Beginn des Jahrhunderts widerfahren war?

»Ist doch alles sehr ordentlich, gratuliere!«, riss sie eine weibliche Stimme aus den Gedanken. Wie ertappt fuhr sie herum. Und blickte ins lachende Gesicht der Münter.

Untergehakt am Arm von Johannes Eichner, ihrer großen Liebe nach Kandinsky, stand sie vor ihr, zierlich und unauffällig wie stets, jetzt allerdings mit schlohweißem statt dunklem, nackenkurzem Haar, dafür immer noch mit dem herausfordernden Blick. Mit dem sie stets etwas abfällig auf Marias Werk gesehen hatte. Wie auch jetzt wieder auf die Teppiche.

»Sehr ordentlich« – die Münter wusste genau, wie Maria diese Worte aufregten. Und Maria wusste, dass die Münter damit auch ganz gezielt auf das Unverständnis ihres gutbürgerlichen Berliner Elternhauses anspielte. Sie entstammte selbst ganz ähnlichen Verhältnissen. Trotzdem beschloss Maria, sich nichts anmerken zu lassen. Die Zeiten, in denen sie der Münter ihrer Überheblichkeit wegen gezürnt hatte, waren vorbei. Sehr lange schon. Seither war viel geschehen. Ihnen und ihrer Kunst. Und außerdem waren nicht mehr viele der Gleichgesinnten von früher übrig.

Nur noch ihre Kunst.

Für die sie das alles doch auf sich genommen hatten.

»Dein Franzl wäre stolz auf dich«, fügte die Münter hinzu. »Der hat immer viel gehalten von dem, was du tust. Und hat immer großen Wert darauf gelegt, dass du genau wie wir anderen deinen Platz beim Blauen Reiter bekommst. Nur du hast nie so recht dran geglaubt. Und hast auch nie so wirklich dafür gekämpft, den Platz einzunehmen. Weil es dir letztlich wohl doch gereicht hat, die Frau des Blauen Reiter zu sein.«

»Man muss immer wissen, was man sich selbst schuldig ist. Sich und seiner Kunst«, erwiderte sie und reckte das Kinn ein wenig höher, sah an der Münter vorbei noch einmal auf die Teppiche, schloss kurz die Augen, hatte Franz vor sich, ihren geliebten Rittersporn.

Dann blickte sie die Münter rundheraus an.

»Und wenn du mich heute fragst, ob ich es wieder so machen würde, auch wenn ich wüsste, was alles passieren, was ich zu kämpfen und zu leiden hätte mit Franz und seiner Kunst und dadurch auch mit meiner, dann würde ich es trotzdem genau so wieder machen. Auch wenn das bedeutet, erst mit sechsundsiebzig Jahren zum ersten Mal eine Ausstellung mit meinen Werken zu haben. Meinen Weg bin ich letztlich genauso gegangen, wie ich ihn habe gehen wollen. Mit Franz. Und meiner Kunst. Bis heute. Als die Frau des Blauen Reiter.«

NACHBEMERKUNG

Zugegeben, anfangs habe auch ich Maria Marc gründlich unterschätzt, habe wie die meisten in ihr vor allem die Frau von Franz Marc gesehen, dem Blauen Reiter. Die Frau, die zwar ebenfalls Malerin war, sich den Großteil ihres Lebens jedoch um den Nachlass ihres im Ersten Weltkrieg gefallenen Mannes kümmerte und als Künstlerin fast völlig in seinem Schatten stand. Eben so, wie es lange üblich war.

Franz Marc galt als Mann von vorneherein als der Berühmtere, Erfolgreichere von beiden und wurde nach seinem Tod zu einem der ersten »Pop-Stars« der Kunstwelt stilisiert, dessen Bilder als Postkartendrucke kursierten und in zahlreichen Ausstellungen national und international bewundert wurden. Selbst als die Nationalsozialisten die Expressionisten als »entartet« verfemten, konnten sie die Verehrung für sein Schaffen nur ansatzweise brechen. Nach Kriegsende wurden der Blaue Reiter sowie Franz Marc sehr bald auch offiziell wieder gefeiert.

Das Leben mit Franz bescherte Maria ein sehr erfülltes und letztlich aufregendes Dasein, wie sie in ihren berührend zu lesenden Erinnerungen *Das Herz droht mir manchmal zu zerspringen* erzählt, aber es ist eben doch nur eine Seite von ihr.

Die gemeinsame Zeit umfasste ohnehin lediglich elf Jahre, von 1905 bis 1916. Als sie den vier Jahre jüngeren Franz kennenlernte, war sie bereits neunundzwanzig Jahre alt und fast vierzig, als er 1916 bei Verdun fiel. Sie überlebte ihn um weitere neununddreißig Jahre, bevor sie im Januar 1955 friedlich in ihrem Haus in Ried starb. Franz' Nachruhm, zu dem sie selbst fleißig beitrug, sorgte dafür, dass diese elf Jahre auch in den Biographien über sie stets im Zentrum stehen, wie die Publikationen von Annegret Hoberg, Kirsten Jüngling und Brigitte Roßbeck zeigen. Sich selbst nahm Maria sogar in ihren eigenen Memoiren ganz zurück, schwieg sich über ihr Wollen, Tun und Sein nahezu vollständig aus. Ungern machte sie viel Aufhebens um ihre Person.

Umso interessanter fand ich es, mich auf ihre Spuren zu begeben, um zumindest ansatzweise zu verstehen, warum sie das tat, und wer sie überhaupt war – vor allem, wenn sie nicht »nur« die Frau des Blauen Reiter Franz Marc war.

Als Frau und Künstlerin lebte sie in einer in vielerlei Hinsicht höchst aufregenden Epoche, gerade für Frauen und Künstlerinnen. Da ich mich seit vielen Jahren in meinen Romanen mit dieser Zeit beschäftige, war ich umso neugieriger, wie Maria Marc sich in diesem Umfeld behauptete.

Um 1900 galt München als *die* Kunststadt schlechthin, berühmte Künstler wie die »Malerfürsten« Franz von Lenbach und Franz von Stuck waren hier ansässig. Zugleich war das wilde, unkonventionelle Treiben der Schwabinger Bohème weit über die Stadtgrenzen hinaus als skandalös verrufen. Parallel dazu machten die Akteurinnen der Münchner Frauenbewegung an nahezu denselben Orten von sich reden. Das Café Luitpold beispielsweise, Stammlokal der Studentinnen der Damenakademie, galt auch dem Münchner Frauenverein als zentraler Anlaufpunkt, an dem wichtige Vorträge, Veranstaltungen und Zusammenkünfte stattfanden.

Eine Frau wie Maria vermutet man eigentlich unbedingt von der Bohème und/ oder der Frauenbewegung inspiriert. Ungewöhnlich genug, dass sie als Tochter aus gutbürgerlichem Haus Ende des 19. Jahrhunderts bereits eine anerkannte Berufsausbildung abschloss und danach viele Jahre an der Münchner

Damenakademie studierte. Obendrein wurde sie von Franz als eigenständige Künstlerin respektiert und bei jeder Gelegenheit ausdrücklich zu ihrem eigenen Weg ermutigt. Wer also, wenn nicht sie, sollte sich mit den freigeistigen Idealen von Bohème und Frauenbewegung identifizieren?

Ein voreiliger Schluss, wie sich mir rasch zeigte. Dem turbulenten Treiben der Künstlerszene schien sie zwar zumindest in den ersten Münchner Jahren zugetan, denn Franz und sie begegneten sich gleich zwei Mal auf der legendären »Bauernkirta« im Schwabinger Bräu, einem der berühmten Künstlerfeste jener Zeit. Bald aber zogen sich die beiden bewusst aus diesen Kreisen zurück, pflegten kaum Kontakte zu Kommilitonen oder Künstlerkollegen und arbeiteten bis zur folgenreichen Begegnung mit »Gleichgesinnten« wie August Macke, Wassily Kandinsky, Gabriele Münter, Marianne von Werefkin und Alexej von Jawlensky nahezu für sich.

Für die Frauenbewegung und deren Ziele interessierte sich Maria offenbar nicht im Geringsten – obwohl es ihr sehr wichtig war, mit ihrem Malen neben Franz und den männlichen Kollegen als gleichwertig zu bestehen. Auch Franz achtete darauf, dass Maria, der Münter und den anderen Frauen im Umfeld des Blauen Reiter entsprechend Beachtung geschenkt wurde.

Ein ähnliches Desinteresse ist auch bei Gabriele Münter und Marianne von Werefkin zu beobachten. Keine von ihnen hat sich je explizit zur Frauenbewegung positioniert, obwohl sie doch eigentlich exakt deren Ideale – geistige und materielle Unabhängigkeit, Verwirklichung der eigenen Ziele – lebten. Vielleicht, weil es ihnen schlichtweg selbstverständlich war, eigenständige Künstlerinnen zu sein wie ihre Lebensgefährten, ihnen die Geschlechterfrage und damit auch die Frage nach Emanzipation und Gleichberechtigung deshalb gar nicht erst in den Sinn kam.

Was ich an Maria Marc bewundere, ist die Kraft und Willensstärke, mit denen sie ihre Ziele verfolgte und den einmal eingeschlagenen Weg ging, sogar gegen die Widerstände der Eltern, von denen sie materiell abhängig war. Und das, ohne ein einziges Mal offen zu rebellieren. Dank ihrer unbeirrbaren Beharrlichkeit erreichte sie letztlich immer, was sie wollte: anfangs die Erlaubnis zum Studium der Malerei im damaligen »Sündenbabel« München, nach einem langjährigen, aufwühlenden Kampf dann die Ehe mit Franz, bis sie schließlich ihre ganz eigene künstlerische Ausdrucksform im Weben von Bildteppichen fand.

In meinem Roman habe ich versucht, mich Maria als Mensch und Frau anzunähern. Natürlich ist das subjektiv und geschieht ganz nach meinem Leitsatz »nicht erzählen, wie es war, sondern wie es gewesen sein könnte«. Im Roman ist Subjektivität erlaubt, ja notwendig. Es darf und muss gedeutet, Partei ergriffen und (hinzu)erfunden werden.

Fast alle meine Figuren sind historisch belegt. Halb meiner Phantasie entsprungen ist Marias Berliner Freundin Janne. Eine Janne taucht zwar in ihren Briefen auf, allerdings ist nicht mehr als ihr Name überliefert, also habe ich Janne mehr Fleisch und Blut verliehen, ihr ein »richtiges« Leben angedichtet. Dörte und Hubert Grassl und die mit ihnen verbundenen Geschehnisse sind dagegen vollständig Früchte meiner Vorstellung. Maria Marc, geborene Franck, scheint ein sehr geselliger Mensch gewesen zu sein. Zeit ihres Lebens pflegte sie zahlreiche (Brief-) Freundschaften, deshalb habe ich auch ihre karg belegten frühen Jahre entsprechend ausstaffiert.

Trotz ihres langen Lebens und ihres fleißigen Schaffens ist Maria Marcs Werk sehr schmal. Da es sich großteils in Privatbesitz befindet, ist es selten öffentlich zu sehen. Einzelausstellungen gab es bislang lediglich 1995 in der Städtischen Galerie im Lenbachhaus München und 2004 im Schlossmuseum Murnau.

Umso mehr freute es mich, dass die Münchner Galerie Thomas Anfang 2022, kurz bevor ich mein Manuskript abschloss, eine umfangreiche Werkschau ausrichtete. Es war grandios, Bilder wie *Stillleben mit Schaf und buntem Glaspokal* (1906/8), *Apfelkorb im Gras* (1909) sowie verschiedene Darstellungen der Niggl-Kinder oder Marias Blumenbilder aus dem Jahr 1913 endlich einmal leibhaftig vor Augen zu haben. Die kräftigen, leuchtenden Farben auf mich wirken zu lassen. Den teilweise plastischen Pinselauftrag auf der Leinwand zu studieren. Die wahren Dimensionen der Bilder mit einem Blick zu erfassen. Und auch Webarbeiten aus Marias späterer Schaffenszeit zu bewundern.

Ebenso faszinierend fand ich es, im Vergleich dazu ihre Abschlussarbeit an der Königlichen Kunstschule (den im Prolog erwähnten *Tote Erpel*) zu betrachten, Zeugnisse ihrer Anfänge als Malschülerin bei Karl Storch in Berlin, Otto Modersohn in Worpswede und Karl Feldbauer in München zu sehen. Die direkte Gegenüberstellung dieser sehr unterschiedlichen Arbeiten veranschaulichte mir den Weg, den sie im Lauf ihres Künstlerinnendaseins nahm, umso besser.

Im Münchner Lenbachhaus, *dem* Zuhause des Blauen Reiter, sind seit einigen Jahren endlich auch vier Arbeiten von Maria Marc heimisch geworden, darunter die Zeichnung *Tanzende Schafe* aus dem Jahr 1908, die im Roman mehrfach erwähnt wird. Falls Sie, meine lieben Leserinnen und Leser, einmal die Gelegenheit haben, dorthin zu kommen und diese Gouache anzusehen, tun Sie es bitte unbedingt! In diesem kleinformatigen, schwarz-weißen Bild steckt ein ungeheurer Witz, eine phantasievolle Sicht auf die Welt und eine faszinierende Geschichte, die Sie sich keinesfalls entgehen lassen sollten. Es macht neugierig auf die Künstlerin, die solches erdacht und geschaffen hat.

Wie sie gewesen sein könnte, das habe ich versucht, Ihnen in diesem Roman nahezubringen. Ich hoffe sehr, es hat Ihnen gefallen und Ihre Lust geweckt, mehr über diese Frau und Künstlerin zu erfahren. Und vor allem mehr von ihrem Werk zu entdecken.

München, Mai 2022
Ihre Heidi Rehn

WEITERFÜHRENDE LITERATUR

Franz und Maria Marc: »Ich will dich an der Hand führen, um dir die Wunder der Welt zu zeigen …« Briefe, herausgegeben und kommentiert von Annegret Hoberg, München 2018

Maria Marc: »Das Herz droht mir manchmal zu zerspringen«. Mein Leben mit Franz Marc, herausgegeben von Brigitte Roßbeck, München 2016

Erinnerungen an Franz und Maria Marc. Ein Dokumentarfilm von Steffen Wimmers, blackdog Filmproduktion 2016

Hoberg, Annegret: Maria Marc. Leben und Werk 1876–1955. Katalog zur Ausstellung Städtische Galerie im Lenbachhaus, München 1995

Hoberg, Annegret: Franz und Maria Marc, München 2004

Jüngling, Kirsten/ Roßbeck, Brigitte: Franz und Maria Marc. Die Biographie eines Künstlerpaares, Berlin 2004

Möller, Hildegard: Malerinnen und Musen des »Blauen Reiter«, München 2007

Poppe, Brigitte: »Ich bin Ich«. Die Frauen des Blauen Reiter, Köln 2011

Roßbeck, Brigitte: Franz Marc. Die Träume und das Leben, München 2015

Salmen, Brigitte: Maria Marc im Kreis des »Blauen Reiter«. Katalog zur Ausstellung im Schlossmuseum Murnau, Murnau 2004

Schoeller, Wilfried F.: Franz Marc. Eine Biographie, München 2016

Die im Nachwort erwähnte Ausstellung zu Maria Marc in der Galerie Thomas, München, kann man auf der Website der Galerie virtuell besuchen.

ZITATE

Maria Marc, Brief an Franz Marc vom 2.9.1907, zit. nach »Ich will Dich an der Hand führen und Dir die Wunder der Welt zeigen«. Briefe von Franz und Maria Marc, herausgegeben und kommentiert von Annegret Hoberg, München 2018, S. 43

Franz Marc, Brief an Marie Schnür vom 20.12.1906, zit. nach http://www.zeno.org/Kunst/M/Marc,+Franz/Briefe/Briefe+1897–1914/14.+Brief+an+Marie+Schn%C3%BCr